*Tibór Chaminaud*

I0585036

# Cuentos
# del
# Hormiguero

STOCKCERO

Chaminaud, Tibor

    Cuentos del hormiguero. – 1ª. ed. – Buenos Aires : Stock Cero,
    2004.

    356 p. ; 23x15 cm.

    ISBN 987-1136-19-6

    1. Narrativa Argentina Título
    CDD A863

stockcero.com
Viamonte 1592 C1055ABD
Buenos Aires Argentina
54 11 4372 9322
stockcero@stockcero.com

*Tibór Chaminaud*

# Cuentos del Hormiguero

**Lecciones de la sociedad de consumo**

Manjares de plástico, sueños de plástico. Es de plástico el paraíso que la televisión promete a todos y a pocos otorga. A su servicio estamos. En esta civilización, donde las cosas importan cada vez más y las personas cada vez menos, los fines han sido secuestrados por los medios: las cosas te compran, el automóvil te maneja, la computadora te programa, la TV te ve.

*Globalización, bobalización*, Eduardo Galeano [1]

---

[1]    Del libro de Eduardo Galeano *Patas Arriba*, pág. 255. Catálogos, Buenos Aires, 6a. edición, octubre de 2002

Para las artistas plásticas Chichina de
Chaminaud (Mercedes Marta Canut)
y María Cristina Silva de Chaminaud

Tibór

# De vuelta al pago

# Agosto del 2001

A fines de 1976 me había ausentado del país y ahora, después de más de veinticinco años, regresaba casi como un extraño...

Claro que las condiciones de la Argentina en cuanto a libertades individuales habían cambiado sustancialmente con respecto a aquellos años negros de la dictadura militar.

En noviembre del '76 militaba en el peronismo de base y si bien no actuaba en ninguna organización paramilitar, como escritor me había jugado en algunas publicaciones que en ese entonces estaban totalmente prohibidas. La palabra peronista sonaba a subversión. Al día siguiente del asesinato del Che, había escrito un largo e indignado poema dedicado a su memoria, que se publicó dos años después en un libro que, editado, fue a parar de la imprenta al domicilio de un amigo y que nunca se distribuyó, dadas las condiciones que imperaban en el país. Pasados unos años, precisamente a fines del 76, alguien lo hizo llegar a los servicios. ¡Había permanecido ignorado durante largo tiempo...!

Iona llegó a mi departamento, totalmente alterado y temblando me dijo: te la tenés que tomar ya; tu libro ha sido detectado y hoy por la mañana se ha ordenado tu captura.

Sin consultarme, abrió el placard del dormitorio y tomando una valija empezó a llenarla de pantalones, camisas, medias y una serie de prendas de vestir que me pertenecían.

—¡Pará, pará!, –le dije tomándolo de un brazo–. ¿De qué libro me hablás…?

—Del que nunca se distribuyó –me contestó.

—¿Y? –le dije.

—¿No te das cuenta, pelotudo? ¿Acaso vivís en la luna…? En tu libro, el que nunca se distribuyó, hay una punta de poemas que a los milicos les retuercen las pelotas. Los dedicados al Che, a Tania, a García Elorrio, a Fidel… Ya hablé con el Negro. Te tomás el 60, te bajás en la Estación del Tigre y en la lancha colectiva que va al Paraná Guazú y que sale a las cuatro de la tarde, te vas para lo de Ramón.

Estupefacto, pero cagado en las patas, le dije:

—¿Qué Ramón…?

—Bueno, mirá –me dijo–. Yo te acompaño. A Ramón no lo conoce nadie. Es un peronista de ley. Pero peronista, peronista. Vive en un ranchito cruzando el Guazú, en tierra de los panzas verdes. Después, desde allí te van a cruzar en canoa para el Uruguay. Mientras estemos en lo de Ramón, te voy a explicar la conexión para que te vayas a España. Te haré llegar documentos con otro nombre y algunos mangos Los gallegos están en otra y tenemos muchos amigos compatriotas que te ayudarán.

Agarrándome del brazo, mientras me metía de prepo un saco que dejara minutos antes en una silla, pretendía sacarme casi a los empujones.

Desprendiéndome violentamente de sus brazos, me dejé caer en una silla, muy apesadumbrado. A medias le dije, reprimiendo el llanto:

—¡Cómo se ve que no sos el que se va…! Tengo que avisarle a Laura. Esperá que la llamo.

En el momento que tomaba el teléfono, me lo arrancó de las manos, diciéndome:

—¡No seas pendejo! ¿No te das cuenta que podés tener pinchada la línea…? Yo me ocuparé de Laura y de tus viejos.

—¿Y mis libros? –le contesté–. ¿Y los Cuentos del Hormiguero que acabo de pasar en limpio? ¡Me llevó más de dos años escribirlo y no debo ni puedo perderlo! ¡Vendrá conmigo!

Y uniendo la acción a la palabra, quité la llave a un hermoso y antiguo escritorio, delgado y alto, que me llegaba a la barbilla; haciendo que la persiana de cedro se deslizara metiéndose por detrás del mueble, corrí uno de los diez cajones y extraje una voluminosa carpeta que en cuatrocientas hojas mecanografiadas guardaba lo que para mí era un tesoro. ¡Todo el mueble era un tesoro! ¡Me había conocido a mí, antes que yo a él, ya que mi padre lo tenía desde sus años de estudiante y me había visto nacer en el consultorio del viejo, cuando mi madre me dio a luz sobre una blanca camilla a unos pocos centímetros de esa elegante y alta caja de cedro…! ¡Cuántos recuerdos se agolparon en mi corazón en esos breves instantes…! La niñez en Hernández, ese pequeño pueblo de Entre Ríos, el Colegio Nacional en Rosario, la facultad en Santa Fe, y ahora me tenía que ir al extranjero…

Levantando la puerta corrediza, que al deslizarse hizo el mismo y viejo ruido familiar, alargándole el proyecto de libro a Iona, le dije, dándole un fuerte abrazo:

—Guardámelo hasta la vuelta. *¡Hasta que estos mierdas se vayan…!*

Iona tomó la valija, metió el libro y agregó:

—Iremos en ómnibus a lo de Pancho y allí lo dejaremos. Vos sabés que Pancho no anda en nada y te lo sabrá guardar.

Y nos fuimos a los rajes. Al salir a la calle creía ver en cada transeúnte a un tipo de los servicios…

Después el río Paraná, Uruguay, Brasil, España.

Los queridos gaitas me trataron muy bien.

A Laura se la llevaron unos meses después. Dicen que su cuerpo fue a parar al Río de la Plata… Un sentimiento de culpa siempre me invadió. ¡Pobre Laura! ¡Había cometido el delito de ser mi amiga íntima…! No sabía nada de nada, pero la apretaron duramente en la ESMA buscando información. Era una hermosa pendeja, recién recibida de abogada. En su agenda aparecía mi nombre…

\*

Habían pasado veinticinco años y ahora ¡estaba de vuelta…!

Toqué tierra en una aeronave extranjera. Ya no existía Aerolíneas Argentinas… Al bajar, me topé con unos cien ex-empleados de la otrora gran empresa, que desplegando cartelones y golpeando innumerables bombos, pedían les pagaran salarios adeudados.

Llevaban una bandera argentina que se me metió por los ojos como una bendición. En casos así, cuando veía a mi bandera como entristecida, recordaba aquellos versos de Chassaing –el abogado - militar - diputado - periodista– que murió prematuramente y que aún todos los niños dicen en la escuela primaria: *"página eterna de argentina gloria, ¡melancólica imagen de la Patria…!"*

Me abrí paso por la multitud como pude.

Las hormigas eran siempre las mismas. Pero de un solo golpe de vista me di cuenta que algo había cambiado, pero no para bien. Aquellos ex-empleados de Aerolíneas eran tipos de la clase media. Se lo notaba en sus ropas, en su calzado, en sus corbatas. Las mujeres aún vestían más o menos bien. Era cierto, entonces, lo que me habían dicho en España: *tu país se ha quedado sin clase media*. Es pobre. Hay mucha desocupación. Los políticos son, la mayoría de ellos, corruptos. Las noticias de actos públicos ilícitos llegaban periódicamente a Madrid. Tanto los diarios como la televisión y distintos medios hablaban de nosotros. El expresidente Menem, que cuando tuve que irme era un personaje desconocido, apenas con cierta notoriedad en su provincia natal, La Rioja, luego de una fulgurante campaña política, le ganó por poco la interna del justicialismo al Dr. Cafiero, logrando unificar al peronismo auténtico, sediento de postergadas promesas. Con una cabellera y estampa idéntica a Facundo Quiroga, el Tigre de los Llanos, y con la consigna del salariazo y *¡Siganmé que no los voy a defraudar…!* se dió el gustazo de ser presidente constitucional *¡por dos veces…!* Pero ahora estaba detenido y se lo acusaba de dirigir una organización ilícita, formada principalmente por ex-ministros, miembros del Banco Central y otros funcionarios, si nos atenemos al dictamen de un fiscal de la causa y del juez interviniente. Fuera o no cierto, el hecho era altamente vergonzoso. ¡Un ex-presidente de la Nación detenido como presunto jefe de una banda que se dedicaba durante la gestión de gobierno a cometer delitos de una gravedad inusitada…!

Estábamos a mediados de agosto del 2001.

Bueno, pero después de todo, ¡éste es mi país…!

El equipaje era muy reducido. Apenas un bolso y la consabida computadora portátil.

Por la Aduana pasé como un bólido, esta vez con mis documentos en regla. Igual cosa ocurrió en Migraciones. Los empleados se sorprendían –lo notaba en sus rostros– cuando comprobaban no obstante mi pronunciado acento español, que era argentino. Una mocosa veinteañera que atendía en uno de los mostradores me preguntó:

—¿Así que sos periodista? ¡Qué lindo! –me dijo– ¡Cómo me gustaría ser periodista!

Tenía un cuerpo y unos ojos de "¡puta madre!", como dicen los gallegos.

—Y, debés empezar –le dije–. Represento a un medio español y vengo con la idea de radicarme definitivamente en el país. ¿Sabés computación? ¿Qué estudios tenés? –proseguí, mientras se había formado detrás nuestro una cola bastante numerosa que comenzaba a impacientarse.

—Me recibí en Letras hace unos meses, escribo y manejo sin problemas todo lo relacionado con internet y computación –me contestó sin importarle un bledo de las hormigas de la cola.

Le alargué mi tarjeta en la que figuraba la dirección de la agencia española en la que me desempeñaba como corresponsal, situada en Diagonal Norte al 700, a metros de Maipú y Florida, en pleno centro y le dije:

—Hablame mañana a las 11. Puedo llegar a tener algo que te interesará. Si arribamos a un acuerdo, laburo hay y es muy interesante. El trabajo te gustará si realmente tenés pasta.

Oprimiéndole el brazo a través del mostrador, recogí mis dos bártulos, no sin ver antes, de reojo, cómo leía la tarjeta y la guardaba en uno de sus bolsillos, justito sobre uno de sus senos. ¡Cómo me gustaría ser tarjeta!, pensé para mis adentros.

Después de todo estaba contento. El avión tuvo que dar una vuelta por la ciudad pues demoraron en darle pista y pude observar grandes cambios edilicios. En lo que parecía ser la zona portuaria, muy próximo a las vías del ferrocarril, noté un gran tráfico de vehículos y supuse, de acuerdo a lo que me habían dicho mis amigos en España, que allí estaba el célebre Puerto Madero, con restaurantes y construcciones de lujo. Divisé a lo largo grandes edificios en lo que suponía la zona de Catalinas y para el lado de Libertador, a metros de los bosques de Palermo, uno altísimo, que creí sería el llamado Le Park. Ya me habían contado que los dúplex en ese complejo costaban hasta tres millones de dólares. ¿Vivirían allí los traficantes de drogas, los funcionarios envilecidos y toda esa canalla que había convertido a mi país en una nación de cuarta, empobrecida y desprestigiada?

Todo eso vi desde el aire y por sobre todas las cosas, que la ciudad había crecido como un enorme pulpo, por la ribera hasta El Tigre. Podía divisar desde lo alto, como diminutos puntos blancos, miles y miles de cruceros que se columpiaban suavemente en las aguas *"junto al gran río color de león"*, como muy bien lo dijera Leopoldo Lugones en sus *Odas Seculares*. Pero no todo era belleza. Enormes manchones de viviendas precarias, diseminadas en distintos puntos de la ciudad, algunos muy próximos al macrocentro, formaban, según expresara un célebre actor nuestro radicado en Madrid, las llamadas *Villas Miserias*. Allí se hacinaban con respetables miembros de la baja clase media empobrecida, prostitutas, chorros, drogadictos y gente del hampa. ¡En alguna de esas villas, hasta a la Policía Federal le está vedada la entrada! Finales del siglo XX y principios de XXI. ¡Qué lacra! me dije, mientras a instancias de la azafata, ¡un bombón…!, me aseguraba el cinturón de seguridad.

Contento por el episodio de la tarjeta, atravesé el gran hall y en un *periquete* me encontré sentado en un taxi rumbo al centro de la ciudad.

Como siempre he sido un gran conversador, a los pocos metros estaba hablando con el conductor, que se trataba de un tipo abierto y locuaz.

—Me supongo que llega como turista español ¿no? –fue lo primero que me dijo.

—¿Qué turista español? Lo que pasa es que luego de más de veinte años de ausencia se me ha *pegao* la tonadita de los gaitas –le contesté.

—¡Más de veinte años! –me dijo–. Capaz que tuvo que irse durante el proceso –y mientras me miraba sonriente y con cara de pícaro por el espejo, agregó– ¿monto...?

—Ma qué monto... –al "ma" no me lo había podido sacar desde que fui a la Dante en Rosario, cuando era purrete–. Lo que pasa que en 1976 yo militaba dentro de un peronismo revolucionario, auténtico y muy nacionalista, pero no con "z". Y que perdió sus mejores hombres al pedo, en una lucha estéril, fratricida y demencial. Si hubiéramos sabido conservar a nuestra gente –agregué–, hoy no estaría el país en las miserables condiciones en que se encuentra, al borde de la bancarrota, desprestigiado por tanto gobernante atorrante y venal.

—¿Y qué hubieran podido hacer? –me dijo–. ¿No ve que todo está podrido...?

—Soldado que huye sirve pa' otra batalla –le contesté, mientras pensaba que lo del "pa" me lo había contagiado de los gauchos entrerrianos, allá por los doce años y que, al fin y al cabo, al idioma lo hace el pueblo, como dijera Renán.

El chofer del taxi se volvió a sonreír socarronamente y argumentó:

—¿De qué batalla me habla? ¿O ya se olvidó lo que pasó después del 76...?

—No me refiero a lucha armada. Estoy hablando de lucha ideológica... –argumenté.

Me interrumpió diciéndome:

—Después del mayo francés, del cordobazo, del sandinismo, de lo del Che y *tutti quanti,* se acabaron las confrontaciones de ideas. Mire el bloqueo a Cuba, lo de Irak y el desmoronamiento de Rusia, toda una potencia nuclear que llegó a la luna y que aún hoy mantiene durante varios años una enorme estación espacial. ¿Lucha de ideas...? ¿Le parece...?

—Con todos esos conocimientos, dicción y soltura en el hablar ¿qué hace usted arriba de un taxi? –le dije, sorprendido por su erudición.

—Mirá –me dijo–, y perdoname el tuteo, hace unos años me recibí de Licenciado en Ciencias Políticas, en el Salvador, y terminé el doctorado. Después anduve dando vueltas de aquí para allá y luego de laburar durante quince años de simple empleado en una agencia marítima, me despidieron. Con la indemnización me compré este cochecito y estoy arriba de él más de quince horas. Apenas si saco para el alquiler. Tengo dos hijos y estudian y ahora, con lo del patacón, el ajuste y demás yerbas, ni tan siquiera me puedo ir al país del cual vos acabás de llegar. ¿Qué te parece?

—Vergonzoso, querido doctor –le dije mientras pensaba: ¡peor que cuando me tomé el dos hace unos años!…

De golpe paró bruscamente la marcha

—Tenemos que desviarnos… ¡Carajo, otra vez los piqueteros…! –dijo casi gritando.

Cuando le estaba preguntando qué pasa con los piqueteros nos encontramos rodeados por un montón de personas que portando estandartes con leyendas reivindicatorias de sus derechos, falta de pago de salarios, despidos injustificados, unían a la estridencia de unos cuantos redoblantes una serie de insultos gritados a voz en cuello por hombres, mujeres y adolescentes.

Nuestra bandera marchaba al frente como en el caso de los empleados de la empresa "española" Aerolíneas Argentinas, que media hora antes encontrara en el hall del Aeropuerto de Ezeiza.

Mi amigo el del taxi les pidió en todos los tonos que lo dejaran pasar, que ellos tenían razón pero que al fin y al cabo él era un laburante más, que tendría que dar un largo rodeo y que ya habíamos convenido el precio del viaje y que patatín y que patatán. Pero no pudo doblegar la actitud de los manifestantes y mirándome, se levantó de hombros, impotente.

Sacando la cabeza le dije al que parecía el mandamás del grupo:

—Pero hombre, ¡déjanos pasar que llevamos prisa…!

De inmediato me di cuenta que había hablado en español y para colmo con marcado acento. Pero ya era tarde. Todos empezaron a gritarme de lo lindo y lo menos que me dijeron fue bonito.

—¡Gallego de mierda, chupasangre! ¡Mirá lo que tu patria hizo con Aerolíneas! ¡Se olvidaron de los barcos de trigo que les regaló Perón! Volvéte, moríte…

En vano quise explicarles que tenían razón, que yo no era español, que nos dejaran seguir el viaje. Fue peor. Golpeando la carrocería del coche gritaban: ¡sos un cagón, te hacés el argentino! ¡turro! ¡hijo de puta! y cosas por el estilo…

En eso estábamos cuando apareció un patrullero y de él descendió un oficial que en voz alta les dijo que mientras permanecieran a un costado de la calle podían seguir manifestando.

—Ya quedamos con el sindicato que el corte de rutas es un delito, así que córranse hacia la banquina –agregó.

Varios agentes uniformados aparecieron y rápidamente los fueron llevando a un costado.

Normalizada la situación seguimos velozmente.

—Tienen razón, pero así no se puede seguir –me dijo el del taxi–. Imaginate que varias veces al día pasa lo mismo. El país se va a la mierda y los que nos gobiernan o son unos ineptos o cómplices de intereses inconfesables…

Me di cuenta que desde el exterior no había alcanzado a percibir la cruda realidad que les tocaba vivir a mis compatriotas, luego de veinticinco años de ausencia.

Mientras seguíamos el viaje hablamos de todo un poco. De la selección, de Bielsa, de Batistuta, de Perón, de Menem, de De la Rúa, de Verón.

Cuando llegamos al hotel, en la zona de Retiro, lo saludé al conductor casi con afecto. Ya en la habitación, me dí un buen baño y me dormí un rato hasta las ocho de la noche.

Una vez en la calle subí por los senderos de Plaza San Martín, tratando de olvidar todas las miserabilidades que me había tocado vivir y decidí tomar un café en la vieja confitería de Paraguay y Maipú. Cuando llegué noté que la habían reciclado, que las mesas no eran ya de la gastada y vieja madera de hace años, que el mozo gallego había cambiado de nacionalidad, ya que fui atendido por un paraguayo de grueso pelo negro, muy aseadito y atento, y que los clientes no eran los de antes. El gran tocadiscos, panzón y multicolor, en el que escuchaba a Palito, Fabio, Frank Sinatra y *tutti quanti,* había sido cambiado por un enorme televisor en el que se veían repetidas imágenes del triunfo de Boca.

Lo que también había cambiado era el entorno. En pocos minutos entraban y salían vendedores de productos de toda laya: lapiceras, encendedores, pequeñas máquinas de calcular y relojes con infinidad de funciones, que iban depositando sobre la pulida y blanca fórmica.

Aparte de ello, dos o tres chicos, sucios, pobremente vestidos y con cara ya de adultos, me pedían y nos pedían a los parroquianos algunas monedas… Me sorprendió constatar que en todos los productos, en letras pequeñas, se leía "Made in China", por lo que recordé con dolor las palabras que unas horas antes me había dicho el taximetrista: *el país se va a la mierda…*

Salí del café y mientras caminaba una cuadra hasta Florida tuve que gambetear varios pozos y gran cantidad de baldosas rotas, bajando cada tanto a la calle para sortear los *aujeros.* Las calles estaban sucias, había papeles por todos lados y los residuos de los negocios, que por la hora estaban cerrados, cubrían parte de la vereda.

La iluminación escasa y macilenta se prestaba al asalto y robo compulsivo, incluso con riesgo de muerte. El del taxi me previno: "andá con cuidado que los atracos están a la orden del día. Tengás o no plata, te matan. Andan drogados y no te fijés si son pendejos de once o doce años. Se rajan del reformatorio, duermen en las calles, andan armados…"

Recuerdo que le pregunté "¿y la policía?", y él me respondió: "son pocos, les pagan dos mangos, muchos no tienen chalecos antibalas y *algunos están en la joda"*, agregando "al menos los jueces, con la creación del Consejo de la Magistratura, ya no dependen de tal o cual ministro, diputado o senador, tienen las manos libres y si no, ¿cómo concebís que estén en cana el ex-Jefe del Ejército, el mismísimo ex-presi y varios ex-ministros…? A lo que le reconvine que cualquier día de éstos los vería sueltos… Y que observara también cómo una de las salas federales le había ampliado los beneficios de la detención domiciliaria en Don Torcuato al que *te jedi,* que antes le había fijado Urso. Que ahora había transformado la casa en una unidad básica y que hacía política con vistas a ser presidente por tercera vez en el 2003.

Recordaba, faltando pocos metros para llegar a Florida, que me contestó: "Sí, pero a lo bailado no se lo quita nadie. Hace más de un mes que está en cana y todo el mundo que navega por internet sabe que el de la famosa frase *síganme que no los voy a defraudar* y aspirante al Nobel de la Paz, está preso. Pienso que Duhalde, de la Sota y otros, si bien no se lo dicen, se deben estar refregando las manos, locos de alegría…".

Bueno. Ya estaba en Florida después de ¡tantos años…! En un primer momento parecía ser la misma pero… ¡otra vez la desilusión…!

Curiosié en varios negocios y me llevé la gran sorpresa. En muchos, los dueños eran chinos o coreanos. ¿Qué *mi cointas*…? A los que *mi cointas* los habían desplazado. Después me dijeron que igual cosa estaba pasando en El Once que, como saben, es un barrio en el que nuestros amigos los judíos y a los que llamábamos *turcos,* pero que eran árabes y que cuando debí asilarme, eran dueños de todas las tiendas, bazares y otros negocios; los chinitos y coreanos los habían desplazado… Nuevamente, ¿que *mi cointas,* che…?

Pero, en el caso de Florida, la desilusión era doble, o si quieren, triple o llevada a la enésima potencia. Lo mismo que Paraguay y demás calles: sucia, llena de papeles y con cualquier cantidad de tipos que, tirados en las veredas, unos con pequeñas *verduleras* y otros con guitarras y bombos, mal vestidos, mugrientos, tocaban toda clase de música –algunos bien, otros como el culo–, pero las monedidas quedaban en el piso, sobre un trapito o sobre algún recipiente atorrante, que más tarde habría de servirles de plato, de improvisada olla donde morfarían cualquier basura o acaso de *escupidera.*

Algunas mujeres con largos vestidos y llevando un casi bebé, siempre rubio, tiradas en el suelo y rodeadas de todo tipo de bártulos, *tiraban la manga*. ¡Qué castellano!, ¿no?

¿Polleras largas y chicos rubios, tirando la manga…?

Bien pronto constaté que tales mendigas no hablaban en nuestro idioma. Cuando le pregunté a una de ellas de dónde eran, me enteré que de Rumania. Y algo le comprendí, ya que en su lengua hay palabras que se entienden, pues como se sabe Rumania viene de romania, y la influencia de los que otrora fueron pueblos latinos –italianos, franceses, españoles y portugueses– fue grande. Éstos fueron invadidos por los bárbaros, que se quedaron, y el latín original se fue a… ¿adónde se fue…? A La Divina Comedia y al Quijote y a toda esa literatura maravillosa del siglo de oro. Pues debemos ser sinceros y rendir homenaje a Villón, a Racine, a Petrarca, al Dante, a Lope, a Calderón, pero también a José Hernández, Ascasubi, Güiraldes, y ahora a Discépolo. ¿Tenía razón Capdevila cuando desde *La Nación,* allá por los cincuenta, desde sus hermosas, eruditas y cuidadas páginas, nos decía a los escritores que debíamos discurrir en *castellano...*?

Que me disculpe Don Arturo, cuyo poema Nenúfar es una joyita, pero se ve que no era muy consecuente con Renán, aunque estoy seguro que lo había leído. No hablemos ya de ese escritor funcionario, buen escritor, que tocando el siglo XXI anduvo por eso de la pureza de nostra lingua, y tuvo que dejar el cargo. El Discépolo poeta merece un párrafo importante. Después, te contaré.

Luego de lo de las rumanas, me hastié y me fui al hotel. Por dos cosas: era ya tarde, una, y la otra, que mañana me iba para Posadas, no a las cataratas, tan espectaculares y que estaba seguro no habrían cambiado –las cataratas, no su entorno–. Desde Posadas debía internarme en plena selva para saludar antes que a nadie, antes que a los parientes, siempre tan poco fieles, a Iona, el ahora gran pintor; a Iona, el rumano, con el que siempre hablábamos de tanta cosa, apoyados en las rugosas mesas de madera del café de Paraguay y Maipú, allá por 1968, hace de ésto más de veinticinco años y cuando en ese entonces era casi un dilettante, con varias colectivas y una poco exitosa exhibición individual.

Bien pronto estaba en manos de Morfeo. Bien pronto en Posadas, a la que llegué rápidamente en avión con el consabido y reiterado *cagazo* que me agarraba cada vez que debía montarme en un bicho volador, y bien pronto en un micro viejito y rezongón que, metiéndose en la selva tupida, en la maravillosa selva misionera, con sus caminos como de sangre, sus leonados ríos rumorosos y sus lejanas montañas azules, era para mí una de las más lindas provincias argentinas, me iba llevando a lo de Iona.

Cuando llegué hasta un pueblito –quince o veinte ranchos de techos de caña, con algunos indiecitos en pata, algunos perros flacos y varias gallinas que sin importarles de nosotros, picoteaban despreocupadas en el duro y rojizo patio–, luego de preguntar por el pintor, por el de largas patas y luenga barba, me encontré traqueteando sobre un sulky reviejo que, tirado por un caballito trotador, se fue metiendo de lleno en plena selva, donde ya en esta época del año las orquídeas empezaban a florecer transformando todo en un jardín flotante, los pájaros de mil especies en un concierto con orquesta a pleno y los monos, chillones y saltarines, en un remedo de hombres chiquitos y bullangueros, ocupados en sacarse los piojos con mucha prolijidad y reconcentrado esmero. No nos olvidemos que al fin y al cabo, nosotros pertenecemos al género de los primates, *aunque con médula ensanchada*. Por eso, siempre los monos me resultaron tan simpáticos y, en cierto sentido, hasta llegué a envidiarlos. Por lo menos la evolución no los metió en este Gran Hormiguero en el que nos debatimos, ni en esta incierta y tremenda aventura cósmica que nos está tocando en suerte.

Luego de una media hora larga, el sulky se detuvo, ya que la senda terminaba de golpe ante un intrincado monte añoso. El indio guaraní que conducía se bajó y tomando mi escaso equipaje me dijo: *chamigo tenemoj que camina unoj doscientos metroj*. Mientras decía esto –estaba *en pata* y casi *en bolas* con el torso desnudo y algo que alguna vez había sido un pantalón–, se internó por un caminito que tenía más yuyos que tierra y apartando las ramas de los árboles que le dificultaban el paso, se fue metiendo en plena selva, mientras que con un enorme machete iba cortando hábilmente algunas cañas. De golpe se paró y extendiendo el brazo me señaló a unos cien metros más allá, un gran rancho, tapado a medias por la vegetación, diciendo: *casa pintor, casa Iona*. Desde la casa-rancho salieron dos enormes perros que ladrando se nos vinieron con caras de pocos amigos.

Un gigantón de larga barba blanca, que pensé era mi amigo Iona les pegó un fuerte grito y los animales se detuvieron como por encanto, rodeándolo cariñosamente.

Iona siguió caminando hacia mi encuentro despaciosamente. Se notaba que no sabía quién era. En tantos años apenas si nos habíamos escrito. Si no hubiera sido por lo de mi cargo de corresponsal en Buenos Aires posiblemente no habría retornado al país. Y ahora, una vez en él, con mis padres ya muertos, Iona era uno de los pocos amigos que me quedaban; de ahí mi gran necesidad de verlo y mis deseos de tocar nuevamente tierra mesopotámica y sobre todo misionera. Si bien estaba más ligado con Entre Ríos, donde había pasado gran parte de mi infancia y con Corrientes, la hermosa ciudad a la que en aquel entonces –aún no existía el puente que la unía con Barranqueras y Resistencia– se llegaba en balsa, siempre desde chiquito, las aguas del Paraná me habían subyugado.

Después de todo, a Misiones, también la visitaba el gran río y sus arroyos en su largo viaje hacia el mar…

A Iona lo conocí, ocasionalmente, en el viejo café de Paraguay y Maipú, ya que a Buenos Aires, donde él vivía, me trasladé después de la caída de Perón, alrededor de 1956, desde Rosario, para *¡hacer política…!* En Rosario, donde en ese entonces ocupaba un cargo público, al ser nombrado un milico como interventor de la Aduana, donde trabajaba, le tiré –antes que me echaran por peronista– mi renuncia a la cara. Y con dos mangos apenas me fui para Buenos Aires. Allí, el justicialismo me había conseguido, *gratarola,* una vieja casona, a metros de Pampa y Cramer, en la cual, según decían, vivió Elpidio González, el que fuera vice de Yrigoyen.

Cuando estaba a pocos metros de Iona, le grité:

—Soy yo, ¡carajo!

Su rostro se iluminó con una gran sonrisa y mientras apresuraba el paso hacia mí con los brazos abiertos, me estrujó en un fuerte y prolongado abrazo.

—¡Ricardo, Ricardo, Ricardo…! ¡Querido amigo, tantos años…! ¿Y qué hacés acá, en medio de la selva?

En dos palabras lo puse al tanto de lo de la corresponsalía y que con o sin ella, había regresado para quedarme y para morirme tarde o temprano, en esta bendita tierra.

Me contó que allá por los ochenta, cansado del infierno en que se estaba convirtiendo Buenos Aires, decidió hacer lo de Horacio Quiroga y se vino para Misiones, donde por dos pesos compró más de cuatrocientas hectáreas de tierra, en las que había plantado un poco de yerba, que le permitía subsistir. Que seguía pintando y que una vez por año realizaba una muestra en una privilegiada galería de Buenos Aires que promocionaba su obra y que si bien las ventas habían caído mucho debido al malísimo estado económico del país, siempre recibía algunos mangos, cuya mayor cantidad guardaba en dólares. Que tenía una quintita, en la que había sembrado tabaco, maíz, zapallo y diversas hortalizas que le permitían vivir del autoconsumo. Que la pesca era muy buena, ya que un río con su pequeño salto –cuyo ruido alcanzaba a percibir–, pasaba por los fondos de su rancho, del que se proveía de surubíes, pacúes, dorados y otras yerbas, que si bien consumía frescos, solía guardar ahumados. Gallinas, patos, unas vacas, varios caballos… En fin… me dí cuenta que mi amigo no tenía problemas y que era feliz.

Entramos al enorme rancho. Se trataba de un solo ambiente muy grande, casi de diez por diez. En el fondo una hamaca paraguaya blanca reinaba en el rincón derecho de la vivienda. Era el dormitorio. Todo lo demás, a excepción hecha de un pequeño lugarcito destinado a una cocina a gas de garrafa, estaba ocupado por el taller de pintura. Dos grandes caballetes construidos con tosca madera del lugar y dos mesas. Y por todos lados pomos y tarros de pintura. Frascos, trementinas, aceites y bastidores de todos los tamaños daban forma a un desprolijo pero completo *atelier*.

Nos sentamos en unas pesadas sillas hechas por Iona, alrededor de una gruesa y tosca mesa, también hecha por él. Empezó a ir y venir el mate, con yerba cosechada por Iona y, como en épocas lejanas, se fue alargando una sentida charla de viejos amigos que hacía muchos años que no se veían, mientras un curioso coatí iba y venía por la habitación, haciendo pequeños círculos con el hocico pegado al duro suelo de tierra colorada.

Me explicó con lujo de detalles todo lo vivido durante mi ausencia a partir de 1976. Me confirmó la desaparición de Laura y de varios compañeros, que si bien nada tenían de comunistas, militaban en las filas más ortodoxas del peronismo. A muchos de ellos los habían secuestrado, torturado y luego desaparecidos, al pedo, ya que no formaban parte de ningún grupo armado y solamente combatían ideológicamente contra quienes decían gobernarnos pero que a instancias de nuestros "amigos" del norte llevaban a cabo todo un operativo de exterminio que terminaría entregándonos al Fondo Monetario Internacional.

—Y fue así nomás –le dije–. Pero ellos también se jodieron, ya que ahora están en cana y el Fondo y West Point y todo el gobierno yanqui, sea demócrata o conservador, se cagan en ellos.

—Como se cagaron durante la Guerra de las Malvinas –me dijo–. Muchos morochitos de Misiones, Chaco, Formosa, Corrientes, Entre Ríos, Salta y en fin… de todo el país, con apenas meses de instrucción fueron llevados engañados, y allí, en las gélidas tierras del archipiélago, se quedaron. Vos sabés que no soy argentino de nacimiento, pero vine a los dos años, me nacionalicé y me siento nativo como el que más.

Vi cómo en su rostro se dibujaba un rictus de indignación y de dolor.

Nos quedamos callados unos instantes.

Rehaciéndome de mi gran angustia cada vez que se tocaba el tema de las Malvinas, le contesté:

—Fue una maniobra vil para entregar las islas, ya que estoy convencido que durante el mes que tuvimos de tiempo antes que llegaran los ingleses, se hubiera podido alargar en unos cuantos metros la pista de las islas, a fin de que los Mirage desplegaran con toda comodidad una autonomía de más de trescientos kilómetros. Y a su vez –agregué–, en lugar de soldaditos que, no obstante todo el inmenso valor que desplegaron, eran bisoños, hubiéramos llevado dos o tres mil suboficiales con experiencia, dispuestos a morir y no a entregarse en Puerto Argentino como lo hicieron, en masa y pacíficamente; otro hubiera sido el cantar. Mirá, y para finalizar con el tema, si se fueron de Vietnam, si no pueden con Irak, ni con Cuba, que está a pocos kilómetros de ellos, menos hubieran podido doblegarnos, máxime cuando nos acompañaban la mayoría de los países latinoamericanos. Nos agarramos la guerra en joda, como si fuera un partido de fútbol, con la gente yendo a los cines, a los boliches y con la tele a pleno. Estoy de acuerdo, que si quieren, a Cuba la toman en un par de días, pero no lo hacen, ya que sería una carnicería. Inútil fue el sacrificio heroico de los pilotos argentinos. Tan sólo por eso no tendríamos que seguir usando ropa con grandes leyendas en inglés.

—Ya pasó –me dijo Iona alargándome el enésimo y último mate.

Levantándome empecé a recorrer el estudio. Las paredes estaban tapizadas con obras de gran tamaño, todas pintadas al óleo, en las que mi amigo hacía gala de un intenso colorido y una vigorosa paleta. Allí estaba Misiones, con sus selvas, ríos, saltos, colinas, aves y toda una prodigiosa gama de verdes, rojos y amarillos. Manejaba la espátula con una soltura y vigor envidiable. Pintar bien con espátula no es moco de pavo, como solía decir un gran amigo. Desde el trazo grueso, firme y vigoroso, muchas veces de varios centímetros de ancho, a una línea de apenas un milímetro, todo realizado con la espátula que al fin y al cabo, es de metal; exige una técnica envidiable.

Mientras conversábamos me llevó hasta un pequeño mueble de dos puertas y me espetó sonriente:

—¿A que no sabés qué guardo allí…?

—Seguro que nuestra correspondencia de apenas media docena de cartas no ha de ser… –le contesté también sonriente.

Resueltamente abrió las dos puertitas y agachándose extrajo una carpeta voluminosa que enseguida reconocí, no obstante el tiempo transcurrido. Entregándomela me dijo:

—Es el borrador de tu proyectado libro Los Cuentos del Hormiguero. Los he leído varias veces… ¡Tenés que publicarlo…!

La emoción que sentí al tener en mis manos los borradores de aquel libro –escrito en un momento muy especial de nuestra historia, que coincidió con diversos golpes de Estado, a través de los cuales se inicia en este bendito país todo un proceso de entrega, seguido luego por civiles poco patriotas y uniformados rebeldes, que transformaron a la Argentina en una colonia dependiente de los grupos financieros internacionales–, fue muy grande y casi imposible de describir.

Le di un gran abrazo, casi tan grande como aquel que le diera muchos años atrás, cuando al tener que dejar compulsivamente el país le entregué esa misma carpeta, diciéndole *guardámelo hasta la vuelta. ¡Hasta que estos mierdas se vayan…!*

Palmeándolo le comenté:

—Los mierdas se fueron, pero los civiles que llegaron después, a través de comicios aparentemente libres pero viciados por el recuerdo que la población guardaba del proceso, por lo que votaba a cualquiera que le hiciera falsas promesas, no fueron mejores. Hubo más libertad, pero las leyes de punto final y obediencia debida de Alfonsín, que no robó -mirá que no soy radical- y del que te jedi, que con promesas properonistas que no cumplió, enajenó por dos mangos a todas las grandes empresas y, no conforme con ello, aumentó la deuda externa en un monto sideral que no podremos pagar nunca; nos jodieron para todo el viaje.

—Más las coimas, más las coimas –agregó Iona–. Lo del indulto, que fue una burla indecente. Por algo está en cana, aunque no te asombre que le busquen alguna triquiñuela legal, la Cámara o la Corte. Él todavía sueña –continuó– con ser presidente en el 2003 y quiere manejar el partido, sabiendo, porque lo sabe, que no lo va a votar nadie.

Y mientras me llevaba tomado del hombro fuera de la casa, insistió:

—Tenés que publicarlo… Está escrito en lenguaje coloquial, el que usamos todos los días, es decir, el idioma del pueblo…

—En cuanto a lo del lenguaje estoy de acuerdo con vos –le contesté–. Todos mis amigos intelectuales –denominación que a Cortázar no le gustaba–, hablan como yo he escrito los cuentos novelados; putean y carajean de lo lindo, pero cuando empiezan a escribir, vuelven a la que considero va siendo ya una lengua muerta –por lo menos para nosotros–. Por eso, en la mayoría de los buenos autores y en la de los bestsellers, de dudosa literatura y que te encajan luego de gran publicidad escrita y televisiva, te encontrás, salvo honrosas excepciones de editoriales como la gente, con un idioma que no es el nuestro. Fijate que en toda América Latina, menos entre nosotros y entre los amigos uruguayos, se habla un castellano más puro y así se escribe. Tal el caso del genial García Márquez y de Vargas Llosa. Nosotros y nuestros amigos uruguayos hablamos un castellano que un colono entrerriano, descendiente de turineses, bautizó acertadamente en su lenguaje campero como "castizo-overo"…

—Las letras de Discépolo –interrumpió Iona– van a quedar sin duda alguna incorporadas definitivamente al idioma.

—Mirá que algunos poetas siguen aún clasificándolas como "poesía menor" –le dije–. Vaya y pase que los bardos de hace unas décadas lo consideraran así. Por eso ahora, los que adhieren muy tarde al surrealismo europeo de los veinte, escriben poemas difíciles, en clave, que no lográs entender. A ellos les cuesta ubicar a Discépolo como un poeta mayor. Sus letras, tan actuales aunque tengan medio siglo, siguen vigentes. Fijate que La Divina Comedia, un monumento de la literatura universal, fue en un principio repudiada por los consagrados de su época. Había sido escrita en el italiano que en ese entonces nacía de la mano del pueblo. Y en cuanto al castellano, compará el Mio Cid con Lope de Vega o, más acá, con Azorín y vas a ver como los idiomas cambian con el transcurso del tiempo y siempre de la mano del pueblo. El escritor de avanzada lo recoge, posiblemente lo mejora, pero siempre de la mano del pueblo –agregué–. La literatura no debe ser de una élite, cerrada, impermeable, que sin darse cuenta que el tiempo la devora, sigue escribiendo para un pequeño número, que pese a su declamado progresismo continúa aislado, autoaplaudiéndose. En esto, estoy con Hesse, querido amigo.

—Con más razón –me dijo Iona–. Tenés que publicar los Cuentos del Hormiguero. Son actuales, pese a que tienen ya varios años. En ellos, con tu colectivización, cuando los escribiste en la década del 60, te adelantaste a lo que se ha dado en llamar globalización.

—¡Ah!, con respecto a todo esto te quería comentar algo que escuché por televisión, en pleno vuelo sobre el Atlántico hace algunas horas. Me interesó ya que se reproducía un pensamiento que está en boga hoy en día, con respecto a robots tan perfectos que suplantarán y manejarán a su arbitrio al Hombre y a la humanidad. Te aclaro –agregué– que este reconocido hombre de ciencia dio con la pelota en el travesaño, como vulgarmente decimos, aunque no en el clavo. Vos sabés que ya en la década del sesenta hablaba del tema en Los Cuentos del Hormiguero, que vos me incitás a publicar, pero con un enfoque y conclusión distinta, que se construye a partir de lo que nos enseña la antropología física.

—Si bien a tu pensamiento de aquel entonces lo recuerdo, me agradaría que me dieras una explicación breve –me dijo Iona al tiempo que me alcanzaba un mate.

En pocas chupadas terminé el mate y devolviéndoselo le dije:

—Es la Naturaleza la que conduce el proceso a través de la evolución. En eso, soy darwiniano. El Hombre, por lo tanto, nosotros, como fenómeno natural cabeza última y pensante del filum de los primates, somos un mero instrumento. Nada hay sin la Naturaleza. No se pudo prescindir de ella desde el momento de la *creación* -dale al término el alcance y significación que más te guste-, pues a partir de allí el proceso seguirá su curso inexorablemente. Ya viene programado. A los presupuestos técnicos los maneja el hombre, con todos los elementos que le fue dando la Naturaleza. No hablaremos del instrumento de piedra, ni de la ballesta. Arrancá de la máquina a vapor (hierro, agua, fuego), estaban ya. Luego vendrán la telecomunicación, la electricidad, que es un fluido natural prehomineano, la división del átomo, la genética, la cibernética y *tutti quanti*. A partir de allí, con todos esos elementos, el cerebro humano, que también se fue desarrollando luego de millones de años, ha ido construyendo, primero en forma rudimentaria y luego ya mucho más compleja, los actuales robots. En ellos no hay ningún elemento que no existiera en la Tierra. Los robots harán tareas primarias y poco a poco más especializadas. Algo parecido y luego más complejo que el aparatejo que los rusos enviaron a la luna y que volvió con una muestra de su suelo, pero nada más.

Mientras Iona me alcanzaba un nuevo mate, en el intervalo me dijo:

—¿Y luego los robots que nos suplanten? De suceder eso la vida sería muy aburrida y si querés, trágica. ¡Qué experiencia cósmica inútil, perecedera! ¿No te parece?

Después de devolverle el chirimbolo vacío y previa chanza, ya que con Iona habíamos hablado muchos años antes del tema, le agregué sonriendo:

—Vos sabés que lo lamentable es que la genética y la cirugía, con sus implantes cerebrales, como lo esbozara hace tanto tiempo en Los Cuentos, ¿te acordás que a fines del 68 lo conversábamos en el viejo café de Maipú y Paraguay?, terminarán transformando a los hombres en robots de carne y hueso, pero especializados. Unos serán programados para vivir en Marte, otros en la luna, otros en el fondo de los mares, unos en obreros y obreras asexuados…

—¿Y los zánganos? –me dijo.

—No existirán –le contesté–. No te olvidés Iona que el cerebro del hombre ha venido evolucionando y ahora con la clonación y luego con la incubadora madre ¡a otra cosa!

—¿Y entonces?

—¡Once! –le contesté riéndome.

—Quiere decir –agregó– que se acabaron los pantagruélicos asaditos de la Costanera, el encame con Mabel, las barras bravas…

—¡Addio al amore, mio caro…! –le dije devolviéndole el último mate que estaba frío y relavado y riéndome con sorna le pregunté–: ché, por acá, ¿no habrá algún hotelito…?

Riéndose él también me pegó un empujón que casi me tira al agua, diciéndome:

—¿Por qué no te vas a la puta madre que te parió?

En un santiamén nos quedamos en bolas y dando un gran salto nos tiramos al agua muy cerca de la hermosa catarata del arroyo.

Cuando salí a la superficie, sacudiéndome el pelo mojado, le grité:

—¡No te olvidés de la promesa de una guainita...!

—Después del asadito podés usar la hamaca paraguaya. Te haré cebar unos cuantos matecitos bien calientes por la Lisandra —me contestó.

—Y vos ¿dónde vas a dormir?

—No te aflijás. Cerca de acá —respondió, mientras señalaba un pequeño rancho que se escondía detrás de unos arbustos, sobre la barranca del arroyo.

—¿Solo...?

—Menos averigua Dios y perdona —me dijo, mientras cacheteando la superficie del torrente me llenaba la cara de agua.

Después del asado pasé una hermosa noche. Al día siguiente, Lisandra, riéndose, me despertó con unos mates bien *calientitos...*

Mientras escuchaba el grito inconfundible de un pitanguá [2], pensé para mis adentros ¡A la mierda con los implantes...! ¡A la mierda con la corresponsalía...!

2    *Pitanguá*: Benteveo en castellano. Pajarito abundante en casi todo el país.

# El Tacuaruzú

Iona había plantado su casa a orillas del Tacuaruzú. La Lisandra, mientras chacoteábamos en el agua, me explicó medio en guaraní y medio en nuestra lengua –el argentino–, que este gran arroyo era un afluente del río Garupá y que cuando llovía mucho se convertía en un enorme torrente que todo lo arrastraba llegando, a veces, a besar apenas la casa de Iona. Traía la corriente en esos casos enormes troncos, coatíes y monos muertos. La cascada desaparecía tapada por el agua durante dos tres días, tornándose innavegable.

Le pregunté a la Lisandra, cuál era la población más grande que conocía y me confesó que una vez casi la llevan a trabajar como mucama a Posadas, pero que le dió miedo tener que vivir sola entre gente desconocida. Su padre, que se había ahogado al caer ebrio de la canoa cuando el río estaba muy crecido, le aconsejó que no se conchabara con gente de la ciudad, ya que él, siendo muy joven, fue llevado como peoncito a una estancia pegada a Posadas, de donde volvió desilusionado por el trato que recibió, debiendo regresar *juido* en un camión que lo dejó a mitad de camino, cerquita del lugar donde se unen el Tacuaru-zú con el Garupá.

Me explicó, señalándolo con el dedo, que en ese rancho que se veía a pocos metros montado sobre la parte más alta de una barranca formada por un gran peñasco, vivía ella sola con la Ramona, su hermana mayor.

Le pregunté, de curioso nomás, pues ya lo sabía:

—¿Cuántos años tenés?

—¿A ver si lo endevinás? ¡Curioso…!

—¿Y? –le dije, multiplicando la cifra real por dos.

—Como treinta…

Tirándome al montón con un palito, me contestó:

—Trainta tenía máma cuando se murioj. Yo tengo la mitad y mi hermana la Ramona, apenaj si tiene doj máj que yo. Y aura me voy –me dijo–. Venite esta noche pa las casas así armamo con don Iona, voj, la Ramona y yoj una linda chamameseada con pastelito dulce.

Me fui para el rancho grande a buscar el libro y me tiré en la hamaca dispuesto a darle duro al mamotreto…

Bajo la sombra de un enorme timbó, la hamaca paraguaya se iba deteniendo suavemente. Habían pasado casi tres horas desde que me tendiera en ella, leyendo algunos capítulos de *Los Cuentos del Hormiguero*. En general me sentía satisfecho, pese a que habían pasado más de veinticinco años desde que los escribiera. El hormiguero seguía siendo el mismo, pero la corrupción y el lavado de dinero, narcotráfico de por medio, transformaron todo en un confuso miasma. En él estaban metidos hasta las verijas senadores, ministros, banqueros y delincuentes junto a políticos conspícuos. Amparados por jueces que habían llegado a sus cargos, la mayoría, durante ambos períodos del *menemismo,* cajonearon y demoraron las causas que permanecían detenidas en el procedimiento. De esa forma lograron salir ilesos y aparecían ante la sociedad como ilustres funcionarios. Dos o tres *perejiles,* como se les llamaba a miembros sin importancia de esta banda de delincuentes, habían sido procesados y gozaban de la detención en cómodos lugares de la gendarmería o de alguna otra repartición pública, desde los cuales veían televisión, comían como reyes y recibían visitas de familiares *y amigotes tan delincuentes como ellos.*

El resto del pueblo, *yugaba* durante largas horas, percibiendo salarios de hambre. La inseguridad reinaba en todas partes. Los asaltos se perpetraban a cualquier hora del día. Muchas veces los delincuentes eran niños de doce a catorce años, completamente drogados. Con todo desparpajo portaban armas y al no lograr dinero, no vacilaban en matar a sus víctimas. Como en la mayoría de los casos, a las pocas horas estaban libres, para seguir matando a inocentes ciudadanos.

Como reflejo de una forma de vida, *Los Cuentos del Hormiguero* no habían perdido vigencia. Era la misma ciudad, pero con una dosis mucho mayor en materia de corrupción y violencia.

Sin duda que se habían producido fenómenos nuevos.

El proceso militar, que se apoderaba de niños cuyos padres habían sido eliminados dentro del mayor secreto y arrojados al Río de la Plata con gruesas *botas* de cemento para que no fueran encontrados, terminaba en muchos casos quedándose con los bebés, a los que anotaba con otros nombres y se los entregaba a sus amigos. Éstos les encajaban su apellido. Los niños, ya hombres, sin saberlo llevarían el nombre de sus falsos padres-delincuentes. ¡Se les cambiaba la identidad, los vínculos de sangre, el origen…!

Poco a poco los progenitores de todos los asesinados se fueron conociendo y así nacieron entidades que aún hoy, como las Madres de Plaza de Mayo, con un pañuelo blanco en la cabeza, se reunen en la histórica plaza, testigo de tantos grandes sucesos memorables o no. Desde allí claman y piden justicia. Ya encontraron a muchos nietos, hijos de sus hijos asesinados que ahora ¡gran dolor! vienen a saber que sus presuntos progenitores intervinieron directa o indirectamente –cómplices por omisión– en la muerte de sus verdaderos padres.

Hoy, los asesinos de esas madres torturadas a las que antes de matar obligaban a limpiar la sangre que había quedado en el suelo después de un parto aberrante, se animan a comulgar y a ir a misa y a ¡venerar…! la imagen de Cristo, sacrificada con la complicidad de los gobernantes romanos de turno.

De esas conductas delictivas me había enterado por la prensa, la radio y la televisión españolas. Como entre los padres de los niños se encontraban en muchos casos ciudadanos españoles muertos y desaparecidos, comenzó a actuar la justicia de ese país, haciéndose famoso el juez Baltazar Garzón, que al ser requerido por ascendientes de las víctimas, procesó a tal o cual militar argentino involucrado en esos acontecimientos aberrantes. Los pedidos de detención a los presuntos culpables comenzaron a llegar al país, cuyas autoridades negaban la extradición, basándose en dos leyes llamadas de Obediencia Debida y Punto Final, que en ese entonces propiciara el presidente Raúl Alfonsín, presionado por una cerrada corporación militar, cuyos más altos jefes habrían el paraguas temerosos de ser procesados en el futuro, cosa que se produjo. Sobre llovido, mojado, como dice el lenguaje popular, ya que el disfrazado de Facundo Quiroga, que luego perdió las chapas y se transformó en un mal jugador de golf —me refiero a Menem—, al principio de su presidencia indultó a todos estos facinerosos. Pero, como el Derecho empieza a fundamentar en el ámbito internacional una doctrina de no prescripción de los llamados delitos aberrantes, merced a tratados y a una jurisprudencia inteligente y humana, todos estos criminales están sintiendo que no podrán eludir —salvo que la parca se los lleve antes—, un merecido castigo.

¡Enorme tarea la de las Madres y Abuelas de Plaza de Mayo…!

Están condenados a vivir dentro de sus casas, abucheados por la gente. Alguna vez salen con permiso de la justicia, para ir a su médico.

Me preguntaba y me pregunto siempre: ¿Qué habrá dentro de la conciencia, del alma, del pensamiento de esta gente? ¿Tendrán alma, sentimientos, conciencia…? ¿O es que en el mundo es cierto que aún conviven representantes del bien y del mal? ¿Encarnan estos individuos mefistofélicos al mal…?

Los que fueron capaces de arrojar dos bombas atómicas sobre dos grandes ciudades, cuyos cientos de miles de habitantes murieron en minutos— ya se sabía que Japón estaba vencido—, ¿eran representantes del Mal o del Bien en el planeta Tierra?

¿Y estos seres serán los destinados a gobernar al Hormiguero…?

Y seguía jugando con el pensamiento.

En uno de mis libros de poemas ideé un personaje, ABRAXAS, demiurgo que gobernaba a la Galaxia por mandato divino y que encarnaba al Bien y al Mal al mismo tiempo. ¿Existiría…?

*

Iona me despertó hamacándome violentamente.

—¡Linda manera de leer tu libro! –me dijo.

Me di cuenta que me había quedado dormido y que todo lo anterior, a partir del malhadado Proceso, había sido un sueño. Bajando de la hamaca paraguaya medio dolorido por la postura contracturada en la que me tomara Morfeo, le dije:

—Querido amigo: me dormí y soñé una serie de porquerías. Ya está decidido. A *Los Cuentos del Hormiguero* los publicaré ni bien llegue a Buenos Aires, es decir, dentro de diez días, si es que vos y la Lisandra se animan a aguantarme y si el editor me da bola.

Sentí detrás mío unos pasos muy suaves. Apenas si podía percibir el ruido que alguien hacía al caminar sobre el pasto, en ese lugar, seco y quebradizo.

Dándome vuelta me topé con la Lisandra, quien alargando el brazo mientras llegaba *en pata* y me acariciaba con esos sus ojillos guaraníes, redondos dulces y de profunda mirada selvática, me decía:

—Yo tomé el primero, ¿querej un mate?

# 11 de setiembre del 2001

Ese día, 11 de setiembre del 2001, me despertó Iona, sacudiéndo-me violentamente. Cuando abrí los ojos, sentí el vozarrón de mi ami-go que me gritaba fuera de sí:

—¡Volaron las dos torres gemelas de Nueva York! ¡Hay más de veinte mil muertos…! Vamos, levantate rápido, así lo vemos por tele-visión desde la estancia de don Braulio.

Dando un salto me despegué de la hamaca "paraguaya". No sé porque la llamamos paraguaya: la he encontrado en todos los países de América, desde México a la Argentina, ya que en ella durmió toda su vida Bolívar, como nos cuenta García Márquez. Don Simón no era precisamente oriundo de la patria de los guaraníes.

Luego de recorrer a caballo varios kilómetros por la selva a través de un desdibujado sendero de tierra colorada, acompañados por el gri-terío de los monos y el canto de cientos de aves, cruzando algunos ve-loces arroyos poco profundos y extasiados por las orquídeas, llegamos a la estancia.

Como siempre que uno se acerca a un caserío, gran cantidad de perros de diversos tamaños y pelajes se arremolinaban ladrando en torno de los caballos. Desde el interior de un amplio rancho, pulcro, con sus paredes de adobe pintadas de blanco, a la cal, salió un gaucho grandote, *ensombrerao,* el que con un grito *sosegó a los cuzcos* mientras saludaba efusivamente y con respeto a "don Iona". Era el capataz. De un salto *nos largamos* de los caballos que fueron atados por un *gurisito* de unos diez años bajo la sombra de un enorme lapacho totalmente cubierto de flores rosas. El capataz, que resultó ser Don Nicasio, nos condujo hasta la puerta del gran rancho –el casco de la estancia–, en la que se apretujaban varios peones que miraban absortos hacia su interior. Nos dieron paso, sacándose los sombreros con el respeto clásico de todos los hombres de nuestro interior. Algunas *chinitas,* con ropas multicolores pero *en pata,* hacían círculo en torno de la pantalla de un gran televisor, algunas de ellas con sus gurisitos en brazos. En el medio de la habitación y muy cerca del aparato se encontraba don Braulio, un gauchazo corpulento y medio gordo, cetrino, el que al vernos, entregándole un enorme mate de calabaza a una de las chinas, se levantó lentamente de un amplio sillón estilo Luis XV, dándole su gran mano de hombre de campo a Iona, por quien fui presentado. Cuando me saludó sentí la piel gruesa y el apriete fuerte y sincero de esa mano curtida por el trabajo. Enseguida nos trajeron dos sillas del mismo tipo. Cuando nos sentamos, ante nuestro asombro aparecieron dos enormes rascacielos y las grandes figuras de dos jets que haciendo impacto las partieron literalmente en dos. Con el transcurso del tiempo íbamos a ver durante meses las mismas imágenes repetidas por todos los televisores del mundo.

En ese momento me di cuenta que *nacía una nueva era en la historia* siempre teñida de sangre de la Tierra.

Mientras comentábamos el episodio pude constatar que Bush, el mandamás norteamericano de turno, tenía razón cuando pensaba que en general los pueblos de casi toda América Latina, muchos del Asia y de África y algunos de Europa, no simpatizaban con la legendaria historia de coerción que el gobierno del Gran Coloso del Mundo, venía aplicando con ellos, desde hacía siglos.

Ésta era la verdad. No podían ignorarla nuestros políticos ni los políticos de ellos.

Una vez más pensé que otro sería el panorama del mundo si la política de los poderosos para con los miles de millones de seres desprotegidos y al borde de la miseria, cambiara hacia una convivencia más humanitaria.

Si bien en las dos torres gemelas se encontraba el centro del poderío financiero mundial, ya que en ellas tenían sus oficinas grandes bancos y poderosos trust económicos, miles de modestos empleados que trabajaban en ellas había muerto. Éstos eran los contrasentidos inexplicables.

Idéntico impacto de estupor y de inaudito asombro me produjo la masacre de miles de víctimas que en un solo instante ocasionaron las dos bombas atómicas que los norteamericanos habían arrojado hace ya muchos años, sobre las dos grandes ciudades japonesas de Hiroshima y Nagasaki, a las que arrasaron sin necesidad cuando la guerra prácticamente había finalizado.

Aún recuerdo aquellas noticias que nos relataban, cómo las paredes de las aulas de todos los colegios de esas ciudades, prácticamente se derretían por el tremendo calor de varios miles de grados de temperatura, muriendo calcinados alumnos, maestros y pobladores.

Todavía podemos observar muy de tarde en tarde algunos espectros sobrevivientes, remedos de hombres, que la televisión a las perdidas nos muestra.

Eran las víctimas inocentes de esa terrible guerra que si bien se venía desarrollando desde hacía siglos, el 11 de setiembre del 2001, afloraba violentamente, dando nacimiento a una nueva era.

¿Acaso había cambiado el mundo desde aquel lejano año de 1976, cuando acosado por el miedo tuve que alejarme de mi país camino de España…?

Luego de pisar tierra patria comprobé no sin pena, que mucha gente había perdido la memoria y levantaba nombres de políticos cholulos, olvidando que fueron quiénes con la plata dulce de la privatización de todas las grandes empresas nuestras, les dieron un pasar momentáneo más o menos próspero, pero breve y que la creciente desocupación había comenzado a alargar sus tentáculos a partir de 1997.

¿Acaso esos políticos cholulos, los de Pizza con Champán, nombre del libro de Sylvina Walger, volverían a humillarnos con sus dislates, festicholas baratas del mediopelo nuestro, *coiffeurs*-ñoquis y todo ese circo mediático de periodistas —hay honrosas excepciones— vendidos al mejor postor como prostitutas baratas?

¿Esa gente acaso lee de vez en cuando la opinión que sus coetanos tienen de ellos? No se ponen una mano a la altura del corazón y no se dicen a sí mismos: ¡basta…!

Por eso, ya que estamos en El Hormiguero desde mucho antes de los sesenta, vayamos pues hacia él, para comprobar como fenómenos muy parecidos, se daban en aquellos años… Claro que el miasma se ha enriquecido de manera increíble a medida que los años han ido pasando.

El pecaminoso Proceso, la vergüenza de nuestras Malvinas, son un ejemplo.

# *Regreso*

Acompañada por el rumor de la selva muchas veces quebrado por hondos oasis de silencio, la estadía de Ricardo en El Tacuaruzú se fue prolongando más de lo esperado. Los días pasaban sin que el tiempo los marcara.

Por eso, entre mate y mate y entre chapuzón y chapuzón, pudo comprobar con cierta sensación de bienestar que la Lisandra, la chinita querendona que le había tocado en suerte estaba ocupando un pequeño lugar en su corazón proclive a encariñarse con cierta facilidad.

Así las cosas, luego de lo de las Torres Gemelas, setiembre se fue volando y cuando quiso acordarse se encontró con que el mes de octubre andaba ya por su mitad. Decidió, luego de conversarlo con Iona, quedarse un tiempo más, el que aprovecharía para darle una última leída a los Cuentos. A su vez, por más que en el *medio* español le habían aconsejado tomar algunas breves vacaciones a fin de arreglar su definitiva estadía en Buenos Aires, y conseguir un departamento o vivienda acorde con su *status,* tomó conciencia que su descanso se había prolongado en demasía, máxime que todo el mundo ignoraba su actual paradero.

Si bien tenía unas ganas bárbaras de quedarse, se tornaba imperioso tomar una decisión en cuanto a su futuro.

La Lisandra le comentó días pasados:

—Miraj Ricardo que ya me he pasao unoj diaj de máj, como diej…

—¿Unos día de más de qué? –le contestó.

—…y que no me viene. Voj sabé que no noj hemoj cuidao ch'amigo… si voj querej podemoj dir pa lo de Nicasia que vive cerquita.

De inmediato se dió cuenta que la gurisa estaba gruesa; ¿y ahora qué? pensaba para sus adentros.

Luego, tomándole suavemente la puntinta del mentón moreno y lisito, le dijo:

—¿Y vos querés *dir?*

Mirándolo profundamente le dijo que era la primera vez que le pasaba y que si él tenía que volver, que se fuera nomás sin ningún problema, pero que ella quería tenerlo.

—Bueno, bueno –le contestó–, y mientras le daba un chirlo en la cola, le dijo– Mirá Lisandrita, *entoavía me viá quedar* dos o tres meses más, pero tengo que hablar a Buenos Aires para avisarles a los *gaitas.*

—¿Y qué son loj gaitaj…? –preguntó.

Tuvo que explicarle que cariñosamente les llamaba así a los españoles y como no sabía quiénes eran *loj espaniolej,* le dijo que los nacidos en España, que era un lugar un poco más grande que Misiones, pero con menos árboles, que tenía ríos chiquitos como el Tacuaruzú y que los de esas tierras que estaban muy lejos, más allá del mar, decían tú y no vos, ni ch'amigo. También le contó de lo grande que era el mar, con unos peces como de *trainta* metros, que aunque tenían aletas, no eran peces, y se llamaban ballenas.

Esa noche, luego del puchero de chancho del monte, con mandioca, papas, porotos y abundante vino, se sentaron con Iona en el patio de tierra colorada.

El rumor del Tacuaruzú que corría embravecido pues la lluvia de los últimos días había aumentado su caudal en varios metros de altura, se escuchaba nítidamente. Las enormes luciérnagas pasaban rayando con su luz la oscuridad de la selva cercana y en lo alto millones de estrellas que parecían muy cercanas tachonaban el celo. En medio de la noche, sin ninguna luz a la vista el espectáculo del cielo era maravilloso. Desde el monte surgían infinidad de gritos. Podía distinguirse el graznido casi tenebroso del urutaú y de vez en cuando y desde muy lejos llegaba el rugido sonoro y áspero de algún yaguareté. Iona le comentó que una de esas fieras, en pleno día, aprovechando el descuido de la madre, había robado una criatura de unos dos años, hija de un policía de la zona. Al día siguiente, salió una partida con varios perros. Lograron abatirlo, pero antes de morir, el animal alcanzó a despanzurrar a dos de los animales que ladrando furiosos lo habían acorralado al pie de un gran timbó.

Extasiados permanecíamos en silencio, mientras la Lisandra nos cebaba con infinita paciencia, un mate tras del otro. En algunas partes de Misiones, se prepara el mate a la brasilera. Se utiliza para ello una gran calabaza de unos quince centímetros de alto, con una boca de casi ocho centímetros de diámetro. A este mate se lo llena de yerba y en la parte superior del recipiente, pegado al borde se deja un pequeño hueco en el que se coloca la bombilla, vertiéndole bien al lado de ella el agua. Con este sencillo método solamente se humedece una pequeña porción del contenido. Sucesivos mates van humedeciendo poco a poco a la yerba y luego de una docena de infusiones, solamente una parte se impregna de agua, dejando al resto totalmente seco. De esta manera, es posible matear durante largo rato sin necesidad de cambiar la cebadura.

Durante ese lapso había consumido varios cigarrillos. Por su parte Iona fumaba su pipa despaciosamente.

Cuando la Lisandra se fue a dormir decidí comunicarle a Iona lo de la gurisa. Como adivinándome el pensamiento me dijo que para él sería un gusto tenerme a su lado, pues muchas veces se sentía medio solo.

Le hice saber que pensaba lo mismo y que como había logrado juntar algunos dólares, mi propósito era comprar en el lugar un pedazo de tierra chicón, no más de tres o cuatro hectáreas.

Me dijo que justito al lado de su predio, Don Braulio, el de la estancia, tenía un campito sin trabajar, que como era un criollo macanundo que lo que le sobraba era tierra, lo hablaría para pedirle que me hiciera una gauchada.

Le dije que estaba de acuerdo y que podíamos aprovechar la radio de la estancia para comunicarnos con Buenos Aires a fin de avisarle a mis empleadores que prescindieran de mis servicios y que para evitarles mayores gastos les enviaría mi renuncia con fecha anticipada, es decir al primero de agosto del dos mil uno.

Lo del terrenito se arregló muy rápido. Don Braulio, mediante la entrega de un anticipo me autorizó a ocupar precariamente cuatro hectáreas, cuya posesión me entregó. Le aboné el total, y quedamos que en unos meses haríamos la subdivisión y firmaríamos la correspondiente escritura.

Desde la radio de Don Braulio hablé con un radioaficionado de San Isidro, que en el acto se comunicó telefónicamente con la que había sido mi corresponsalía, diciéndoles de mi parte que en unos días recibirían un colacionado en regla.

En unas semanas alambré el terreno por tres lados, ya que como lindaba con el de Iona, no tenía que cerrar el cuarto lado, pues utilizaría la división hecha por éste. Con la ayuda de tres peones de la estancia, construí un confortable rancho de madera y techo de zinc, muy similar al de mi amigo y en dos meses estábamos viviendo con la Lisandra a la espera del gurí o de la guaina, ya que en esos pagos no existían los medios necesarios para anticipar el sexo de las criaturas.

En compañía de Iona de la Lisandra nos trasladamos hasta una pequeña ciudad situada a menos de cien kilómetros en la que permanecimos dos días. La Lisandra volvió con ropa nueva y en unas horas —es sorprendente como las mujeres se amoldan a todos los cambios—, con vestido, calzado y peinado recién hechitos, se había transformado en una hermosa morochita, de cara aindiada, bien guaraní, dueña de un esbelto cuerpito de quince años y con esos típicos ojazos característicos de los de esa raza. Caminaba airosamente y movía la colita de aquí para allá como si toda la vida hubiera andado por esos menesteres tan propios de las de su sexo.

Sin embargo, había algo muy especial en su mirada. Un observador sagaz podría haber asegurado sin riesgo de equivocarse que esa chica estaba atravesando los primeros estadios del embarazo. ¿Por qué será que a las mujeres, aunque aún no denoten su preñéz en los pechos y en la panza, se les nota a la legua su condición de futuras mamás...?

Vueltos al rancho, siempre aseadito y prolijo, comenzamos a trabajar sin descanso. Se limpiaron las adyacencias. Se quitaron algunos árboles de la selva tupida que se alejó unos cincuenta metros y sólo quedaron unos cuantos para brindar sombra y solaz.

Me las arreglé como pude a fuerza de maña y tesón. Las maderas de la zona eran de primera calidad. Iona me facilitó unas cuantas tablas que tenía desde hacía más de dos años y que por lo tanto estaban bien secas y aptas para ser usadas y que con serrucho, cepillo, lija, tuercas y tornillos, fueron tomando forma de mesa, cama, sillas y armarios. Unas buenas manos de barniz hicieron el resto. Del pueblo trajimos un hermoso colchón de dos plazas. Además le hicimos lugar a una pequeña cuna, un poco rústica, pero con mosquitero y todo. En el lugar, los *zancudos,* como diría García Márquez, eran respetables por su tamaño. Nos agenciamos de un coaticito, de un pequeño caí, de un inquieto cardenal que cantaba todo el día en su amplia jaula de madera y de un loro que al poco tiempo hablaba guaraní.

Yo tenía que arreglármelas con mi máquina de escribir portátil, con la cual y bajo la luz de un potente farol de sol de noche, seguí pergeniando mi última novela y mi enésimo libro de poemas. A los *Cuentos del Hormiguero,* ya los tenía corregiditos y en pocos meses pensaba viajar a Buenos Aires, para dejarlos en manos del editor. Hasta había llegado a bocetar una media docena de proyectos de tapa, que pondría a consideración del mismo si es que alguien me daba bolilla.

El invierno, en esa zona con una media docena de veinte grados, salvo algunas noches medio fresquitas, fue pasando rápidamente.

La panza de la Lisandra iba tomando forma y según una vieja *entendida* que la midió y tocó por todos los lados, sería un varón con todas las de la ley. Para la matrona faltaban pocos días y el futuro se movía que daba gusto. Cada tanto, poniendo la mano en la panza, sentía los golpecitos nerviosos de la criatura.

Pese a las predicciones de la comadrona fue una linda guainita, medio morochita y con los ojos claros del padre.

A los tres meses se había adueñado del cuarto y hasta le había *agarrado gusto* a la hamaca paraguaya cuya figura se destacaba en un rincón del cuarto. Se las arreglaba para chupetear de un gran pate que la

Lisandra le sostenía. Eso sí, tenía que ser dulce, ya que cuando se lo daban amargo, lo rechazaba poniendo mala cara. En el próximo viaje que hiciéramos al pueblo la anotaríamos en el Civil, por ahora, la llamábamos *Li*.

Los días fueron pasando y ya estábamos en los primeros de noviembre. Había recibido carta –a la correspondencia nos la traían una vez por semana, junto con un periódico de los domingos, editado en Posadas– de mi amigo Juan Carlos, escritor y conferencista, en la cual me comentaba que ya había conversado con dos posibles editores. En unas semanas viajaría, pensando estar de regreso para fines de noviembre. Después de su vuelta, Iona se iría a Buenos Aires llevando unos veinte óleos. De acuerdo a lo convenido le pagarían entre seiscientos y setecientos dólares, según fuera el tamaño de la obra. La galería estaba a metros de Santa Fe y Suipacha.

A fines de diciembre, bien tostadito por el sol y con la promesa de regresar a lo sumo en dos semanas, se despidió cariñosamente de la Lisandra y de Li, con particular tristeza, pues no tenía mayores deseos de retornar al Gran Hormiguero.

Iona lo acompañó en el sulky hasta la parada del pequeño y destartalado micro.

En el camino hablaron de todo un poco. De los diez y ocho millones largos de dólares que días atrás alguien había pagado en un remate por Los Nenúfares, unos de los óleos de Monet. La noticia no especificaba por cual de ellos, ya que el artista había pintado más de una obra con el mismo título.

Como siempre y aunque el tema fuera recurrente a esta altura del partido, terminaron hablando de política. Del precio casi descontrolado del dólar y ¡cuándo no! de la feroz interna del justicialismo, de la inexplicable tozudez del *turco,* que sin importarle un bledo del daño que su intransigencia podía acarrearle al país, seguía insistiendo aún cuando las encuestas no lo favorecían. Sin pronunciarse a favor de ninguno de ellos, se refirieron a las maniobras de Duhalde para echarle una zancadilla al *turco* y a la inexplicable posición de Reutemann, que ocupando con holgura el tope de la *grilla,* se negaba a dar el sí. Sobre el tema Ricardo le dijo a Iona: –Mirá, el ex de la Fórmula 1, va a terminar siendo el candidato, siempre y cuando *El Cabezón* que anda gobernando bastante bien, no termine *embarrándole la cancha a los dos...*

Asimismo se explayaron sobre la terca obstinación de la Krueger, que beneficiando inexplicablemente al *turco,* le ponía trabas al tan ansiado –por los gobernantes– empréstito del Fondo.

Luego, fueron a caer, sin ser ni siquiera conocidos del cura, al rarísimo y extraño proceso judicial que lo envolvía. Iona le decía que lo del padre Grassi era un elemento más que había que agregar a la feroz lucha política que desde hacía años –no olvidando los casos de Cabezas y Yabrán– se venía desarrollando por estos lares. Ricardo recordó los asesinatos del Padre Mujica y de Rucci, el dirigente gremial, perpetrados al sólo efecto de enfrentar a las alas de izquierda y de derecha del peronismo. No pretendía asumir la defensa de Grassi, pero de todos modos pensaba que la obra de este cura, con o sin la protección económica del Estado, beneficiaba a varios miles de niños y adolescentes., muchos de ellos con antecedente penales, que caso contrario habrían ido a parar a reformatorios, en los cuales todo el mundo sabía que las violaciones y los abusos sexuales, eran moneda corriente y que no obstante, las autoridades competentes que se resgaban las vestiduras en el caso Grasi poniendo horrorizadas el grito en el cielo, no investigaban nunca los delitos cometidos en todos los institutos oficiales que alojaban a los menores delincuentes. Dichos funcionarios de la justicia de menores tendrían que estar en cana. El problema no era de ahora, ya que arrastraba decenas de años de impunidad.

El proceso a Grassi estaba viciado, a su criterio, de sugestivas irregularidades. La fiscal había sido separada del caso, pues cambió la declaración de una de las testigos, testando laparte que beneficiaba al cura. Inclusive, se llegó a demostrar que el testigo encubierto presentado por la parte acusadora –antiguo asilado del Instituto dirigido por el sacerdote– intentó coimearlo para cambiar su declaración. Era significativo ver cómo dos órganos de prensa muy importantes –ligados a la interna justicialista– asumían posturas disímiles, pues uno lo defendía a capa y espada y el otro lo atacaba sin piedad. Pasados los días y a raíz del proceso y detención de una prestigiosa periodista, dichos medios de prensa la atacaban o defendían, asumiendo posiciones radicalmente antagónicas.

—¡En fin –pensó Ricardo– lo de siempre, mezclados en luchas alejadas de la democracia que pretendían defender, se los veía al Fondo

Monetario, al *Cabezón,* al *Turco,* a los distintos medios y a la Corte…!

Llegados a destino, se despidió de Iona con un gran abrazo.

Cuando el transporte de larga distancia partió, Ricardo llevaba entre sus bártulos los borradores de sus *Cuentos del Hormiguero.*

Podría haber hecho el viaje en avión, pero necesitaba con toda el alma ver y tocar palmo a palmo el campo y los pequeños pueblos que se iban sucediendo a través de la amplitud de ese territorio que tanto amara en sus años jóvenes.

Esa, era su tierra. Esos eran sus campos, sus ríos, sus selvas, su gente que tanto añorara y sufriera durante los años que vivió exiliado en España.

Los *gaitas,* expresión que decía con todo cariño, lo habían tratado muy bien. Hubiera sido ingrato no reconocerlo. Pero su tierra era su tierra. Los paisanos que de tanto en tanto veía pasar paso a paso por un costado del camino montados en sus caballos criollos, eran su gente. Los pibes que en ese preciso instante salían del colegio, con sus guardapolvos humildes pero limpios, eran *sus pibes.* Las maestritas que los acompañaban, le hacían recordar a las de su infancia… Eran sus maestritas.

No pudo casi contener un sentido sollozo que sacudió brevemente su cuerpo y con indignación se dijo para sus adentros: *¡Carajo, cómo han envilecido a mi país todos estos gobernantes crápulas…!*

Las ciudades se fueron sucediendo. La hermosa y legendaria Corrientes, recostada con su bellísima costanera sobre las aguas claras del Paraná que en esas latitudes eran cristalinas, pues su lecho es de arena y piedra. El larguísimo puente que la unía con Resistencia, la de las calles con hermosos naranjos…

Recordaba que muchos años atrás el puente no existía ya que para ir de una ciudad a la otra era necesario hacerlo en balsa.

Luego de muchos kilómetros llevando siempre la frondosa selva chaqueña a poca distancia del micro, pasó por Reconquista, por San Justo y en campos de Santa Fe pudo comprobar que la soja, en varios lugares, había reemplazado al maíz y a otros cereales.

Ricardo había decidido hacer un alto en Santa Fe. La ciudad había crecido muchísimo. Los árboles de la Avenida Pellegrini si bien lucían bellísimos, mostraban sus troncos más añosos y *su* facultad, la Facultad de Derecho y Ciencias Sociales, seguía ocupando la misma manzana.

Cuando ingresó al edificio, casi no lo reconoció. Sus paredes estaban invadidas por cientos de leyendas políticas de todo color que le quitaban belleza y sobriedad.

Se instaló en la misma aula en la que rindiera como última materia de su carrera, Internacional Privado, que dictaba en ese entonces el Dr. Berraz Montyn. Recorrió las calles céntricas, tomó café en la misma confitería, ahora reciclada.

Desde Santa Fe se fue para Paraná, siempre tan linda, luciendo el esplendor de los grandes jardines del Parque Urquiza, cuyas barrancas contemplan desde lo alto los amplios meandros del anchuroso río que se aleja majestuosamente rumbo al Atlántico.

Recorrió en el parque los mismos senderos que pisaron sus pies cuando apenas comenzaba a caminar y recordó aquellos versos suyos que aparecieron en uno de sus primeros libros.

El campo de Entre Ríos, profundamente verde.

Cuchillas, lomas, ríos, álamos y fragancias,

y tras el horizonte que a lo lejos se pierde

un niño que se azula de tiempo y de distancia.

Dejando a Santa Fe, rumbeó para Rosario. Allí estaba el Colegio Nacional San Martín, donde cursó los dos últimos años del secundario y la hermosa Escuela Dante Alighieri en la que *vivió* más de ocho años, ya que al concurrir en jornada de doble escolaridad –a la mañana castellano *e dopo il pranzo, italiano*– podía decirse que casi vivía en ella.

La Dante seguía luciendo su maravillosa escalinata de mármol blanco purísimo y su digna fachada. El Boulevard Oroño continuaba ofreciéndole, para que luciera mejor, el hermoso marco de sus grandes y viejas palmeras y añosos árboles. Más allá y al final del paseo continuaba deleitándonos el edificio del Museo Castagnino, con su selecta colección de obras –pinturas y esculturas– de plásticos argentinos y extranjeros de todas las épocas–. Ricardo pensó en el Profesor Sinópolis, con el que aprendió sus primeros balbuceos en dibujo y pintura. Además de ser su profesor en la Dante, fue durante largos años Director del mencionado Museo. También recordó a Fornells, el aventajado pintor catalán, con el que aprendió después un poquito más de pintura.

Recorriendo las calles de Rosario notó grandes cambios. El café japonés donde vivió interminables partidos de billar y el más pequeño, que llamaban *La Voz del Hambre,* en el que solía jugar al ajedrez con *Pan de Leche,* particular personaje de la época, ya no existían.

Tomó un micro que luego de cruzar gran parte de la ciudad, lo dejó en Alberdi, su barrio. Allí caminó siguiendo la Bajada Puccio hasta llegar a la anchurosa playa del Paraná que a lo largo de varios clubes de remo extendía el oro de sus brillantes arenas, las que como desde hacía millones de años seguían recibiendo la caricia de pequeñas olitas que iban llegando unas tras otras sin cesar.

Ricardo pensaba que las olas y el río seguirían llegando al mismo lugar por unos cuantos miles de años más, cuando la ciudad acaso ya no existiera. Era en esos momentos que se daba cuenta de lo efímero de la vida del hombre.

Poco después un enorme micro empezó velozmente a desandar el camino que lo llevaría a Buenos Aires luego de dejar a un costado Villa Constitución y San Nicolás, la del famoso tratado, que ahora había renovado su fama a través de la Virgen del Rosario —mito reciente—, que juntaba día a día decenas de miles de creyentes llegados de los más remotos confines del país.

En poco tiempo el vehículo fue adentrándose en el Gran Buenos Aires y un poco más allá de la media tarde lo dejó a metros de Retiro, donde bajó.

Cenó temprano y ya en el hotel de Cerrito, frente al Obelisco, se durmió profundamente, mientras por las ventanas del cuarto penetraban los reflejos multicolores y acompasados de miles de luces de neón que seguirían prendiéndose y apagándose hasta que llegara el nuevo día.

Una noche más dentro de las terribles y hermosas noches de Buenos Aires, comenzaba a extender sus tentáculos de amor y de muerte.

Ricardo pensaba en los millones de historias que durante una sola noche de esta gran ciudad se irían sucediendo. Miles de muertes y de nacimientos. Algunas muertes dolosas que nunca llegarían a conocerse. Abortos de seres indefensos. Nuevos romances. Rupturas de lazos amorosos. Madres que perdían a sus hijos. Madres que parían alegres a nuevos vástagos.

Por eso decía con frecuencia: Buenos Aires, la bella; Buenos Aires, la trágica.

Buenos Aires, la de los *Cuentos del Hormiguero.*

# La cultura de McDonald's
# llega a la literatura

Apenas hace dos días, es decir, el domingo 19 de enero del 2003, iba desandando Corrientes desde Callao hacia Libertad, de librería en librería, cumpliendo ese rito ancestral que desde pendejo realizaba casi religiosamente. Al llegar a la esquina de Paraná, sentí la voz aguda de Juan Carlos que gritaba ¡Ricardo…! Me di vuelta y alcancé a verlo justo cuando salía de La Premier con una de las manos en alto y sonriendo. Había estado con él el jueves. En segundos nos sentamos a una de las mesas –cuando hablamos en lenguaje corriente decimos "en una de las mesas"–. Como habitualmente lo hago, pedí un café con crema.

Juan Carlos leía La Nación. Siempre lo hacía los domingos. También por una costumbre ancestral. Con La Prensa ocurría lo mismo y con el Clarín de los jueves. Casi, casi, pasábamos de largo las noticias generales e íbamos a literarias, pero ese día al dar vuelta las hojas de la primera parte, mi buen amigo, al llegar a la página 12, se encontró escrito con caracteres de escándalo: *La cultura…*

Preso de abrupto nerviosismo, y mientras golpeaba con el índice repetidamente el título, me decía en voz alta:

—¡No puede ser, la cultura de MacDonald's llega a la literatura…!

—¡Vamos, vamos! –le contesté–. ¡Me estás cargando…!

Sorprendido, alcancé a leer el título: *La cultura de McDonald's llega a la literatura* y en caracteres un poco más reducidos: *"Los nuevos escritores de América Latina se alejan del realismo mágico y escriben sobre escenarios urbanos, lejos de la política"*.

Antes de leer la nota que a seis columnas tomaba posesión de toda una página, busqué el nombre del autor y me encontré con que se trataba de Nicolás Laporte, de *The New York Times*. Suspiré aliviado y para mis adentros me dije ¡al menos no es uno de los nuestros…!

La nota comenzaba textualmente así: "NUEVA YORK. - La novela más reciente de Alberto Fuguet, no tiene *mariposas metafísicas, ni abuelas que levitan o alfombras voladoras* (la bastardilla corre por mi cuenta). *De hecho, no hay ninguna de las imágenes fantásticas que más comúnmente son asociadas con la literatura latinoamericana.*

Bajando el diario, le dije a Juan Carlos:

—¡A la mierda con Cortázar, con Gabriel, con Vargas Llosa, con Borges, con Sábato…!

Me contestó:

—Pero hay una buena. Fijate que La Nación no le dio cabida en literarias y reprodujo la noticia en la parte general y luego, al pie, hay un comentario sobre la nota, con la aclaración de que el firmante es un *agente literario* de nuestro medio. Nada tuvimos que decir de este comentario al artículo principal del New York Times.

—Tenés razón –le dije–.

Sin embargo leyendo todo el artículo pude apreciar de inmediato que se trataba de un intento de desculturizarnos y que había algo de imprecisión en el corresponsal de The New York Times, ya que continuaba diciendo: *"En lugar de eso, el libro de Fuguet, tentativamente titulado 'Las películas de mi vida', que será publicado esta primavera, trata acerca de un personaje que se encuentra igualmente a gusto en Encina, California, que en Santiago de Chile, y cuya vida es narrada a través de filmes estadounidenses. Para muchos miembros del* **establishment literario de América Latina** –el subrayado es mío–, *escribir es una forma de enfocar* **el nacionalismo, el poscolonialismo y la historia.**

Dejando de leer, le dije a mi amigo:

—No creo que nadie que haga realismo mágico, se refiera al nacionalismo, al poscolonialismo o a la historia. En ese detalle, te dás cuenta de la mala fe del articulista. *"Las mariposas metafísicas, las abuelas que levitan, y las alfombras voladoras"* agregué, no navegan por el nacionalismo, ni por el poscolonialismo, ni por la historia.

Juan Carlos soltó una sonora carcajada y me tendió la mano en señal de entusiasta afirmación. Además me dijo:

—Fijate que aún no saben el título definitivo del libro. Laborde dice que será publicado esta primavera… ¡y ya empiezan a publicitarlo! No hay duda que es un producto más de McDonald's.

Leyendo toda la nota, empecé a bajar los decibeles de mi bronca. Al fin y al cabo, pensaba, hay y hubo tanta literatura basura, que con el tiempo este burdo intento proyanki habrá de morir sin pena ni gloria. Lo único que me preocupaba era la *campañita de vuelo corto como el de la perdiz,* de algunos profesores de Literatura Castellana, de ciertas Universidades norteamericanas –desde ya que no eran escritores–, que apoyaban la mcdonalización de la literatura.

—Esos señores tienen derecho a escribir lo que se les cante y, como expresara un crítico, *son híbridos en el sentido tanto geográfico como cultural, y ellos mismos son un producto de la globalización* –me dijo.

—¡Otra vez el peligro de la globalización…!, Le contesté. Hace más de treinta años que lo predecía en El Hormiguero.

—Sin embargo, volviendo a estos híbridos, su obrar es vergonzoso. Que un crítico se la agarre con determinado escritor, vaya y pase, ya que hay veces como vos lo escribiste, que los críticos cavan tan hondo que una vez en el fondo del pozo no alcanzan a divisar la luz del Sol; pero que un llamado escritor ridiculice malamente a tipos como García Márquez, Cortázar, Borges, Sábato o Vargas Llosa, que al fin son escritores como él, es aberrante. Idear un título como Mcondo para satirizar el Macondo de Gabriel, al que no le llegan ni a la punta de los talones o hacer decir a uno de los personajes ¿quién será ese tipo con boina…?, cuando observa una imagen del Che Guevara, es sencillamente grotesco.

—No creo que por estos lares los escritores podamos olvidarnos de la historia pasada y de la reciente. No hace falta hacer *realismo má-*

*gico.* La dura realidad que viven tantos países de esta parte del Continente, con miles de niños que mueren a diario de hambre y desnutrición, es como una monstruosa ficción de la otra realidad con la que nos agobian todos los mcdonald's juntos, pletóricos de objetos inútiles que consume toda esa gente que aparece en las frívolas noticias de ciertas revistas. La verdad de tanta corrupción literaria está en lo que decía *Blas de Otero,* citado por Eduardo Galeano [3] : *"No dejan ver lo que escribo, porque escribo lo que veo".* Estos escribidores están reemplazando a las juntas militares y tratan de ridiculizar lo que otros escribieron para que las juventudes que ahora comen basura en los MacDonald's, lean basura en los macdonald's –dije mientras pedía otro café.

—Nos olvidamos de la ilustración que encuadra a esta nota de La Nación. ¿Qué te parece?

—Sencillamente estupenda, sobretodo la figurita del proyecto de escritor que aparece de anteojitos, con un portafolio y con la banderita yanqui, entrando a un local de McDonald's. No hay dudas: Huadi, ¡es un genio!

---

3    Eduardo Galeano. *Las venas abiertas de América Latina*, pág. 436/37. Siglo veintiuno editores. 23 edición. Buenos Aires, junio de 1994

# El Hormiguero

# 1969

Solo.

¿Adónde vas? ¿De dónde venís?

Veo como la nebulosa se transparenta en tus ojos translúcidos mientras vienes y vas, poseído por la fuerza extraña de las cosas. Sos la sinrazón de las sinrazones, algo así como la antigua clorofila transformada en proteína, allá en la noche de los tiempos, hace más o menos dos mil millones de años. Por ahora, habitante de la gran polis, sólo eres el campeonato vivido en la ribera o el puro deambular a través de las coimas y los peculados o tu rara simbiosis con la licuadora, maelström de Corrientes y Esmeralda.

Tus divagaciones evolucionistas te transforman en Allende, Ricardo, Altamira, Iona, Juan José Rodríguez, Epifanio Ávila; mientras gen del gen eterno, decís porque decís y no decís, diciendo.

¿Sos acaso el mismo, cuando te transformás bajo el duro sol del diciembre de Cabildo y Juramento? ¿Seguís siéndolo, si por tu sangre y metidos en el meollo de tus plaquetas rojas reviven Pedroni y Fernández Moreno –El Viejo–?

Sí, sos el mismo. Porque has nacido llevando en la prosaica vejez ultraterciaria de tu cálido protoplasma, la luz y el fuego perenne de Prometeo y es así como vuelves y revuelves de la misma permanente nebulosa y eres Allende, Ricardo, Altamira, Iona, Juan José Rodríguez, Epifanio Ávila.

Sos el mismo que va con la suela de los zapatos rotos, recitándolo a Homero, mientras a tu lado se desliza un poderoso Impala llevando en su interior al comerciante-importador-contrabandista-analfabeto.

Cuando te deslizás, a veces, como ahora, por avenida Alvear, ves cómo entra una pareja al suntuoso hotel. Él es un sesentón, mezcla de viejo verde y mecenas, poseedor de una fortuna superior a los cinco o seis mil millones de pesos. Ella es una prostituta de alto vuelo, hembra nuevita del susodicho. Son los mismos que horas después habrán de salir en los distintos diarios, con los nombres ligeramente modificados de exprofeso, ya que la anterior amante del vejete, desilusionada por el nuevo romance que éste ha conseguido, no vacilará en meterle varias balas en el cuerpo. Este es el miasma en el cual vivimos. Más que un hormiguero, parece ser una inmunda letrina de cuartel.

Digo miasma y con razón, ya que el sinvergüenza seguirá otorgando en una especie de mecenazgo impropio del siglo XX, jugosos premios para publicitados concursos literarios. Eso se llama roña, decadencia de civilización, podredumbre, venalidad.

Se llama así, pero vos no tenés con qué remendarte los zapatos, deformes ya, como inmensas empanadas malolientes.

…Y vamos hacia la colmena, hacia el hormiguero. Por eso, pese a todo, celebro vivir ahora, en 1969 y no dentro de cien o quinientos años. Para ese entonces serás un pobre hominídeo masificado, obediente, limpio, bien comido, sin enfermedades ni problemas económicos, pero con la médula ensanchada, uniforme. Otros pensarán por tí, otros gozarán del espectáculo de la Vía Láctea, otros seguirán leyéndolo a Homero. Serán los menos, los privilegiados, los tutores del hormiguero. Tú, seguirás limpio, con tu diaria ración de píldoras vitamínicas, pero habiéndote olvidado de pensar. Y habrá muchos como tú. Los habrá especializados en manejar naves espaciales, pero nulos para otras cosas. Especializados en ajustar tal o cual engranaje atómico, pero nulos para cualquier otra cosa. Comerán su ración multicolor de escuetas píldoras, dormirán en pequeños dormitorios herméticos, a manera de crisálidas, con calefacción y aire acondicionado, pero se habrán olvidado de pensar. Otros pocos, los menos, seguirán leyendo a Homero y a Cervantes, escuchando a Beethoven y Chopin, deleitándose con Leonardo y Miguel Ángel. Es la colectivización, el punto alfa, la ley de la *compresión cósmica*.

Le habrás dado tu adiós a Baco y tu réquiem a Prometeo y tus dietas de plancton marino y de prensadas algas verdes, harán rememorar a tu vieja cromatina, los pantagruélicos asados de los quiosquitos de la Costanera.

> *¡Que me guarde mi cuerpo mi tierra,*
> *mi tierra del alma…!*
> *¡Cómo pesa de nuevo*
> *la ciudad enorme*
> *sobre la débil tabla de mi pecho!* [4]

¿Dónde estarán ahora Vicente Medina y Fernández Moreno (El Viejo)? Organicismo, fatal organicismo. Recién estamos en la edad de piedra, pero algún día empezaremos a transitar la edad de las constelaciones.

¿Y adónde vas sin un mango en el bolsillo?

•

Dejarse llevar por los senderos de Plaza Libertad. Sumergirse en la noche tranquila de los eucaliptus de Plaza Francia. Descender por el lomo siempre verde de las Barrancas de Belgrano. Recorrer bajo los ceibos en flor las onduladas y suaves eses de las glorietas de los bosques de Palermo y sentarse bajo la sombrilla intensamente azul de aquel jacarandá, frente al lago. ¿Recuerdas? Me decías que si al jacarandá lo miraba desde este ángulo, teniendo al sol por telón, lo vería violeta; si por el contrario, me corría unos pasos hacia la derecha y cambiaba el ángulo de visión, aparecería decididamente azul, haciendo contraste con aquellos árboles que le servían de fondo. Es el secreto de

---

4    **Vicente Medina**, poeta español, republicano (1866-1937) autor entre nosotros de *Aires Argentinos*. Vivió exiliado en Buenos Aires. El autor, siendo muy joven, casi un niño, tuvo el honor de compartir su amistad, oyendo de su propia voz recitar poemas muy sentidos y hermosos. *(N. del A.)*

los impresionistas, es el color que da la luz al aire libre. Renoir, Van Gogh, Goguin, Matisse… La sombra tiene color y el color tiene sombra. Largas sombras violetas… bueno, eso me hace recordar al poema *El Solterón,* de Leopoldo Lugones.

¿Vos sabés por qué se mató Lugones? Nosotros lo matamos, dijo alguien. Controvertido como hombre, intocable como artista. Fantasmagorería lunar de su Lunario Sentimental. Pirotecnia mágica, fuerza original, inigualable de sus Montañas del Oro. Pertenece a la estirpe de Delmira Agustini y de Rubén Darío. Estirpe de dioses griegos. Y pensar que hay quien, hijo de su sangre, vive sumergido en la noche eterna y diabólica de su alambicada medianía. ¡Incapaz, deforme, torpe, pero comiendo a costillas de su obra, que retacea, mide, pesa y vende por pedacitos, al mejor postor!

¡Maelström… Maelström… no sabés o no querés elegir a tus víctimas!

Por eso, habrá que hacer como esa secta minoritaria, oriunda de Estados Unidos, que ofrece sacrificios a Satán la que cada vez que concierta el funeral de alguno de sus adherentes, invoca con cánticos paganos la chamuscada presencia del mismísimo Lucifer, entonando salmos impregnados de brujerías medioevales: "Satán, poderoso Satán, recíbelos en las calientes aguas del río Ebrón…". Ésta es exacta y fiel reproducción de una noticia aparecida en un diario vespertino de Buenos Aires del 13 de diciembre de 1967, en la página 3. En San Francisco existe, el primer templo satánico del mundo…

—Hace mucho que no abrís la quinta y sexta puerta de tu biblioteca. Las tenés clausuradas con candado y hace rato que no acaricias los huesos que en ella guardás. El fornido y achatado cráneo de la orangutana cincuentona; la esfera maravillosa del frontal humano; la grácil y casi nuestra mandíbula inferior del pequeño caí; los largos fémures blancos del africano papión –eterno puchero hace un millón de años de aquellos hominídeos primitivos, descubiertos por Leakey y D'Art en África y que son los más antiguos antecesores bípedos y pensadores que hasta hoy se le conocen al hombre. Me refiero a los australopitécidos.

Es allí donde guardás celosamente, bajo siete llaves, tus entrañables trofeos antropológicos.

*Cofrecillo de añoranzas*
*donde guardas bajo llave,*
*el dulce canto del ave*
*que se murió de esperanzas.*

Por ahora, si seguís así y mañana llueve, se te mojarán las medias. No es la primera vez que te pasa. Ayer, sin ir más lejos, cedió la ya débil suela cuando pisaste una aguda piedrecita de Plaza Alemania. Ochocientos pesos y tenés que pagar el gas, la luz y el teléfono, y la cuenta del lechero, y…

¿Qué es ese bulto que va emergiendo más allá de la sombra de la acacia? Son los mugrientos pies del mendigo que duerme en la medianoche de octubre, largo a largo en el suelo, envuelto en un inmundo poncho de arpillera. Francia, Polonia, Alemania, Italia. Ojos azules, muy azules. Bombardeos, esquirlas, familiares perdidos en un instante, días interminables de trinchera, fin de la guerra, licencia, océano, América. Ahora, pululan por todo su cuerpo, todas las especies conocidas de pthirius; los inguinalis en la ingle, pero también en las cejas, los bigotes y las axilas; los vestamenti, dentro de los bolsillos del siempre digno gabán y en simbiosis con los últimos, en las grasosas guedejas de pelo blanco que, como apretados manojos de lana, le llegan hasta los hombros, los pediculocapitis.

¿Es más feliz acá en la ciudad inmensa que a lo largo de la eterna paralela de los ferrocarriles, allá por los caminos de Entre Ríos o Buenos Aires?

Viejo clochard, compañero de vagón, camarada de la Vía Láctea, energúmeno como yo, como vos y como todos los demás. Seguís con tu imperturbable silencio.

Nadie ha logrado hilvanar contigo más de dos o tres palabras coherentes y no valés ni un ápice más que tus piojos, pero tus liendres merecen el Premio Nobel, tanto como Sartre o Miguel Ángel.

Premio Nobel para liendres…

¿Acaso somos más que las liendres?

Pellizcate infeliz y descendé de tu falso sitial en la academia. *Nihil nefas ducere.*

●

—¿A dónde vas, doctor?

—Voy al sindicato de médicos.

—¿Con quién te encontrarás?

—Con el doctor N, y con el doctor X, y con el doctor V, y con el doctor R y con el doctor…

¡Valiente manga de bolos alimenticios!

—¿A dónde vas, general? Voy al círculo de armas a encontrarme con el general R, y el general D, y el general Z y el general Y. ¿Qué motivo los reúne?

—Vamos a salvar a la Patria envilecida en manos de otros generales que ya quisieron salvarla de manos de otros generales que a su vez la habían salvado de manos de otros, y éstos de otros y así desde que el mundo es mundo.

—¿Pero de qué patria me estás hablando, retardado?

—De la que está entre el río Z y la cadena de montañas T.

—¿Cuál? ¿Acaso Chámbulis?

—No, yo hablo de la que tiene banderitas verdiblancas y la que usted dice las tiene blanquiverdes… Además nosotros nos independizamos de los trusbos en el año 1532.

—Mentira, tarado. Ustedes nunca lograron independizarse de nadie; siempre vivieron de prestado. Antes de ayer dependían de los brasgos, ayer de los trusbos y hoy dependen de los grestos.

—¿A dónde vas, grandulón, con tus cien kilos a cuestas?

—Voy a meterles trompadas a los sparrings, para después meterle trompadas a mi próximo rival. Pienso sacarle la cabeza, reventarle un ojo y extraerle el páncreas.Cobraré en dólares y le haré una casa a mi vieja. ¿Querés un autógrafo? No. Autógrafos no firmo a escritores desconocidos. ¿Vos a quién le ganaste para que yo te firme? Aire… Aire… babieca.

—¿A dónde vas, periodista?

—Voy a una reunión con el presidente de la república.

—¿Qué pregunta le vas a hacer al presidente de la república?

—Ninguna, ya que hace una semana el secretario de redacción me hizo llegar, para que lo aprendiera de memoria y no me apartara de él en lo más mínimo un cuestionario preparado por la presidencia de la nación.

—Pero… ¿Y la libertad de expresión y los fueros sagrados del periodista, por los cuales ustedes se despanzurran constantemente?

—Están asegurados. ¿O vos no sabés que vivimos en un país democrático, miembro de la OEA y de la UN. Aquí sólo se cierran los diarios opositores al régimen.

—¿Y cuáles son los diarios opositores al régimen?

—Pues los que nos indica la SIP.

—¿Y cuáles son los diarios que les indica la SIP?

—Los que hablan de sudamérica para los sudamericanos, los que quieren que cada uno tenga su propia industria pesada, los que indican la conveniencia de que se respete siempre la voluntad de las mayorías manifestada a través de las urnas.

—¿Y a dónde vas, profesor universitario?

—Voy a dictar clase de Derecho Constitucional en la Facultad de Derecho.

—¿Y cómo te la arreglarás para hablar de Derecho Constitucional en una dictadura? Tendrás que hacerles saber de las bondades del sufragio, de la división de los poderes, de…

—¡Bah, esas son posturas ya superadas por la doctrina contemporánea!

—Pero ¿y tus viejas clases, cuando nos enseñabas lo contrario?

—Esos eran otros lópeces…

Y así todo por el estilo. Por eso vos no tenés para cambiarte la mediasuela. Nunca lo tendrás.

¿Y a mí qué me importa? ¿Acaso no decías que tanto vale un Premio Nobel como el piojo del clocharde del cuento.

Nihil, nefas, ducere.

# *Magda*

Cuando llegué a mi cuarto, Magda me estaba esperando como siempre. Envuelta en su tapado negro y con sus grandes ojos rasgados, vino hacia mi encuentro despaciosamente. Más tarde salimos. Las hojas de los senderos de Plaza Francia crujían bajo nuestros pies. Así anduvimos, sin cambiar palabra durante largo rato. Vueltos ya, mientras yo calentaba el agua para el mate, se arrellanó en la cama ignorándome.

Al día siguiente, a eso de las once, me levanté todavía dormido y, al buscarla, noté que la casa estaba vacía. No era para sorprenderse, ya que en el año y medio en que había durado nuestra relación ella entraba y salía del departamento a su antojo. Solía perderse de vista por dos o tres días y a veces hasta por una semana. Luego regresaba como si tal cosa.

En realidad nunca le había llamado la atención por tales faltas ni trataba en absoluto de evitarlas, ya que no tenía, por otra parte, ningún derecho adquirido sobre ella, ni legal por virtud de alguna disposición certificada, ni humana por algún trato que hubiéramos hecho. A Magda la había encontrado al azar, una tarde como cualquier otra, sentada en un banco de Plaza Francia, a cuyo lugar yo solía concurrir de vez en cuando, seducido por los árboles enormes y tranquilos y por esos senderos tan particularmente gratos al espíritu.

Recuerdo que fue en el mes de junio y que estaba sola y aterida de frío. El diálogo fue fácil y dúctil y no opuso ninguna resistencia a mis intentos de conducirla hasta el taller de pintura, donde aceptó tomar algo caliente, mientras se acomodaba muy cerca de la chimenea, que en ese entonces crepitaba bajo el influjo de unos enormes trozos de quebracho colorado.

No hicimos pacto alguno, más que el natural que fluye de este tipo de encuentros y por eso, nada podía exigirle. Entra y sale a su antojo, pero cuando se aleja, como ahora, así de improviso, la extraño y mientras tecleo en la máquina, añoro sus caricias y su suave ir y venir. Ya se que esta noche, cuando caiga rendido como un plomo al lecho cotidiano, no sentiré el suave calorcito de su cuerpo.

# Horacio Quiroga

Durante cierto tiempo, creo que casi medio año, estuve entretenido con mis nuevas andanzas por la cerámica. El pequeño hornito desarrollaba 1.300 grados y con mucha alegría logré dar forma a varias piezas de arcilla que, luego de cocidas, pintaba de diversos colores con pintura fundible, metiéndolas nuevamente en el suplicio infernal de la mufla, a más de mil grados.

A menudo, solía recordarme de Horacio Quiroga, cuando en compañía de sus chiquitos, horneaba diversos objetos y figuras en las profundas y lluviosas noches del invierno misionero. No había podido volver a leer aquellos hermosos cuentos de Quiroga, desde que tenía apenas catorce años y si bien conservaba varios libros de Horacio, vaya a saber qué degenerado me robó aquel hermoso volumen, en su primera edición de páginas gruesas y de papel de primerísima calidad, no obstante lo cual, aún resonaban en mis oídos las voces de los hijos de Quiroga: "papiacito del alma", "velloncito de plata".

Algún día me voy a largar por las librerías de Corrientes, a fin de tratar de encontrarme con algún compañero de edición del libro aludido.

Cosa igual me pasó con *Diez Mujeres*, en su primera edición, de José Pedroni.

Si alguien lo encuentra o lo tiene a mano, podrá leer en su primera o segunda página, la dedicatoria manuscrita de nuestro querido Pedroni, con esa su letra redonda y clara como sus poemas. Le ruego que no se apresure a rasgar subrepticiamente la hoja delatora. Lo mejor que puede hacer es meter el libro en un sobre y devolvérselo por correo a su legítimo dueño.

Cosa igual ruego –así me decía mi amigo–, a quien haya robado o se haya incautado indebidamente de una larga misiva de Juana. Todos ustedes saben quién es Juana en América. Era una carta dulce, serena, sentida, en la cual Juana le relataba a mi amigo el dolor que la muerte de su madre le había ocasionado, y que él guardaba celosamente, como quien esconde el más preciado de los tesoros.

—¿Ustedes creen que me la van a devolver?

—Imposible. Si hasta llegué a individualizar al que la tenía. Se trata de un dentista que vive en la localidad de San Lorenzo, en la provincia de Santa Fe.

Me enteré, pues un hijo del referido sacamuelas que concurría al colegio nacional de esa localidad, la llevó para darse corte, como decimos nosotros, a su clase de literatura. Claro que lo que no pudo es borrar el nombre mío que se encontraba en el encabezamiento. Su profesora comentó el hecho con otra colega suya que lleva mi apellido.

Seguro de haber encontrado al fin esa carta que desde hacía cierto tiempo faltaba de mis papeles, hice expresamente un largo viaje a esa localidad y una vez en la casa del dentista, me presenté y pedí que me la devolviera. Me contestó muy suelto de cuerpo: yo colecciono estas cosas y no se la pienso devolver…

Ante mi reacción violenta, se encerró en el más empecinado mutismo y no quiso aclararme cómo había llegado a sus manos. A dicho señor no lo conocía ni por las tapas.

—No pierdo las esperanzas de que recapacite sobre su actitud y en cualquier momento me devuelva, como corresponde, la carta de Juana de Ibarbourou.

Luego, anduve deambulando durante varios días por diversas galerías de pintura, visitando muestras de plásticos de toda laya; hasta que por fin, una tarde, me encontré en el segundo piso de Florida al 900, con varias obras de Castagnino. Reconfortado, murmuré: ¡por lo menos a este año no lo he perdido! Y con paso cansino me fui a mi departamento, anhelando las suaves caricias de Magda.

# *La Ventana*

Yo me quedo con Magda, mi fiel compañera. Con ella vemos desde nuestro balcón abierto al cielo, cómo Sirio, rielando, nos saluda todas las tardes desde sus miles de millones de kilómetros de distancia.

Sigue siéndome fiel. De vez en cuando desaparece por cierto tiempo. Nada le prometí aquella tarde cuando nos conocimos por medio de uno de los tantos bancos de Plaza Francia. Tiene la rara virtud del silencio y por eso suele escucharme durante largas horas, cuando leo en voz alta alguno de mis escritos.

Mientras el mate va y viene sin cesar —eterno solaz de los empedernidos y especie de whisky criollo barato— ella llena ese pequeño lugar de los humanos que, acaso por algo visceral, ubicamos empecinadamente en la parte izquierda del tórax, a la misma altura de la válvula cardíaca.

—Mi próxima novela habrá de llamarse así –le decía a Iona.

—Estás equivocado –me contestaba–. Magda es un nombre cursi. Hay muchas novelas con otro nombre: Amalia, María, Colomba. Es preferible otro nombre. Por ejemplo: "Vuelta al mundo alrededor de mi cuarto".

—No –le contesté–. Me recuerda a otros títulos similares. No creo, además, que a los títulos haya que andar seleccionándolos.

—Magda –me dijo–. ¿Qué significa?

Haciéndome el desentendido –él nunca me había hablado de su mujer ni tampoco me había invitado a su cuarto–, le contesté:

—Es un nombre como cualquier otro. No tiene importancia ni significa nada y algún nombre tengo que ponerle al libro. ¿Por qué no entonces el de uno de sus personajes?

Iona se levantó de la mesa y dejando el importe de su café, casi sin mirarme, se despidió. Me había quedado solo, rodeado por cinco sillas desacomodadas, varios pocillos vacíos y un cenicero con una montaña de puchos consumidos por los cinco individuos que hasta hacía unos pocos minutos estaban conmigo alrededor de la mesa.

Tomando el diario de la tarde, aún caliente y con olor a linotipos y tintas frescas, leí los titulares. Lo de siempre: muertes, bombardeos, fraudes, revoluciones, guerras. Doblándolo, me levanté y eché a caminar por avenida de Mayo hasta el Congreso. Me encontraba al 800.

Frente a mí aparecían, mansos y tranquilos, los grandes ojos de Magda que me estarían esperando como siempre… ¿o no?

Pisando hormigones no era una novedad–, me metieron de prepo en el subte, que a esa hora era una apretada y maloliente masa humana, sudorosa y repulsiva. Bajé pisando y empujando sin querer, impelido por los demás, a cuanto congénere se ponía a tiro. Era imposible salir de otra manera. Cuando puse el pie en el andén debí luchar desesperadamente para evitar que la marea de los hormigones que pugnaba por ascender al vehículo, me metiera devuelta en él. Allí, a varios metros de profundidad, el aire caliente y viciado se tornaba irrespirable. La escalera mecánica descompuesta parecía un enorme reptil postrado. Pesadamente fui subiendo uno a uno los escalones, de a pie, con toda esa informe multitud que me rodeaba. Iban casi todos deshechos luego de una intensa jornada de labor, cansados y desilusionados, pues el trabajo no alcanzaba a cubrir sus necesidades más vitales.

Al pie de uno de los descansos de la escalera, sentada en el suelo, una mujer joven –mugrienta y casi seguro llena de piojos y ladillas–

sostenía en sus brazos a una babosa criatura de meses –alquilada por hora vaya a saber a qué padres rufianes de extramuros–, mientras con voz incomprensible mendigaba dinero. Cuando hubimos emergido a la superficie, la columna humana que conmigo había viajado, se dispersó rápidamente dirigiéndose unos a la izquierda, otros a la derecha, desapareciendo y mezclándose entre los miles de hormigas que iban y venían por Santa Fe y Pueyrredón.

•

En los primeros días de diciembre de 1967 se daba a conocer la noticia: los sabios M. Goulian, Arthur Kornberg y Robert L. Linsheimer habían logrado elaborar un virus –primer organismo vivo artificial– derivado del ácido desoxirribonucleico, al que dieron el nombre de ADN…

El primer organismo vivo que el hombre ha podido crear.

¿Empieza a partir de aquí un lento dominio de la evolución?

•

Desde mi ventana se divisaba la casa. Era una casa como cualquier otra. Vieja, ennegrecida a través de cincuenta años estoicos de recibir sobre su fachada, diariamente, sucesivas oleadas de hollín. El hollín estaba en todas partes. Buenos Aires era un enorme depósito de hollín. Sobre los libros, en los placares, en el lustre de los zapatos que se dejaban de un día para otro, en la oscurecida cara de las personas…

La ventana pequeña enmarcaba perfectamente, como si fuera un cuadro, al cuerpo desprovisto de ropas. A más de cincuenta metros de distancia no se podía adivinar la edad precisa de la mujer. Pero eso sí: tenía un cuerpo armonioso. Todos los días, a la misma hora, aparecía en el recuadro de su ventana, quitándose la ropa. La escena se había repetido desde hacía dos meses a esta parte.

Antes de esa época y durante años la ventana había aparecido como un menudo rectángulo gris, con sus persianas herméticamente cerradas.

Ella sabía que la miraba. Se lo había hecho notar apagando y prendiendo la luz de mi habitación, saliendo al balcón, saludándola con la mano. Me hacía recordar al cuadro de Degás "Mujer desnuda peinándose". ¿Hay un cuadro de Degás que se llame así o es de Renoir?

Solamente yo y nadie más podía verla, ya que mi ventana era la única de las inmediaciones que enfrentaba a la suya. De otros departamentos no habrían podido hacerlo. A lo sumo, alcanzarían a divisar algún ángulo forzado de su habitación, pero no a ella. Y ella a ésto lo sabía. Por eso, cuando promediaba la mediatarde, dejaba de escribir y me dirigía hacia el balcón. Allí estaba con sus persianas abiertas, la proverbial ventana. La habitación, a lo lejos, aparecía a media luz. La sombra de un hermoso árbol del jardín de la planta baja del edificio la acariciaba meciéndose con el viento.

Consumiendo pausadamente un cigarrillo tras otro, yo esperaba pacientemente. Conocía la señal. Cuando se prendiera la luz de una pequeña lamparita de pantalla color rosa, significaba que la Venus había llegado. Casi siempre empezaba desvistiéndose pausadamente, dándome la espalda. Primero se quitaba los aros. Empezaba por el izquierdo. Graciosamente, como casi todas las mujeres que coquetean. Luego le tocaba el turno al derecho. Inclinándose hacia adelante, los depositaba —por lo menos esa era mi convicción– sobre una mesa. Debía ser la mesita de luz, donde estaba la lámpara de pantalla rosa, ya que hacia ese lugar se dirigían sus manos. Yo no alcanzaba a divisar la superficie de la mesa que quedaba cubierta por la parte inferior de la ventana. Solamente veía la pantalla rosa y parte del pie de la lámpara que parecía ser como una especie de jarrón azul. Me imaginaba a los aros sobre la superficie… palpitantes y manteniendo aún el calor del cuerpo. Tal vez habría un gran espejo en el que se contemplaba de cuerpo entero, pues alcanzaba a ver como despaciosamente se iba soltando el pelo, con esos clásicos ademanes a base de toques rápidos que constituyen los primeros pasos de la coquetería. El ABC del galanteo.

Al parecer vivía sola. A nadie más había visto aparecer en la ventana. Sin duda trabajaba todo el día hasta las últimas horas de la tarde.

Había intentado mil formas de comunicación. Primero con señas, luego escribiendo en los cristales de mi ventana, con pintura blanca, el número de mi teléfono. Todo había sido en vano.

Hierática, imperturbable, repetía la escena a diario, sin inmutarse. Sólo los sábados y domingos la ventanita permanecía cerrada. Todos sus movimientos eran hechos sincronizadamente. Ahora, luego de haberse quitado los aros, le tocaba el turno a lo que yo suponía alguna pequeña medalla religiosa, suspendida del cuello por una cadena que a la distancia no se divisaba.

Es todo un espectáculo ver como las mujeres, juntando las manos por detrás de la nuca, sin vacilar, desprenden el clic de las cadenas o collares.

Mi vecina lo hacía encantadoramente. Algunas veces yo alcanzaba a adivinar el menudo relámpago de la medallita, iluminada, tal vez, por la luz de la lámpara rosa. Luego la depositaba junto a los aros. Allí, quedarían los aros y la medalla, estáticos hasta el día siguiente, sin moverse, pero al lado de ella. Podrían verla muy de cerca y hubiera deseado transformarme en aro, aunque más no fuera por un instante, para susurrarle al oído cada vez que me volvieran a colgar de él, toda mi pasión y mis deseos inconfesables.

Podría decírselo despacito, sin que nadie me escuchara, mientras acariciaría su cuello, suavemente, cual un incansable péndulo amoroso.

Mientras divagaba con estos y otros pensamientos, ví cómo volaba la blusa. Luego de ello se quitó el corpiño y desapareció, como por otra parte yo lo esperaba, en busca del peine. Reapareció, se soltó el cabello que le caía hasta la mitad de la espalda y, sin apuro alguno, comenzó a peinarse rítmicamente. Tomando una parte del cabello con la mano izquierda, inclinaba la cabeza hacia el mismo lado y en largos movimientos acompasados, casi sexuales, se peinaba una y otra vez. Fingía ignorarme. Así, de espalda, se diría Afrodita arrancada del Olimpo. Luego de haberse peinado tranquilamente por espacio de varios minutos, dejaba el peine agachándose ligeramente y dándose vuelta en redondo, quedaba frente a mí. Yo alcanzaba a ver, nítidamente, sus dos enormes pechos. En ese instante era cuando trataba de llamarle la atención con mil ademanes que iban desde el simple beso soplado desde la palma de la mano hasta el saludo de admiración, juntando las manos por sobre la cabeza, a la manera de los boxeadores.

Simulaba no verme, ya que sin apuros, mientras permanecía con todo su cuerpo desnudo desde la cabeza hasta el pubis frente a mí, iba cerrando despaciosamente la ventana.

Todas las tardes, es decir, todos los crepúsculos, me quedaba extasiado. Posiblemente ella siguiera mirándome a través de la mirilla, sin que yo lo notara. Por eso permanecía allí, fumando un cuarto o quinto cigarrillo.

Ese día decidí emplear otro medio para comunicarme con la bella. Era la hora en que llegaba, pues la sesión de desnudo comenzaba a las seis y cinco. Individualizar la casa de departamentos resultaba cosa fácil. Yo vivía por Peña y los fondos de mi casa daban a los fondos de la casa de ella. Es decir que vivía sobre Melo.

Al día siguiente, viernes, salí decidido a todo. Eran las seis menos cuarto pasadas. ¿De qué lado vendría? ¿Acaso desde Callao o tal vez desde Azcuénaga? La primera vez tendría que elegir al azar y por esa razón me paré a una cuadra de su casa, es decir en la esquina de Junín y Melo. Pasaron los minutos rápidamente. Seis menos diez, menos cinco, seis en punto y nada… Casi corriendo me dirigí hasta mi casa y subí las escaleras como un desesperado sin esperar la llegada del ascensor. Abrí nervioso la puerta de calle, crucé el living y me dirigí al balcón. Alcancé a verla fugazmente, pues en ese momento estaba cerrando la ventana. ¡Mala suerte! ¡Me había equivocado de esquina! Lo malo era que debía esperar dos días hasta el lunes. Maquinando mil y un encuentros y conversaciones, pasé sábado y domingo, sin poder avanzar mucho en mis escritos.

Por fin, llegado el lunes, me paré en Melo y Uriburu.

Todo fue inútil, ya que no apareció. Al llegar atribulado a mi casa, la vi como se peinaba despaciosamente. Luego de terminar, como siempre, se volvió hacia mí, mientras yo creía adivinar un dejo de burla en una leve sonrisa. Esta vez cerró la ventana –por lo menos así lo pensé– más despacio que nunca. Su cuerpo blanco como una paloma se destacaba nítidamente.

Decepcionado dejé pasar algunos días, durante los cuales me conformé viéndola a la distancia. Transcurrida una semana, decidí llevar a la práctica otro plan, acaso más atrevido y que no podía fracasar. La esperaría en la puerta de su casa. Veinticuatro horas después estaba como un solo hombre, parado en el primer peldaño de la puerta de calle Melo 2108. El portero de la casa me miraba como a bicho raro, mientras yo lo advertía divertidamente por el rabo del ojo. El hombre estaba barriendo la vereda y con cada golpe de escoba, casi amenazante, se acercaba un poco más hacia mí. Bien sabemos como los porteros cuidan su feudo de toda alimaña ajena al *conzorcio*. Haciéndome el desentendido, seguía leyendo el diario de la tarde, sin leer. Mis ojos andaban siempre por la misma noticia. Todo esto debía advertirlo el portero, que cada vez se mostraba más preocupado por mi presencia. Para sus adentros pensaría: "Rufián, polezía o comisionista en propiedades. ¡Mala puñalada te dé". Cuando alguien se acercaba, yo levantaba la vista esperando encontrarme con ella. Eran las seis menos cuarto y no podía demorar. En efecto, la ví venir cruzando la calle. El misterio estaba develado. Lo hacía desde una casa de departamentos situada casi enfrente. Era ella, inconfudible. El diario casi se me cae de las manos cuando de un solo golpe de vista me encontré cara a cara con la cruda realidad. Era ella, pero caminaba torpemente, con gran dificultad, debido a un enorme y pesado zapatón anatómico con el cual pretendía igualar la pierna izquierda mucho más corta, con su pierna derecha normal. Cuando pasó a mi lado, creí notar que me había reconocido. Por sus enormes ojos negros, que eran hermosos, cruzó un rápido relámpago de indignación.

Desde ese entonces, la ventana de la vieja casa permanece con sus persianas cerradas.

# 5 de Julio

Iba solo, caminando por la medianoche de avenida Belgrano, rumbo a Paseo Colón. Mirando los semáforos verdes y los semáforos rojos que abrían y cerraban sus pupilas mecánicamente. El pie derecho hacia adelante y el izquierdo escapándose de mi vista hacia atrás. Luego volvía el izquierdo adelantándose y el derecho, rítmicamente, yéndose hacia mis espaldas. Uno, dos, uno, dos... ¿cuántos pasos más daría? Acaso dos más ¿acaso un millón?

Avenida Belgrano sola, a medianoche. El enorme mausoleo de Belgrano me amedrentó con su quieta sombra triple. La sombra callada del mármol y la sombra de la sombra íntima que no se ve. Eso era frecuente en mí. Solía amedrentarme como ese pequeño monito caí, que el año pasado teníamos con Magda.

Recuerdo que solíamos llevarlo caída la noche a dar una pequeña vuelta por la plazoleta de Barrientos y Peña. De regreso volvíamos por Melo y luego, doblando por Azcuénaga, enfilábamos hacia Peña. Al llegar a la mitad de cuadra y cuando empezábamos a acercarnos a dos estatuas vestidas que se levantaban a ambos costados de la puerta de la iglesia allí existente, nuestro monito se acurrucaba asustado en mi hombro y hacía esfuerzos por volver. Para aquietarlo debía cruzarme a la vereda de enfrente. Contra mi pecho sentía la loca carrera de su pequeño corazón asustado. ¿Acaso veía la sombra de la sombra íntima que no se ve o le tenía pavura a esas enormes moles de cemento con forma de mujeres encapuchadas?

Andando por Belgrano, solo en la calle vacía y lejos del hormiguero, llegué hasta 5 de Julio. Cortaba a Belgrano perpendicularmente, tapizada de enormes adoquines de granito color rosa, de fines de siglo. Las casas de 5 de Julio eran grandes caserones de altas paredes raídas por el tiempo, con los viejos ladrillos a la vista. Sus ventanas sin vidrios estaban cegadas por irregulares tablones de madera carcomida, a través de cuyos orificios se metía la noche. ¿Habrían vivido allí nuestras familias aristocráticas antes de mudarse compulsivamente a Barrio Norte, empujadas por la epidemia de fiebre amarilla?

Tal vez el efecto de la calle, lúgubre, resultaba más tétrico por lo avanzado de la hora y por su extrema soledad. No se veía un alma. Doblando, me metí deliberadamente en 5 de Julio. No sabía por qué lo estaba haciendo. Un escalofrío recorrió toda mi espina dorsal y de improviso sentí claramente cómo mis pasos empezaban a resonar con fuerza a través de los pocos metros de la calle, casi completamente a oscuras. Cuando pasé por un angosto pasillo negro, como boca de lobo, el eco de mis pasos se metió por él y luego de recorrerlo volvió hacia mí, repetido, como si alguien viniera caminando rápidamente a mi encuentro.

Traté de apurar la marcha y sin quererlo me encontré tarareando un tango cualquiera.

El viento movió en un ángulo de una pared derruída un trozo de diario viejo que rodando se enredó en mis pies. Nerviosamente me paré en seco a fin de quitármelo, mientras una puerta raída y vieja comenzó a abrirse lentamente muy cerca de mí. Como un niño espantado crucé de vereda y apuré el paso hasta la esquina, sin darme vuelta. Ya ni tan siquiera cantaba el tango. Una vez que hube llegado a la esquina próxima, me volví en dirección a la puerta y los vi con claridad. Estaban besándose largamente. Con rabia, pero desinflado, doblé y en dos pasos me encontré en Avenida Colón.

Los semáforos hacían guiños desde lejos. Un guiño verde y un guiño rojo. Cuando se lo conté a Iona al día siguiente, me dijo riendo:

—¿Ves cómo todavía somos animales? Te asustaste como un animal. ¡Que no se diga, che!, ¿dónde dejaste tus convicciones?

Tenía razón. ¿En qué rincón inseguro del ser, habían quedado todas mis ideas, mis pensamientos incorruptibles, para que unos pocos metros de una calleja oscura los pisotearan y humillaran de tal manera?

—Sí –le contesté–, no hay duda que todavía somos animales. Imagináte que los otros días le injertaron un riñón de chimpancé a un hombre, y a una mujer le metieron en el corazón una válvula del corazón de un pequeño ternero y ambos siguieron viviendo hasta ahora. Por eso nos asustamos y obramos con las armas y defensas del puro instinto ante el menor supuesto peligro.

En la puerta del café apareció la enorme figura de Migliore. Con su aspecto bonachón y campesino se nos acercó a grandes zancadas, trayendo eufórico el nuevo número de su periódico político, el mismo que él escribía, diagramaba y ponía en circulación, semana tras semana. Me lo entregó, orgulloso como un niño. Con grandes titulares había colocado en la parte superior de la primera página: *"El gobierno traiciona una vez más al pueblo"*.

En la mesa contigua un señor de edad leía el vespertino de siempre. Alcancé a leer el título de su portada: *"Dicta el Poder Ejecutivo diversas normas de bien público"*. Sin decir palabra le devolví el periódico. ¡Cuántos afanes, cuántos sacrificios debía pasar Migliore para poder editar semanalmente ése, su pequeño periódico de ideas! Muchos pesos sustraídos a su economía y a su estómago, muchas horas de vigilia, incontables instantes de zozobra y persecución.

Mientras tanto Medina, un individuo especial, absorto leía los posibles candidatos para la próxima reunión hípica en Palermo, sopesando cuidadosamente los pronósticos de Media Cabeza. Tomaba apuntes, hacía cálculos y anotaba probables sports para ese domingo. Mirando el reloj ví que ya eran las cuatro y media. Con el consabido hasta mañana, tomé el subte hasta la próxima estación. Saliendo a la superficie doblé por Salta y a media cuadra del 200 me introduje en mi estudio. Abriendo la puerta pasé por la sala de espera, donde tres mujeres y dos hombres aguardaban mi llegada. Pasaron dos horas antes que pudiera desembarazarme de ellos. Todos venían a divorciarse. Las historias de siempre, repetidas hasta el cansancio. Comunes, humanas, infidelidades mutuas, sexo y dinero.

Una vez más confirmé lo de Iona: ¡todavía éramos animales camino del hormiguero!

# El Cordobazo

Los detuvieron hace unos días en una provincia cualquiera. ¿Te acordás de los nombres? Formaban un grupo heterogéneo y curioso. Entre los guerrilleros había varios obreros, un médico, un ingeniero, una estudiante de filosofía y hasta un sacerdote.

—¿Por qué razón, de un tiempo a esta parte, la mayoría de los jóvenes sacerdotes y no pocos ya entrados en años, se rebelan contra las jerarquías y algunos de ellos, dejando los hábitos, se vuelcan a posiciones muy comprometidas a favor de los que nada tienen? –preguntó Iona–.

En todos los órdenes y estratos sociales está empezando a bullir una revolución, que al parecer cambiará, a la larga o a la corta, la fisonomía hasta ahora hosca del planeta. Ellos, los sacerdotes, lo tienen a Cristo, que si bien pudo o no equivocarse desde el punto de vista religioso, no dejó de ser un hombre de carne y hueso que no le perdonó jamás a los ricos los excesos que cometían. Soy un convencido que si Cristo resucitara y por casualidad lo hiciera en medio de una sociedad capitalista –la norteamericana, por ejemplo, o la de cualquier país latinoamericano dependiente– los gobernantes volverían a crucificarlo por rebelde, guerrillero, vago y disociador.

Algunos sacerdotes jóvenes están empezando a ver el problema y reaccionan en consecuencia.

Iona me dijo:

—Vos no olvidaste a ninguno de ellos en los poemas de tu proyectado libro *My Lai,* que en estos momentos te está imprimiendo Aristóbulo Etchegaray. ¿Tenés copia de los borradores por allí?

Saque una copia del libro y hojeándola le leí el Poema 2:

*Al Padre Pereira Neto*
*lo mataron en Brasil*
*por acordarse de Cristo.*
*En este tiempo está visto*
*que sigue siendo Alguacil*
*de los pobres el Ejército.*
*Luego leí la primera estrofa del Poema 3:*
*Antonio López de Almeida*
*cura de Belo Horizonte*
*preso está porque predica*
*que luchemos desde el monte…*

Entusiasmado, proseguí con la lectura del Poema 1:

*De Brasil –Botacutú–,*
*viene tu nombre y no tú,*
*Padre José Eduardo Augusto.*
*Vienes en letras de molde*
*porque tu sotana está,*
*por tercera vez en su*
*calabozo del Ejército.*
*No más ayuda al mensú,*
*no más volver hacia Cristo,*
*porque en Brasil está visto*
*se acabó la gratitud*
*De Brasil –Botacutú–*
*llega tu nombre y no tú.*

Dejando de leer, le dije:

—Al poema *Che,* que fue escrito al día siguiente del asesinato de Guevara, se lo dedico a Inti, a Camilo Torres y a Tania. Fijate –agregué– que todos ellos murieron en pos de un ideal.

Con un dejo de amargura, pero con un gesto esperanzado, Iona acotó:

—Pienso que con los años, sus sueños de liberación habrán de fructificar. Mirá –agregó–: antes de que el cristianismo comenzara a dar sus frutos, además de la inaudita crucifixión de Jesús, cientos de creyentes fueron arrojados a las fieras en Roma y desde allí, a través de los siglos, siguen ofreciendo sus vidas. Esos sacerdotes a quienes vos nombras en tus poemas, son el puntapié inicial que a través del tiempo le va marcando un rumbo a la humanidad sufriente. Vendrán aparentes momentos de calma, pero la ola sigue creciendo bajo de la superficie

Por último me preguntó:

—¿De dónde sacaste todos esos nombres de sacerdotes brasileños? Porque la prensa común no se hace eco ni de ellos, ni de sus muertes, ni de sus detenciones.

—De la revista *Cristianismo y Revolución,* de García Elorrio, que intenta interpretar al Papa Juan XXIII, uno de los que le dan su bendición solapada al Movimiento de Padres del Tercer Mundo –le contesté.

—Y a todo ésto, ¿qué dicen los mandamás? –me preguntó Iona.

—Los mandamás empiezan a sentir que sus últimos minutos han llegado. Tal vez sean minutos que demoren muchos decenios, pero no te quepa la menor duda que son los últimos minutos…

—Es indudable que todo esto que estamos viviendo no es más que el preludio tan largamente esperado, a través de centurias, por el hombre –me dijo Iona–. Estamos viviendo, aunque al parecer los mandamás no lo adviertan, épocas nuevas.

—Cuando en esta sociedad burguesa que nos toca malvivir, un médico, como el Che, un ingeniero o un sacerdote renuncian a las comodidades que por su condición les puede brindar una gran ciudad, con todos sus devaneos, lacras y vicios, y se meten, ametralladora en mano, en el monte plagado de alimañas, donde cada recodo guarda una bala capaz de destrozarles el cráneo, es porque algo nuevo y extraño está sucediendo. La juventud de otras épocas no se lanzó nunca a empresas de esta envergadura, ni soñó con cambiarle el mundo a sus mayores. El final de la lucha se ve con claridad y quienes tenemos la suerte de entrever los acontecimientos debemos decirlo en voz alta. Ése es el papel que le corresponde a los que se llaman intelectuales.

Casi podría predecir –agregué– que el final habrá de ser violento y necesario, ya que hace falta destruir para poder dotar a la nueva sociedad de cimientos anchos, fuertes y definitivos.

—¿Y qué pasará con el juicio a que será sometido ese grupo de guerrilleros? –preguntó Iona.

—Son juzgados bajo el imperio de las viejas instituciones del derecho romano-germánico, aptas para otras épocas y circunstancias. Las mismas han perdido vigencia y no son idóneas para ser aplicadas en este momento en que el sistema del cual emanaron hace miles de años, cae estrepitosamente. Es por eso que el derecho está en crisis. Estos juicios y sus condenas serán injustos e insanablemente nulos, ya que no se procesa a delincuentes. Se está tratando de procesar y condenar a las nuevas ideas y ésto siempre ha resultado trágico para los verdugos. La historia guarda numerosos ejemplos sobre el particular. Se detiene, como podés ver, a intelectuales, a ex-sacerdotes, a los precursores del gran cambio. A estos juicios les falta el presupuesto necesario que hace al fondo de todo proceso y de cualquier condena. Me refiero al presupuesto ético. A los que tendríamos que procesar por traición a la humanidad (es el delito más grave que puede cometer un hombre) es a quienes por omisión, indolencia o falta de valor, toleran, hacen posible y mantienen, desde sus altos sitiales, al actual régimen. No es delito rebelarse contra la ignorancia, la injusticia, el hambre, la opresión, el atraso, el fraude. Delito es pretender condenar a quienes se rebelan y no a quienes producen el actual estado de cosas.

—También coadyuva a todo ello –me dijo Iona– la situación aberrante a la que estamos acostumbrados a vivir desde hace centurias. No te olvidés que toda esta manga de individuos que nos gobiernan, desde el más encumbrado de los funcionarios al simple pinche de cualquier oficina pública, ven las cosas y los acontecimientos a través del cristal que sus mayores les enseñaron a ver. Para el 25 de Mayo o el 9 de Julio, nuestros fastos nacionales, hay que meterse la escarapela, cantar el himno, sacar a relucir todas las condecoraciones de mierda que le dieron al fulano cuando fue ministro o embajador, engalanarse para el Tedéum y otras supercherías. Mientras tanto miles de niños se mueren de hambre en las villas miserias, desnudos, raquíticos, enfermos. ¿No salta acaso el delito a la vista? ¿Cómo están los hijos de estos señores? Bien abrigados, mejor comidos, bajo el cuidado de tal o cual institutriz. ¿Quién delinque ante lo que ellos llaman leyes de la patria? ¿Los que quieren borrar tamañas injusticias o los gobiernos que las prohijan, alimentan y soportan?

—Vos mismo te estás contestando –le dije–. Ahí tenés la ficción del estado constitucional, con todos sus términos ya vilipendiados y nunca cumplidos: constitución, democracia, libertad... parodias electorales. Nada es respetado. Acordate que hace unos días, en Corrientes, la policía mató a un estudiante y cosa igual ocurrió en Rosario con un obrero metalúrgico.

—¡Apenas si tenía quince años! –espetó Iona con bronca, mientras descargaba toda la fuerza de su puño sobre la gastada mesa del cafetín.

—Así es –le contesté–. Toda la población se unió para testimoniar su profundo dolor por el hecho. ¿Acaso a las autoridades se les movió un pelo? ¿Pudo dormir esa noche el presidente sin ningún tipo de preocupación? ¿A vos qué te parece?

Antes de contestarme, Iona soltó una sonora carcajada. Todos los concurrentes al café dejaron de parlotear y miraron para el lado nuestro.

El mozo hispano no disimuló un velado gesto de molestia. No era para menos. Todas las tardes nos pasábamos horas enteras hablando de política y antropología, consumiendo uno o a lo sumo dos cafés. Cuando la cháchara de los concurrentes empezó a inundar el pequeño recinto, Iona me dijo:

—¿Vos querés hacerme meter en cana? Andá y preguntáselo al señor que nos gobierna, aparte de que bien sabés la contestación sin necesidad de que te la diga en voz alta.

—Al parecer –le dije– a los gobernantes no se les movió un pelo. Esa misma noche, uno de los ministros, ignoró el episodio y nos cansó por televisión con una serie de guarismos y estadísticas que no venían al caso. ¿Qué podían importarnos a nosotros y a los millones de espectadores las cifras, cuando aún estaban calientes los cuerpos de las víctimas producidas por las balas yanquis?

—¿Cómo por las balas yanquis? –preguntó Iona.

—Vos bien sabés –le dije– que aquí, ya sea en forma directa o indirecta, quienes nos gobiernan son ellos. Los estudiantes que se levantaron en Córdoba y en Rosario luchan para sacar al país de las garras de Estados Unidos y ellos se defienden enviándonos subrepticiamente boinas verdes disfrazados de funcionarios diplomáticos y material adecuado para reprimir: hidrantes, carros blindados, aparatos transmisores, centrales de comunicación automáticas…

Mirando la hora, Iona me invitó a que saliéramos. Así lo hicimos, tomando un colectivo repleto de hormigas sudorosas y cansadas. Cuando llegamos a Junín, descendimos. A los primeros pasos sentimos que un fuerte olor acre se nos iba metiendo en las fosas nasales y bien pronto empezamos a lagrimear profusamente.

¡Otra vez los boinas verdes criollos tirando gases lacrimógenos! Nos enteramos por algunos estudiantes que en el Once se estaba desarrollando una verdadera batalla campal.

¿Qué querían los estudiantes? Ellos luchaban por un mundo mejor, en el cual no existieran las guerras, ni el hambre ni las enfermedades.

Un canillita pasó voceando el diario. Lo compramos. En grandes titulares se destacaba la proeza de los astronautas que habían llegado hasta la luna. Se alcanzaba a divisar en una telefoto a uno de los tripulantes, flotando cabeza abajo en la cabina, con el gesto distorsionado por la ingravidez y la velocidad del vehículo. Esos sí que eran verdaderos esclavos del sistema, especie de cobayos o conejitos de indias usados en sus experiencias, destinadas a ejercer aún mayor dominio. Se los enviaba a una empresa desconocida, erizada de riesgos y peligros, de la cual podrían o no volver.

Igual cosa se estaba haciendo con los miles y miles de adolescentes que todas las semanas morían en las selvas y pantanos del Vietnam. En ambos casos los justificativos eran los mismos: mundo mejor, libertad, democracia; pero los hechos también eran los mismos: opresión, golpes de Estado, hambre, analfabetismo, enfermedades.

Los jóvenes norteamericanos que morían en Vietnam ya lo sabían de antemano: en caso de que ellos triunfaran –utopía inalcanzable– Vietnam del Sur seguiría gobernado por la misma camarilla de ahora, constituida por generales y funcionarios corruptos, traficantes de estupefacientes y contrabandistas, como públicamente los denunciara en plena cámara un senador norteamericano.

—Acaso también aquí ocurra lo mismo –me dijo Iona–. Los altos funcionarios corruptos abundan y de cada diez generales, nueve se sienten futuros presidentes y luchan desesperadamente para meterle una zancadilla al compañero de turno, que ocasionalmente se encuentra al frente del país.

—Es una especie de sensualidad contagiosa –le dije.

—Y esa es nuestra desgracia –me contestó, agregando– Ninguno de ellos lucha para cambiar el actual sistema de cosas. Si no fuera así, no andaríamos de tumbo en tumbo.

—Sin embargo –le dije–, caben dos presupuestos.

—¿Cuáles? –preguntó.

—Son dos presupuestos excluyentes y definitivos –le dije–. O son incapaces o son delincuentes. Si hasta ahora y en lo que va del partido –decenas y decenas de años–, no han podido enderezar el rumbo y mejorar la situación de un país rico, sin problemas étnicos, con todos los climas, con grandes costas y que no ha conocido los rigores de la guerra, es porque son incapaces o tránsfugas. Yo me inclino por lo último. ¿Y vos?

—También por lo último –respondió Iona–. No se solucionan los problemas dándole leña al que trabaja y al que estudia. Pongan las cosas en su lugar, descubran a los que nos entregan al extranjero, échenlos a patadas y el pueblo saldrá en paz a gritar sus nombres y a llevarlos en andas. No necesitarán de las boinas verdes y de sus camuflados policías autóctonos. No tendrán que luchar contra las guerrillas urbanas. Las que ahora empiezan a desarrollarse –agregó con euforia.

—¿A dónde? –le pregunté para hacerlo hablar.

—En las calles de la ciudad. Vos sabés –me decía mientras me llevaba cariñosamente tomado del hombro– que hay quienes sostienen con bastante fundamento que en países como el nuestro, en el cual la mayoría de la población se concentra en enormes ciudades como Buenos Aires, Rosario, Córdoba, La Plata, Mendoza, Avellaneda, con millones y millones de seres, casi imposible de controlar si las cosas se organizan bien y a conciencia, el método más eficiente para la toma del

poder es la resistencia masiva. Quienes deben encabezarla son los obreros, estudiantes y dirigentes más capacitados. Al principio se torna necesario aceptar la colaboración de todos…

—¿Inclusive de los políticos desprestigiados y corruptos? –le dije.

—Inclusive –contestó–. Hay que sumar y no restar. Ellos entrarán
fácilmente por la variante…

—Pero… ¿no se darán cuenta de la maniobra? –argumenté.

—Sí, se darán cuenta –me contestó–. Pero como ellos pretenden
hacer lo mismo con los otros, estamos en un juego de vivos. Hay que
sumar. Una vez que hayamos triunfado, será cuestión de saber restar
convenientemente.

A todo esto, a medida que íbamos avanzando, el olor de los gases
se tornaba insoportable y ya sentíamos claramente el ruido de los disparos. Inclusive se percibía el tableteo aislado de algunas metralletas.
Cuando llegamos a la esquina de Pasteur y Corrientes, el espectáculo
era dantesco. Varios automóviles ardían envueltos en llamas, mientras las corridas, disparos y detenciones se sucedían con gran profusión.
Alcanzamos a ver cómo se llevaban a un estudiante a la rastra, tomándolo de los pelos, mientras le propinaban salvajemente una feroz tunda de patadas y bastonazos. ¡Qué no le harían en privado, si lo trataban así delante de todo el mundo! A empellones lo metieron dentro de
un coche celular, en cuyo interior ya se encontraban otros más, entre
ellos dos mujeres jóvenes.

—Fijate en algo muy sencillo –me dijo Iona–. ¿Cuántos policías
creés que se necesitan para controlar el centro de la ciudad?

—Y unos cinco mil –le dije.

—Supongamos que pueda ser cierto –me dijo–; les cuesta mantener el orden una barbaridad y vos ves como son rebasados en muchos
lugares. ¿No es así?

—Indudablemente –le dije.

—¿Qué pasaría –continuó diciéndome Iona mientras se guarecía
detrás de una obra en construcción– si estos desórdenes se organizaran
en un mismo día y a una misma hora, en todos los barrios de todas las
grandes ciudades del país, en las cuales existen cientos de miles de obreros, estudiantes y empleados, disconformes con la actual situación?

—Serían incontrolables –le respondí mientras estrechaba en señal de despedida su enorme manaza de hombre bueno. Saludándome se alejó con una gran sonrisa a flor de labios. Iona era feliz con la contemplación de tales espectáculos. "Al menos, no los dejamos dormir tranquilos" solía decirme frecuentemente. "Van a tener que pelear duro si quieren conservar el privilegio".

No proclive a deambular en medio de los gases y de las balas, me fui alejando por Azcuénaga hasta Santa Fe. Lo de guerrillas urbanas, debo confesarlo, que lo había escuchado por vez primera allá por el año 1957, de labios del talentoso economista español Guillen. La actual situación parecía prestarse de rechupete para dicho tipo de experiencia.

Pocos minutos después habría de comprobar, con dolor, que no me había equivocado. Digo con dolor por las decenas de estudiantes y obreros muertos en los acontecimientos del interior del país.

En efecto, la violencia había estallado inesperadamente en Córdoba. Nos enteramos de ello a través de urgentes y repetidos anuncios radiales. Miles de obreros y estudiantes, inclusive algunos profesionales jóvenes, se habían apoderado por vez primera en la historia del país, de una ciudad de un millón de habitantes.

La policía, impotente, había retrocedido entregándoles el control de la situación. Decenas y centenas de incendios habían convertido a la docta Córdoba en un verdadero infierno, y los disparos de armas de todo tipo empezaban a escucharse por doquier.

La resistencia urbana estaba templando sus primeras armas y la población, amparaba espontáneamente a obreros y estudiantes.

La policía —escuadrón de caballería, civil, motorizada, con carros de asalto, gases, metralletas, armas largas y perros adiestrados— ofreció denodada resistencia antes de claudicar y los primeros muertos se quedaron mudos sobre las impávidas aceras.

Bien pronto, pero a regañadientes, ya que sus servicios psicológicos y de inteligencia nunca les aconsejan tirar contra el pueblo a fin de no tornarse aún más desprestigiadas de lo que están, las fuerzas armadas debieron tomar intervención en los hechos.

Gruesas columnas de soldados, infantería aerotransportada, secciones de artillería ligera y obuses, como así también aviones de observación, empezaron a ocupar la ciudad.

Los estudiantes y obreros se hacían fuertes en el Barrio Clínicas, habiendo destacado en las azoteas, audaces y temerarios francotirado-res, que en forma orgánizada se oponían al avance del ejército, pode-roso y masivo. Grandes cartelones se abrían al paso de la tropa, con le-yendas como las siguientes: *"Soldados, hermanos nuestros, no tiren"*. La zona fue declarada de guerra, es decir que existía la ley marcial y bár-baros tribunales militares de emergencia, en olvido total de las más ele-mentales normas de ese derecho que ellos tanto defienden, dictaron condenas de hasta ocho años de prisión, inapelables, por el solo hecho de haber participado en los disturbios. Los condenados no tuvieron de-fensa alguna, ni se les permitió presentar pruebas.

Al día siguiente lo comentaba con Iona, cuando concurrí a visi-tarlo a su departamento. Me preguntó:

—¿Qué te parecen las sentencias?

—Monstruosas –le dije.

Me hizo sentar y sin pronunciar palabra puso el disco de siempre. Por centésima vez en la semana se disponía a escuchar un long-play del Che. Su voz grave y armoniosa comenzó a invadir el ambiente.

Mientras tomaba unos mates amargos, pensaba en nuestro com-patriota, fríamente asesinado por un oscuro esbirro boliviano al servi-cio de la CIA. Todo el mundo más o menos informado sabe que el Che fue entregado por el Secretario General del Partido Comunista Boli-viano, quien le informó con detalles al ejército de ese país, sobre sus movimientos. Para ese entonces el comunismo soviético había abando-nado su apoyo internacional a las guerrillas.

Dejó su cargo de ministro, sus importantes funciones, su mujer, sus hijos, para meterse en la maraña de la selva boliviana, en pos de al-tos ideales humanos. ¿Acaso El Che buscaba honores, riquezas, pre-mios?

Jesucristo fue crucificado por luchar contra los mercaderes y echar-los del templo a latigazos.

Días después me preguntaba casi afirmándolo: si no triunfa el pue-blo se nos viene inexorablemente el hormiguero.

# Divisiones

—Vos recordás muy a menudo aquello que tan sabiamante dijo Erasmo de Rotterdam en *Elogio de la Locura.*

Te lo repito textualmente para que tratés de no olvidarlo: "Vense gentes que entienden tan al revés la religión, que les chocaría menos las más horribles blasfemias contra Cristo que una ligera broma al respecto de un papa o de un príncipe, *si en ello les va el pan principalmente...* " o aquello otro de: "¿Acaso el de dejar de ser lo que somos, no es ya una especie de muerte?

—Eso fue dicho en 1500 –me respondió Iona–. ¿Acaso hoy, en 1969, no es lo mismo?

—Sin lugar a dudas –le contesté, ya que hoy en 1969, la gente *si en ello les va el pan principalmente,* te tolerarán sin ninguna dificultad una ofensa a Cristo si son católicos o a su Dios, si son creyentes, pero nunca al papa vivo o al político que los acomoda o a tal o cual príncipe, ya casi no los hay, pero en lugar de príncipe, podés decir general, presidente, senador o cualquiera que pueda beneficiarlo al presunto ofendido. En cuanto a lo de dejar de ser lo que somos, pasa otro tanto.

—Es decir –volvió a terciar Iona– que todos aquellos escritores y artistas en general que dejan de ser lo que son, para adoptar determinada postura que les procure un beneficio del momento, morirán inexorablemente para el recuerdo de las futuras generaciones.

En efecto –le contesté–. ¿Y no te parece que es cautivante la idea de perpetuarnos más allá de la muerte? Por eso, querido amigo, sólo quien se manifieste como es podrá acariciar tamaña idea, suponiendo que aparte de la sinceridad, deben darse los infaltables presupuestos de genio y capacidad creadora. Los que buscan sólo el pan, el éxito rápido, los bolsillos pletóricos de dólares, ésos, no van lejos. Participarán de la cortedad fotográfica del vuelo de la perdiz.

—Pero el best-sellerismo es también cautivante –dijo Iona–. Imaginate que a tu último libro se les ocurra transformarlo en un bestseller: Te parás para todo el viaje y no habrá happenings al cual no te inviten. ¡Se promocionarán con vos y podrás chupar whisky importado en Mau-Mau, sin pagar un solo mango!

—Bah, me da lo mismo –le contesté–. Dentro de un par de miles de años ¡a la mierda con Sócrates y Homero! Por otra parte, me da náuseas entrar a cualquier librería. ¿Cómo hacer para leer toda esa montaña de libros?

Tal vez la solución venga con la computadora intelectual –me dijo Iona con cierto ingenio–. Y con ella te ofrecerán en pocas páginas la síntesis de varios libros, efectuada por esclarecidos cerebros. Así tendrás *La Gloria de Don Ramiro* en una línea; los poemas de Neruda, en un verso; la *Rayuela* de Cortázar, en una síntesis de dos líneas, es decir, en el dibujo del juego de la rayuela, un rectángulo dividido en varias partes y nada más. También podrás leer *Finesse* o *Caterva* o *Balumba* de Filloy resumida en dos palabras: tricósico maruatuméntigo y al *Infierno* del Dante podrás intuirlo observando el dibujo de una parrilla eléctrica, sobre la cual se queman varios hormigones.

—Puede ser –le contesté–, pero de todos modos ya Roberto Arlt nos hablaba de la inutilidad de tanto libro. Cordilleras de libros inútiles, aludes de revistas inútiles y sin embargo nunca se leyó tanto como ahora. Somos uno de los países más cultos del orbe, pero sigo sosteniendo que Herbert Read tiene razón en su obra *Al Diablo con la Cultura*.

Dentro de toda esta cosería fútil que nos está agobiando, los Estados Unidos se están robando todos los supuestos, ya que en los últimos tiempos se está poniendo en boga aquello de que toda ama de casa debe tener en su hogar el mismo objeto repetido, es decir: dos licuadoras, dos enceradoras, dos lavarropas, dos computadoras, dos aparatos de televisión.

—Ya estás macaneando –me dijo Iona soltando una carcajada.

Con rabia, ante su incredulidad corrí a revisar una pila de revistas de estos últimos días que habían quedado en un rincón de la habitación, en desorden. Al fin dí con la noticia y se la hice leer para que se quedara convencido, mientras le decía:

—Es una forma desesperada de vender más y, como los yanquis suelen obedecer a pie juntillas los consejos de la publicidad que a diario les mete la televisión, no te extrañe que la campaña tenga éxito y que en cada hogar se repita dos veces el mismo objeto.

—De todos modos puede ser una forma de pagar, en parte, la guerra del Vietnam o los viajes especiales, o la cortina contra los misiles de Mao –respondió Iona.

Mientras pronunciaba la palabra Mao entró Magda en forma imprevista. Ignorando a Iona vino a mi encuentro y los dos demostramos sin atenuantes nuestro mutuo regocijo.

Iona se fue diciendo que estábamos en plena Edad Media y que nuestra atraso era tan grande, que recién en este momento las tres o cuatro religiones más poderosas están dándose cuenta que es hora de unirse para no sucumbir.

No se habían aún acallado sus pasos en el palier cuando, cavilando sobre lo que me había dicho, pensé si tal unión no sería la muerte de todas esas sectas. Unirse, apuntalar juntas y en la medida de lo posible, al edificio que se desmorona irremediablemente. ¿Será larga la Edad Media que estamos soportando? ¡Quién pudiera vivir durante las futuras generaciones!

\*

Con el que solía hablar muy a menudo, después de todos los desengaños y desencuentros de los últimos tiempos, era con Ledesma. Si bien no congeniábamos, ni muchas veces nuestras ideas encajaban perfectamente, me gustaba este tipo porque era todo espíritu, cosa rara de encontrar en los hombres de hoy, devorados por un cerrado egoísmo que nace de las enormes dificultades para vivir que ofrecen las populosas ciudades de fines de siglo. En efecto, a ninguno de los dos nos interesaba la notoriedad, ni los dólares, ni la rula y, a lo sumo, mostrábamos predisposición por toda esa belleza femenina que nos ofrecía a diario Buenos Aires, ya sea por Santa Fe, por Callao, por Florida o por donde fuere.

Desde un tiempo a esta parte me obsesionaba la división de los hombres. Parecía ser algo clásico, infaltable, necesario. En cualquier club de más de cien personas, encontrabas la división y con más razón si los intereses económicos eran importantes. De inmediato surgían varios grupos, encabezados por determinados líderes que a diente limpio trataban de adueñarse de la dirección de la institución.

—¿Será por eso que se inventaron los comicios? –preguntó Ledesma.

Le contesté volviendo al tema con más ímpetu:

—¿Me podés explicar por qué los hombres están divididos, las razones de las guerras, con su séquito infernal y monstruoso de bombardeos, muertes y destrucción?

Como siempre, para responderme, lo hizo echando mano de lo que me era más grato: la biología, y así fue:

—Lo hacen y se matan entre ellos por la sencilla razón de que está en su naturaleza hacerlo. A eso, vos lo sabés tanto como yo. Así como la madera flota y no se hunde, la cascabel muerde y mata, el pedernal arde, el tigre degüella y la oveja pone el cogote para que se lo corten; el hombre, este bicho que recién empezamos a conocer, lleva en su interior la condición de toda esa materia pujante y avasalladora de la que está hecho el universo, es decir, que debe engullir matando a otra materia más indefensa para poder vivir. En consecuencia matamos para poder seguir viviendo. Los vegetales devoran las sustancias minerales que contiene la tierra, las pequeñas amebas emiten pseudopodios y devoran a otras sustancias menores y, como dice el refrán: el pez chico come al grande. Es una imagen destructiva, al parecer imposible de ser suavizada, por más religión, filosofía y agua bendita o de la otra que le echés.

¿Acaso nuestros supermercados, en especial los puestos de carne, no son una muestra fiel de quiénes somos nosotros los hombres? Allí verás, chorreando sangre, amontonados unos al lado de los otros, miles y miles de cuerpos de distintos animales a los cuales el hombre alimenta. Decimos que el tigre o el león, son sanguinarios pero, ¿qué dejamos para nosotros? Por lo menos ellos matan para subsistir y entre los animales de la misma especie se respetan, pero nosotros nos matamos entre nosotros despiadadamente.

—Ya habíamos hablado del tema en repetidas oportunidades y hasta estábamos transitando los mismos lugares comunes pero, no obstante, le pregunté:

—Pero... ¿Y la otra cara de la moneda?

—¿Qué cara? –preguntó Ledesma.

Sin mucho convencimiento le respondí:

—Pues la otra, la buena, la hermosa, la del arte y el perdón y las obras pías...

—Es la excepción vos lo sabés –respondió Ledesma–. Aparte que no sé hasta dónde hay desinterés en el arte, el perdón y las obras pías. Habría que escudriñar más a fondo y entonces tal vez sufriríamos grandes decepciones. Mientras tanto seguimos divididos y, como podés verlo, a diario en los periódicos prosiguen los bombardeos y la matanza. Miles de niños se mueren de hambre en la India, mientras algún sátrapa recibe de manos de su pueblo que le cree emparentado con tal o cual divinidad, su peso en oro y diamantes.

Realmente es penoso –terminó diciendo–. Aún los poetas y los escritores están divididos dentro de la misma ciudad y aún dentro de las entidades que los reúnen. ¡Miserable condición humana!

Acaso tenía razón Rainer María Rilke, en su carta del 4 de noviembre dirigida a Kappus: "En toda realidad se está más cerca del arte, que en las posturas irreales, seudoartísticas, que dándonos la ilusión de estar cerca de él, prácticamente niegan la existencia de todo arte y lo dañan, como por ejemplo lo hace casi toda la crítica y las *tres cuartas partes* de lo que se llama y quiere llamarse *literatura*".

●

Sin embargo yo estaba seguro que a la larga la evolución terminaría inexorablemente metiéndonos en la bolsa de la colectivización, asignándonos a cada uno una misión especial dentro del gran organismo social. Células cerebrales, motoras, digestivas…

Adiós –como decía siempre– al Dante, a Shakespeare, a Miguel Ángel y, por sobre todas las cosas, a las bellezas que deambulan por nuestras calles.

# *Máquinas*

Mañana, ya no seremos libres como ahora, ni tan siquiera como cuando remabas, hace siglos, prisionero en oscura galera.

Tanto ahora como en aquel entonces –aún encadenados de pies y manos– somos y éramos libres. Por lo menos teníamos libertad de pensamiento y nadie podía penetrar en los secretos de nuestro mundo interior.

Tal vez dentro de poco tiempo seremos simples máquinas y nuestros pensamientos dejarán de pertenecernos.

*La tecnología podrá infiltrarse dentro del cerebro captando como en una pizarra escrita todo lo que acontezca dentro de él, manejándolo a su arbitrio.*

Con el control de la natalidad, la incubación extrauteriana de espermatozoide y óvulo, la selección de los mejores y la división del trabajo a fin de explotar racionalmente las riquezas del planeta tierra y posibilitar *una mejor conquista del sistema solar,* pasaremos a ser *simples engranajes* de un gran organismo.

Dichosos de quienes cumplan, dentro de algunos siglos, la función de células pensantes de ese organismo. Desgraciados quienes deban vivir toda su vida como simples células digestivas o motrices, en los más recónditos vericuetos del cuerpo social. Y como el trabajo continúa en una determinada tarea, va creando hábitos y costumbres, seleccionando aquello que sirve, veremos como los hombres que deban cumplir simples funciones coadyuvantes de la función digestiva, de seguridad o motriz, irán perdiendo la facultad de pensar, ya que otros individuos se encargarán de ello específicamente, de tal manera que terminarán por ser la *negación misma del hombre,* es decir, del primer organismo capaz de pensarse a sí mismo y de pensar toda la obra que a su alrededor realiza la naturaleza.

—¿Podemos acaso evitar todo ésto?

—Parecería que no –acotó Iona–. Somos pocos los que no es estamos dando cuenta del peligro. Por otra parte, como la velocidad evolutiva de la materia progresa geométricamente, cada minuto que pasa ahora puede equipararse a siglos de hace mil años o a decenas de miles de años de mediados de la era terciaria. ¿Me explico?

—Perfectamente –le contesté–. Vos querés decir que en los principios de la vida, hace la friolera de unos tres mil millones de años, por ejemplo, la evolución avanzaba muy lentamente, necesitando lapsos de centenas de miles de años, para lograr tal o cual cambio favorable. Ahora, y a medida que pasa el tiempo, todo se acelera geométricamente.

—Fijate lo que ha ocurrido con la velocidad en los últimos cuatrocientos años. En 1492, Colón y los suyos necesitaron noventa días para llegar de España a América… ¡Algo así como 2.160 horas! Hoy en día, en cuarenta y cinco minutos, un cohete recorre igual distancia, de tal manera que el hombre hace miles de cosas más que antes.

—¿Cómo miles de cosas más? –pregunté.

—Natural: en 1492 necesitaron 90 días, o sea 2.160 horas para descubrir América, y estuvieron todo ese tiempo dedicados pura y exclusivamente a esa tarea, sin poder cumplir otra. Hoy en día, un empresario cualquiera hace el mismo viaje en seis horas y le quedan 2.154 horas para hacer miles de cosas más. Con el automóvil, los jets y demás vehículos endiablados, pasa idéntica cosa. Nos estamos acercando al fin de la aventura *en forma cada vez más rápida* y por eso digo que el día en que por la necesaria división del trabajo nos integren al organismo social, ya no podremos escaparnos más y *habremos dejado de ser hombres.*

—Vuelvo a preguntar –le dije–. ¿Es que no hay forma de salir del atolladero?

—Teóricamente la hay –me dijo–. Todo consistiría en que ahora mismo los escritores, músicos y artistas en general, incluyendo a los hombres de ciencias, que mucho de artistas tienen, nos reunamos y, valientemente, les neguemos nuestra colaboración a los mandamás de turno –individuos ciegos e incapaces de ver nada–, a fin de obligarlos a que nos escuchen.

—Tendrían que hacerlo de prepo –argumenté–, pues sin el concurso de los hombres de ciencias el mundo se detendría.

—Tendría que ser ya –dijo Iona–. Nunca más allá de los próximos años. Si dejamos pasar estos pocos años que nos quedan, sin tomar medida alguna, nuestros descendientes, dentro de algunas generaciones, *dejarán de ser hombres.*

# *Pesadilla*

Vos y yo nos encontrábamos a orillas del mar y, debido a una baja marea excepcional, pudimos adentrarnos varios miles de metros. Enormes moluscos se retorcían sobre la arena en los últimos estertores de la agonía y a medida que el mar continuaba bajando y que nos íbamos internando en la playa, hasta hacía pocos instantes cubierta por las aguas, emergían, aquí y más allá, restos de antiquísimos naufragios.

Recogiste de la arena, cubierta por millones de pequeños moluscos, lo que al parecer podría ser un fragmento de una antigua ánfora.

A unos quinientos metros mar adentro emergió un bulto de varios metros de altura, semienterrado en la arena y totalmente cubierto de algas. A medida que nos fuimos acercando a él, fue creciendo en nuestro pensamiento la idea de que se trataba de una antigua goleta. A pocos metros tuvimos la certeza, por la forma y tamaño, que así era. Creíamos estar frente a barcos similares a la Santa María o a La Niña. Hacíamos de cuenta que uno de esos reconocidos dibujos de historia de cuarto grado se hubiera instalado frente a nosotros.

Cuando estábamos por tocar lo que cuatrocientos años atrás había sido un gallardo navío, nos detuvimos posesionados por un espectáculo escalofriante. Un enorme pulpo, semejante a los que suelen pelearse con los perros en todos los litorales marítimos cerrada ya la noche, se enroscaba en el mástil semidestruido. Unos pequeños discos que en una época servían como valores de cambio –eran antiguas monedas de oro–, se encontraban diseminados por la cubierta, totalmente cubiertos por las algas.

El pulpo, a quien debimos haber ocasionado un terrible susto con nuestro aspecto de bestias bípedas, puso pie en polvorosa y no tardó en perderse de vista detrás de unos enormes peñascos que emergían a unos cien metros mar adentro, donde aún las aguas golpeaban de vez en cuando.

Sin perder más tiempo, sabiendo que esa oportunidad que se nos presentaba era única, ya que el mar hacía siglos que no se retiraba tanto, y que en cualquier momento podía volver a taparlo todo, nos internamos decididamente por lo que fuera el gallardo puente del destartalado navío. La madera del piso y de las paredes había desaparecido; en su lugar, a través de los siglos, se fueron depositando gruesas capas alcalinas. Pese a todo podíamos adivinar la forma de los objetos que, no obstante el paso de los años, aún conservaban las antiguas formas. Así pudimos darnos cuenta que esa arcada que se abría a unos metros delante nuestro, cubierta de algas azules y rojas que colgaban desde la parte superior, chorreando aún gruesos goterones de agua salada, era una antigua puerta, que nos llevaba desde el puente hacia lo que en otra época había sido lujoso comedor. En efecto: alcanzamos a divisar la vaga silueta de una mesa. Las algas y los crustáceos, confundidos en un grueso manto salobre, blanco por el exceso de sal, pendían desde sus costados hasta el suelo y las patas apenas si se divisaban bajo una cubierta de caracoles y corales.

La tragedia del antiguo naufragio podía ser intuída, ya que danzaba aún en torno a cada objeto.

Posiblemente alguna traicionera tempestad, roto el timón –que no veíamos–, había arrojado al otrora hermoso navío sobre las agudas rocas de la costa y, en pocos minutos, partido en varias partes, se hundió para siempre en el lugar en que nos encontrábamos. Testimonio de ello eran los huesos informes de sus tripulantes, totalmente cubiertos de espesa vegetación marina que entremezclándose encontrábamos por doquier.

Sin querer, caminando por el piso resbaladizo, dimos un violento puntapié a una calavera –solamente se trataba del cráneo completo, pues le faltaba la mandíbula– la que dando varias vueltas sobre sí misma, quedó apoyada en una de las patas de la mesa, mirándonos fijamente con sus enormes órbitas vacías.

Un estremecimiento de miedo corrió por toda nuestra epidermis, ya que adivinamos unos ojos pequeños y fugaces que fulgían en el interior de la cuenca. Sabedores por convencimiento de que todo tiene una explicación, nos inclinamos para ver mejor y súbitamente un repentino escalofrío atravesó nuestra médula espinal. Los ojillos eran de lo que vos calificaste como inmundo cangrejo de mar, que había elegido el cráneo como morada y que, al sentirnos llegar, se había ocultado presuroso en una de sus órbitas. Era un pequeño y pobre cangrejo de mar.

De un antiguo arcón totalmente destruido alcanzamos a levantar varias monedas de oro con las superficies tachonadas de miles de pequeñas cuevitas, obra de otros tantos crustáceos que las habitaban o habían habitado en pasados siglos.

Un rayo de sol, luego de cuatrocientos años de ausencia, volvió a penetrar en el ambiente, a través de un gran ojo de buey y golpeando en la parte superior del frontal de la calavera le dió un cierto brillo extraño.

El cangrejo, poco acostumbrado a esa visita inesperada, levantó los dos pequeños brazos dentados como protegiéndose de la oscuridad y, caminando hacia un costado, se metió aún más adentro, rumbo del esfenoides.

¿A quién habría pertenecido el cráneo menudo y grácil? Por su tamaño podía ser femenino. ¿Era ese un navío de piratas? ¿Acaso aquel cráneo habría pertenecido a una bella prisionera? Debido a la total ausencia de prognatismo y a la perfecta curva de los parietales, el frontal y el occipital, casi podíamos asegurar que se trataba de una mujer blanca. ¿Alguna vez en su vida se habría imaginado que con el correr del tiempo serviría de refugio a ese cangrejo que ahora descansaba en su interior, apoyando sus patas sobre los amplios senos frontales y que, seguramente, de vez en cuando salía en busca de alimentos, por una de las órbitas vacías?

Deseoso de conservar tamaño hallazgo obligué al cangrejo a que saliera, utilizando un agudo trozo de un gigantesco caparazón de caracol. Al principio se resistía, pero al sentirse violentamente pinchado, salió a toda máquina, no sin antes intentar una especie de pantomima de ataque con sus dos bracitos en alto, uno de los cuales es más pequeño, como ya se sabe. Triunfante, alcé el cráneo, aferrándolo entre los dedos índice, medio y pulgar de la mano izquierda que había metido respectivamente en las fosas nasales y en cada una de las órbitas.

Como al agacharme descubriera un largo fémur que estaba encajado entre la pata de la mesa y el arcón, decidí llevármelo. Luego de forcejear durante largo rato, logré extraerlo. Semejaba una enorme y pesada cachiporra. Con seguridad que no había pertenecido al mismo cuerpo de la calavera, pues su largo y grosor demostraban que en vida había contribuido a sustentar un cuerpo masculino alto y fornido.

Un ruido detrás nuestro nos indicó que no estábamos solos.

Cuando nos dimos vuelta tuvimos la sensación –yo la tuve y pienso que vos también– que de esa habitación del navío no saldríamos con vida. El enorme pulpo que minutos antes huyera hacia las rocas había retornado y colocado justo en la abertura de lo que fuera antigua puerta, nos tapaba toda posibilidad de salida. Uno de sus tentáculos, enorme como un inmenso brazo, se movía en el suelo, muy cerca nuestro, mientras el animal nos observaba detenidamente con sus ojos, en ese momento, dos grandes discos de fuego.

Complicando aun más la situación sentimos como el mar regresaba. Se percibían sus golpes acompasados, inconfundibles, afuera, sobre un costado del viejo navío.

Levantando la vista vi por el viejo ojo de buey como grandes olas de varios metros de altura iban acercándose desde unos doscientos metros de distancia. Presa de pánico, intentamos huir. Frente a nosotros, el pulpo continuaba cubriéndonos todo escape posible, como si se diera cuenta que cuando el mar lo cubriera todo quedaríamos inermes a su merced.

Desesperado y sin otra escapatoria, avancé de golpe, metiéndole violentamente en uno de los ojos, a manera de furibunda puñalada ósea, todo el fémur, casi hasta la mano derecha. Tocado de improviso, el animal se contrajo y por el pequeño espacio que nos dejara, intentamos escapar.

Yo lo logré, pero a vos el bicho alcanzó a tomarte instintivamente de un brazo. Tu grito feroz y desgarrante me paralizó por breves segundos. Dándome vuelta, alcancé a ver por última vez tu hermoso rostro y tus ojos ensemismados por el profundo terror.

Quise librarte, pero todo fue en vano. El enorme pulpo, aprisionándote te arrastró hacia la montaña de agua que avanzaba a escasos cincuenta metros de distancia.

Nadie en mi lugar podría haber hecho algo. Si no hubiera sido por el mar que volvía enfurecido tal vez podría haber obligado al animal, atacándolo con el hueso que aun empuñaba, a que te soltara y de ese modo nos habríamos salvado los dos, pero perseguirlo ahora, adentrándome con él en las olas embravecidas era un suicidio inútil. El primer golpe de agua me hubiera arrojado a varios metros de distancia y en pocos instantes yo también habría muerto.

Desesperado intenté salvarme a toda costa. Como un loco, inicié veloz carrera hacia la costa que se divisaba muy a lo lejos. Cayendo y levantándome, huí frenéticamente. Bajo mis pies sentía reventarse muellemente cientos de estrellas de mar, mientras en la boca el gusto fuerte y iodado de la sal tornábase cada vez más persistente. Angustiado me daba vuelta para ver si lograba alejarme algo de la montaña de agua que venía avanzando, pero tenía la sensación de que el océano lograba acercarse más y más.

Poco a poco, la costa fue aproximándose. La veía muy confusamente ya que la noche comenzaba a caer.

Las primeras luces de algunas viviendas lejanas iban apareciendo como si fueran oscilantes farolas de pequeños barcos a la deriva.

Cuando hube pisado tierra firme, una espesa niebla me envolvía en tenues abrazos de gasa y a mis espaldas, el mar, llegaba como lo ha hecho durante milenios, en suaves y blancas oleadas sucesivas, hacia el regazo de la costa en sombras. Sobre la playa ya oscura y casi negra, se divisaba cual si fuera un finísimo encaje blanco, a la enorme ola alargada que se adentraba poseyéndola…

●

Cuando desperté, aún agitado y nervioso, estaba en mi cuarto.

¡Todo había sido una pesadilla…!

Magda iba y venía silenciosamente, y la calavera seguía pensando estática en su sitio de siempre: mi pequeña mesa de trabajo, donde se amontonaban en desorden varios papeles garabateados, la pequeña máquina portátil y dos de los últimos libros que había leído: uno de Asturias y el otro con juicios elogiosos sobre Cuba, vertidos, entre otros, por Marechal y Gelman.

# La mateada

Mientras calentaba el agua para el mate, no sé porqué razón, me puse a pensar en el Che Guevara y en eso de escritor latinoamericano que Cortázar repetía machaconamente y con razón, en su escrito relacionado con la revolución cubana.

Con sueño aún y con la modorra propia del caso, las ideas se me fueron mezclando y empecé a rememorar un artículo sobre las editoriales leído horas antes en uno de esos cajones de sastre informativos, que de un tiempo a esta parte en Buenos Aires aparecen bajo la forma de revistas de noticias que pretenden estar al día en todo.

Desde el último gol de Pelé hasta la marca del antisudoral que usa Paul Sartre.

Después de leer el referido artículo, con bastante trabajo y a duras penas, llegué a la conclusión que todo era cuestión de dinero más o menos, pero por sobre todas las cosas, de dinero. Nada vale la pena de ser hecho para toda esta gente si no aparece el mango detrás del mango. Da la impresión de que ésta es la Gran Sociedad del Mango S.A. –así

se llame dólar, rublo, yen, esterlina, marco o simplemente, mango a secas—. La campaña política de Nixon le costó 20 millones de dólares, la
del otro candidato 12 millones. La viuda de Kennedy se casó porque
Onassis tenía tantos miles de millones de dólares.

En las republiquetas latinoamericanas se voltea a un presidente,
sin ningún tipo de miramiento o resguardo ético, por tal o cual preben-
da que, resumida, significa muchos millones de mangos.

Los generalotes que llegan así al poder, asaltándolo con el concurso de una banda armada, en el momento de levantarse contra el orden
constitucional están cometiendo un gravísimo delito que los transforma en delincuentes comunes, como los pistoleros que a punta de metralleta se llevan el dinero ajeno de tal o cual institución bancaria.

¿Pero qué pena le cabe a un individuo que, luego de cursar el Colegio Militar y ascender en larga trayectoria toda la escala jerárquica,
previo paso, cuando llega a teniente coronel, por las aulas de la Escuela Superior de Guerra, pagada por el pueblo y por West Point —especie de Sorbona militar—, trama una conspiración y revólver en mano
toma el poder? No hay duda alguna: la horca.

Detrás del poder brillan los dólares.

Lo demás: patria, constitución, soberanía, corrupción, decencia,
imperio de la ley; son vulgares pretextos utilizados para llegar sensual-
mente a la conquista del poder.

Si existe algún caso excepcional en el cual la toma del poder se jus-
tifique, ya sea por real incapacidad del gobernante desplazado o por
un denigrante estado de corrupción administrativa, la historia se encargará de justificarlo y, entones, nuestra crítica ni tan siquiera lo ro-
zará.

Mediando el dinero, todo se torna fácil y cobra realce. Así las obras
del plástico X se cotizarán tantos millones de pesos, aunque en el fondo sean un bodrio y, comparadas con el otro no promocionado plástico que se muere de hambre, no sean más que un mamarracho.

Cosas como ésta pasan aquí y en todas partes y son un fiel reflejo
de la corrupción que nos envuelve, de tal manera, que si seguimos así
en este estado de "supercivilización", terminaremos asfixiándonos inexorablemente en sus garras sangrientas.

El final de la senda, por otra parte no muy lejano, es ya preanunciado por quienes tratan de ver las cosas y los fenómenos desde un punto de vista más amplio y genérico.

Si bien el final habrá de ser trágico, se entiende que no será definitivo. A lo sumo un pequeño retroceso o si se quiere, un avance, pues al abandonar una senda equívoca, por más que hayamos deambulado por ella un par de miles de años, es ya un progreso. Por lo menos dejamos de seguir un camino erróneo.

—¿Y cuál es el camino? –me preguntaste.

El que venimos siguiendo desde los albores históricos. Hubieron quienes vieron el fenómeno y lo dijeron. Sus palabras les resultaron fatales y debieron pagar con sus propias vidas, tamaña osadía.

El hecho más claro ocurrió hace 1969 años y aún hoy se distorsionan y mal interpretan sus doctrinas. Me refiero a Jesucristo. Todas sus enseñanzas estaban encaminadas a mostrarnos la senda de un mundo mejor. No sólo fueron para un pretendido mundo ultraterreno. Estaban dirigidas a todos los hombres de buena voluntad. No matarás, no robarás, no desearás la mujer de tu prójimo, no levantarás falso testimonio y *es más fácil que un camello pase por el ojo de una cerradura a que un rico entre en el reino de los cielos.*

Este buen hombre que vivió apenas 33 años y que fue crucificado por los mandamás de turno, nos dejó las bases sobre las cuales hubiéramos podido edificar un mundo justo, haciendo abstracción de todo lo que fuera fantaseoso o imaginario, como el paraíso o demás yerbas. A mí me interesan las palabras de Cristo como hechos concretos para gobernar al mundo.

No matarás, no robarás. Pero después de su crucifixión seguimos matando y robando como en las mejores épocas de los australopitecus y de los sinántropos.

Seguimos matando en todas las guerras que se sucedieron.

Matamos en nombre de una religión que prohibe matar. Los conflictos se sucedieron interminables y constantes. En lo que va de este siglo hemos tenido dos enormes guerras mundiales, con sus inmensas secuelas de muertes y destrucción. Después de ellas los conflictos regionales y limítrofes siguieron desvastando al hombre.

Miles y cientos de miles murieron a manos de otros hombres que, mientras agonizaban, mataban ellos también, sin ningún tipo de escrúpulo y todo por intereses económicos.

No robarás, pero seguimos robándonos unos a los otros, como vulgares delincuentes.

Esa es la senda equivocada; la que a la larga o a la corta según se precipiten más o menos rápidamente los acontecimientos, tendremos que abandonar.

—Pero habremos perdido casi dos mil años de civilización –te lamentaste.

¡Qué son dos mil años frente al millón y medio de años que el hombre tiene sobre la tierra! Apenas un breve latido del universo, acaso, la sombra de un instante fugitivo.

Y los jets, la televisión y los cohetes interplanetarios, ¿no son un signo evidente de progreso? –preguntaste.

Progreso técnico –te contesté–. Pero nada más, ya que moralmente nos encontramos a la misma altura que el hombre de las cavernas, hace veinte mil años.

Todo el sistema moral sobre el que está sentada nuestra sociedad es primitivo, abyecto y ruin. Toleramos y defendemos la matanza indiscriminada de hombres y fomentamos las divisiones entre ellos, creándole compartimientos estancos –los países-estados– dentro de los cuales, mediante un complicado sistema de alambradas y cancerberos –las fronteras–, los obligamos a vivir agobiados por términos cargados de milenaria emotividad, como pueden ser patria, bandera, himno, honor, soberanía.

Pero sin ellos, ¿será posible vivir? –volviste a retrucar cándidamente–. Aparte de que es un delito grave eso de despotricar contra la patria y los emblemas de una nación.

—Mirá –te dije–, yo no quiero discutir con vos. Trataré de usar el razonamiento que solía emplear Sócrates hace más de dos mil años atrás. Yo te haré preguntas y vos me las contestás, ¿estamos de acuerdo?

—No hay ningún inconveniente –dijo–. Estoy listo. Empezá cuando se te cante…

—Muy bien. Así me gusta. Eso se llama ser racional y comprensivo. Ahí va la primera: ¿Qué es la patria?

—Y bueno… mirá… yo no te voy a dar una definición leguleya

porque no soy un conocedor del derecho, pero estimo que patria es, ante todo y como dice esa bella canción que cantábamos cuando éramos niños: la tierra donde se ha nacido.

—¿Nada más que éso?

—Claro que no –contestaste–. Aparte de ser la tierra donde hemos nacido, es el lugar donde viven todos nuestros hermanos, también nacidos allí, con una historia, un pasado y un presente comunes, y con costumbres e instituciones que nos son propias y que queremos por tales. Algo más o menos así. ¿Te parece bien?

—Aceptado. Algo de eso es la patria. Pero aquí va la segunda pregunta: ¿Hay acaso una sola patria?

—Sobre el planeta –me dijiste– hoy en día existen más de cien patrias…

—Me supongo, y ésta es otra pregunta: ¿Todas ellas serán para sus hijos el lugar donde nacieron y en todas ellas vivirán sus hermanos, y tendrán una historia, un pasado y un presente comunes, y sus costumbres y sus instituciones serán también las queridas por cada uno de sus habitantes?

—Así es –me contestaste.

—Aclarado todo ésto, yo te pregunto: ¿Coinciden en general los ideales de todas éstas patrias entre sí o hay graves diferencias? Quiero significar, para que me comprendas mejor, si en líneas generales coinciden.

—En cuanto a los lineamientos generales, debo reconocer que hay coincidencias.

—¿Y por qué hay coincidencias?

—Porque están habitadas por hombres de carne y hueso –contestaste–. Y los hombres, en todas las latitudes, salvo excepciones que no cuentan, persiguen idénticos ideales.

—Entonces, ¿sería un delito borrar las fronteras? –pregunté.

—Desde el punto de vista en que nos hemos colocado, no sería un delito. Pero, no te olvides que el hombre no está todavía preparado para ello…

—¡Cuentos chinos! ¡Eso es lo que dicen los cancerberos y los aprovechadores y toda esa banda de rufianes explotadores y esquilmadores de hombres que pululan en todas las latitudes y bajo todas las ideologías! Cuando el hombre empezó a ser hombre, hace muchos miles de años, tenía una sola patria: la Tierra. Eran apenas un pequeño puñadito de primates en los cuales la débil luz de una razón incipiente empezaba a brillar en el todavía arcaico pensamiento. Unos cuantos centenares sobre esa vasta extensión de tierra allá en la parte oriental y austral del África. Su patria de origen fue una sola. Las otra que a través de los milenios les fueron creando a la sombra de intereses espúreos y mezquinos, no son patrias. Todo ese cuento de la soberanía y del honor nacional es puro bluff, por lo que vuelvo a preguntarte: ¿De qué está formada *"in genere"* la historia de los distintos Estados?

—De múltiples acontecimientos –contestaste.

—Perfecto –te dije–. Pero acaso la historia de Francia, ¿no está formada en gran parte por los conflictos de intereses territoriales que durante centenares de años tuvo con Alemania?

—Exacto –contestaste.

—Y si damos vuelta la moneda, ¿acaso la historia de Alemania no está formada por los mismos acontecimientos bélicos?

—Por supuesto.

—Quiero decir que los alemanes, creyendo tener razón y viendo su soberanía mancillada, guerrean contra los franceses, muriendo de a miles, mientras van de tras de una bandera, entonando un himno determinado y defendiendo símbolos y emblemas que consideran únicos.

Así es –dijiste.

—Pero resulta que los franceses, querido amigo, pretenden tener igualmente razón y al guerrear contra los alemanes, mueren de a miles, mientras van cantando detrás de una bandera determinada, entonando La Marsellesa y defendiendo símbolos y emblemas que a ellos, desde pequeñitos, les enseñaron a defender en el hogar y en las escuelas.

¿No te parece que todo esto es un poquito incongruente y que el papel que el hombre debe cumplir sobre el planeta es mucho más importante?

El último mate estaba frío y lavado…

# *Destino*

Yo no sé si voy solo o si voy con alguien a lo largo de la noche, a través de los parques. Yo no sé si voy solo o es tu sombra que conmigo se alarga por los senderos silenciosos y muelles.

Voces que no veo saltan y juegan a mi lado, suben por las ramas de los árboles, caen desde lo alto en un millón de estrellas luminosas en el agua de la fuente que canta y baila.

Los bancos han quedado vacíos pasada la medianoche y las mismas constelaciones ruedan la Vía Láctea, como hace millones de años.

¿Para qué servirán tus novelas y las novelas de todos los que han sido? ¿Para qué las obras de Rembrandt y Leonardo, de Miguel Ángel y Rafael, de Goya y Murillo? ¿Para qué los escritos de Hugo y los poemas de Darío y los de Whitman y los de Borges?

¿Adónde vamos con los jets y la velocidad de la luz y los navíos interplanetarios? ¿Acaso no sabés que la tierra, como todo planeta, irá apagando sus fuegos interiores y luego de millones de años de deambular por los fríos espacios siderales, terminará cayendo absorbida por el Sol? Eterno círculo vicioso.

> *Tal vez nunca retorne la Galaxia*
> *ni vuelva a repetirse la experiencia.*
> *Por eso, yo me río de la gracia*
> *soberbia del patán, que nada sabe,*
> *y del frágil empaque de la ciencia…*[5]

Éstos y otros pensamientos lo atormentaban. Desde Libertador, en Plaza Francia, veíanse en lo alto, recortada contra el cielo, la estatua de Mitre y una docena de potentes reflectores que la enjalbegaban de luz.

¿Estaría allí dentro de algunos siglos? ¿Qué sería de la ciudad, pasados los milenios y de esos edificios de veinte o treinta pisos, recién construidos, con todos los adelantos de la ciencia? Sin lugar a dudas que la piqueta desvastadora y cruel, caería sobre ellos implacablemente, lo mismo que cae ahora sobre estas casonas del Barrio Norte, orgullo de nuestros abuelos.

Destruir, para seguir avanzando.

¿Pero es que avanzamos? ¿Acaso vamos o venimos? ¿Qué ha hecho el hombre sino cosas perecederas y fugaces? El mismo, al fin, es un elemento fugaz y pasajero de la evolución, punto de partida de nuevas especies, complejo en eterna mutación.

"Acaso al dejar de ser lo que somos –como decía el de Rotterdam–, ¿no es ya una especie de muerte?".

O dices lo que debes y sientes lo que debes decir, o das vuelta la hoja y no escribes más. No es posible que sigas contando las mismas supercherías de siempre y toques lo lugares comunes a los que tantos otros como vos nos tienen acostumbrados desde Sócrates hasta acá.

> *Es hora triste de decir verdades,*
> *minuto amargo de contar el negro*
> *profundo abismo que transita el hombre.*[6]

¿Verdades? ¿Y acaso la tuya no es relativa? ¿Abismo? ¿Dónde está el abismo que no lo veo? Aquí no hay nada y ni tan siquiera veo a la muerte. ¿Pero vos sabés qué es la muerte y qué es la vida? Razón tuvo Calderón de la Barca cuando escribió, allá por mil seiscientos y pico:

---

5    Del libro del autor *Más Allá de las Galaxias*.
6    De *Más Allá de las Galaxias*, op. cit.

*¿Qué es la vida? Un frenesí:*
*¿Qué es la vida? Una ilusión.*
*una sombra, una ficción,*
*y el mayor bien es pequeño;*
*que toda la vida es sueño,*
*y los sueños, sueños son.*

Por eso me decías: yo no sé si voy solo o si voy con alguien a lo largo de la noche y a través de los parques, yo no sé si voy solo o es tu sombra que conmigo se alarga por los senderos silenciosos y muelles.

Tal vez, sean las miles y millones de voces de todos los que fueron, que aún siguen dando vueltas alrededor de la Tierra y es por eso, que voces que no veo, saltan y juegan a mi lado, mientras suben por las ramas de los árboles y caen desde lo alto en la grupa de los surtidores de la fuente, mientras se dividen en miles de estrellas luminosas.

Los bancos han quedado vacíos y las estrellas, como hace un millón de siglos, rielan por los cielos y se alejan para volver mañana, dentro de un millón de años, siempre. Siempre que es lo mismo que decir nunca.

Después de haber hablado así, me volví a la penumbra de mi cuarto, donde las suaves y silenciosas caricias de Magda me reconfortaban.

# La computadora

Mientras tomábamos un café, me dijo:

—¿Entonces, para vos, nada tiene importancia?

—Nada tiene importancia –te contesté.

—Pero… ¿y el progreso?

—¿Qué progreso?

—La velocidad, las computadoras, los jets, la televisión, la radio, la vuelta del hombre alrededor de la luna, el acomplamiento de varios navíos en pleno espacio sideral, el transplantado cardíaco que aún vive luego de más de un año, ¿acaso eso no tiene importancia?

—Ninguna. Todo es relativo y dentro de un tiempo más o menos largo nos reintegraremos al seno de la vieja nebulosa y a partir de ese momento comenzará con el Big-Bang como hace quince mil millones de años la ya tantas veces repetida aventura.

—¿Vos crees que esta aventura empezó alguna vez? –me dijiste.

—Probablemente.

—Pero los demás, los dirigentes, los que se dicen más capacitados que el resto de la masa, ¿no ven el problema?

—Tal vez lo vean, pero no lo dicen.

—Pero si lo ven, ¿por qué no lo dicen?

—Preguntáselo a ellos. A mí ¡qué me importa! Yo digo lo que siento y tan es así que mucha gente de esas que todo lo saben, me escuchan en silencio, como a un loco y nada dicen. Pero, mientras tanto, allí los ves, desesperados como siempre, rajando de aquí para allá, sin ton ni son detrás del mango, en pos de la fama, desesperados camino del Hormiguero, de la colectivización que se les viene arriba, inexorablemente.

Alguna vez hablaremos de la fama, ahí sí que tenés tela para cortar y tejer. A esos mismos desesperados de ahora los verás mañana, crepando en manos de un cáncer perro o en las sedosas y rápidas redes de un furibundo infarto al miocardio. ¡Pobre gente!

Casi con seguridad deben tener reservadito un lugar de primerísima en La Recoleta, ya que a ellos ¿cómo los van a enterrar en otro cementerio? ¡No faltaba más, junto a la chusma y a la clase media baja!

Hay que tener un mausoleo al lado de los Alvear o muy cerca de los Anchorena.

Bluff, puro tongo, fantasía, viciadura, como muy bien dice el tango, que de vez en cuando, algunas cosas dice, más aún si la letra anduvo de la mano de Discepolín, el gran poeta que algún día dará mucho que hablar.

Mientras así discurríamos, se sentó a nuestro lado un viejo pelado y enclenque, acompañado por una morocha de unos diez y ocho abriles, con más experiencia que portero de prostíbulo jubilado. Más allá, un matrimonio heterogéneo, como casi todos los que conozco, engullía desaforadamente un bife de chorizo a dentellada limpia, sin diferenciarse en mucho con el clochard de la vereda.

El mundo fue siempre así y si te detenés un instante a mirar a todos los hormigones que nos rodean, no tendrás que afinar mucho la fantasía para verlos con cola y todo.

Ahora, aprendieron a escribir y a vestirse y a decir: pase usted primero, no faltaba más, sírvase usted antes, yo puedo esperar y tantas cosas por el estilo, pero eso porque te conocen y necesitan de vos. Pero cuando los largás a la selva los vas a ver como te empujan violentamente, como te insultan para quitarte el lugar en la cola del colectivo y como tratan de sacarte de las fauces, a todo trance, el sucio y miserable trozo de pan que te llevás a la boca. Siempre fue así. Derechas e izquierdas…

¿Y seguirá siendo así? Pero ¿hasta cuándo?

Hasta que los metan en el hormiguero o en la colmena, de prepo. Hasta que los colectivicen. Entonces ya no sabrán ni lo que es derecha ni lo que es izquierda, ni lo que es centro. Y los colectivizarán primero, ya que los necesitan así, para la mejor conquista del sistema solar. Necesitaremos individuos obedientes, disciplinados, con la misma forma de pensar, iguales los unos a los otros, claro está, y pienso que es innecesario aclarar que serán iguales por categorías. Los astronautas serán uniformemente iguales, los obreros manuales uniformemente iguales y desde el cerebro común, desde el fondo de la conciencia colectiva, los guiarán telepáticamente, casi como a los robots.

Sin duda que para ese entonces la procreación estará en manos de la Incubadora Central, donde se seleccionarán a los distintos tipos por categorías, de acuerdo al número que de cada uno de ellos se necesiten. Así, por ejemplo, para la conquista de tal o cual planeta, con tal o cual clima, necesitaremos individuos con tal o cual característica fisiológica más o menos acentuada y la Incubadora Central se encargará de sacar o agregar al espermatozoide o al óvulo, éste o aquel cromosoma necesario para ese fin.

Así ocurre más o menos en el hormiguero. Si por una epidemia o desgracia colectiva se muere la reina, única con capacidad de procrear –especie de gran incubadora–, las obreras que tienen a su cargo el cuidado de las ninfas aún no desarrolladas, le cambian el alimento y logran que una de ellas, transfigurándose fisiológicamente, de futura obrera estéril se transforme en reina con capacidad para procrear. Idéntico fenómeno se da en la colmena. Y así habrá de ser inexorablemente.

El universo es un gran órgano y necesita que nosotros nos integremos a él. Para ello la materia empezó a crear sistemas psíquicos cada vez más perfectos hasta llegar al hombre que ya es capaz de pensarse y de pensar y comprender todo lo que lo rodea.

Es decir, que integrados todos en un solo gran organismo cósmico, tendremos una conciencia particular única, *el gran cerebro,* que habrá de manejarnos a su albedrío, por una especie de control remoto, que en pocos años empezaremos a usar sin darnos cuenta que nos están manejando.

¿Te mandaste una nueva religión?

Demos vuelta la hoja, que no quiero caer en discusiones interminables. Esto es así y hacia esa integración orgánica vamos. Claro que para ello es necesario que pasemos por etapas previas. Antes que nada tenemos aún que mezclarnos y eso ocurrirá en los próximos años. Nos mezclaremos forzosamente. ¿Quién parará el aluvión de miles de millones de hombres que se nos viene arriba, naturalmente, en medio de esta enorme explosión demográfica? Cuando en la tierra haya diez o doce mil millones de hombres, estaremos tocándonos codo con codo, de tal modo que al diablo con las fronteras antinaturales y a mezclarse. Luego de la mezcla, los hombres empezarán a ser un poco más iguales entre sí, ya que habrán de ir desapareciendo, paulatinamente, las grandes diferencias de color y empezaremos a ser hombres de un solo color, especies de robots.

—¿Y de qué color vos creés que será el hombre del futuro?

—Desde ya que blanco no –contesté–. Pues fijate que hoy, en 1969, de los actuales cuatro mil millones de habitantes que tiene el mundo, mil doscientos son amarillos y entre negros, mulatos y otras yerbas, hay otro tanto, por lo que al mezclar a todos estos colores entre sí, conjuntamente con los blancos que son minoría, el hombre del futuro será posiblemente bastante tostadito.

—¿Es por eso que se hace tanta fuerza para implantar el control de la natalidad, es decir, para evitar que los negros y amarillos, que son tan prolíficos, terminen asfixiando por el número a los blancos?

—Algo de eso hay y ellos lo saben. El hombre no le tiene miedo a la falta de alimentos, ya que con los grandes avances de la química y demás ciencias, como así también con los insospechados recursos del mar, podríamos alimentar a muchos miles de millones más. Lo que pasa es que el hombre le tiene miedo al hombre. El hombre que todo lo tiene, el poderoso, el dirigente, le tiene miedo a su congénere que empieza a despertar y al que tuvo dividido por medio de las vallas que son las fronteras, los idiomas, las creencias, las religiones, las ideas y por eso sabiendo que una vez unido empezará a tomar conciencia de su fuerza, trata de evitarlo, para lo cual echa mano de cualquier recurso. Pero las cosas se le empiezan a complicar al mandamás, pues no contó con la evolución. Y la evolución prosigue inexorablemente, con o sin el mandamás de turno. La materia que hoy avanza en complejidad sobre el planeta Tierra necesita integrarse.

—¿Así que no habrá forma de salvar al hombre del futuro? Acaso los pensadores, los poetas, los músicos, los pintores, ¿no podrán salvarlo?

—C'est trop tard, mon amour. La computadora y la integración armónica, avanzan a pasos agigantados.

—¿Cómo detenerla? –preguntaste.

Mientras me despedía, te contesté:

—Ya es tarde.

# *Divagaciones*

Cuenta Paul de Saint Victor que el busto hallado en Ostia lo representaba con barba de pámpanos y que en una piedra grabada aparecía con la barba formada por cuatro filas de aladas abejas abriéndose en abanico desde la comisura de los labios; semejando la boca, la hendidura de una colmena repleta de miel. Era hijo de Zeus y de Semele y había sido cosido en el muslo del patriarca del Olimpo durante la gestación.

—Esa sí que era una gestación extrauterina –repetías, mientras reías estruendosamente.

Desde allí vuela y nace mil y un millón de veces en distintos lugares y países y va desde la India al Asia Menor y de allí a Grecia. En Stimula fabrica sus happenings al conjuro del *nihil nefas ducere* y fulgen las bacanales en las orilla quejumbrosas del Tíber y es así como los hombres y las mujeres de su secta, presas de orgiástico frenesí, se poseían colectivamente, en muchedumbre, sin distinción de sexos, en un inmenso connubio.

Volviste a soltar tu carcajada, mientras decías: los suecos se quedaron cortos…

Roma, la augusta, Roma, la casta, se vió cruelmente convulsionada y la venganza no tardó en sentar sus reales sobre la sociedad tiberiana. Siete mil mujeres y hombres cayeron en la redada tendida por las autoridades en medio de una de esas tremendas bacanales. Las mujeres, todas de la aristocracia, fueron ejecutadas dentro del sigilo tenebroso de los muros de sus respectivas casas, por sus maridos o sus hermanos, según fueran solteras o casadas. Agrega Paul de Saint-Victor en forma textual: "cada familia aplastó secretamente a su víbora". Claudio, marido de Mesalina, que le era infiel, en el momento de llegar desde Ostia, la degüella en el mismo lecho donde acababa de acostarse con otro hombre.

Hermafrodita genial, dios y satán, mortal y eterno, dúplice individuo presente en las mágicas emanaciones del vino, recorre todo el viejo mundo cabalgando en diversos corceles.

Ora en el macho cabrío, ora en el rayo de Febo, ora en la grupa desnuda de una semidiosa palpitante. Se traslada a través de los tiempos, llega hasta la Edad Media [7], donde reaparece como príncipe de los hechiceros, jefe de los machos cabríos y gran maestre de las ceremonias del infierno, pero en el fondo, detrás de su condición satánica, se levanta el caliente vaho de las vides fermentadas.

Alí Shirjan, amigo mío: ¿adónde vas meciéndote por las veredas de Lavalle y Larrea? Desde tus barbas se desliza hasta el suelo, descolgándose por los botones de tu chaleco sucio, mientras hace pie previamente en la punta de tu zapatón gastado, para luego huir por Corrientes hacia Pueyrredón, un menudo diosecillo, con cuatro filas de aladas abejas en abanico desde la comisura de los labios, cual la hendidura de una colmena repleta de miel. ¿Acaso logró escaparse con los vahos del alcohol de aquella botella de quebracho criollo que llevas bajo del brazo?

Mientras saltaba de aquí para allá en ese desvencijado colectivo que retoza cada quince minutos por las calles interiores de Floresta, pude escuchar este diálogo:

¿Así que a los poetas ya no los lee nadie? ¡Mala suerte! Yo siempre me equivoco de *ónibus*.

—Bueno –le contestaron– pero mirá que darte por la poesía en

---

7    Según **J. Michelet** (1798-1874) en su libro *La Bruja*. *(N. del A.)*

milnovecientos setenta *¿Vó no sabé* que ya nadie lee *verso?* Vous ne sa-
vez rien du tout, nothing, niente…

—Sin embargo existe una solución.

—¿Qué solución?

—Buscarle la vuelta.

—¿Y cómo le buscás la vuelta?

—Con el diapasón…

—¿Con qué?

—Con el lé…

—¿Qué lé?

—El treleré.

—Pero eso no é verso, no é.

—¿Y vos qué te creés? ¿Acaso Darío escribe mejor? ¡Ponéle la firma que no!

—¿Qué Darío? ¿El Juan Carlos de la vuelta, el hijo de doña Ramona?

—Ma no, bruto; Darío, ¡el capo de lo persa!

# *Violette Leduc*

Nos pusimos a discutir sobre Violette Leduc. Me dijo que no la conocía y que no tenía ningún interés en leer pornografía y que en último caso, si eso era arte, no debía olvidar que al fin y al cabo, el arte era una excrecencia o especie de grano que le había salido al hombre.

Cuando tocabámos temas de esta naturaleza, siempre terminábamos a las patadas.

Pocos días antes me había pasado lo mismo, cuando se me dio por traer al tapete la compleja y rica personalidad de Salvador Dalí.

No obstante ser un exquisito poeta, con todas las de la ley, filólogo y científico, autor de una decena de libros de poemas, leídos por un pequeño círculo, era reacio a tolerar todo lo que no fuera comme il faut. Pertenecía a la estirpe de los Lugones, por eso no toleraba a nadie que fuera excéntrico.

Volviendo a Violette Leduc, debo confesar que en algunos pasajes de *La Bastarda,* se muestra exquisitamente genial y dueña de un trazo vigoroso, pero pleno de matices y sutilezas. La escena en que Isabelle y Violette corren por el patio del internado, jugueteando y haciéndose el amor, es digna de las más puras creaciones de un gran músico.

Al leerla, siento juguetear en la brisa que besa las mejillas de las dos adolescentes las notas de *Para Elisa*, de Beethoven.

Verdadero genio literario el de Violette.

Lo de lesbiana, es otro asunto, carente de relevancia.

¿Qué importa, para la marcha del universo, que haya más o menos lesbianas? Si todas las mujeres fueran lesbianas desaparecería la especie hombre sobre el planeta, con gran beneplácito de las demás criaturas vivientes. ¿No sería mejor? ¿Acaso el hombre ha logrado salir del pantano obligatorio en el que se encuentra metido desde que aprendió a pensar?

En cuanto al tema del sexo, que cada cual se observe un poco el morbo que luego no sentaremos a dialogar sin cortapisas…

Que el hombre conquiste a una mujer solía decirme Ricardo; que la muerda, le pegue, la lastime, la posea más o menos salvajemente, la preñe y le haga parir otro hombre, es normal. Eso creen los hormigones o se hacen que lo creen, o por costumbre no se detienen a pensar en la monstruosidad del acto, ya que no importan las mayores o menores toneladas de lascivia que el hecho sexual pueda encerrar.

Ello es normal y así lo hemos juzgado equívocamente y visto desde muy niños, cuando todavía creían los mayores que no lo sabíamos y esperaban a que nos retiráramos a dormir para hablar de ello con los otros hormigones, en interminables sobremesas, donde las infaltables sirvientas, uniformadas, iban y venían con incontables cafés, coñacs y otras yerbas, que para ese entonces, el whisky aún no estaba de moda, como ahora.

Al respecto recuerdo allá por 1932 —en ese entonces contaba 9 años— que los prostíbulos eran tolerados. Vivía con mis abuelos en Rosario. Todas las tardes, pero en forma más notoria los sábados y feriados, pasaba por Boulevard Rondeau rumbo a San Fernando —así se llamaba una zona de los suburbios donde existían varios lupanares—, un colectivo tras otro, cargado de pasajeros, que en son de fiesta, se volcaban por millares a vaciar sus pelotas pletóricas de semen.

La escena me quedó grabada por lo real y en ese entonces, cada ómnibus de esos que pasaba frente a mis azorados ojos de niño pícaro, abarrotado de muchachones que apretujados colgaban como un racimo humano del pescante posterior, se me figuraba un inmenso acto sexual colectivo insatisfecho, ya que faltaba el elemento femenino, que en apretado número los esperaba en los salones de los lupanares próximos, donde el colectivo terminaba su recorrido.

Las escenas de bajo erotismo, de barbarie y fango, que se sucedían masivamente en esas casas de tolerancia, merecerían un párrafo aparte.

Baste sólo con mencionar escuetamente que cada mujer de las que eran explotadas en los quilombos, podía llegar a tener contacto sexual durante un sábado de mucho trabajo, con unos cuarenta hombres distintos. Viejos, jóvenes, maduros, enfermos, suaves, brutos, invertidos, impotentes.

Cuarenta bocas sobre una sola boca, cuarenta cuerpos distintos sobre un solo cuerpo. Sucios, limpios, malolientes, borrachos.

Los dueños de esos lupanares tenían tanto apuro por hacer dinero que las mujeres que ellos explotaban debían sacarse de encima con una pata al individuo que pretendía quedarse más de diez minutos con ellas y si así no lo hacían, la madama —especie de regente— les golpeaba violentamente la puerta ordenándoles terminar para seguir con otro.

La atmósfera que se respiraba era irrespirable, y la carga humana se renovaba constantemente durante las veinticuatro horas del día.

¿Debíamos acaso afligirnos porque las bibliotecas públicas y los museos estuvieran casi vacíos? Indudablemente que no. Gracias a los lupanares de San Fernando y al mundialmente célebre Madame Safó, ambos de Rosario, había menos hombres sobre el planeta.

Imagínense los litros de semen que día a día corrían con el agua mezclada de permanganato, con que las prostitutas, después de cada servicio, en cuclillas sobre aguantadoras palanganas de hierro enlozado, se higienizaban *a la que te criaste,* las curtidas y flácidas vulvas, sometidas a trajín inacabable.

Con ese semen desperdiciado iban a la cloaca millones de proyectos de futuras hormigas.

Después de esos años llegaron otros gobiernos y los hombres públicos de ese entonces –1934 a 1935–, influenciados por curas y militares, cerraron las casas públicas, pero como a algún lugar hay que ir para descargarse el lastre sexual, empezaron a pulular los hoteles-alojamientos, donde en un primer momento iban a ir las pobres mujeres desplazadas de los lupanares y a los que van ahora, desde colegialas hasta recién casadas. Se entiende que estas últimas, casi siempre sin el marido.

Y el morbo de niñas, adolescentes, maduras y ancianas, sigue paseándose por sobre todo el país y por sobre todo el mundo.

Ya dio vuelta a la luna…

Que después me hablen de Violette Leduc. Yo la justifico y aparte de ello, me congratulo de sus grandes dotes de novelista.

¿Se movería sola la enorme rueda de la historia si el hombre no expulsara violentamente todos sus morbos animales?

Estos temas, feos y monstruosos, pero al fin y al cabo, entrañablemente nuestros, ya que nos acompañan incansablemente, sin separársenos nunca, como si fueran nuestras sombras, me atormentan en forma constante. Luego de su análisis llego a la conclusión de que valemos muy poco todavía y que toda esta experiencia que estamos viviendo, dolorosamente, sobre uno de los tantos planetas que pueblan el universo infinito, es una experiencia más, carente de contenido, que habrá de explotar como esas pompas de jabón que solíamos formar cuando éramos chicos, sin dejar ningún rastro de su presencia.

Muchos se enojarán y aún la mayoría tratará de despedazarnos, pero llegará un día en que ellos, con toda su miseria moral, serán también despedazados por el juego fatal de las circunstancias.

Hoy a nosotros, mañana a ustedes, luego a todos, sin excepción.

De la nebulosa lejana, a la galaxia casi próxima, para de ella pasar al sistema solar, de donde volveremos, lentamente a la vieja nebulosa para recomenzar interminablemente el ciclo.

No hay fin ni principio y tal vez todo sea eterno y no lo sea, ya que al girar y volver sobre el mismo lugar, interminablemente, dejan de ser las cosas, para ser siempre las mismas.

> *De nosotros ya nada quedará, ni aún el polvo…*
> *Volveremos al seno de la MADRE - GALAXIA*
> *como simples protones de carbono o de helio.*
> ...............................................................
> *Acaso pasen mil generaciones*
> *y no vuelva de nuevo la Galaxia.* [8]

---

8     Del libro de poemas del autor *Más allá de las Galaxias*, inédito en ese entonces.

Por eso lo comprendo perfectamente a Salvador Dalí y a todas sus aparentes excentricidades. El encaja el dedo en la llaga y los que creen tener un pacto firmado con el más allá, se horrorizan y ponen el grito en el cielo.

Estamos a fines de octubre y, como los días van siendo cada vez más largos, la brisa se carga de cálidos aromas y de primaverales dehiscencias.

Buenos Aires tiene sus bellezas en esta época y no todo en ella es ruido, locura, frenesí, multitudes, tráfico endiablado. También tiene sus remansos de quietud y de paz, donde el amor suele recalar mansamente.

Allí están sus plazas y sus parques hermosos y amplios. Es una de las ciudades del mundo con mayores espacios verdes y abiertos, en proporción a su tamaño y a la densidad de su población.

Por eso suele ser un exquisito deleite adentrarme, sobre todo de noche, en cualquiera de sus plazas tranquilas y pletóricas de grandes árboles.

Ahora estamos en plena Plaza San Martín. Los árboles elevan en la noche profunda sus ramas cargadas de millones de pequeños tallos verdes, que suben hacia el cielo entremezclados en una finísima red que nos hace recordar a las clásicas vegetaciones de Corot.

# *Gitanos*

Avenida de Mayo y Salta. Están allí desde hace unos tres o cuatro años. No se sabe de donde vinieron. Han invadido los hoteles y pensiones de los alrededores, con toda su numerosa familia, y se los ve en grupos de ocho a diez –mujeres, niños, hombres–, alrededor de la tradicional mesita de los numerosos cafés de las inmediaciones.

Son gitanos de la mejor cepa. Cetrinos con ojos de carbón y renegrido pelo aceitado. Cuando los veo así, tan dicharacheros y proclives a las chanzas y baileteos, pese a que las mujeres no usan la tradicional vestimenta de los gitanos carromateros de nuestros campos, recuerdo los versos de nuestro querido José Pedroni, de ese su lorqueano libro *Diez Mujeres,* en cuya primera página podía deleitarme con la redonda y casi femenina caligrafía del poeta, estampada en una dedicatoria de puño y letra, que ahora añoro, ya que un atorrante de esos que no faltan lo escamoteó de mi biblioteca. ¿Cómo no se editaron varias veces los libros del gran poeta, desaparecido hace apenas unos meses? *Gracia Plena, La Gota de Agua, Diez Mujeres…* Ahora habrá que esperar y vaya a saber cuanto. Por eso, trataré de recordar como pueda uno de esos poemas, que dice más o menos así:

> *No salgas, hija, a la puerta*
> *por tu muñeca olvidada;*
> *no salgas, que están pasando*
> *todo el día las gitanas;*
> *unas bailando, las otras*
> *pidiendo por las que bailan;*
> *todas barriendo sus pasos*
> *con ancha escoba de faldas.*
> *Monitos las van siguiendo*
> *con las colas arrolladas*
>
> ........................................................
>
> *Esperando, en el umbral*
> *se ha sentado la gitana.*

Hablando del miedo de la muñeca ante la presencia de las gitanas, prosigue con unos versos que creo decían:

> *Muerta de miedo la mira*
> *tu muñeca despeinada.*
> *En el pecho se le ha roto*
> *la caja de las palabras.*

Gitanos… vivarachos, dicharacheros. Sin importarle de nada ni de nadie, el grupo se aviva de improviso, como tocado por un resorte invisible, mientras alguien entona a media voz y entre sollozo y melodía, un singular cante jondo y vuelan las hispanas manos, mientras un chaval, desprendido del grupo, baila y rebaila, allí, en la vereda de Avenida de Mayo y Salta. Y aquí no hay platito, ni se necesitan monedas, pues con mirar los trajes, los zapatos, los anillos de mujeres y varones y las mesas repletas de bebidas, uno se da cuenta que estos gitanos no tienen ningún tipo de problema económico. Cantan, como canta a toda hora y porque sí, toda Andalucía. Y la familia, junto con otras familias, forman grupos numerosos que llenan de bullicio con sus niños y hermosas doncellas, la españolísima avenida, hasta las dos o tres de la madrugada de todos los días, laborables o no.

En ellos el baile y la música les corre por la sangre como elemento natural y es así como a las dos de la mañana, hora en que duermen 999 niños de cada 1.000, porque el uno que falta no duerme, vemos como una gitana gorda y morena, que se encuentra sentada en plena vía pública, arroja temerariamente al aire, para volverlo a recoger en sus brazos a ese bebé de pocos meses, que quiere ya marcar el compás de la música, golpeteando sus pequeñas manitos morenas.

¡España y Andalucía, en plena noche porteña!

# *Desfile*

Cuando llegué al café, la voz de Iona se sentía por sobre todas las demás. Gritaba como un desaforado: "lo mataron a Kennedy y van tres. John Fitzgerald, King y Robert. Son unos asesinos...".

Me senté en la mesa un poco a disgusto. Las discusiones políticas en los cafés, sin ningún método, me iban interesando cada vez menos. Una especie de firme escepticismo se iba apoderando de mí. Al fin y al cabo, todos eran unos tránsfugas. Muchas veces dudaba del hombre. No éramos más que descendientes directos de los mamíferos primitivos, ramapensante del árbol de los primates, simples seres enfermos de pensatitis

¿Acaso el hombre no era en general un ser vanidoso, fatuo, cruel, pagado de sí mismo, que sólo había logrado edificar un mundo equívoco, pequeño, lisiado, inepto para ser vivido, injusto, no perdurable, ridículo?

El saldo seguía siendo desalentador: guerras, asesinatos, robos, mala distribución de las riquezas, hambre colectiva, enfermedades endémicas...

¿Todos éramos así? Pero ¿y los llamados intelectuales? ¿No podrían ser ellos los salvadores? Parecía que no, ya que en la mayoría de los casos el dinero los tenía atados al frío mecanismo del hormiguero-común. Debíamos convenir que muchos de ellos, *no todos,* eran vulgares asalariados vendidos al oro opresor de los grandes intereses.

Antes de caer en las garras de la cercana colectivización, ¿no sería agradable que a nuestros congéneres se les terminaran los espermatozoides fecundos o los óvulos aptos y que toda la especie en una sola generación fuera a parar al hoyo sin dejar descendientes?

*Sería preferible terminar como especie antes que tranformarnos en un mecanismo más del Universo, perfectamente sincronizado, con su cerebro central y sus diversos órganos formados por hombres especializados cada cual en una tarea específica y distintos, por ende, los unos de los otros, ya que la especialización en biología genera en todos los casos individuos diversos en su constitución física.*

*Serían hombres que irían perdiendo paulatinamente su capacidad de pensar y autodeterminarse. Pequeños engranajes del inmenso organismo social —el hormiguero—, con funciones perfectamente determinadas de antemano y sin la facultad de realizar una vida independiente y plenamente racional. La organización del hormiguero, del panal y de la termitera son un claro ejemplo biológico. Hembras asexuadas, soldados asexuados, madre-central, zánganos fecundos. En el mundo del hombre la madre-central empieza ya a vislumbrarse a través de la fecundación artificial fuera del útero materno, que lograron en estos últimos tiempos diversos científicos.*

Era toda una teoría, compleja para ser explicada en dos palabras. Algunos amigos me habían pedido que lo hiciera, pero no tenía deseos y, a lo sumo, les mandaba a estudiar biología y antropología, pero con sentido racional, es decir, tratando de sacar del cúmulo de datos científicos particulares, una explicación filosófica total del fenómeno universal. Inclusive me habían ofrecido, si quería, desarrollar el tema en varias conferencias.

Como el mozo se demoraba, me fui sin tomar café. Iona, que por la discusión no había notado mi presencia, siguía gritando como un desaforado.

Mientras caminaba entre la gente, no dejé de darle un poco de razón. Al fin y al cabo, el hombre ha hecho de la muerte una especie de deporte obligatorio, inexorable.

En efecto, se matan en las carreras de automóviles, en las motos y en las corridas de toros y en el boxeo, se pegan y tienen ganas de matarse en el fútbol mientras la policía, cuando carga, los mata. No hablemos de los miles de muertos de las guerras interminables.

¿El hombre es todavía un asesino? ¿Los mandamás son asesinos? Kennedy, King, Hiroshima…

Johnson fue presidente porque a John lo mataron y Nixon lo es porque a Robert[9] lo mataron. Lo raro es que nunca matan a tipos como Johnson, Nixon o Truman… [10]

¿Adónde puede ir el mundo con semejantes pilotos?

Pareciera que hay quienes intentan cambiar el rumbo asesino de la historia. Nos alegramos con las cada vez más numerosas declaraciones de muchos sacerdotes auténticamente cristianos, como la dirigida al Papa Pablo VI rogándole no visitara Colombia a fin de no hacerle el juego a los círculos económicos de ese país, que tenían sumida en el hambre, las enfermedades y la ignorancia, a más del 70% de la población.

¿Pero es suficiente pensarlo o, por lo contrario, debemos tratar de obrar a fin de impedir que se sigan cometiendo injusticias? ¿Es suficiente recordar con respeto y admiración la muerte del Che y de Tania y la de tantos ciudadanos que a diario sucumben en diversas latitudes?

Cada cual que luche como pueda, pero que luche, me dijo hace ya unos años, cuando aún se encontraba en el país, mi dilecto amigo Guillén. Tenía nombre judío –Abraham–, pero era español. Economista de nota, autor de varias obras de avanzada, no estaba afiliado a partido alguno. Sus ideas, sin embargo, se enraizaban en el fuerte tronco del materialismo dialéctico.

Solía decirme: "tú lucharás escribiendo, el de más allá con las armas si es preciso, pero es necesario, absolutamente necesario que empecemos a luchar ya. Dentro de algunos años será tarde y las computadoras nos manejarán como si fuéramos simples fichas de papel… Debemos luchar ya. El momento se presenta propicio y la juventud de todos los países –observá cómo los jóvenes que no son comunistas, por cierto, luchan en Norteamérica– empieza a rebelarse. Ellos serán los futuros dirigentes". Guillén tenía razón. Algunas veces llegaba a ser brillante.

Deseoso de verlo por mis propios ojos y reforzar aún más la im-

---

9    En ese entonces Robert Kennedy, Senador, era el candidato del Partido Demócrata. Nota del Autor. *(N. del A.)*

10   Truman, presidente norteamericano que ordenó el lanzamiento de las bombas atómicas que desvastaron las dos grandes ciudades japonesas de Hiroshima y Nagasaki. Nota del Autor. *(N. del A.)*

presión que desde hacía un tiempo me venían causando, me dirigí al desfile militar. Las calles próximas a Libertador bullían pisoteadas por una multitud frenética. Burgueses, obreros, aristócratas de medio pelo, todo el mundo pugnando por ver pasar a los soldados y estoy seguro que de haber podido realizar una encuesta sincera, arribaríamos sin trabajo a la conclusión de que a todo el mundo le hubiera gustado que los tanques fueran más grandes, que los aviones hicieran temblar aún más el espacio y que las bayonetas fueran más puntiagudas y numerosas. Por eso, cuando veo estos espectáculos reafirmo mi convencimiento de que aún estamos metidos en la Edad Media hasta las verijas.

Miles de muñecos con cuerda, desde los simples soldados a los generales, pasando por los tenientes y los coroneles, desfilaban erguidos y feroces, con la mirada fija en el horizonte. En ese momento no veían nada más que un punto lejano al final de la calle y todo su cerebro, médula ensanchada, estaba concentrado en eso: en el final de la calle, a fin de no desviarse ni un ápice de su línea y dar un ejemplo de marcialidad y hombría, muy particulares.

A todo ésto, las autoridades de turno, es decir las del último golpe de Estado, aplaudían el melodrama con la misma alegría e irresponsabilidad del purrete que se entretiene devorando un helado de chocolate o jugando a los soldaditos de plomo. Y digo alegría porque es la expresión exacta ya que hace unos días un mayor en actividad, conocido aunque no amigo, tipo simpático, mujeriego y algo chupista, me dijo comentando su nuevo destino en una unidad del interior del país: "estoy muy contento porque dentro de unos meses me llegan las nuevas armas del Plan Europa". Contento como el chico con sus soldaditos, pero con la diferencia que los del chico no mataban. Recordé esa parte de un poema escrito hace años y que dice:

> Es el mismo juguete que tenía el pequeño
> cuando volteaba toscos soldaditos de lata,
> solamente que ahora, los sueños no son sueños,
> pues son de carne y hueso los hombres que se matan.[11]

Millones de pesos, miles de millones de pesos desfilaban transformados en aceros, bronces, níqueles, gomas, correas, petróleo; en ese ejército que en algún momento determinado debía defender a la pa-

---

11    Poema del autor de su libro *La Nueva Aurora*

tria. ¡Pero a la patria contra otra patria y contra otro ejército que también decía pelear por el honor, la decencia y los altos fines patrióticos!

Ejército para matar a otros hombres.

Es algo archisabido, redicho y recontrarepetido, es algo que debemos volver a decir hasta el cansancio, hasta que se den cuenta de la inutilidad y del juego de marionetas que intereses superiores los hacen jugar, tirándoles como migajas, un uniforme más o menos dorado, algunos pesos mugrientos todos los meses y si cumplieron al pie la cartilla durante toda una vida, la posibilidad de tener un piso más o menos coqueto en Barrio Norte y el broche de una embajada, como corolario a tanta obediencia. Y así, mientras nos preparamos para matar a nuestros congéneres, en el Brasil, Catamarca, Salta –La Calera– y la India, millones de hombres como nosotros *se mueren diezmados por las enfermedades y el hambre.*

*"Si por un juego de las circunstancias –me decía Guillén– poseyera por un instante una bomba atómica, juntaría todos los tanques, aviones, pertrechos, destructores, armas de fuego, bombas –capitalistas o comunistas– y los haría volar en una sola, terrible, salvadora, explosión, para bien del hombre. Sería venturoso vivir así, en un mundo sin vietnams y sin santodomingos".*

Mientras recordaba las palabras de Guillén, los últimos tanques del desfile se iban alejando, seguidos por la multitud que embobada se iba tras de ellos.

Los jardines de Palermo fueron quedándose vacíos, hermosos, lánguidos, dispuestos a dormirse en el regazo violeta de la noche, que lentamente venía llegando desde el levante.

Alegremente, ante tanta beatitud, decidimos acercarnos a la zona de los lagos. Discurrimos algunas cuadras intentándolo, pero cuando llegamos a esa parte conocida como Jardín Japonés, un hermoso lugar, entre Libertador y Alcorta, nos topamos con una ingrata novedad. Por desidia culposa, el lago se encontraba casi seco, ya que desde hacía un tiempo se había roto una de las pequeñas compuertas por donde se escapaba casi todo el líquido.

Un montón enorme de peces –entre ellos grandes viejas del agua de más de cuarenta centímetros– nadaban lentamente, en el barro, con la mitad del cuerpo fuera del agua. Algunas semanas más de calor y sucumbirían irremediablemente.

El espectáculo se tornaba bochornoso y no creo que pudiera encontrársele ningún tipo de solución.

Vos y yo intentamos buscarle la vuelta, sin hallar la punta del hilo. ¿Acaso sucedía algo con el Japón? Decenas de chapas de bronce de la colectividad de ese país yacían oxidadas y sucias en medio de tanta incuria y dejadez. Inclusive un hermoso puentecito japonés, que comunicaba dos partes del estanque, estaba roto y caído en el barro.

Una interjección muy nuestra y propia para la circunstancia le fue dedicada al Director de Parques y Paseos, interjección que luego fue subiendo de categoría en cuanto al funcionario que debía recibirla, pues éste no era el único defecto que observábamos.

Las calles, pletóricas de zanjas en pleno centro, los caminos que unían a las ciudades, rotos. Los hoteles de Chapadmalal, que construyera Perón, abandonados, con cientos de colchones en el suelo de los grandes comedores, hechos girones y con la lana desparramada, ¡mientras se decía que más de 80.000 empleados habían quedado sin plazas para veranear!

Seguimos caminando indignados en torno del gran lago ya casi seco. Se notaba que estaba abandonado desde hacía varios meses, pues cientos de grandes caracoles habían quedado muertos, hundidos en el lodo de las orillas, mientras sólo un pequeño número de peces, plantas acuáticas y moluscos, lograba sobrevivir, refugiándose en la parte media del lago, que todavía conservaba un poco de agua sucia destinada a evaporarse en dos o tres semanas más del verano.

No hablemos de los miles de envases de helados, trozos de diarios, tapitas de bebidas gaseosas y demás que la gente había ido tirando en esa hondonada en los últimos días.

Un lugar que hace un tiempo era hermoso y en el cual se destacaban una serie de placas y demás colocadas por la colectividad japonesa y por el mismo gobierno de dicho país, estaba tansformándose en un inmenso basural.

· Nos volvimos entristecidos y al cruzar Libertador observamos con rabia cómo los tanques y las orugas de los blindados, habían roto toda la otrora lisa y sana superficie de la Avenida, marcándola con profundas heridas romboideas, producidas por los dientes de acero de esas moles.

Eran las huellas del atraso y de la barbarie.

# *Plaza San Martín*

A la hora en que las brujas descuelgan sus escobas nos internamos con María Elena por los solitarios senderos de Plaza San Martín, caminando bajo las largas sombras de los árboles. La inmensa luna también hace que los objetos se prolonguen en vastas sombras oscuras.

A pocos metros, escuchamos el acompasado gotear de un grifo semiabierto y mientras el suave viento se cuela a través de las inquietas ramas de los árboles, sentimos como el inmenso y protector espíritu de los árboles desciende sobre nosotros mansamente.

En un banco casi sumido en la penumbra de un recodo de cualquier sendero, la última pareja prosigue silenciosamente jugando al amor, mientras el penetrante aroma de un jazmín que se descuelga desde lo alto de una finísima palmera, nos embriaga por un instante.

¿Es acaso en estos momentos cuando vale la pena vivir? ¿Quién podría asegurarlo? ¿Quién podría negarlo?

Multitud de luces de diversos colores brillan detrás de la Torre de los Ingleses. Son las farolas y reflejos del puerto, que duerme varias cuadras más allá, en las rubias aguas del Río de la Plata.

Las estrellas siguen rielando por el cielo y el tráfico de las calles ya se ha hecho más espaciado.

Santa Fe se alarga camino de Callao en un potente chorro de luces mientras, a su izquierda, el Palacio San Martín duerme en un enorme pozo de tinieblas.

Nos sentamos en uno de los bancos vacíos. La sombra de las hojas juegan sobre el respaldo, recortando prolijamente la luz de la luna. Impensadamente me acuerdo de Barnard y de los transplantes cardíacos. Lo recibieron reyes y presidentes, inclusive el Papa; pero entre nosotros, al cirujano que se animó a intentar por dos veces igual operación, imitando a decenas de cirujanos que, con el apoyo general, hacían transplantes en Italia, Alemania, Estados Unidos, Brasil, Chile, Francia, inglaterra; un abogaducho, oscuro y venal –razón tenía Roberto Arlt en fustigarlos– ¡le ha iniciado proceso por homicidio culposo…!

Los comentarios, huelgan…

La Plaza San Martín, en pleno diciembre, ofrecía al viandante ocasional, una calma chicha, tranquila y profunda, casi de otro mundo, hijastra y producto directo de los enormes árboles que se sucedían al borde de los grandes canteros de césped inglés.

La Torre de los Ingleses desgranaba en la calma de la madrugada, tres graves sones que repetían como en un eco, multitud de veces homologado, las campanas de varios templos y relojes próximos.

Una ligera brisa de conturbado vuelo, pero que esta vez no se acidulaba en tenues frescuras de limón, nos hacía recordar al *Libro de los Paisajes* de Lugones, y un fauno, saltarín y cuasi báquico, nos remontaba a los legendarios prados del Olimpo, mientras discurría graciosamente en torno a la fuente, bajaba por los surtidores de agua cantarina y se internaba en la placidez nocturnal de la fronda a esa hora misteriosa y esquiva.

Un clochard, el mismo de Filloy y el mismo de Cortázar, dormía a patasuelta sobre el parlanchín y cambiante colchón de gramíneas, sin lugar a dudas más confortable y más propenso a acercarnos al mundo de Fourier que todos los aditamentos y colchones de pirelli y otros elli.

¿Nunca *habéis* aproximado vuestro oído a la tierra, como quien escucha en un inmenso caracol marino? ¿Somos habitantes del planeta

Tierra y no obstante haber concurrido asiduamente a cualquiera de los ritos que entretienen la existencia de hombre –judío, católico, mahometano, budista– y haber cumplido minuciosamente con todos los requisitos que los mismos mandan –ayuno, penitencia, bautismo– aún no hemos sido capaces de auscultar en las palpitantes entrañas de la Madre Tierra, para conocer, al menos, algunos de sus vagidos interiores?

En eso, el clochard nos lleva mucha ventaja, amigo mío, por más que seas un sabio de nota o un importante ejecutivo o dirigente de tal o cual estado, ya que, acostado, allí, en la palpitante gramilla de los parques, aplica durante largas horas su oído para escuchar cómo galopa el corazón vigoroso del planeta...

Imprevistamente, que para mí es lo mismo que de improviso o no tan elocuente, como de golpe y porrazo; María Elena tomó la iniciativa, cosa no muy rara en el género débil. Me acostó sobre el césped y me hizo sentir en todo el cuerpo el olor mágico que emana de la tierra a esa hora de la noche en una plaza solitaria de Buenos Aires.

La brisa jugaba con algunos papeles a la vuelta de todos los senderos y, mientras satisfechos y cara al cielo, nos entreteníamos nombrando a las estrellas –Canopus, Aldebarán, Betelguese, Sirio–, un satélite artificial cruzó en pocos minutos todo el firmamento, levantándose desde el Círculo Militar y sumergiéndose entre las chimeneas de varios navíos lejanos que dormían al pie de los muelles, más allá del Luna Park.

Poco a poco empezamos a sentir cómo los primeros vehículos levantaban el pálido rosa de la aurora, alejándose por Leandro Alem y ya con los sucesivos trenes eléctricos que a esa hora empezaban a circular, Retiro fue llenándose de hormigones que, desde el Tigre, Martínez, Vicente López, José León Suárez, Belgrano, Colegiales, Villa Urquiza, Pueyrredón, llegaban afanosos para quemar en la balumba pegajosa del centro, su cuota diaria de vida de mierda.

Levantándonos, nos sacudimos unas cuantas gramíneas que se habían adherido a mi pantalón y a tu bombacha y cada cual, con distinto rumbo, nos fuimos separando.

Vos te fuiste por Santa Fe, al encuentro de Callao y yo, metiéndome por San Martín, terminé en un quilombo de 25 de Mayo, leyendo las páginas siempre iguales del matutino de turno, mientras una copera, trasnochada y vieja, la última, ya que se había quedado sin cliente-la, trataba en vano de despertar mis ansias hambrunas, satisfechas por otra parte, minutos antes, en plena naturaleza.

Tanto insistió la rubia de paja que al final caímos en un hospeda-je de Constitución donde, al verla desnuda, fea, vieja y con las carnes colgando, estuve a punto de transformarme en un consejero que paga por dar consejos.

Muerto de sueño, sin embargo, le pagué que era lo que ella que-ría y, tumbándome en la cama, me dormí como un lirón, mientras la pobre mujer, contenta y coleando por la aliviada de cobrar sin traba-jar, dando media vuelta, se iba para su pensión.

# Filloy y Cortázar

Ese resultó un día muy pesado. Diez y nueve de diciembre de mil novecientos setenta y tantos. Buenos Aires era un enorme horno húmedo. Las emanaciones de las decenas de miles de automóviles que penosamente se arrastraban por las calles, los nauseabundos hedores de los incontables incineradores de basura, la situación económica grave y cada día más deteriorada, hacía que el desdichado porteño viviera por anticipado en una verdadera antesala del infierno.

En otras grandes urbes de allende los mares, se vivía idéntico problema.

Hemos crecido en forma vertiginosa y es por eso que estamos obligados a vivir hacinados en ciudades construidas para principios de siglo. El hormiguero, aparte de contaminado y malsano, es inhabitable, sucio en todo sentido. Resulta imposible controlar al dedillo a siete millones de personas que con el Gran Buenos Aires, constituyen una de las urbes más grandes del mundo. Tal vez la quinta. Aparte de los innumerables problemas edilicios, de tránsito y afines, aquí reina la estafa, el peculado, la coima, el desenfreno trágico de estupefacientes, la infinitamente multimillonaria evasión de impuestos, el crimen y la delación.

Cientos de crímenes perfectos se cometen mensualmente sin que nadie se entere de ello. Sólo un mínimo porcentaje llega a conocimiento de las autoridades policiales. El monstruo de la ciudad se devora al otro 80%. A diario la policía choca a tiro limpio con numerosas gavillas de pistoleros y gangsters. Luego de un duelo sangriento, en plena vía pública, con balas que van y que vienen por sobre las aterrorizadas cabezas de los viandantes, suelen caer abatidos 2 ó 3 delincuentes, cuando no, algún policía, o un inocente porteño.

No dejaba, por tanto, de ser cierto aquel poemita de aquel, "mi libro":

> *Por tus calles de sangre Buenos Aires*
> *los poetas se hunden*
> *¡Pobres tus seres de mitad de siglo,*
> *sin sueños y sin luces!* [12]

Luego de haber trabajado todo el día salimos al anochecer, a fin de quitarnos un poco la mufa que llevábamos dentro.

De la pequeña iglesia de Beruti y Larrea emergía un flamante matrimonio. Hombres y mujeres disfrazados con vestimentas incómodas los acompañaban. Eran los padres, hermanas y padrinos. Todos con trajes largos.

A la salida se formaron varios corrillos fatuos de *pithecantropus* evolucionados. Detrás del simio que había aprendido a vestirse, se adivina, sin mucho trabajo, una fuerte dosis de ostentación, de postura, de venalidad.

Vestido como payasos, cagados de calor, dialogaban con voces engoladas y en falsete.

Que vamos a Punta, a Brasil, a Bariloche, a Nueva York.

Francia, la que durante tanto tiempo había regido y gobernado la vida de los padres y abuelos de aquellos mersas, a través de sus "petites meubles", de sus luises y de su cultura, cedía ante el empuje avasallador del dólar y de la pelota de béisbol.

Los diez o quince mil americanos, directores de primera y segunda clase en compañías estadounidenses y desechos que Estados Unidos

12    Del libro de poemas del autor *La Nueva Aurora*

nos enviaba periódicamente, pertenecientes a la baja burguesía yanqui, ayudados por su físico grandote y entrador y las ventajas del dólar; reinaban a su gusto en las más altas esferas de la mediatizada aristocracia porteña. La del medio pelo de Jauretche.

Compraban o alquilaban a dólar limpio las mejores viviendas en pleno Barrio Norte o en San Isidro y eran admitidos sin restricciones en los más famosos lugares nocturnos, donde llegaban a codearse con el Comandante en Jefe del Ejército, aspirante lógico a la Primera Magistratura y asiduo concurrente a esos lugares…

Todo ello debido a la "benevolencia y credulidad" de todos los gobiernos que supimos conseguir, que en periódicas devaluaciones, forzadas por la impericia y entreguismo de los equipos económicos que se sucedieron, llevaron al peso con respecto al dólar ¡de cuatro a trescientos cincuenta pesos…! Era así como nos encontrábamos con tal directivo de tal o cual empresa norteamericana que pagaba un alquiler mensual de tres mil dólares, es decir, un millón de pesos, suma que no ganaba el 90% de los universitarios del país, al cabo de varios meses…

Luego de escuchar el bolaceo de la gente del casamiento llegamos hasta Santa Fe y Larrea y allí doblamos hacia Pueyrredón, deteniéndonos a mitad de cuadra a leer los títulos de algunos de los miles de libros que poseía ese pequeño negocio.

"¡Che, cómo se está leyendo Cortázar!" me dijo mi mujer. En efecto, tres libros de Julio resplandecían en el escaparate. Estábamos cambiando ideas sobre la obra del escritor cuando mi mujer me interrumpió y señalándolo con el dedo, me dijo: "¡Mirá *Op Oloop* de Filloy!" Desde Río Cuarto, la ciudad cordobesa, empezaba a hacerse sentir, luego de más de cuarenta años de anonimato, la clarinada potente y enjundiosa de su prosa robusta y descarnada. ¡Era hora, Filloy!

Por eso, nuestra alegría fue sincera y espontánea, máxime cuando treinta años atrás, siendo niños aún, éramos de los pocos que te leíamos extasiados.

Recuerdo que siendo un purrete de trece años interrumpiendo la lectura de uno de los libros de Filloy le dije a mi padre –en ese entonces médico de Grütly, pueblito de Santa Fe–: "este tipo es bueno sin vuelta de hoja, acordate que dará que hablar…". No nos equivocamos ni un ápice.

Allí en el arroyo La Prusiana recogíamos fósiles que aún conservamos, de gliptodontes, cérvidos y paleolamas. Allí lo leíamos a Filloy y también bajo la débil luz de la lámpara alimentada a carburo –aún no había llegado a Grütly la electricidad– nos deleitábamos con algunas cartas originales de Don Leopoldo Lugones, cuya letra grande, ligeramente inclinada, era una especie de fantasmagorería para mí. De vez en cuando el correo nos traía algún regalo inolvidable, cuyo destinatario era mi padre. Fue así como nos deleitamos con las cartas y los libros de Pedroni. La *Gota de Agua, Gracia Plena, Diez Mujeres...*

Llevando en mis pupilas y a flor de labios las imágenes de los versos de Lugones, Capdevila, Fernández Moreno (El Viejo), Banchs, Roxlo, Pedro Miguel Obligado y Pedroni, correteaba por las azules mañanas, entre alfafares y trigales inmensos, en pos de los pichones de lechuza, de los huidizos pechos colorados, de los agrestes nidos de chimangos y de los escurridizos *teyús* [13].

Seguimos por Santa Fe hacia Pueyrredón. ¿Hacia dónde pasaban enloquecidos los automóviles? ¿Sabían acaso todos estos pobres seres hacia dónde los llevaba la velocidad? A bocinazo limpio trataban de empujar al vehículo que, delante de ellos, se detenía fugazmente. Iban hacia el infarto seguro. Cada uno de ellos visitaba periódicamente a su psicoanalista.

Ya en el restaurante, de improviso, un pequeño coleóptero, no mayor que la cabeza de un alfiler, cruzó velozmente sobre el recién tendido mantel. ¿Cómo había aparecido tan repentinamente en ese boliche de Pueyrredón y Santa Fe?

—Con respecto al Universo somos aún más pequeños. Hombres, hormigas, minúsculos puntitos de materia perecedera –me dijo ella.

—Sí, tenés razón –le dije–. Eso somos, pero con el agravante de que llevamos con nosotros una serie de raros atavismos que los restantes seres ignoran. Envidia, vanidad, amor propio, inmodestia, fatuidad. Cuando la tierra vuelva a integrarse en la nebulosa, ¿qué quedará de nosotros y de la cultura? ¡Al diablo con Aristóteles, con Miguel Ángel, con Víctor Hugo!

La miré. Tenía los ojos húmedos por el llanto. Gruesas lágrimas comenzaban a rodar por sus mejillas. La gente del restaurante, que nos rodeaba, los de las mesas contiguas, habrán creído que nos estábamos

13  *Teyú*: lagartija, en guaraní.

separando y que esa era una despedida. Nos miraban de reojo, haciéndose los desentendidos. ¿No se darían cuenta que tal vez eso fuera el
anticipo de una despedida definitiva y sin retorno posible.

Le pregunté por qué lloraba, aunque sabía porqué lloraba. Y me
dijo, mientras reía con los ojos aún húmedos:

—Lloro porque sé que nunca más habré de verte y que todo esto
terminará, irremediablemente, hoy, mañana, tal vez dentro de poco
tiempo, y río porque aún te tengo…

Ése fue un día muy pesado. Tomados de la mano desandamos el
camino desde Pueyrredón hasta Larrea. Se habían apagado ya las luces de la librería. Del libro de Filloy sólo se divisaban tres letras: *op O;*
de *La Rayuela* de Cortázar, sólo se leía: *la.* El resto había quedado en
la sombra.

—¿Vos sabés por qué todos los títulos de las obras de Filloy tienen siete letras? *Finesse, Aquende, Caterva…* ¡Ni una más, ni una menos!

No pudo contestarme. Esa noche me quedé pensando acerca de
la obra de algunos escritores nuestros. Me daba la impresión que la velocidad que de un tiempo a esta parte caracterizaba a esta sociedad co-
lectivizada, en la que se acumulaban cientos y cientos de noticias en un
sólo día, haciendo que pronto olvidáramos lo leído ayer, terminaría tapando la obra y por ende los nombres de algunos de nuestros grandes
poetas. Ejemplo de ello era Fernández Moreno, a quien yo llamaba
siempre El Viejo, tal vez para diferenciarlo de su hijo, que también
escribía. Estaba casi olvidado. Tal vez la época que le tocó vivir opacó
su obra.

Todos sabemos que durante los primeros años del siglo XX comenzaron a surgir una serie de movimientos en el campo de la plástica, de
la literatura y de la música que trataron de imprimir una nueva tónica
revolucionaria a dichas disciplinas. Ni el Impresionismo, novedoso y
pujante, que trastocara los cimientos estáticos de la plástica, de la literatura y de la música logró sobrevivir. Grandes pintores, como Picasso
y Dalí, que en sus primeras épocas fueron impresionistas, se sumaron a
las nuevas tendencias. En el campo de las letras pasó otro tanto.

Debido a dichas nuevas posiciones los escritores contemporáneos,
de buena o mala fe, tendieron un manto de olvido, de la mano de los

críticos, sobre las obras de los autores que he nombrado.

Por eso a Fernández Moreno, El Viejo, no se lo recuerda.

¿Pasará lo mismo con los que reinan ahora?

¿Chi lo sa?

Bien pronto Morfeo fue adueñándose de todo mi ser y comencé a tener extraños sueños. Magda, Iona y tantos queridos cófrades se me aparecían en las más raras situaciones, imposibles de imaginar.

Cuando me desperté sentí que un fuerte dolor de cabeza me hostigaba obstinadamente.

Después de un refrescante baño me dispuse a ingresar al seno del Gran Hormiguero.

# Cosas de Buenos Aires

No sabía por donde iba caminando, ni que hora era. Hacía mucho tiempo que no te veía. Tomándome del brazo, como si fuera ayer, te pusiste a hablar conmigo y juntos nos metimos en el subterráneo aquel, especie de galería recóndita, que estaba disimulada de tal forma que los transeúntes que por allí andaban, proximidades de Avenida de Mayo y Piedras, no advirtieran su presencia.

Cuando hubimos llegado al fondo de la imperceptible escalinata, nos encontramos con una especie de paseo subterráneo muy agradable, una suerte de gran parque con enormes acacias, palmeras, gomeros gigantes y jacarandaes, pero con la particularidad de que estaba rodeado por un muro o pared más o menos ocre, en el cual numerosas personas de todas las condiciones sociales, utilizando un lápiz grueso y blando, como si fuera de negro de humo, dibujaban en él una serie de signos que, pese a ser ininteligibles, nos dejaban la sensación de un mensaje misterioso y trascendente, es decir que no obstante revestir la categoría de mensaje no entendible, nos traía al espíritu la sensación cabal de algo grave y ultraterreno ya que, como dice Herbert Read citando a March Philips en su tan desatendido libro *The Works of Man,* la Naturaleza, cuando inviste una significación infinita *"se vela con un especie de misterio y los pensamientos y sentimientos que inspira no admiten articulación y se niegan a ser definidos con exactitud",* o como escribiera Goethe: *"Son formas intangibles de lo sublime".*

Mientras discurríamos por la galería, me sentía envuelto en el agradable ambiente de ese clima esotérico y transhumano, y a su vez parecía como si hubiera llegado a otro mundo donde era posible captar toda esa serie de interrogantes que aquí, en tierra firme, nos aflijen y torturan, sin explicación.

Creía estar a punto de resolver el drama de la angustia existencial y tan fuerte resultó el impacto del lugar, de la gente que iba y venía hablando en voz baja y escribiendo con esos caracteres cargados de sugestivos mensajes, ultrahumanos, que sin saber cómo me encontré estampando en esas paredes mensajes esotéricos con un lápiz grueso y blando, como de negro de humo.

Después seguimos caminado por entre senderos pletóricos de suaves curvas, mientras a nuestro lado nos cruzábamos con toda esa gente dispar, mansa, pero con mirada reconcentrada y a veces huidiza, que cuando nos dirigían la palabra era para dictarnos mentalmente alguna sentencia cargada de hondo contenido existencial.

Al despertar, ¡había estado soñando...! Noto que ya no estabas y que el paseo por el misterioso subterráneo y todas sus raras secuencias lo había imaginado mientras mi subconsciente vagaba sin control por los lares de Morfeo. El pucho, que prendiera minutos antes de quedarme dormido, se ha consumido. En ese cenicero del Tortoni, sólo quedan sus restos reducidos a un largo tubo de cenizas con forma de cigarrillo.

Un ligero y fresco vientecillo me indica que estamos en las postrimerías de la tarde, por cuya razón pagando, empiezo a caminar lentamente hacia la 9 de Julio.

Las luces de los automóviles se alargan en el asfalto, y el crepúsculo va subiendo poco a poco desde el *río color de león.* Conmigo llevo los originales de mi última novela, que una hora antes el viento intentara arrebatar de esa mesa de la confitería donde me había quedado dormido durante unos breves instantes.

Sin darme cuenta desemboco en Callao y Bartolomé Mitre, donde el 60 me lleva hasta mi casa.

¿Qué estará haciendo Magda? Al pensar en ella siento una rara sensación de bienestar, ya que siempre me han resultado simpáticos los seres indefensos y callados. Me gusta el misterio que los rodea.

Me bajo en Peña y desde Ayacucho a Junín, apenas una cuadra, debo caminar con mucho cuidado, ya que las veredas, como en muchos lugares de la ciudad, han desaparecido surcadas por grandes zanjas de más de dos metros de profundidad, destinadas vaya a saber a qué caño de qué servicio público. Luego, cuando a las mil y quinientas las tapan, quedan sin mosaicos, barrosas, irregulares y con acentuados altibajos. No es de extrañar que con las calles pase lo mismo que con las veredas y a ello ya nos van acostumbrando las autoridades de un tiempo a esta parte.

Hace unos meses, en pleno centro de la ciudad, un automóvil último modelo se quedó encajado en un pozo abierto pocas horas antes, en el que fue a dar una de sus ruedas traseras que, por la ineficiencia del alumbrado público, su conductor no advirtió y allí estuvo bramando durante una buena hora, hasta que un vehículo-grúa de un servicio particular, lo sacó del atolladero.

Como digo, venía evitando pozos desde Ayacucho cuando al llegar a Junín alcanzo a escuchar cómo un colectivero le grita a una joven señora que, al volante de un pequeño cochecito, no le da paso con la celeridad que él pretende: *¡Andá a la cocina, andá...!*

Hay hombres –esto pasa en todos los niveles– que no le perdonan a las del sexo opuesto el haberlos desplazado en pocos años, tan drásticamente.

Se terminó el papel del macho, especie de guardaespaldas privilegiado y mandón que sale a la calle durante varias horas por día, garrote en mano, a ganar el pan para los suyos y que luego vuelve a su guarida, garrote en mano, donde la hembra, miedosa y solícita, le cambia las medias, los pantalones y luego, dándole el diario, lo sienta en el sillón más cómodo de la cueva, mientras ella corre a la cocina caliente y grasosa a seguir preparando el mejunje de siempre, el que servirá primero a él, trayéndole la salsa en un recipiente separado.

Luego se acostará y uno de los hijos lo abanicará, mientras sueña con la última perrería que hizo la noche anterior en el lupanar de Doña Rosa.

Ahora tenemos mujeres taximetristas, mujeres colectiveras, mujeres primeros ministros – ¿puede decirse ministras?

Creemos que dentro de pocos años se habrá solucionado el problema del embarazo extrauterino, es decir que venga el óvulo de tal por cual para acá y venga el espermatozoide de tal por cual y, sin ningún problema, haremos la concepción de óvulo y espermatozoide en un tubo de ensayo.

A ésto ya lo hace un médico italiano que ha logrado como hecho significativo *y por ahora* auspicioso, que el nuevo ser llegue a vivir hasta ocho días en el tubo de ensayo.

Luego de ese lapso necesita ser implantado en un útero de mujer para poder seguir viviendo y nacer nueve meses después. Si no es implantado, a los ocho días, muere.

Prosiguen las investigaciones que en pocos años permitirán a la mamá que nueve meses antes dió el óvulo y al papá que nueve meses antes dió el espermatozoide, pasar a retirar de la Clínica Incubadora, al nuevo niño, fruto de su unión probetal, pero no por ello menos hijo, ya que las características paternas y maternas, como así las cualidades o defectos de todos los ascendientes, se siguen conservando en los cromosomas y genes del óvulo y espermatozoide.

Tuvo la virtud y ventaja de permitir que durante ese lapso la madre continuara en su cargo de gerente, colectivera, taxista o empleada de tienda.

Con el tiempo se irán atrofiando determinados atributos de la mujer que como los senos y las caderas suaves y curvas, le dan belleza a nuestros ojos.

No creo que ésto de la concepción extrauterina demore más de unos lustros, le decía a María Eugenia Molinuevo de Quirno Paz, al pasar, casi sin darle importancia, mientras la visitaba en su piso de avenida Alvear al 1800.

Realmente se horrorizó al escucharme, ¿o es que esta clase de gente cuando alguien pretende cambiarle las reglas del juego al cual están acostumbrados, simula enojo y contrariedad, como una forma de mantener *el status?* Por eso, rápidamente, con la misma rapidez con que sus antepasados se apoderaron de decenas de miles de hectáreas que les fueron regaladas por los mandamás de turno, me contestó haciendo un rictus de asco:

—¿Y la moral y la concepción cristiana?

Tenía ganas de decirle: la moral de tu marido que en estos momentos está acostado con tu peinadora, haciendo piruetas... Pero no tuve tiempo, ya que se aproximó una de las mucamas, comunicándole que llegaba el comisionista en propiedades, acompañado de "un americano", ejecutivo de no sé qué empresa, interesado en alquilarle el piso, por el cual ella pedía nada menos que 5.000 dólares mensuales.

Hice ademán de retirarme, pero me pidió que me quedara, pues podría serle útil como especialista en dichos negocios.

Entró el tal americano, un tipo con cara de bebé, casi lampiño y de una estatura tal que debía hacerse a un lado para no golpear con su testa las arañas del living.

Es natural que tal cuerpo para su sustentación debida necesitara apoyarse sobre unos tamangos dignos del gigante de los cuentos de Gulliver.

La dama en cuestión, como toda esa sociedad nuestra de mediopelo, que es genuflexa y barata, se deshizo en chupadas de medias dignas de la meretriz más rastrera.

Frases como *"Los americanos –¿*nosotros somos cafres?*– son lo mejor que hay...", "qué quiere con la gente de aquí...", "ojalá los argentinos tuviéramos la seriedad o corrección de ustedes..."* no fueron festejadas por el visitante. Estuvieron a punto de hacerme estallar, pero como estaba de curioso, las dejé pasar, sin que ello me impidiera pensar en los cambios sucesivos de esta gente, que en los últimos doscientos años se arrastraron ante Francia e Inglaterra y, ahora, ante los yanquis.

No resulta difícil comprobarlo. Observemos la decoración de sus viviendas. Pilas de grabados ingleses y franceses, montones de muebles importados –tipo Luis XV y Luis XVI–, gran cantidad de biombos, estatuillas, alfombras, tapices, cuadros, porcelanas; tanto, que desde hace varios años, en Buenos Aires, han proliferado una cantidad enorme de casas llamadas "de antigüedades", que lo mismo te venden una pieza única como una escupidera en la cual debe haberse sentado el culo de la negra Ramona.

Allí van los cursis, los snobs, los chantapufi y luego de comprarla, te encajan la escupidera en el living, decorándola con un teléfono de esos de manijita, tipo molinillo de café, que les encajaron en sumas que pasan los 100.000 pesos, con el cuento de que es *"antique"*.

No resultaría difícil que a principios de siglo lo hubieran usado en algún prostíbulo de extramuros o cosa por el estilo.

¡Pucha con nuestra sociedad porteña de mediopelo! Carente de personalidad, se desvive por todo lo de afuera y muestra las hilachas a la primera de cambio.

Es por eso que todos estos paquidermos buenos y grandotes que desde los Estados Unidos llegan a nuestras playas acompañados por algún pequeño cargo diplomático o determinada función ejecutiva, nos toman el tiempo de inmediato y, restregándonos en las narices unos cuantos dólares sucios, hacen aflorar a las epidermis ávidas de muchos aristócratas, los bajos instintos de sus más recientes antepasados, llegados a estas playas con ansias de conquista y escapados de vaya a saber qué cárcel europea hace apenas unos siglos.

Es decir que, con los dólares, las libras, los marcos y los francos, juegan con nosotros miserablemente, *¡como juega el gato maula con el mísero ratón!*

¡Apareció, sin querer, el tango! Es algo imposible de evitar. Los de por acá llevamos el tango en la sangre como los norteamericanos el chicle, los italianos la ópera y los ingleses a Drake. ¿Cuál será la razón, si la hay? ¿Será porque el tango es realmente una música entradora? ¿Será porque desde que dejamos el biberón la escuchamos a cada momento, en todas las estaciones de radio, en la boca de los muchachones que andan por las calles, en la garganta de nuestras mujeres?

¿Quien que no haya visto a Gardel, por lo menos unas quinientas veces en un par de años, no es porteño? Me refiero, claro está, a la imagen del zorzal criollo, ya que no hay colectivero que no la lleve o peluquería de barrio que no la ostente, orgullosamente, con el funyi quebrao y el pañuelo cantor. Tanto ha dado que hablar el tango que a nuestros escritores se les ha dado por escribir tal o cual letra de tango y lo han hecho en colaboración con reconocidos músicos populares; Borges, Bioy Casares, Sábato...

Tomamos un buen trago de auténtico escocés María Eugenia, el americano y yo –¡que por ser argentino no soy americano!– cómodamente sumergidos en unos fantásticos sillones Luis XVI, tapizados en pana color obispo, perdida la mirada en unos tapices hilachentos y regastados del siglo XVIII, mientras hablábamos de Johnson, de los astronautas y del dólar.

El tema del asesinato de Kennedy, ahora de los Kennedy, es tabú. ¡Cómo vas a hablar ché de unos tipos que defienden a la chusma! ¡Son comunistas disfrazados! En cuanto vos tocás el tema Kennedy te miran como *con bronca y junando* y, sin decir *parola,* te contestan sobre cualquier otro tópico, mientras con la mirada parece que te dijeran ¡cómo vas a hablar de eso, mersa!

Si no hubiera sido por las hermosas piernas –y más arriba– de María Eugenia y por el excelente escocés –que no todo lo extranjero es malo–, me hubiera esfumado hace rato, pero me seguía deleitando viendo las grandes dósis de hipocresía que de un lado y otro derrochaban María Eugenia y su posible futuro inquilino.

Digo hipocresía pues yo estaba al tanto que ella se meaba por poder alquilar su piso en 5.000 dólares mensuales y a su vez, podía afirmar, sin lugar a dudas, que el americano de marras hubiera deseado sacárselo lo más barato posible, inclusive el ideal hubiera sido alquilarlo por nada y ocuparla a ella como esclava sin sueldo para su limpieza y atención personal, pero hablaban de otros temas.

El yanqui contaba con lujo de detalles su reciente viaje a Bariloche y María Eugenia, le contestaba con requiebros y sonrisas, no sabiendo cómo hacer para entrar en el asunto del alquiler.

Yo me divertía ante tanta desfachatez. Es la moral de toda esta gente, *"el savoir faire".*

A fin de ayudarlos, cuando pude, le hablé de la incomodidad de los hoteles y de su apuro por encontrar vivienda y allí nomás se agarraron con uñas y dientes, por lo que los dejé hablando de dólares, meses de depósito, mercado negro, índice oficial de aumento del costo de vida, expensas comunes, devaluación, posibilidad de no aumento del alquiler para el próximo año ya que "usted sabe y no sabe" y que sé yo cuántas cosas más. Despidiéndome me fui.

Era maravilloso deslizarse por Alvear entre Schiaffino y Callao a esa hora de la noche. Un dejo de sibaritismo me consumía ante el espectáculo de esas hermosas mujeres nuestras, un poco ligeras, pero sanas físicamente.

En el verano de 1968 las minifaldas eran ya menudas como un pequeño cinturón. Aunque no lo quisieras, allí podías aprender anatomía descriptiva y topográfica, en vivo, sin necesidad de los cada vez más escasos cadáveres de la morgue de la Facultad de Medicina, con la ventaja que hacías la observación mientras caminabas despaciosamente desde Callao hacia los jardines de La Recoleta y viceversa.

Glúteos y sartorios, tensores de la fascia lata, gemelos, tibiales anteriores, pectorales y con un poco de suerte, hasta podías llegar a ver de refilón, mientras la feliz mortal bajaba o subía de los numerosos taxis o de los frecuentes peugeots o torinos, el "trigonum femorale" o de Scarpa. Todo con gran altura y sin demostrar el menor dejo de morbosidad.

*Savoir-faire,* o como dice un poeta andaluz –gitano– que suele recalar en el subsuelo de la taberna gallega de Salta y Rivadavia: "muy bien, pero requetebien".

Este auténtico mundoandante andaluz que se gana la vida en la mejor forma que conoce: "recitando sus propios versos", es un excelente poeta que guarda aún aquello que conservaban hace varias centurias todos los juglares, es decir, la frescura que da el comunicarse permanentemente con el público que puede gustar de la creación literaria "en caliente", sin deformaciones de ninguna especie, como quien come una pizza al paso o un humeante puñadito de maníes y que, a su vez, brinda al hombre de letras el halago inigualable de sentirse frenéticamente aplaudido por quienes, en ese momento, admiran tal o cual composición que le pertenece.

En esta forma se prescinde de la editorial, aunque se cae en las no menos avarientas garras del dueño del espectáculo pero por lo menos, noche a noche, entre manzanilla y manzanilla, se vuelve al más o menos miserable cuarto del hotel haciendo sonar en los bolsillos los cuartos ganados minutos antes.

De vez en cuando pues, suelo llegarme hasta el mencionado lugar; unas veces solo, otras en compañía de alguien y, luego de soportar cuatro o cinco números pseudoflamencos, "made in Avellaneda", me deleito viéndolo al autor de un hermoso poema titulado *El Puente,* quien nos hace escuchar sus composiciones, unas veces solo y otras acompañado por una guitarra española, durante una media hora más o menos.

A ese lugar, allá por 1958, solía concurrir con un amigo andaluz llamado Pablo Onésimo, el que hace un año fue definitivamente fulminado por un cáncer inexorable.

Daba gusto verlo y oírlo a Don Pablo, el que si bien era pequeño de estatura, poseía un espíritu indomable y dicharachero de buen gitano, mientras nos deleitaba recitando y cantando hermosos y populares poemas de su tierra natal, en especial los de Don Federico García Lorca. Más que recitarlos, los decía cantando en una especie de cante jondo originalísimo y muy típico que sólo los gitanos españoles o quienes tienen alma de gitanos pueden hacerlo.

Que vengan los recitadores de nota, los de la voz engolada y el aire académico y nadie podrá como mi amigo Pablo improvisar frente a los ocasionales concurrentes a dicha cantina –él era un concurrente más–, palmoteando y taconeando a la vera de su mesa, en ese particular canturreo del cantejondo: *La Casada Infiel* de Lorca o *El Entierro de un Amigo* de Machado, o tal o cual romance anónimo, como hace siglos tal vez los dijeran los juglares para deleite de todos...

> *Moza tan fermosa non vi en la frontera*
> *como esa vaquera de la Finojosa...*

España, vieja España. Cofre de Europa, final del continente, donde fluyeron y se quedaron entremezclados todos los pueblos nómades del Asia y muchos que subieron desde el África. Celtas, íberos, árabes, judíos, visigodos, ostrogodos, fenicios... Cervantes, Góngora, Manrique, Berceo, Bécquer, los Machado, Azorín, García Lorca, Goya, Murillo, Dalí, Picasso, Albéniz, Granados, Falla, Zuloaga, Sorolla...

Ahora, cuando llego hasta el subsuelo de la Taberna Gallega, creo verlo a Pablo Onésimo bailar en torno a nuestra mesa, mientras golpetea frenéticamente las manos y deja oír en un gemido gutural y como salido del fondo del alma, esos maravillosos versos que dicen:

> *Sus muslos se me escapaban*
> *como peces sorprendidos,*
> *la mitad llenos de lumbre,*

*la mitad llenos de frío.*

Hay deseos que están destinados a quedar en eso: en deseos y nada más. Ya dije que a Pablo se lo llevó un cáncer perro y que murió junto a sus familiares, a las orillas del preclaro Paraná, en Santa Fe.

Quienes lo queríamos bien, lo seguimos recordando con nostalgia y auténtico cariño. Salvo aquellos, de alma negra, que parecen gozar cada vez que alguien traspone las puertas del mundo de los vivos.

A esa calaña vil pertenece otro tipo que llegara desde Santa Fe hace unos quince años, traído y mantenido durante largo tiempo por Pablo y que, al enterarse de su muerte, me dijo con todo desparpajo: "Ahora el gallego le estará pintando el burro a San Pedro para poder entrar al Cielo…".

Lo cierto es que aquellos fueron años venturosos y cargados de hermosos recuerdos.

Avenida de Mayo ha cambiado, como van cambiando todas las calles y lugares de Buenos Aires. Ahora, como ya lo dijéramos, ha sido invadida por una untuosa y alegre piara de gitanos, que recalan con todos sus familiares en un rosario de pequeñas y sucias pensiones, que pululan por los alrededores. Por sus amplias veredas corretean menudos chavalillos mientras, en las mesas de los cafés, los padres chupan, ríen y comercian.

Mientras pensaba en todo ésto, sorbía lentamente mi café en un negocio que está situado frente al Teatro Avenida cuando alcancé a divisar –espectáculo muy común en Buenos Aires en los últimos años– un carro de asalto de la Policía Federal Argentina, que avanzaba lentamente desde Salta hacia la zona del Congreso.

En su interior, oscuro y tétrico, metidos en fríos cascos de acero, rígidos como muñecos autómatas, desprovistos de entendederas y de sentimientos, unos veinte policías –la mayor parte de ellos *petites têtes noires*–, esperaban la orden para empezar a descargar palos a diestra y siniestra.

Le hubieran pegado a cualquiera, sin distinción de edades ni de sexos, sin razones y si hubiera cuadrado, a un comprovinciano pobre como ellos o aún a sus propias madres.

Éstos son los espectáculos denigrantes que vienen ocurriendo no solamente en Buenos Aires, también en Nueva York, París, Roma, Madrid, Tel Aviv, El Cairo, Tokio… y que nos ponen cara a cara con la realidad.

Nos decimos civilizados y aún seguimos utilizando estos expedientes violentos para dominar a quienes piensan en forma diversa al mandamás de turno.

Lo único interesante es que muchas veces la tortilla se invierte y cuando el mandamás, otrora poderoso, y sus naturales seguidores, vuelven al llano, estos autómatas que siguen siempre sentados en el mismo lugar del mismo mugriento camión, empiezan a sobarles las espaldas en la primera oportunidad en que alguien les ordena hacerlo.

No hay duda, me decía Allende, que somos hombres de las cavernas acostumbrados a garrotear y a que nos garroteen.

Compré al canillita que lo voceaba estentóreamente, el diario de la tarde. A grandes titulares se anunciaba el derrocamiento de un gobierno constitucional ocurrido en un país limítrofe y se relataba con lujo de detalles la forma en que un grupo de militares subalternos habían sacado a empellones del lecho en que dormía y al parecer en paños menores, al presidente que poco antes había sido elegido por mayoría abrumadora.

El jefe del movimiento había sido hasta minutos antes hombre de confianza del funcionario depuesto…

Episodios como éstos son los que nos dan –o pretenden darnos– una explicación práctica del porque las calles de las más populosas ciudades del mundo se ven surcadas por esos tétricos carros de asaltos con robots de carne y hueso en su interior.

El vehículo se detuvo a pocos metros del lugar donde yo estaba y uno de los robots, un cabo, bajó automáticamente. Era moreno y rechoncho. Un fino bigotito negro le daba un aire de villano primitivo. Llevaba un pequeño receptor con el cual escuchaba órdenes que, con voz mecánica y monótona, le transmitía desde el Departamento Central de Policía otro robot de turno. Los demás muñecos dormitaban al unísono dentro del camión, sentados en apretada fila sobre largos bancos de madera. Su oficio era, sin duda, miserable: golpear a sus semejantes, arrastrarlos con saña durante metros y metros, patearlos. Y si se trataba de estudiantes universitarios, redoblar sin asco el castigo.

De este tema hablábamos con mi amigo Pablo poco antes de morir y aún recuerdo cuando me decía:

—Qué bien le vendría de vez en cuando a todo el milicaje, sin distinción de grados ni de cuerpos armados, incluyendo desde ya a los integrantes de las Fuerzas Armadas, desde Teniente General a Cabo, una buena tunda, propinada por todo el pueblo. Fijate —seguía diciendo— que quienes nos gobiernan desde los albores de nuestro nacimiento como nación, son los militares que, desde las sombras o directamente, han participado activamente en todos los gobiernos....

—Bueno –le contesté–, pero eso lo saben hasta los niños, ya que a partir de 1943 ó si querés mejor, desde 1930, en treinta y ocho años, hemos tenido no menos de 10 golpes de Estado, sin contar los pseudo golpes, cambios de comandantes en jefe, presiones de toda índole y demás.

—En efecto –me dijo–, pero ¿no te dás cuenta que ellos son los únicos responsables de los continuos fracasos y del grave deterioro que viene sufriendo el país? Son ellos, pues –continuó–, quienes deben recibir los golpes y sufrir cárcel si es preciso y no toda esa vigorosa juventud civil que sólo pide y anhela decencia, ecuanimidad, justicia, cese de los latrocinios, amor al terruño...

Por todo eso, cuando veo a esta gente armada hasta los dientes recorriendo nuestras hermosas calles por las cuales discurren pacíficos ciudadanos, no puedo menos que observarlos con rencor y mascullar una puteada a tono con el caso.

Hablando sobre el particular, me decía Jacinto Rosales, un joven poeta nuestro, autor de un libro que contenía algunos poemas revolucionarios de actualidad:

—Que se deje de joder Juan Peritrate con sus ideas.

—Pero ¿qué te dijo Juan Peritrate? –le pregunté.

—¿Y qué querés que me dijera? Insistió en "el rétour a l'objet" de mis temas poéticos, como lo había hecho acertadamente en mis primeros libros y que el poeta no debe hacer guerras ni meterse en la solución de todos estos líos que entretienen al hombre.

—Bueno –le contesté–, no te debés afligir, ya que sin quitarle mérito alguno al gran novelista que es Juan Peritrate, vos sabés bien que ya pasó los setenta o está a punto de pasarlos y que, aparte de éso, es funcionario público y de elevada jerarquía. Disculpalo entonces y seguí con lo tuyo. Vos, por lo menos, tratás de mejorar al hombre, mientras él, sólo sabe contarnos sin comentarios las miserias del hombre.

Indignado, Rosales empezó una larga perorata:

—Se pasaron ya las épocas de los madrigales perfumados y del decir por el buen decir. Hoy en día vos sabés que en el mundo sufren hambre crónica más de dos mil millones de seres, es decir, las dos terceras partes de la población terráquea. Si los causantes de tal estado de cosas son los factores de poder que, desde que la tribu empezó a tomar forma de nación vienen dirigiendo la cosa pública, son ellos quienes deben cambiar pacíficamente –cosa imposible– o, por el contrario, soportar las consecuencias. No te olvidés –continuó– que los hombres estaban separados por grandes barreras naturales, no pudiéndose comunicar. Ahora las cosas han cambiado y la televisión, la radio, los jets, el cine, los diarios, etc., etc., los están acercando vertiginosamente.

Los detentadores del poder político, que son los representantes de los detentadores del poder económico, son quienes, inopinadamente y sin darse cuenta, están tejiendo la red en la cual habrán de caer inexorablemente.

—¿Cuál es la red? –le pregunté.

—Mirá, el asunto es sencillo –continuó acotando Rosales–. El gran capital, que domina a los cuatro mil millones de seres del planeta a través de unos cuantos empleados subalternos colocados al frente de las administraciones públicas y que dirigen a todas esas factorías que se llaman Estados, ávido de mayores ganancias, es quien fabrica millones y millones de aparatos de televisión, de radiocomunicaciones, grabadores, tocadiscos, etc. y es quien facilita las comunicaciones a través de los diversos países y continentes, fomentando la industria aeronáutica y naviera.

Por otra parte, el cine hace que los pueblos de los lugares más distantes se vayan conociendo. ¿Consecuencias? Que si bien el gran capital ha encontrado por medio de la industria y todas sus coserías la forma de quedarse, por ahora, con el dinero y el trabajo de miles de millones de seres que, en aras de un pretendido confort, deben trabajar jornadas de más de catorce horas en diversos empleos, ha brindado, sin embargo, impensadamente, los medios por los cuales el hombre aprende a conocer al hombre, dándose cuenta poco a poco, que él, que es el creador de las riquezas, está viviendo miserablemente en un mundo cada vez más pequeño y apretado sobre sí mismo, colectivizado. Es una hormiga más.

No te olvidés que hoy en día son miles de millones de seres que empiezan a conocer su fuerza de conjunto y que ya no los podés engrupir diciéndole a los franceses que sus enemigos son los alemanes y a los polacos que los checos quieren aplastarlos y a los italianos que tal o cual cosa.

La verdad ha cambiado de lugar.

Sobre el particular decía Josué de Castro, el otrora ilustre presidente del Consejo Ejecutivo de la FAO (Organización de Alimentación y Cultura de las Naciones Unidas): "La realidad de esa miseria ha dividido al mundo en dos grupos: el de los que no comen, grandes mayorías, y el de los que no duermen, pequeñas minorías. El primero habita en los países pobres y se siente aplastado por la opresión económica de las grandes potencias. El segundo se halla en las áreas más ricas del mundo, pero *no duerme por el pavor que le infunde la rebelión de los que no comen...* ".

Rosales se alejó a dictar su misérrima cátedra de castellano que le habían dado en una escuela técnica. Ganaba doce mil pesos por mes y vivía en una habitación por la cual debía pagar diez mil pesos, teniendo que compartir el baño y la cocina con otros diez inquilinos más. Enseñaba castellano y sus alumnos solían extasiarse mientras les recitaba tal o cual poema de Berceo, tal o cual composición de Lugones, tal o cual trozo de Borges. Mientras tanto, el tratante de blancas XX era multimillonario, o el funcionario BB, cobraba varios miles de pesos diarios, explotando a dos o tres individuos que tiraban la manga abriendo y cerrando las puertas de los taxímetros en las principales estaciones terminales de la ciudad.

No hablemos del individuo que, aprovechando tal o cual golpe de Estado, fue nombrado interventor en la Empresa Nacional de Telecomunicaciones, por ejemplo, y que se limpió una mediadocena de antiguos modelos de teléfonos del museo de esa repartición, cotizados cada uno de ellos, por su antigüedad, en varios miles de pesos.

¿Qué cosas no harán con las licitaciones públicas por varios centenares de millones de palos que pasan por sus manos, si son capaces de llevarse pequeños objetos como los teléfonos?

Es por eso que la rebelión de los que no comen se torna cada día que pasa mucho más peligrosa y evidente. Mientras haya crápulas como Aristóteles Onassis, el otrora pordiosero y ahora fabuloso magnate griego-argentino, que le regala a la que fuera mujer del acaso ilustre John Fitzgerald Kennedy, un conjunto de rubíes con cuyo valor en pesos podría vivir cómodamente, toda su vida, una numerosa familia del pueblo.

Siglos vendrán en que tales individuos y tales meretrices no podrán convivir, por indignos, con el resto de la humanidad. Serán declarados calamidad pública como las mangas de langostas, las inundaciones, las pestes o el granizo.

Hace unos días, y a propósito de la tal Jacqueline, varios amigos que de vez en cuando se reúnen en mi casa para comer y chupar gratis, se trabaron en una agria discusión que luego degeneró en litis política y más adelante en polémica religiosa.

Uno de ellos sostenía que se trataba de una puta vulgar, con insatisfechas necesidades vaginales, incapaz de ponerse a la altura de las circunstancias, ya que no debía olvidarse que se trataba de la viuda del asesinado presidente de *"esa gran nación que es Norteamérica"* (sic) y que dada la tradición del clan Kennedy de postular a sus varones para la primera magistratura del país, impedía con su ulterior casamiento, que su hijo, transformado en hijastro del mercanchifle y vulgar Onassis, pudiera acceder a la presidencia cuando fuera mayor de edad.

El otro contertulio, admirador de todo lo que fuera concubinato y relaciones extramatrimoniales, hablaba de la libertad de sexo y que sé yo cuantas pamplinas más.

Por fin, cayeron, como siempre pasa, en el tema del comunismo y el capitalismo y de ahí se fueron, como por un tubo, a la cuestión religiosa, ya que uno se decía ateo y el otro ferviente devoto de las diez mil vírgenes y así fue como el ateo le preguntó capciosamente al creyente: "¿Cuáles fueron los padrinos de bautismo de Cristo?". Tocado de muerte, el creyente no supo qué contestar y entonces el ateo le gritó triunfante: "¡Cristo no tuvo padrinos, animal! ¿Así es cómo vos conocés tu religión?". En igual falta lo agarró cuando le preguntó si Cristo había sido crucificado o empalado, ya que tal o cual palabra quiere decir palo y no cruz, como así también que el infierno no existía, pues la etimología de dicha palabra significa simplemente: hoyo en la tierra.

Para suerte de todos o, por lo menos, para mi regocijo, que en ese entonces un poco egoísticamente era lo único que me interesaba, alguien encendió el aparato de televisión y súbitamente emergiendo de la zona gris del aparato, haciéndose cada vez más nítida a medida que éste se calentaba, se nos presentó como si estuviera conversando con nosotros, la particular figura del eminente pintor Salvador Dalí, principal protagonista de una película rodada días antes.

Dalí, con su clásica y de exprofeso engolada voz, satirizaba magistralmente al hormiguero y a sus múltiples hormigas.

A los pocos minutos, uno de los comensales que ya había ingerido un suculento café, se levantó mascullando soeces e improperios contra Salvador mientras mi mujer, haciéndole frente lo defendía a capa y espada, tratando de hacerle notar en vano que Dalí, aparte de ser un extraordinario pintor, era un habilísimo fumista, que estaba muy por sobre el nivel medio del 99% de la humanidad.

Yo participaba de la misma idea, pero no tenía ganas de meterme en una discusión estéril, aparte de que por haber comido opíparamente, deseaba continuar como pacífico espectador, mientras por la televisión se sucedían una serie de visiones y formas plásticas muy originales creadas sin lugar a dudas por Dalí, ya que los guionistas no serían capaces de tamaño despliegue de genio. La muestra terminó con la figura de Dalí remando pausadamente de pie en una pesada canoa de pescadores, a través del golfo donde se encuentra edificada su casa. Parado en medio de la negra canoa, lo hacía utilizando dos enormes cruces blancas, a manera de remos, que rítmicamente introducía y sacaba del mar, mientras que el timón estaba constituido, también, por una enorme cruz blanca.

El conjunto, enfocado desde muy cerca, se destacaba en medio del crepúsculo creciente, máxime cuando Salvador estaba vestido con una especie de larga túnica blanca. Parecía un nuevo Jesucristo llevando esas enormes y pesadas cruces blancas, mientras la embarcación, lentamente, se metía mar adentro. Sin embargo, alcancé a vislumbrar una especie de sonrisa indefinida en los afiebrados ojos de Salvador. Pocos minutos antes había dicho con voz engolada, repitiéndolo sin cesar: yo soy el salvador... yo soy el salvador. Sin duda era el Salvador.

Ante esta escena recrudeció la discusión entre los que presenciaban el cortometraje. Unos decían que Dalí era cristiano, otros que se trataba de un sinvergüenza que no creía en nada, otros, que había que internarlo.

Yo tenía unos deseos inconmensurables de irme a dormir, pero los visitantes continuaban con la perorata. Por fin, mi mujer tuvo la feliz idea de aflojar, sin que nadie lo advirtiera ya que se encontraban en una habitación contígua, los tapones de la luz, de tal forma que nos quedamos completamente a oscuras en lo mejor del baile.

De inmediato, todas las hormigas que habían estado comiendo y chupando de arriba gracias a la proverbial generosidad del dueño de casa, cesaron en sus controversias ideológicas y de todo orden y se pusieron de acuerdo en una sola cosa: dejarnos lo más pronto posible librados a nuestras fuerzas en eso del corte de la luz, que suponían un inconveniente de los tan comunes en la ciudad, para lo cual enfilaron rápidamente hacia la puerta de calle y besuqueándose abundosamente, se dispersaron con distintos rumbos.

Ni bien se hubo alejado el último de ellos, mi mujer, con una vuelta a la derecha, ajustó el tapón y nuevamente nos vimos las caras, esta vez más alegres y felices por habernos podido desembarazar de tanta cháchara.

Mientras procuraba conciliar el sueño recordaba las palabras de mi mujer, cuando minutos antes defendía calurosamente a Dalí, sosteniendo que era demasiado genial para sustentar determinada ideología y al respecto volvían a mi memoria, esta vez en boca de Ricardo, aquellas palabras de Terzaga, un cordobés talentoso que solía decir, allá por el año 1920: "Las ideas son como las mujeres públicas. Llega un momento que son manejadas por todos". Pensando en que había que dejar pensar a las entrañas para no equivocarnos, me dormí profundamente, mientras en el sueño un enorme león con gran melena negra me perseguía implacablemente a pocos metros de distancia.

# *Álvarez*

A las dos de la tarde, en el mes de diciembre, el asfalto de las calles se derretía y toda la ciudad era un enorme horno agobiante. En ese momento trataba de respirar algo del aire enrarecido que pesadamente flotaba por las galerías del subte donde, a varios metros bajo el nivel del suelo, decenas de miles de hormigas iban y venían, frenéticamente. Iban y venían. ¿Hacia dónde? ¿Que suerte de fuerza ciega y avasallante las empujaba de aquí para allá, sin ton ni son? Corriendo casi, nadie respetaba a nadie, los hombres pugnaban por adelantarse a las mujeres y empujándose unos a otros, entraban y salían de las cuadradas fauces del subte. Por fin habíamos llegado a Piedras.

Una ola de bestias me arrojó sobre el andén y mezclado con un heterogéneo grupo de hominídeos, cada uno con el garrote debajo del brazo, me dejé llevar rítmicamente hacia las alturas, en los brazos de una interminable escalera. Solía cerrar los ojos y la sensación que sentía era maravillosa. Parecía como que formara parte de un organismo inmenso y complejo y, sin querer, iba obedeciendo sus órdenes automática-

mente. En esos momentos formaba parte de la masa. Con los ojos cerrados notaba que nos íbamos acercando a la superficie, pues el aire se
hacía más fresco y generalmente una ligera brisa nos acariciaba suavemente el rostro. Abriendo los ojos noté que el cielo azul se recortaba a
pocos metros de nosotros en la salida de uno de los pasajes. De inmediato nos encontramos depositados en Avenida de Mayo y Piedras.

Calor y más calor. Humedad pegajosa. Hormigas yendo y vinien-
do. Hormigas de a pie, frenéticas; hormigas en automóviles, frenéticas; hormigas apretadas en los colectivos, frenéticas. En dos o tres trancos me guarecí bajo los toldos del Tortoni, el café político de Buenos
Aires, con más de cien años de antigüedad. Eligiendo una mesa que se
encontraba casi sobre el cordón de la vereda, me dejé caer pesadamente en un sillón de mimbre. Aún apretaba en la mano derecha el ya ru-
goso manojo de papeles humedecidos por la transpiración copiosa a esa
hora y en esa época del año.

Con rabia los arrojé sobre la silla contigua y luego, como librán-
dome de un yugo que durante toda la mañana me había tenido prisionero, me desabroché la camisa y, en dos tirones, aflojé el nudo de la corbata… ¡Lo peor del caso es que todavía la seguimos usando en este
bendito Buenos Aires unos cuántos millones de infelices! No conforme con ello, me desprendí del arrugado e inútil saco y me levanté las
mangas de la camisa. Todos los demás hormigones, cansados seres de
las otras mesas, estaban como yo, sin saco, mientras trasegaban enormes vasos de cerveza rubia coronados por blanquísima espuma. Uno
que otro seguía como siempre fiel a su pequeño café express.

Mientras pasaba todo esto, el diligente mozo hispano, viejo conocido de tantos días, se acercó y saludándome empezó a limpiar auto-
mática y solícitamente la ya pulcra superficie de la mesa de mármol,
mientras me informaba si había estado o no Altamira, el doctor Bace-
lli o un viejo amigo que oficiaba de técnico desde hacía más de veinte
años en una radio que se encontraba sobre Rivadavia, frente a la otra
salida del Tortoni. Luego de ponerme al tanto de todo se alejó y no tardó en regresar. De inmediato la cerveza helada empezó a deslizarse
tiernamente por el garguero. Cuando hube saciado en parte la sed, ya
un poco más tranquilo, comencé a ordenar mis ideas a medida que continuaba observando a mis congéneres, las hormigas.

Así fue como una especie de suave conformismo se fue adueñando de mí y bien pronto, la cólera que hasta ese momento se había posesionado de todo mi ser, empezó a ceder replegándose en los rincones más recónditos de mi abismo interior.

Un súbito golpe de viento desordenó mis papeles y amenazó llevárselos. En un primer momento estuve a punto de dejarlo hacer, ya que de todos modos ¿para qué servían? Era preferible que se fueran rodando por las calles donde poco a poco las ruedas de los automóviles los irían aplastando sobre el pegajoso asfalto, en cuyo seno terminarían por morir cubiertos por una negra noche de alquitrán; pero debí abandonar la idea por imposible.

Estaba rodeado por decenas de personas que, cuando vieran que el viento se llevaba mis papeles, hubieran tratado de tomarlos, aunque más no fuera para averiguar si se trataba de algo de valor y en esa forma, tendría que haberme levantado a recogerlos, uno a uno de las manos de todos esos individuos que iban y venían a mi lado.

Por eso, con rabia, los ordené de nuevo y los coloqué en la silla, debajo del saco, a fin de que me dejaran tranquilo entre ellos y el viento. Bastante trabajo había tenido para escribirlos. Allí se amontonaban varios centenares de hojas, menudamente escritas a máquina, durante todos los días de un par de años. Formaban parte de mi futuro libro.

Pensé que era preferible que a las hojas las llevara el viento. Después de todo, ¿qué tanto afán en publicarlas? ¿Acaso lograríamos cambiar al hombre? ¿No se seguía comportando, luego de la incomprensible inmolación de Cristo, matando a diestra y siniestra, como hace un millón de años, lo hacía su lejano antecesor el sinántropo?

Compré el diario y pasando las hojas llegué a las simples noticias policiales. Mientras leía el último crimen sobre el decapitado, en las páginas interiores, especiales para amas de casa y modistillas, como diría algún escritor de principios de siglo, sentí cómo que alguien se había aproximado a mi mesa. Su traje oscuro me rozaba el hombro izquierdo. Sin levantar la vista del diario lo reconocí por los zapatos. El único que los llevaba tan impecables y relucientes era mi viejo amigo Álvarez.

Palmeándome efusivamente se acomodó a sus anchas en uno de los sillones de mimbre. Sin pedir permiso comenzó a devorar un *sangüiche* de jamón que me había traído el mozo, mientras con la candorosa ingenuidad que siempre lo caracterizaba, intentó ponerme al tanto de la enésima y última revolución peronista gestada por los de la cegeté auténtica. Se trataba de la revolución número 99 que el peronismo intentaba orquestar. Y allí empezó la verborragia. Que el General tal –si mal no recuerdo Iñiguez– tenía organizado el golpe al dedillo y que en Paraná, Córdoba, Salta, Mendoza y otras provincias, los diversos grupos de activistas apoyados por la oficialidad joven del ejército –*nuevos ultranacionalistas*– se apoderarían en un momento determinado de las distintas unidades militares y, por ende, del poder que graciosamente caería en sus manos.

Que por temor al comunismo, Estados Unidos apoyaba al movimiento y que Perón llegaría de incógnito de un momento a otro en un avión negro, pues Onganía era, en definitiva un elemento de Perón y hasta el mismísimo Aramburu le había mandado en los últimos tiempos determinados mensajes a España y bla, bla, bla, bla.

Hacía catorce años que el bueno de Álvarez venía soñando con lo mismo.

¿Sería posible tanta ingenuidad? Por lo visto así era, ya que en otra mesa muy próxima a la nuestra, un grupo de radicales –en el llano desde el golpazo de Onganía– programaban un golpe de Estado capitaneado por el General Julio Alzogaray, recientemente defenestrado como Comandante en Jefe del Ejército. Decían que contaba con el apoyo de Aramburu, Rojas, Osiris Villegas… No faltaba, por supuesto, el infaltable apoyo de Norteamérica, tan necesario para cualquier salsa de golpe de Estado por estas latitudes latinoamericanas en las cuales, para desgracia nuestra, sienta sus patas sucias el coloso del Norte.

Mientras Álvarez seguía revolucionando y hablando por tres, me voy quedando dormido poco a poco.

Siento como sus palabras se van alejando y apenas si las oigo como a través de un ancho muro.

Las últimas que alcancé a percibir fueron: Perón estuvo conferenciando con de Gaulle…[14] Luego, me dormí profundamente.

---

14   Perón en ese entonces estaba exiliado en España y el general de Gaulle, héroe de la resistencia y luego presidente de Francia, gozaba de gran prestigio. (*N. del A.*)

# Encuentro

—Me gustan las novelas comprometidas.

—¿De qué compromiso me estás hablando? –le contesté.

—De las que toman posición –me dijo.

—¿Qué posición? ¡No me digas que me estás hablando de la izquierda o de la derecha o del centro!

—De eso te estaba hablando.

—¡Bah…! ¿De qué derecha o de qué izquierda? –le contesté–. Esas son pamplinas para hippies trasnochados. Aquí, sobre el mundo, que yo sepa, no hay derechas ni hay izquierdas. Hay hombres y nada más. Miles de millones de hombres, todos iguales, pobres hombres que no tienen principio ni fin, ni saben adónde van.

Por la ventana del primer piso de aquel restaurante popular de Santa Fe y Pueyrredón se divisaba a nuestros pies, como a través de una pantalla de cinemascope, al mundo que pasaba alocadamente, sin ton ni son.

Compromisos de derecha o de izquierda…

¡Pero si el hombre es un miserable pedacito de materia cósmica, perecedera, de carne y hueso, que aún no sabe ni de dónde viene ni hacia dónde va…!

Así argumentaba mi amigo Allende, mientras el escape ensordecedor y venenoso de un ómnibus que iba por Pueyrredón hacia Las Heras llenaba el ambiente de monóxido de carbono y de ruidos infernales.

El ómnibus loco que va hacia la derecha, cruzándose con el otro ómnibus loco que va hacia la izquierda. En realidad ¿cuál era la derecha y cuál era la izquierda? ¿Lo sabían los hombres?

Por la vereda, a pocos metros y separado tan solo por el cristal de la ventana, se alejaba pesadamente un individuo ya sesentón, cansado, con un enorme paquete envuelto en papel de diario. Lo hacía, casi con seguridad, para su casa. Por delante de él, se deslizaba una simpática parejita de apenas diez y seis a diez y siete años. Más allá, un clochard, el de Cortázar, tirado en la vereda, rodeado por un sinnúmero de latas viejas y bolsas mugrientas, engullía un mugriento trozo de pizza. Por su lado, pasaba un perro vagabundo y empezaba a husmearlo, atraído por el olor del grasiento bocado.

A pocos metros de nuestras cabezas y no muy lejos de las luces de la calle, un murciélago dejaba oír su clásico chillido, espeluznante grito de guerra que hacía temblar de pavura a los miles de coleópteros, pequeñas mariposas y demás fauna insectil que giraba en torno a las lámparas del alumbrado público. No muy lejos de allí volteaban las campanas de la iglesia de Beruti y Larrea.

Mi amigo dijo:

—Izquierdas, derechas, hambre, muerte de Kennedy, Vietnam, bombardeos, gente que se inmola, los que se queman vivos en Vietnam repudiando a Estados Unidos y los que los imitan en Estados Unidos, pidiendo que cese la ocupación yanqui. Nada tiene importancia, ni vos ni yo, ni Beethoven, ni Miguel Ángel.

—Si seguís pensando así vas a terminar matándote como Lugones, o acaso internándote en el mar como Alfonsina, o sino, haciendo lo de Lisandro de la Torre –le contestaron.

—Algo de eso hay –dijo Allende.

—¿Y entonces?

—Once.

—¿Por qué?
—Yo lo sé.
—¿Estás jugando?
—Ando…

# Hernández

Después del episodio vivido con Juan Carlos Allende, anduve bastante alicaído. Los días se sucedían unos tras de los otros, y las semanas avanzaban rápidamente, con los verdes de los viernes y los blancos de plata de los domingos. ¿Por qué yo veía a los viernes verdes, a los miércoles grises, a los jueves amarillos medianos de cadmio, a los sábados claros, a los martes ocres y a los lunes ceniza claro...? Tal vez fueran ligeras reminiscencias de mi ya lejana juventud campestre.

El campo, por sobre todas la cosas el campo de Entre Ríos. Pese a haber nacido en Córdoba, la azul de Fernández Moreno –El Viejo–, siempre recordaba con cariño a esa provincia.

Mi padre, médico recién recibido en la docta, se había trasladado a Entre Ríos, a un pequeño pueblito llamado Hernández. Allí pasaron mis primeros años hasta cerca de los trece y allí intimé con la vida de nuestros hombres de campo. En efecto, a los doce años, leía sorprendido y subyugado –no teníamos televisión, ni cine–, los maravillosos versos del Martín Fierro, los enjundiosos relatos de Don Segundo Sombra y las maravillosas obras de Hudson y Cunningham Graham.

Allí aprendí las primeras letras, en una escuela rural, donde compartíamos el mismo salón de clase y la misma educacionista, los de primero con los de segundo, tercero y cuarto.

A mi lado en el banco de madera gruesa, se sentaba Perla Azman. Había una numerosa colonia judía en Entre Ríos. Todavía recuerdo sus enormes ojos claros, rasgados como dos almendras, en los cuales creía ver como se reflejaban todo el desierto del Sinaí y las tranquilas y viejas aguas del Jordán.

Todos los días mi madre me levantaba a las siete de la mañana. Mientras desayunaba sentía el claro y menudo repicar de la alocada campanita escolar. A mi memoria acudían esos versos de Lugones que creo dicen:

> *Prolonga la campana*
> *su loa matutina*
> *con la calma, vecina,*
> *con el viento lejana*
> ...........................................
> *A Viviana ladina*
> *y a Martina lozana.*
> *Viviana, viviana, viviana.*
> *Martina, tina, tina.*
> *Bosteza la Martina,*
> *Murmura la Viviana.*

Desayunado ya, me dirigía hacia la escuela que se encontraba a unas cinco cuadras, en el extremo opuesto del pueblo, sobre el camino que va a Nogoyá, a pocos metros de una iglesia de rusos ortodoxos, de los que tanto abundan en Entre Ríos.

Recuerdo que para acortar el camino tomaba un sendero muy estrecho que corría pegado a las vías del Ferrocarril Urquiza. No existía ningún peligro, pues el tren pasaba dos veces por día, desde Paraná y hacia Paraná.

Me llamaba la atención –tanto que aún lo recuerdo– una noria existente a un costado de las vías, por medio de la cual y con la ayuda de una paciente mula, se extraía agua para el tanque de la estación ferroviaria. Buscando luminosas piedrecillas que fulgían a un lado y otro de las vías, iba achicando la distancia entre mi casa y la pequeña escuela, mientras Viviana seguía repicando, unas veces muy cerca y otras veces lejana.

Todavía resuena en mis oídos el chirriar del duro lápiz sobre la menuda pizarra, enmarcada en un recuadro de madera clara.

Eran útiles estas pizarras, ya desaparecidas. Para la práctica de pequeños ejercicios, insuperables. Cada vez que necesitábamos escribir algo nuevo, borrábamos lo que habíamos escrito anteriormente, con toda facilidad, utilizando un pequeño trapo húmedo que pendía de un corto pedazo de hilo.

¿Saben ustedes por qué se suprimieron estas pizarras? Me supongo que para evitar la ruina de los fabricantes de cuadernos. ¡Cuántos pesos en cuadernos nos ahorraríamos los padres de ahora, si se volviera a la práctica de la pizarra! Pero... ¿y la pedagogía?

Todavía recuerdo los recreos en el duro patio soleado. El agua cantarina que sacábamos a pulso del pozo enclavado en la mitad del patio de la escuela. La roldana chirriaba y el balde subía dando tumbos contra las húmedas paredes del pozo, mientras el agua que se iba escapando retornaba al fondo, entonando ese canto peculiar del agua cuando cae hacia el agua.

Particular escuela primaria de nuestros campos. Una sola aula y varios grados en ella, con la misma educacionista.

Primero, segundo, tercero y cuarto. Robustas y rozagantes hijas de colonos que llegaban en bandada sobre la diligente volanta, cuyos caballos permanecían pastando bajo los paraísos –particular regalo del Eufrates lejano– durante varias horas a la espera de que terminado el curso, pasado el mediodía, todos retornarían por el duro camino de tierra a la chacra distante un par de leguas.

Como podemos ver, los caballos también iban a la escuela...

Escuela primaria enclavada en un pueblito de pequeñas casas, enjalbegadas por el sol de aquellos lejanos septiembres. Escuela con álamos altos y apretados, dulcemente temblorosos en aquella fría mañana del 9 de Julio, cuando cantábamos emocionados el Himno que se iba hacia los campos, en las volutas azules de nuestro aliento condensado por la temperatura. ¡Pequeño pueblo de Hernández!

Años después, en una siesta calurosa y pesada del mes de febrero, te volvimos a ver; pero fue tan sólo de paso y sin detenernos, al galope de un ómnibus que te cruzó como una exhalación hacia Paraná. Fue en ese momento, luego de haber pasado Nogoyá y más tarde el pequeño pueblecito judío de Belvedere, cuando a la vista de tus primeras casas que hacía treinta años que no veíamos, se nos empezó a anudar la garganta. Íbamos a cruzarte luego de años de ausencia. ¿Se detendría el ómnibus en Hernández para cargar nafta o cambiar el aceite? ¿No bajaría en nuestro querido Hernández alguno de los pasajeros? ¿No subiría nadie?

Pero el ómnibus no se detuvo para nada y lo cruzó como un relámpago.

No obstante se nos anudó la garganta en un requiebro de llanto contenido cuando divisamos los álamos de la escuela. Estaban mucho más altos y corpulentos, pero sus hojas temblorosas nos saludaron, acaso para siempre.

Frente a nuestros ojos desfilaron, rápidamente, como en una imagen de cine, la iglesia ortodoxa en la que se juntaban varios carros de rusos blancos; la noria del ferrocarril, ahora parada y al cruzar la vía, luego de subir una pequeña cuesta, a unos cincuenta metros más adelante, la casa, la que fuera nuestra morada de adolescente. Se la veía pequeña, vieja, gris y hasta los vitraux del frente, otrora luminosos, estaban apagados y sucios…

¿Estaba muerta la casa?

Muertos nos fuimos nosotros y con los últimos ranchos, tomamos el camino, firmemente y a paso seguro, hacia Aranguren, la próxima estación.

Aquel nudo que nos embargó durante el minuto escaso que demoramos en recorrer nuestro pequeño pueblecito, todavía lo sentimos, prieto y fuerte, oprimiéndonos. Querer rememorar en tan poco tiempo todos los lugares queridos, resultaba imposible, con el agravante que teníamos el tiempo contado para llegar a Rosario, donde un trámite sucesorio, impostergable, debido a lo inexorable de los plazos judiciales, nos esperaba pocas horas después.

Si no hubiera sido así, es cosa segura que el ómnibus se hubiera parado a nuestro requerimiento a fin de que descendiéramos.

No nos hubiera costado trabajo alojarnos por un par de días en la fonda que se hallaba frente a la estación. Ni tampoco volver a juntar las luminosas piedrecillas que se encontraban a los lados de las vías del Ferrocarril Urquiza. Pero no pudo ser.

Ahora, lejos ya, todo aquello nos parece un sueño y es por eso que le rendimos homenaje a ese pequeño pueblecito de casas enjalbegadas por el sol, en el cual descansarán, seguramente, los restos de aquel petiso zaino que mi padre me enseñó a tusar, prolijamente, y de Pomo Sánchez, el amigo cuyos padres llegaron a Buenos Aires sin él, en 1945.

Pomo, a los diez años, se quedó para siempre en el pequeño cementerio.

# Arte audiovisual

—Vos bien sabés que no son pintores ni escultores, ni nada que pueda tener relación con la pintura o la escultura –me dijo Iona.

—Pero entonces ¿qué es lo que persiguen?

—Hacer simplemente cosas –me contestó.

— ¿Cualquier tipo de cosas?

—Cualquier tipo.

—Quiere decir que si yo hago una buena cagada en una escupidera o en una fuente, o en un recipiente cualquiera, estoy haciendo una cosa?

—Indudablemente.

— ¿Y eso es arte?

—Así dicen.

— ¿Pero qué arte?

—Audiovisual.

—Me estás cargando malamente. ¿Cómo arte audiovisual?

— ¿Acaso no lo oís y no lo ves?

—¿Qué es lo que oigo y qué es lo que veo?

—Oís toda una sinfonía de pedos, mientras cagás y luego, si mirás a la vez, ingeniándotelas, irás viendo la humeante y saliente mierda que se va depositando, caprichosamente, al azar, en el fondo inmaculadamente blanco de la escupidera.

—Pero ¿y los demás? ¿Acaso ellos también pueden gozar del espectáculo creativo?

—Pienso que si no fuera así perdería espontaneidad. Te digo más: no sería pura y exclusivamente arte audiovisual; tendríamos que llamarlo audiovisualolfativo. La sensación es tridimensional y muy "sui generis". Olés, escuchás, ves. ¿Qué te parece?

—Pero, ¿y la creación?

—Es libre y a cargo de tu culo. Es él el que caprichosamente, a cada cagada, te irá brindando formas nuevas. Poco a poco irás dominando tu arte. Sabrás los efectos sobre las formas, de cada comida. Aparte de eso, aprenderás a lograr diversos contrastes en la caída, distintos aplastamientos de la materia fecal sobre la loza de la escupidera. Formas en espiral, media espiral, rectas, semicurvas. Podrás ir cortándolas a tu arbitrio, con ligeros y rápidos movimientos del esfínter. Cosa parecida te pasará con los olores. A los pocos meses de práctica tendrás un surtido completo de aromas. Los provocarás adecuando tu régimen. Provolone, habichuelas, mariscos, verduras, salsas condimentadas, zapallo, repollos, etc., etc. Verás como cada día que pasa aumentás tus conocimientos. Igual te ocurrirá con los ruidos variados. Podrás poseer toda la gama de un auténtico virtuoso. Piano, pianissimo, allegro, allegretto, grave, forte, fortissimo, largo…

No pude menos que largar una potente y estruendosa carcajada. Iona se las traía, como siempre. Claro que al fin y al cabo tenía que reconocer que esa forma de hacer arte audiovisualolfativo era una forma como cualquier otra. ¿Acaso se diferenciaba en algo a las cosas que hacía Beltrán o a los aparatos de los Chupeli o a las llamadas pinturas del recientemente promocionado Temístocles Cardiazábal? Ellos también hacían cosas y todos los tipos del instituto. Cuando digo tipos, estoy hablando de bichos y bichas sin excepción.

Pagando el café, salí por Paraguay hacia Florida. Mientras veía pasar a mi lado a miles y miles de hormigas multicolores y estrafalarias seguía pensando en la conversación que pocos minutos antes habíamos sostenido con Iona. No son pintores ni plásticos, me dijo. Son simplemente hacedores de cosas.

Por lo poco que yo sabía en torno a la obra de estos señores, aparentemente no lograban vender nada. ¿Quién de estos burgueses de medio pelo y ejecutivos a la violeta, iba a meter uno de esos aparatos infernales en el living de su residencia? Aparentemente nadie. ¿Acaso vivirían de otra cosa? ¿Eran idealistas? ¿Estaban verdaderamente en algo serio o tan sólo les interesaba la notoriedad, el triunfo fácil y aparentemente masivo, aunque momentáneo y fugaz? Me dispuse a investigarlo a fondo. La táctica más eficiente sería tratando de acercarme a ellos. Primero, lo haría como espectador. Los empezaría a conocer a través de sus obras, de su teatro, de sus entretenimientos. Luego trataría de filtrarme entre sus filas. No hay duda que constituirían un clan más o menos cerrado. ¡Ah, la eterna manía del hombre de segregarse en grupos! Los de boca, los de river, los peronistas, los radicales. Azules, amarillos, violetas, italianos, rusos, norteamericanos, franceses, blancos, amarillos y negros. Diversidad, desunión, fronteras. ¿Cuándo llegaría la gran época del encuentro final? ¿Acaso, no estamos mejor así, separados? ¿Acaso no perderemos todo de la poca libertad que aún nos queda?

El día que todos los hombres seamos iguales en el color –debido a la mezcla y al acortamiento de las distancias– ¿no será el día en el cual habrán logrado los mandamás del mundo, meternos en la computadora?

Pobres de nuestros nietos, ¡felices de nuestros ancestros, los niños de neandertal y taungs! Ellos, al menos, se ocupaban como nosotros en hacer cosas a fin de entretenerse, mientras a cada cosa se les iba achicando el camino entre el nacimento y la muerte, pero gozaban de mayor libertad.

Era la libertad de la criatura recién llegada al mundo, nueva aún como especie. Hoy en día nosotros hemos aprendido ya a coartar nuestra libertad, inventando una serie de cosas que se llaman costumbres, usos, modas, arte, ciencia, literatura y que, al fin y al cabo, no son sino cosas, con las cuales nos engañamos un poco, mientras la que te dije está terminando de cavar la fosa, esperándonos pacientemente.

# Llanto

Lloró como hacía cuarenta años que no lloraba. Lloró como nunca había llorado. Lloró por todos esos miles de millones de hombres que, necesitándolo, se van de la vida sin haber llorado nunca. Ya sea por ignorancia, por falta de tiempo o simplemente por irresponsabilidad.

Toda la angustia existencial de la especie —¿por qué no de las especies?—, contenida en cientos de miles de años de vida lúcida, se volcó a través de las tremendas convulsiones de ese llanto repentino que, sin causas aparentes, lo estaba desnudando en ese momento.

Lloró bajo el manto divino de una hermosa y profunda noche estrellada de mediados de febrero de 1970, en pleno corazón de Buenos Aires, cuando las agujas del reloj andaban muy cerca de las 2 de la madrugada.

El ambiente estaba cálido y propicio para la ensoñación y la quimera; pero el llanto llegó súbito, con la fuerza de un torrente subterráneo que de golpe aflora a la superficie de la tierra.

En la terraza del atelier de Billinghurst y Libertador estaban los dos solos.

Mientras el agobiante tropel del llanto corría convulsivamente, a raudales, ella le acariciaba la cabeza que en ese momento había buscado refugio muy cerca del caliente seno. Lo acariciaba sin demostrar asombro, comprendiéndolo, con esa sagaz intuición del elemento femenino y como si en ese momento estuviera cumpliendo el papel de Madre-Universal de toda la humanidad sufriente. De la que ahora sufría, de la que ayer había sufrido, de la que seguramente habría de sufrir en años venideros.

El llanto amargo, ácido, desgarrante, poderoso, le subía desde lo más recóndito del ser y a través de él sentía cómo lloraban las víctimas de Hiroshima y Nagasaki, las de Vietnam, las recientes y frescas víctimas de su país, las de Biafra y la India, las de Salta y Tucumán y también por la muerte del líder y mártir argentino, el Che. Las de todas las guerras —de las pasadas, presentes y futuras.

Hacía cuarenta años que no lloraba así. Mejor dicho, nunca había llorado así.

Luego de ello sobrevino una inmensa paz interior, pero siempre, cada vez que recordaba el episodio, no sabía como explicarlo; máxime cuando, al llorar de esa forma, sentía como si estuviera llorando, a través de él, toda la humanidad, toda la especie…

# Marxistas y otros

—En el centro de la ciudad, los plásticos de *avanzada* pergenian obras en contra de las matanzas de Vietnam o del bombardeo atómico de Nagasaki –me dijo Iona.

Interrumpiéndolo le dije con cierta picardía:

—Pero ellos se dicen marxistas...

Mientras los ojos le centellaban imprevistamente, Iona dijo descargando un feroz puñetazo sobre la mesa:

—¡Qué van a ser marxistas! Son unos hijos de puta, que buscan el amparo de tal o cual marchand ultramillonario. A sus obras las compran, y ellos lo saben de memoria, los ejecutivos extranjeros que desde hace un tiempo pululan como ratas por la ciudad. Muchos de ellos las llevan cuando regresan, a Estados Unidos de Norteamérica. Vos sabés que es así, ya que te consta que a fulano de tal, que vive despotricando contra los yanquis, le compró todas sus obras, ese gerente llamado Adams Mc Klay. ¡Marxistas a la violeta! ¡Ellos son quienes entregaron, indefenso, al Che Guevara! De nuevo, fraude, ignominia, barro, crimen. ¡Valiente sociedad la nuestra!

Iona tenía razón cuando decía que a esa hora, las cuatro de la madrugada, las hormigas descansaban de los cientos de miles de fechorías y canalladas ejecutadas pocas horas antes.

Mientras tanto los presidentes dormirían velados por gallardos granaderos y al amparo de su sueño, los sátiros de las carcajadas, los criminales de los baños, los degolladores de mujeres solas, andarían trepando muros, escalando ventanas, forzando puertas, hollando lechos ajenos…

También a esa hora, mientras los presidentes duermen velados por gallardos granaderos, tétricos funcionarios de las brigadas especiales andarán trepando muros, escalando ventanas, forzando puertas, violando conciencias de probos ciudadanos que habían cometido el terrible delito de pedir pan y justicia para un mundo mejor.

—Por ventura, ¿vos conocés el caso de un solo ministro detenido, procesado y encarcelado por ladrón?

—Deben ser comunistas Bertrand Russell, Josué de Castro, Scheiwtzer, León XIII, Juan XXIII, los actuales sacerdotes posconciliares… ¡Jesucristo!

Con un resabio de amargura me dije: este Iona es un iluso. Y recordé, no sé si con buena memoria, esa frase atribuida a Bernard Shaw en el sentido de que mientras los hombres no modifiquen su régimen alimenticio y sigan comiendo carne por toneladas –a la manera de los chacales, tigres y leones–, continuarán cometiendo actos de tropelías contra sus semejantes…

Ya la primeras luces brillaban en la cima de los edificios más altos. Un nuevo día empezaba a sentar sus reales sobre la selva de cemento. Las primeras fieras se deslizaban ateridas de frío por las calles heladas, mientras sus colmillos se entrechocaban y sus cerebros maquinaban empresas vandálicas imposibles de reproducir en voz alta. Como joder al prójimo, como meterle una zancadilla al presidente, como pasarse al cuarto a la mujer del amigo…

Cuando el subterráneo nos depositó en Florida y Corrientes, a eso de las nueve de la mañana el hormiguero bullía con todo su esplendor canallesco. Caminando unos pocos metros nos metimos en el café. Alrededor de la mesa estaban los revolucionarios de siempre.

¡Revolucionarios de mierda! solía decir Iona. Allí se alineaban entre otros que solamente aparecían de tarde en tarde, el director-editor de un pasquín político, un jefe de la marina de guerra en situación de retiro, un capitán del ejército, también venido a menos, un jornalero tirabombas, un abogado marxista, un economista español autor de varios libros especializados, un poeta peronista, un ex-combatiente de la Legión Azul, un dirigente gremial sin gremio pero en "vías de reconquistarlo", etc. etc.

¿Cuál de ellos pertenecía a un determinado servicio de informaciones del Estado?

Los rostros impertérritos no dejaban traslucir pensamiento alguno. Sólo sabíamos aquello que cada uno quería decir. Lo demás, como siempre: mentira, traición, acomodo.

Sin embargo, misteriosamente, las cosas que allí se conversaban trascendían y las secciones especiales allanaban inesperadamente el domicilio de tal o cual individuo clave, llevándoselo de las narices a sus cuevas inmundas, en las cuales lo castigaban y picaneaban a mansalva, hasta dejarlo hecho una piltrafa humana.

Los planes subversivos en los que se hallaba metido ese pobre infeliz habían sido comentados días antes de su detención, en ese conciliábulo satánico y rastrero de salvadores de la patria, de marxistas a la violeta, de intelectuales tránsfugas…

¿Quién de ellos trabajaba para el enemigo? La enmarañada red del hormiguero común tornaba muy difícil la empresa.

Desilusionados ante tanta ignominia, decidimos no volver más por ese café. Y así fue.

# Divorcio

Cayó a mi estudio. Se trataba de un simpático italiano de no más de treinta años. El hombre de trabajo le brotaba por todos los poros y su pulcritud de laburante sencillo me hacía recordar a todos esos dignos itálicos que venían llegando desde fines del siglo pasado a nuestras playas.

A instancias mías se sentó, pero se lo notaba incómodo en esa postura que había adoptado casi en la punta del muelle sillón, propicio para apoltronarse. Él venía a contarme *il suo piccolo drama,* como la mayoría de las personas que vienen a iniciar un trámite de divorcio. Sus manos gruesas y callosas caían torpemente como dos enormes pájaros heridos en la mitad de sus piernas.

Rompiendo el hielo, le pregunté cuál era su problema y, angustiado, con la mirada húmeda me dijo:

—*Usté sabe, mi muquer e la terza volta que se me va para Tucumane con lo stesso ufficiale de la polizia…*

Poniéndome en su lugar y a fin de continuar el diálogo, le pregunté si su mujer era tucumana. Me respondió con la voz entrecortada:

—*Tucumana, la elequí de la provincia perché sono ma recatada. Tenemo una nena de do año. Ella se fue e la decó conmigo. Cada volta que se me va, me porta todo lo ahorro de cuatro o cinco mese. Io non aguanto ma e vengo a iniciare il divorzio. Usté comprende, sempre con los stesso ufficiale. ¿Qué opina usté, dottore? Trabaco quince hora per día e yia levanté la casita, que é piccola, ¡ma mia! Cuando poso cuntare alguno peso, se me va para Tucumane perque él e de ayá. Lo do son tucumano.*

Mientras hablaba los transparentes ojos celestes se le llenaban de lágrimas. Se lo notaba juicioso, honrado, correcto. Mientras tanto se sentía la risa diáfana de su hijita que venía de la habitación contigua, donde mi secretaria, mujer al fin, la estaba entreteniendo. Pensé para mis adentros: ¡ladina la tucumana!

Luego de hablar, el pobre hombre había quedado desinflado y daba lástima verlo allí, en un medio extraño para él, una oficina en pleno centro, con empleadas con minifaldas, aire acondicionado, gruesos libros, intercomunicadores, máquinas de escribir y calcular, cuadros, alfombras y ese tipo, con varios años de facultad de Derecho y muchos de tribunal que, sentado frente a frente, lo observaba con los ojos propios de todos o de la mayoría de los abogados.

En eso estoy con Roberto Arlt. Se trata de una fauna casi indeseable, acostumbrada a defender los asuntos más espúreos, siempre codeándose, ya sea con delincuentes comunes en el caso del abogado criminalista o con delincuentes de guante blanco, finos modales y elevados puestos de tal o cual empresa en el caso de los estudios de nota que asesoran a la mayoría de las grandes sociedades extranjeras existentes en el país. El tema da para todo un volumen.

Es gracioso ver cómo esta fauna de individuos con algunos años de facultad y con todo el Derecho en el marote se las arreglan para burlar a la justicia, esquilmar al erario público —eso en compañía de los doctores en ciencias económicas y asesores de réditos—, todo condimentado con gran derroche de dignidad, hombría de bien y mucho alarde de apellidos aristocráticos —si es que los hay en esta ciudad—, de tal manera que siempre existen infinidad de enredos y situaciones enojosas en las cuales ellos se encajan como verdaderos artífices del acomodo y la trapisonda. Y basta ya con los abogados…

Volviendo al itálico, decía que daba lástima verlo viviendo ése su drama común y repetido, el mismo que en dos oportunidades anteriores lo había llevado ante otros abogados sin que nunca se hubiera decidido a iniciar una real demanda de separación de cuerpos y de bienes, la única posible en el país, ya que el vínculo matrimonial sólo se disuelve por la muerte.

Todavía seguimos con la antigua organización tribal de ejército, religión y familia indisoluble, propia de todos los estados en los cuales el privilegio sigue sentando sus reales. No hay divorcio. Lo hubo por un pequeño tiempo –durante Perón–, pero en el preciso momento en que los militares lograron acomodarse en el gobierno allá por 1955, una de las primeras medidas fue derogar la ley de divorcio, me decía Iona días pasados, mientras empezaba a vociferar en contra de lo que él llamaba la sociedad del fraude y el acomodo.

No sé la razón por la cual mientras observaba a mi ocasional cliente, y lo visualizaba levantando su casita, ladrillo tras ladrillo, me recordé de aquel pensamiento de Lugones que dice: "toda luz, todo sonido, todo calor, todo fenómeno olfatorio o gustativo, son trabajos de desintegración de la materia y toda percepción inteligente de esos fenómenos es reintegración de la materia a la energía absoluta". El círculo vicioso que siempre vuelve sobre sí mismo, repetidamente.

Trabajar de sol a sol como un burro, juntar unos cuantos billetes mugrientos, para que su mujer, un día cualquiera y sin aviso, se le fuera con el mismo macho de siempre, dejándolo solo con la nena.

El italiano estaba allí, mudo y tieso, cuando la pequeña asomó su carita sonriente entreabriendo la puerta y luego corrió hacia el padre llevando en sus manitos un pesado libro de Derecho Romano que, a punto de resbalar, fue tomado por su padre con torpeza, como si se tratara de un ladrillo. ¿Qué valían más: las manos rudas y callosas de ese obrero, digno y trabajador, o todas esas leyes mendaces que se escondían en ese enorme volumen de derecho de gentes?

Parándome, dí por terminada la consulta y, al saludarlo, le comuniqué el día y hora de la próxima entrevista, mientras le decía a quemarropa:

—Amigo Schiavo, quedo a sus órdenes, pero créame, estoy seguro que usted no vendrá a iniciar la demanda de divorcio…

No me equivoqué. Tal vez esa misma noche o al día siguiente, la mujer se reintegraba, como la materia lo hacía a la energía absoluta, a su hogar. Y nuestro amigo Schiavo seguiría trabajando como un burro hasta el próximo compartido viaje de su fémina. Será la cuarta o la quinta vez, ¿quién sabe?

Cansado de escuchar tanta historia repetida, ya que había atendido a más de diez clientes en forma continua, despedí a mi secretaria y me dirigí hacia el pequeño atelier de Billinghurst y Libertador, dispuesto a continuar con la compaginación de aquel dichoso libro.

El taxi se abrió paso a duras penas entre un marasmo de colectivos, camiones, ómnibus y demás congéneres. Cuando abrí la puerta del taller, me encontré con una grata sorpresa. Allí estaba, luego de varias semanas de ausencia, mi querida Magda.

Pasamos un largo rato juntos, reconfortados por el encuentro, tanto, que hasta llegué a prender el fuego de la chimenea. Un par de horas después, cuando regresaba ya para mi casa, el quebracho colorado despedía largas lenguas de fuego. Azules, anaranjadas, a veces ligeramente verdes, que subían por el hueco hacia la terraza en crepitante pirotecnia.

Magda se quedó junto al fuego, semidormida, prometiéndome no volver a ausentarse sin aviso previo. Cuando llegué a Las Heras, me encontré con miles de automóviles que, entre las hormigas, huían enloquecidos, sin saber hacia dónde.

¿Ustedes creen que sus conductores sabían hacia dónde iban?

# Maipú y Paraguay

Estaban en ese café de Maipú y Paraguay, discutiendo como siempre, en torno al origen del hombre. Que si venía o no de una sola cepa. Que el propliopitecus, hace cuarenta millones de años, encontrado ahora en el Oligoceno de Fallun, África, fue el primer hominídeo, que patatín y que patatán. Que la diversidad de razas se explicaba, no obstante de provenir de una sola cepa, por el hecho de que el hombre se fue separando en hordas, cuando aún no tenía suficientemente desarrollada la facultad del habla, quedando separado por los agentes atmosféricos más diversos: altas cadenas de montañas, anchurosos mares, selvas tropicales, enormes masas de hielo. Una tribu en el centro del África, en región calurosa y pletórica de vegetación; la otra en la isla de Java; la de más allá en la menos caliente de la península itálica; la otra en los flancos del Himalaya, tan proclives en cobijar durante millones de años a numerosas y cambiantes especies de antropoformos.

Diversas regiones, diversos climas, diversas contingencias. Los unos cazadores hasta nuestros días; los otros, nómades; los de más allá, pastores; unos pocos, viviendo en las inhóspitas regiones árticas, atrapados por el glaciar que insensiblemente avanzó metro a metro durante cincuenta o cien mil años.

Climas distintos durante centenas de millares de años fueron dejando huellas distintas y todo empezó a cambiar y a diferenciarse, dando origen a las diversas lenguas y dialectos.

Piel negra y gruesa de quien vive casi permanentemente en contacto con los factores climáticos propios de la zona tórrida: aire caliente, sol de fuego, espinas y zarzas. Piel blanca y suave producida por el largo contacto con las glaciaciones frías que lo obligaron a protegerse con pieles y a guarecerse por largos períodos en las cavernas, donde la mente a través de grandes espacios de tiempo, en relación con otras mentes, fue cultivándose poco a poco, durante los interminables inviernos del principio del villafranquense.

Ahí tenés explicadas a grandes rasgos la diversidad de razas, de culturas, de lenguas, de capacidades psíquicas –dije.

—¿Y ahora qué pasará?

—La operación inversa. Conquistada la tierra, rebosante de miles de millones de hombres –al principio eran tan sólo unos cuantos miles–, volvemos a toparnos cara a cara volteando por imperio del número todas las vallas y fronteras que intentan ser levantadas para evitar la unión final. Ya no podremos separarnos más. Será imposible. Cuatro mil millones ahora, diez mil millones dentro de cincuenta o setenta años, quince mil millones pasada la mitad del próximo siglo. Nos tocaremos codo con codo. Aprenderemos una misma lengua para poder entendernos.

Es por eso que muchos sectores, temerosos de que unidos podamos terminar con todo lo que nos divide para provecho de unos pocos, hablan de control de la natalidad y hasta tratan de propiciarla en aquellas regiones en las cuales la explosión demográfica es más intensa, como en el Brasil, por ejemplo, donde a espaldas del gobierno central, ciertos grupos de norteamericanos difunden la famosa pildorita que tornaba inócuas las uniones de macho y hembra. [15]

El cuento de la falta de víveres es ya viejo. La naturaleza se desarrolla en forma armónica en todos sus sectores o campos. La ciencia está en condiciones de crear alimentos sintéticos, con fuerte contenido vi-

---

15    Hoy, en el 2003, exterminan despiadadamente a tribus de aborígenes que viven en plena selva. *(N. del A.)*

tamínico y, por otra parte, los mares, tres veces más extensos que las tierras, albergan alimentos propicios para alimentar a varias decenas de miles de millones de hombres.

No le temen pues a la falta de alimentos. Le temen a la unión del hombre para siempre. Adiós a las guerras y a los círculos armamentistas que viven a sus costillas. El hombre, terminará por ser uno sólo y eso podrá ser *su salvación o su pérdida,* según logre rescatar los valores del espíritu y de su propia individualidad o según caiga en el *colectivismo y la mecanización más cerrada.*

—¿Quiere decir que ahora no somos nada más que hominídeos que pululan de aquí para allá, cargados de egoísmos y vanidades? –me dijeron.

—Pedazos de carne ávida de carne. Pobres bolos fecales, destinatarios de esas letrinas blancas que llaman sepulcros.

—No tenés necesidad de decirlo –me respondieron– ya que provocás sentimientos encontrados y muchos se separarán de tí, pues no están preparados para escucharte o, si lo están, no les conviene hacerlo. Prefieren otras cosas. Hablales de las minifaldas, del casino de Mar del Plata, de las playa de Punta del Este, del último modelo de Torino, de las conferencias de tal o cual hormigón, del casamiento de Jacqueline, del negociado miles de veces millonario de tal o cual doctor, de las novelas intrascendentes y difíciles que nada dicen, de las locuras del plástico de moda, de los devaneos de la *donna é móbile,* de la cotización del dólar…

—Esas son todas pamplinas, entromiscuidades y distrúficas posturas –contesté. Eso es bla, bla, o bli, bli y yo me quedo con Tato Bores, con Piluso, con Pepe Biondi. Y sino preguntáselo al *general González* y verás que piensa como yo.

A los puntos hay que decirles la verdad, como aquello de "mano a mano hemos quedado, no me importa lo que has hecho, lo que hacés o lo que harás", y que es hora ya que paren un poco y se bajen de los millones de automóviles que minuto a minuto los transportan como locos de aquí para allá sin saber adónde, para de improviso y como corolario de sus vidas de mierda, terminar carcomidos por un cáncer perro que se los lleva inexorablemente a la Chacarita.

Viven mal che. Son unos pobres infelices y se engañan porque un par de vivos sobre el mundo lo llama ejecutivos, directores de empresas, dirigentes…

No hablemos pues del pobre asalariado. Imaginate el director de una gran empresa que gana centenares de miles de pesos diarios y tiene cuatro o cinco mansiones en distintas partes del mundo, incluyendo Bariloche, París, Nueva York, Londres y etc., etc. El pobre diablo yuga como un esclavo hasta quince horas diarias, no obstante que vos me digas que tiene aire acondicionado, come caviar y faisán y se encama con una secretaria digna del Premio Nobel de Belleza. Eso no importa. Sigue siendo un pobre diablo que el capital engorda, como engordamos durante meses al pavo que previamente emborrachamos con coñac, aún vivo, y habremos de sacrificar para deglutirlo en las próximas fiestas navideñas. Fijate que el punto de marras va y viene sin cesar. Desde Nueva York a Buenos Aires, desde Buenos Aires a París, desde París al Japón. Lleno de problemas intenta olvidarlos pescando truchas en La Angostura, lugar de ensueño, o esquiando en Suiza o –dichoso él aunque después crepe– acostándose con lo más granado de la prostitución pentalingüe que hoy en día existe a punto para los empresarios.

Pese a todo ello habrá de terminar como los demás esclavos gordos que lo precedieron: víctimas de un cáncer perro o de un súbito y salvador infarto.

¿A vos te parece que ese es el destino del hombre? ¿Acaso esa es la función inteligente que todo el larguísimo proceso evolutivo nos tenía preservada? ¿O será, por el contrario, que ante la evidencia de tanto signo negativo empezamos a darnos cuenta que hemos equivocado el camino y que la plusvalía y el gran capital, con todos sus peligros y asechanzas nos tienen atrapados en sus garras inexorables.

*

El mozo hispánico nos miraba con bronca. Habíamos tomado un solo café desde hacía dos horas y seguíamos ocupando la mesa. *"Valiente ganancia con esta manga de turros intelectuales"* habrá pensado.

En la mesa que estaba a poco más de un metro de nosotros chupaba una gaseosa una párvula de apenas diez y ocho años y se le veía de lleno, pues estaba frente a mí, el hermoso Monte de Venus, tapado por una ligera tanga blanca, mientras a la dueña le importaba un bledo si le veían o no el Monte de Venus, ya que de todos modos todas lo mostraban. Desde Jacqueline a María Aurelia y desde los quince a los sesenta años, porque no menos debería tener esa todavía linda mujer que, en una boutique de zapatos ubicada en Alvear, entre Ayacucho y Callao, muy próxima a la esquina de esta última avenida, tuvo la gentileza mientras yo discurría por la vidriera, de hacerme saber que su color preferido de bombacha era el blanco y que ese color contrastaba muy bien con la parte superior de los muslos, recién tostados en Punta del Este. La miré. Me miró con sus grandes ojos celestes —el celeste también queda bien con el tostado subido de la cara— y siguió ofreciéndome, gratis, la cálida muestra de su anatomía pubiana. Creo haberme sonrojado un poco, pues la referida señora se parecía en algo a mi madre, y no estoy todavía desprejuiciado suficientemente como para sobrellevar sin alteraciones epidérmicas faciales, semejantes muestras de naturalidad.

Volviendo a nuestro café con su mozo hispánico que denostaba contra todos los intelectuales con o sin barba —a ese negocio concurrían muchos de estos últimos—, recordé en ese momento que se acabaron ya los cafés con esas mesas de madera gruesa y grasosa, color caoba oscuro, tachonada de cicatrices analfabéticas, tales como: P.V., UCRP, P.O.M., J.O.C., P.S.A., P.P., VIVA BOCA, ABAJO RIVER, un corazón con las iniciales MG y AZ, etc. Ahora, la fórmica pulcra y brillante invitaba a otros escarceos literarios. En la mesa contigua, un tipo intentaba leer el último libro de Cortázar *62 modelo para armar*.

Estaba como me había pasado días atrás, enredado con Hélène, Juan, las famas y los cronopios.

# La Cruz

Recuerdo la escena perfectamente. Había galopado en el hermoso doradillo durante más de quince minutos en esa zona de la provincia de Entre Ríos caracterizada por las grandes lomas y las profundas hondonadas.

Quería hacer el recorrido a caballo para rememorar lejanas épocas de mi niñez.

Por fin, luego de remontar una gran cuchilla, llegamos al borde del cementerio y las pequeñas cruces, algunas blancas, otras con el color característico de la herrumbe y de los años, se sucedían asimétricamente durante unos cincuenta metros. En el fondo, algunos adustos panteones de cemento, grises, aburridos, eternamente reclinados sobre el campo pajizo, se recortaban sobre el cielo apenas celeste.

El doradillo, mi única compañía, piafó con desconfianza dos o tres veces.

Desde donde estábamos la cruz se destacaba nítidamente. Sobresalía apenas de un matorral de paja brava, muy abundante en esa zona y alcanzaba a divisar su brazo horizontal y gran parte del vertical que se perdía entre los yuyos altos rumbo a la tierra. La tumba apenas si se adivinaba a los pies de aquella pequeña cruz de hierro negro. Ni una flor, ni la sombra de un recuerdo; sólo la marca del sol en los feroces veranos y la huella del invierno en las gélidas mañanas de junio.

¿Cuántos años habían pasado? Una fecha grabada en números de hojalata, 1932, nos indicaba que veinte. ¿Cuántos años hacía que los padres no venían a visitarlo? ¿Acaso se habrían muerto? ¿Habrían emigrado allá por 1945, como tanta gente del interior, rumbo a la Capital traicionera y asfixiante?

El aluvión de *cabecitas negras,* dicho con cariño, llenando la ciudad desde el '45 hasta bien entrado el '55, podría haberlos llevado a ellos también. Diez años de éxodo. Jubilaciones, divorcio [16], salario familiar, vacaciones pagas y reales, despido, aguinaldo, colonias de vacaciones, baños, agua corriente, calefacción, sufragio, jabón, zapatos nuevos, trajes enterizos y no rejuntados, corbatas, camisas, palitos ortegas, gemelos, juguetes para reyes.

Demagogia, demagogia, demagogia, demagogia, demagogia; ilusión, ilusión, ilusión, ilusión; estómago lleno, estómago lleno, lleno, lleno, lleno, lleno. Dormirse con el estómago lleno y bajo techo. Tener agua, agua, agua, agua; agua en la Argentina; dormirse, dormirse; tranquilo, tranquilo, tranquilo, tranquilo, tranquilo; demagogia, demagogia, demagogia. Éxodo, éxodo, éxodo; Tucumán, Tucumán, Tucumán; Corrientes, Corrientes, Corrientes, Corrientes; Córdoba, Córdoba, Córdoba, Córdoba, Córdoba; La Rioja, La Rioja, La Rioja, La Rioja, La Rioja; Catamarca, Catamarca, Catamarca, Catamarca; San Juan, San Juan, San Juan, San Juan, y las demás, las demás, las demás, las demás…

Libros gratis, libros gratis, libros gratis; demagogia, demagogia, demagogia.

Tal vez los padres de Pomo Sánchez se hubieran ido de Hernández unos trece años después de su muerte, es decir allá por 1945.

Crisis, crisis, crisis; mil novecientos sesenta y ocho, ocho, ocho, ocho, ocho. Nuevamente estómago vacío, vacío, vacío, vacío, vacío. Austeridad, austeridad, austeridad, austeridad. Peso fuerte, peso fuerte, peso fuerte. Estómago vacío, estómago vacío.

---

16    En la primera etapa del peronismo, se promulgó el divorcio vincular que, años después, el golpe de Aramburu suprimió.

Y se fueron todos dejando las cruces para siempre solas, allí en medio del campo, en Entre Ríos, Catamarca, Corrientes, Santa Fe, Tucumán, La Rioja y las demás… y en las demás también. Cruces en las hondonadas junto a las cuchillas; cruces en la pampa lisa; cruces en la quebradita del norte; cruces junto a los grandes ríos; cruces pequeñas de los altos valles. Solas, negras, herrumbadas, con una fecha escrita en números de hojalata: 1932.

Cuando te fuiste para siempre tenías 10 años. Diez años como yo. Eras mi mejor amigo. Fue una pulmonía doble y en ese entonces se trataba de una enfermedad la mayoría de las veces mortal. Alcancé a ver como te sacaban rumbo al cementerio en una mañana suavemente cálida de fines de septiembre, cuando el aire nos llenaba de pequeños panaderitos y llegaba hasta nosotros el dulce parlotear de la calandria. Millones de mariposas blancas y amarillas correteaban por los alfalfares y algunos campos de lino se vestían de violeta azulado, mientras un coro de pequeñas campanas te acompañaban por algunos minutos.

El viento jugaba con la ropa blanca tendida en los fondos de tu casa y desde ese entonces y por unos cuantos meses yo no tuve con quién jugar.

Solía entretenerme contando las piedrecillas del camino, al lado de las vías paralelas del Ferrocarril Urquiza, camino de la escuela. También pasaba el tiempo cavando las galerías subterráneas de esas avispas amarillas y negras, cazadoras de arañas o perseguía durante la mediasiesta veraniega a los veloces y ágiles teyuses [16] que dejaban en el polvo del camino la marca de su cuerpo alargado.

•

El teyú, hierático, verde esmeralda, parecía labrado sobre una piedra reluciente y estaba estático, con su cabecita romboidea lijeramente levantada vuelta hacia mí, mientras me miraba fijamente. El pechito pegado al suelo latía acompasadamente con los pequeños movimientos de su corazón, muy rudimentario en esos animales, y su cola, cilíndrica y alargada como la de todos los lagartos, se perdía detrás de una mata, al pie de una cruz.

De un salto, rápido y seguro, desmonté, y mientras pasaba las rien-

16   *Teyú*: lagartija en guaraní.

das por sobre la cabeza del animal, las até con solvencia en uno de los alambres tirantes. Arrancando algunas margaritas silvestres me llené las manos de campo y con toda unción, las dejé sobre el pasto reseco y calcinado de la tumba, sabiendo que ya nunca más habría de volver.

Mi estadía en la estancia había sido circunstancial y por otra parte, imprevista. Sus antiguos dueños, amigos nuestros, la habían vendido hacía ya más de diez años y un compañero con quien conversaba el día anterior en Maipú y Paraguay me dijo que se iba por dos días a Entre Ríos.

—¿A qué parte de Entre Ríos te vas? –le dije.

—A Hernández –me contestó.

—¿A Hernández? ¿Vas solo?

—Así es.

—Bueno, mirá, si no tenés inconveniente, me voy con vos –le dije.

Y allí me tenían, luego de tantos años, parado frente a la tumba de aquel pequeño amiguito de la infancia.

Sin querer recordé aquel pequeño poema que decía:

> *El campo de Entre Ríos profundamente verde.*
> *Cuchillas, lomas, ríos, álamos y fragancia,*
> *y tras el horizonte que a lo lejos se pierde,*
> *un niño que se azula de tiempo y de distancias…* [17]

Desandando los pocos pasos que me separaban del alamabrado, volví a montar y, por una fracción de segundo, a la vez que el animal volvía grupas casi violentamente dispuesto a retomar el galope, mis ojos se detuvieron en la pequeña cruz de hierro.

Mientras el animal lo hacía seguro, a grandes brazadas fuimos dejando atrás el tajamar [18] ligeramente ondulado por el viento, donde un biguá se iba rápidamente rozando las aguas.

Los eucaliptus de la estancia comenzaron a ser menos azules mientras venían a nuestro encuentro y pude darme cuenta que ya no estaba más esa gran lechiguana [19] que solía entreverse entre las ramas altas del ombú casi pegado a la tranquera.

Mi amigo me esperaba con el motor en marcha. Apenas si había demorado treinta minutos en ir y volver desde el casco hasta el cementerio.

Al paisano le devolví el doradillo. No quiso aceptar unos pocos pe-

---

177  Del libro de poemas del autor *El Libro de la Noche y Otros Cantares*, 1949.

18  *Tajamar*: en la Mesopotamia se llama así a las lagunas.

19  *Lechiguana*: colmena de avispas silvestres, globular, de gran tamaño.

sos de propina…

Algunas horas después, volví a caminar por la calle de Las Artes, próximo a Maipú y Paraguay.

Mientras me alejaba por Paraguay, tomando Maipú, llegué hasta Córdoba y me metí en una exposición de pintura. Era la misma cruz pequeña y negra. Debajo de la firma del autor se leía la fecha: 1932.

# Amor, amor, amor

En la clase de antropología, Mabel se estaba durmiendo lentamente. Sin embargo, sobreponiéndose, seguía borroneando cuartillas mientras el profesor les explicaba en apretada síntesis, la lección del día:

"Los fósiles más antiguos, especialmente vegetales, de los cuales aún hoy aparecen restos; vivieron hace más de dos mil millones de años. De allí en adelante los seres comenzaron a adoptar formas cada vez más complejas, hasta desembocar en los mamíferos…".

Cansada, sintió que sus ojos se cerraban…, la voz del profesor se hacía progresivamente más lejana. No supo cuanto tiempo pudo haber estado así, pero debieron haber pasado algunos cientos de millones de años, desde que ahora, el maestro decía: "hace cuarenta millones de años vivió en Fayum, Egipto, un primate generalizado con rasgos comunes a los primeros hominídeos y antropoides. Se trataba del Propliopithecus, primate de pequeña talla con sus caninos cortos y…", ¡vuelta a dormirse!

Durante los minutos que estuvo en ese estado, alcanzó a soñar que se deslizaba por el fondo de los océanos cámbricos bajo la forma de un raro organismo unicelular. Estaba en ésas cuando apareció una especie de pulpo que la arrinconó y cuando ya la deglutía, despertó con un alarido feroz, provocando un singular revuelo en toda la clase, mientras el profesor, calándose los anteojos, la observaba duramente, sin decir nada.

Luego continuó con voz monótona: "J. Hürzeler, confirmó que el presunto simio encontrado en Monte Bamboli, Italia y que había vivido hace doce millones de años, era un hominídeo…".

Como le resultaba imposible seguir luchando con el sueño, pidió permiso y se fue de la clase con la cola entre las piernas, mientras el paleontólogo le echaba –así le pareció a ella– una furtiva mirada de lástima y pena.

Una vez en la calle sintió que el sueño se le había pasado como por encanto y resueltamente se dirigió a la habitación de Iona.

Sin llamar, abrió la puerta. Allí estaba su amigo, desnudo, caminando de un lugar a otro de la habitación, con un grueso volumen del antropólogo francés Pivetau entre sus manos.

Al verla llegar se le iluminaron los ojos de alegría, estrechándola en un largo abrazo. Así estuvieron durante varios minutos hasta que ella empezó a sentir calor y con la ayuda de Iona fue despojándose lentamente de toda su vestimenta. Fueron a dar, como en otras ocasiones, al camastro viejo y gritón, donde luego de poseerse casi tres veces, se quedaron tirados, estáticos, durante largo rato, fumando interminablemente.

Mabel le contó el episodio de su dormida en clase y Iona la reprendió vivamente, haciéndole notar que se había perdido una lección magistral del profesor Claude Maurice, gran amigo suyo, advirtiéndole que fuera la última vez que concurría en tales condiciones a escucharlo.

Bien pronto olvidaron el incidente y Mabel, como Dios la trajo al mundo, empezó a traerle innumerables mates a Iona, no sin antes jugar nuevamente haciendo que el camastro se quejara de continuo.

Empezaron a vestirse con el propósito de concurrir un rato al café de Paraguay y Maipú.

Cuando salieron a la calle, las primeras luces se habían encendido y una ligera brisa se columpiaba en los árboles de plaza Libertad. Tomados de la mano, como dos chicos, se amaban en ese singular juego del amor, que lo ha hecho imperecedero desde los pitecantropus hasta nosotros. Iona y Mabel se amaban libremente. ¿Cuánto tiempo duraría su amor? ¿Un mes, dos años, toda una vida? No les importaba, ya que ellos eran auténticos como la naturaleza.

Cuando llegaron al café los estábamos esperando con Ricardo. Mabel, más hermosa que nunca, se sentó a mi lado. Yo sentía correr su sangre joven en alocada carrera. Cuando me miró fijamente, me sumergí de un solo golpe en las profundidades más recónditas de su alma. No creo que ella lo haya notado, pero sin embargo, yo era muy feliz, así, estando simplemente a su lado.

•

Fuimos al Hipódromo de Palermo. Era un sábado radiante de sol. Promediaba ya el verano. Las cercanías de Avenida del Libertador bullían de gente de toda laya, que en apretados racimos convergían como ganado hacia los inmensos portones del *paddock* y de las populares.

Pobres y ricos, burgueses y malandras, hombres y mujeres. Toda el hampa de Buenos Aires, pugnaba por entrar. La ciudad había abierto sus cloacas pestilentes.

Luego de sacar entradas para el paddock, nos introdujimos en él. Había terminado la 3a. y a duras penas lográbamos avanzar a través de la prieta multitud. Todo el mundo corría desesperado de aquí para allá, mientras miles de rostros sudorosos y contrariados reflejaban claramente la suerte que a sus dueños le había tocado en las pasadas carreras.

Miles de hormigas, jóvenes y viejas, mal y bien vestidas, corrían hacia las ventanillas a fin de apostar al caballo que luego de un largo estudio, habían elegido.

Entre el maremágnum humano, vociferantes individuos con pinta de verduleros ambulantes gritaban a voz en cuello: *¡a seteciento vale vendo, a seteciento vale vendo! ¡A seiscciento cincuenta vale vendo! ¡A seisciento cincuenta vale vendo!* Eran los revendedores de vales. Corría 1968. Una viejecita de casi setenta años, totalmente vestida de negro y como escapada de un catálogo de principios de siglo, estudiaba La Fija –revista de turf–, mientras lentamente se dirigía a la ventanilla del número 9. Cuando llegó, había antes que ella una heterogénea cola de casi veinte personas. Pacientemente esperó, mientras comentaba con un ocasional compañero de plantón, las posibilidades del caballo elegido, con un conocimiento de datos, tiempos, pedigrees y performances, dignos de un profesor universitario.

Al grito de café, café; empanada caliente; vale vendo; avanzaban por entre la gente los vociferentes de turno.

A pocos pasos nuestros un muchachito de unos 20 años, vestido a la moda, con pullover rojo y zapatos de gamuza beiges, comentaba en rueda de amigos ocasionales, la mala suerte que había tenido en la carrera anterior, mientras con rabia arrojaba contra el suelo un talonario de 100 vales, que a 200 por vale, significaban $ 20.000 quemados. Se veía que el papá era quién salvaba la plata.

Poco a poco y con verdadero trabajo, nos fuimos abriendo paso hacia las tribunas. Después de caminar algunos pasos llegamos frente a una serie de grandes pizarras, donde se anotaban los resultados de las carreras del Hipódromo de La Plata.

Un nutrido grupo de burreros se apiñaba a su alrededor y como si se hubieran conocido desde toda una vida, comentaban animadamente tal o cual circunstancia, tratando de adivinarse mutuamente alguna confidencia, dato o desliz sobre determinado matungo.

Seguimos andando y al pasar por el picadero –lugar donde los peones pasean a los pingos–, nos detuvimos algunos minutos. En torno de la pequeña pista ovoide, se apiñaban numerosos curiosos. Se trataba de la fauna formada por quienes trataban de adivinar el resultado, mirando los menores movimientos de los caballos. Ni el más pequeño detalle lograba escapárseles y estaban pendientes de la respiración del animal, más o menos agitada; si podía haber sido pichicateado –drogado–; si tenía las manos y las patas sanas; si lucía alegre o triste, etc., etc.

Muchas veces me he detenido a observar tales detalles y considero que no se saca nada en limpio. Me he encontrado con caballos que parecían dormirse, deslucidos, todos remendados, que luego, al levantarse las cintas, tomaban la punta para no largarla más y, por el contrario, me he topado con pingos brillantes, nerviosos, ágiles, llenos al parecer de energías, que llegaban al disco últimos, a más de cincuenta metros de distancia del primero…

Seguíamos caminando. De vez en cuando surgía de entre la multitud la inconfundible figura de "un docto", con sus infaltables catalejos en ristre y con un aire de sabelotodo impresionante.

Algunas jóvenes mujeres, la mayoría de ellas con pinta de bataclanas, mostraban hasta el apellido. Pintarrajeadas hasta el culo, chupaban abundantes raciones de whisky y consumían larguísimos y muy delgados cigarrillos americanos con filtro, mientras sus bacanes jugaban enormes montones de lucas, provenientes de vaya a saber que negocio al margen de la ley, del tipo de los de Simún.

A pocos pasos marchaba la misma parejita de adolescentes sucios y mal entrasados que encontráramos días pasados. Ella seguía mal vestida y mugrienta y el pantalón de él mostraba claramente las huellas del elástico de la cama. No obstante él se iba guardando en el bolsillo izquierdo un grueso fajo de boletos. Se perdieron a la vuelta de una de las tribunas y durante esa tarde no los volvimos a ver.

Al fin llegamos a las graderías que estaban bastante ocupadas, ya que la multitud empezaba a retornar de las ventanillas subiendo pacientemente los peldaños de cemento, rumbo a tal o cual banco de madera[20] que, como se sabe, son parecidos a los de las plazas, pero de unos siete metros de largo, fijos al suelo por medio de tornilllos aprisionados en el cemento. Poco a poco y a medida que las tribunas iban colmándose, aumentaba el murmullo que in crescendo empezaba a inundar todos los lugares, como si estuviéramos en medio de una colmena zumbadora y parlanchina.

A nuestra derecha los caballos con sus respectivas montas iban saliendo cansinamente y en forma desgranada hacia las cintas. Algunos de ellos, en veloz galope se perdían por el codo hasta el palo de los 1.400 metros. *Era lo mejor del espectáculo.* Pido perdón a los burreros por el sacrilegio.

Las chaquetillas de los jockeys llenaban la tarde de oro con brillantes reflejos rojos, azules, amarillos, violetas, verdes, naranjas, como si fueran una pintura de caballos de Toulouse Lautrec, el gran plástico impresionista de fines del mil ochocientos.

Un súbito murmullo, casi como un pequeño alarido colectivo bro-

20  Sucede en 1968.

tó de miles de gargantas, indicándome que se estaban colocando las apuestas en las enormes pizarras que se levantaban, frente a nosotros, pista de por medio.

Las pizarras iban levantándose en forma perpendicular, como si fueran surgiendo desde el suelo. A la derecha del nombre del jockey y del número de cada caballo, se colocaba el total de boletos que se le habían apostado, para lo cual, los empleados encargados de ello, con gran habilidad y rapidez, daban vuelta unas chapas cuadradas, de fondo negro, con números blancos.

Había animales que apenas si juntaban trescientos mil boletos, mientras otros, sobrepasaban holgadamente el millón y medio.

Una vez que se hubo escrito la boleteada del último de los pingos inscriptos para esa carrera, se procedió a sumar al pie el total de los boletos, llegando a la cifra de ocho millones, es decir que en esa carrera se habían jugado la friolera de diez y seis millones de pesos, sin computar todos los boletos que los banqueros del juego sostenían a lo largo de toda la república, ni los que se jugaban en todos los bares, confiterías y demás antros de la ciudad y del llamado Gran Buenos Aires. Fácilmente, para esa carrera, el país había quemado más de veinticinco millones de pesos. Eran cosas del hipódromo, muy comunes por cierto, hasta en Rusia…

La campana y la bandera roja en alto nos indicaban que la carrera podía largarse en cualquier momento.

A lo lejos, en el palo de los 1.400 metros los caballos tardaban en agruparse en una sola línea. Los nerviosos, que nunca faltaban, entraban y salían de las cintas en pequeñas cabriolas y semicírculos, mientras la gente comenzaba a impacientarse… Bien pronto, los espectadores más inquietos comenzaron a levantarse de sus asientos, parándose sobre el respaldo. Tuvimos que imitarlos, de mala gana por cierto, a fin de no quedar tapados por las filas que estaban delante.

Los más *léidos* comentaban el nombre de los caballos que salían y entraban molestando a los demás. Siempre me había maravillado cómo podían distinguirlos a tamaña distancia y sin catalejos, pero nunca se equivocaban.

De improviso, un alarido unánime, seco y corto, nos indicó que la carrera se había largado. Parecía que el mundo se venía abajo.

Estábamos los tres parados en el banco: Iona, Mabel y yo. En ese preciso instante sentí que Mabel apoyaba todo su cuerpo caliente sobre el mío, desde la cabeza soñadora, pasando por los flancos prietos y deteniéndose en las pantorrillas. Estaba totalmente reclinada sobre mí y yo no sabía qué hacer, con Iona a pocos centímetros.

En un instante, y mientras la gente gritaba a su jockey favorito, recordé la intensa amistad que nos unía con Iona a través de tantos años de estudios. Pero ella estaba allí y era como un fresco ramo de alhucemas. Instintivamente, la tomé de un brazo y alcancé a besarla en el pelo. Luego, temblando como un niño, me separé unos cuantos centímetros y rojo hasta la punta del pelo, traté de ver la carrera, sin lograrlo.

A través de los parlantes alcanzaba a escuchar confusamente la voz del relator oficial que, identificándolos por los números, iba dando la ubicación de cada animal y, por consiguiente, la marcha de la carrera. Cuando los animales llegaron al codo final, la multitud comenzó a rugir desaforadamente alentando a su favorito. En las carreras se grita el nombre del jockey, no el del caballo. Con el brazo en alto, generalmente el derecho y el puño cerrado, con el gesto casi hosco y a voz en cuello, gritaban hasta desgañitarse: Sauro viejo nomás… Torres viejo nomás… Jara viejo nomás…

Iona gritaba a Sauro. Un pingo cualquiera, que durante toda la competencia había venido corriendo en punta, fue rebasado por tres o cuatro que pugnaban por adelantarse definitivamente hacia el disco, distante todavía unos mil metros. El alarido de la gente se hizo aún más abrumador. En ese entonces, los caballos empezaban a tomar el último codo.

Iona estaba fuera de sí. Su caballo insinuábase con gran vigor entre los punteros, mientras él se debatía gritando como un condenado. Mabel, recostándose sobre mí, me metió toda la rumorosa seda de sus cabellos en el rostro. Alcancé a morderle desesperado el cuello, muy cerca de la oreja derecha. Luego de ello, la separé suavemente, como diciéndole que ese no era el lugar indicado.

La carrera había perdido toda significación para mí, pero confundido y cansado, como si hubiera estado corriendo durante toda la tarde, permanecí agobiado entre toda esa gente que gritaba más y más.

Dos caballos se habían desprendido del grueso del pelotón y entre el griterío de miles de personas, cruzaron el disco, apareados, mientras sus jockeys descargaban sobre ellos una montaña de *palos,* incitándolos a correr más.

No se sabía quién había ganado de los dos y era necesario esperar el resultado de la foto mecánica que, revelada en pocos minutos, reflejaría con exactitud y al milímetro, la posición de los caballos. Los fanáticos de cada uno de los dos caballos, no obstante haber finalizado la carrera, continuaban gritando a voz en cuello el nombre de los respectivos jockeys. Unos vivaban a Sauro, el número tres; los otros a Jara, el número 5.

Como surgidos por milagro de entre la multitud, diversos individuos ofrecían en venta, boletos del 3 o del 5. Mil del 3 vendo, o quinientos del 5 vendo. Mientras tanto, la discusiones iban en aumento y toda la multitud gritaba y gesticulaba, creyendo poseer el nombre del ganador. Que el cinco ganó por un hocico y que el tres alcanzó a pisar primero y que esto y que lo otro.

La bandera verde, a unos cincuenta metros de distancia, estaba indicando que las autoridades juzgaban necesario apelar al recurso de la mentada foto, para dilucidar el resultado.

De pronto cesaron los gritos y un silencio, frío y tenso, paralizó a la multitud, ya que se iba a conocer el fallo oficial. Junto a la bandera verde que fue arriada unos dos metros, se empezaron a colocar verticalmente, uno sobre otro, los números de los caballos. El ganador debía ser colocado al tope y debajo de él y en orden, irían los demás caballos, según hubieran llegado en segundo, tercero, cuarto o quinto lugar.

Un rugido de alegría llenó el ambiente. Pero fue un rugido de parte del público. Se trataba de quienes habían jugado al tres que gallardamente apareció colocado por sobre todos los demás. Después vinieron el 5, el 4, el 1 y último el 8.

El grito de Sauro viejo nomás se siguió escuchando durante varios minutos.

Gran cantidad de público, en silencio, empezó a bajar nuevamente hacia las ventanillas de la próxima carrera, mientras miles de boletos rotos eran arrastrados por el viento. Iona no podía disimular su alegría y nos abrazaba de una sola vez a Mabel y a mí. Había jugado quinientos boletos y cada boleto se cotizaba a nueve pesos con ochenta centavos, es decir que había ganado 4.900 pesos.

Decidimos irnos. Los demás prosiguieron el ritmo acompasado y uniforme, es decir, romper después de cada carrera los boletos, bajar las escaleras rumbo a las ventanillas, volver a subirlas, esperar, gritar, bajar, jugar, romper, gritar, sufrir… Sauro viejo nomás… Jara viejo nomás… Leguizamo viejo nomás… En el hogar de cada uno de ellos, la mujer esperaría pacientemente, como todos los días de carrera, sin un mango, con las cuentas de la luz y el gas, impagas y con un juicio de desalojo inminente.

Antes de salir nos detuvimos a ver cómo bañaban a los caballos de la última carrera. Cada peón lo hacía solícitamente y casi con cariño. Empezaban tomando al animal de la brida, muy corta, con la mano izquierda, mientras con la derecha empuñaban grandes mangueras con las que le arrojaban por todo el cuerpo sudoroso, grandes chorros de agua. Siempre se bañaba así a los que acababan de correr. Primero el chorro grueso y brillante era dirigido a los testículos[21] prietos y negros, luego a los flancos transpirados y brillantes, posteriormente a la cabeza. El animal, pugnaba por tomar agua, pero en un primer momento se la retaceaban. Cuando lo habían bañado profusamente, le introducían la manguera en la boca, cual si fuera un inmenso biberón y entonces daba gusto ver como el pingo, con fruición, comenzaba a ingerir enormes tragos de agua, que pasaban acompasadamente por el garguero, abultándolo rítmicamente.

Los tres, con Mabel en el medio, nos fuimos entre la gente camino de la salida, pisando infinidad de boletos multicolores, cientos de trozos de revistas de turf y miles de puchos y vasitos de café.

Mientras íbamos caminando, yo le llevaba a Mabel, de vez en cuando, tomado el dedo meñique, casi imperceptiblemente, con la punta del índice y del pulgar. Ella, a manera de despedida, me clavaba profusamente la uña pequeña en la primera falange.

Antes de salir, me dí vuelta y en el fondo alcancé a divisar las empalizadas blancas y circulares de las pistas, los árboles glaucos, muellemente mecidos por el viento, las chaquetillas verdes, rojas, amarillas, violetas, que nuevamente se dirigían hacia las cintas para correr la 5a. carrera.

21  A los caballos de carrera no se los castra. *(N. del A.)*

En lo alto de las tribunas enjalbegadas de sol, la multitud rumorosa, multicolor, seguía conversando en un inmenso murmullo.

Una vez en la puerta nos separamos. Iona se fue muy contento, llevándola a Mabel tomada de la cintura. Ella reía y jugueteaba, como una colegiala. Yo, muy triste, me alejé caminando solo, hacia Plaza Italia. Ese día me la pasé mal agestado y taciturno, de café en café, hasta muy entrada la noche, observándome de vez en cuando la marca de la uña de Mabel. Luego en el lecho, logré conciliar trabajosamente el sueño, cerca de las cinco de la madrugada, cuando las primeras luces penetraban en mi cuarto.

Sin nadie que me molestara, creo haber dormido hasta las tres de la tarde.

# La llave

Cuando salí del cuarto, la mediatarde caminaba ya hacia el encuentro del crepúsculo. Iba desandando sin ningún apuro la distancia que media entre Callao y Maipú, por avenida Santa Fe.

Con la boca seca por haber dormido fuera de hora, me metí en un bar de Cerrito y Santa Fe, con el vespertino debajo del brazo. Pedí un sandwich de jamón cocido y una gaseosa, mientras me disponía a leer detenidamente el diario. Tenía que no comprarlo más y pese a ello, seguía haciéndolo…

Aún conservaba la pequeña marquita en la primera falange del dedo pulgar. Cariñosamente, la acariciaba con la yema del índice de la mano derecha…

Después que leí el diario, pagué y levantándome, me dirigí por Cerrito hasta Paraguay y de allí hasta Maipú. Cuando llegué al café, estaba solamente Iona, en la mesa de siempre. Saludándolo, me senté a su lado. De inmediato, empezamos a conversar sobre los mangos que había ganado el día anterior. Le pregunté por Mabel y me dijo que se había ido por un mes a Santa Fe a casa de sus padres.

•

Eran las diez de la noche y el ómnibus devoraba las distancias. Estábamos frente a la destilería de petróleo, a la salida de San Lorenzo. Las tres grandes letras de YPF se distinguían en los enormes tanques redondos, mientras a lo lejos como pintada por Koek Koek, fulguraba contra el telón del cielo oscuro, la gran llamarada de gas. Conocía bien el camino por haberlo transitado semanalmente cuando debía dirigirme desde Rosario hasta Santa Fe, para rendir tal o cual materia de abogacía, con la diferencia de que ahora, recibido ya, no iba a rendir ninguna asignatura. ¿Para qué me dirigía hacia Santa Fe, si allí no vivía ningún pariente, ni tenía que efectuar trámite oficial alguno? La respuesta me la daba yo mismo, acariciándome de vez en cuando el lugar ése del dedo pulgar, donde hasta hace unos días, se dibujaba una pequeña rayita color rosa, dejada por la uña del dedo meñique de Mabel…

Después de San Lorenzo pasamos por Timbúes y luego de una curva pronunciada, cruzamos el puente metálico del Carcarañá, en cuyas riberas hacía más de veinte años, había recolectado números huesos fósiles de cérvidos, guanacos, lamas y gliptodontes.

Se sucedieron en prieta fila india Oliveros, Maciel, Coronda, Sauce Viejo.

Detrás del anchuroso río Salado, brillaban las numerosas luces de Santa Fe. Ni bien hubimos cruzado el gran puente que atraviesa todos los bañados del río, nos encontramos transitando las todavía coloniales calles de la ciudad.

Había llegado un poco más allá de medianoche y como era verano, las calles céntricas florecían aún con el encanto un poco más acentuadamente moreno que en Buenos Aires, de numerosas y cálidas santafesinas. La mujer de tierra adentro parece que fuera más auténtica, más recóndita, acaso más femenina.

Sabía su dirección de memoria. Apenas a unos pocos metros de San Martín al 1200. Sin titubear, tomé San Martín. Me encontraba al 800. Como empujado por una fuerza irresistible, apuré el paso. Daba la impresión que temía llegar tarde a algún lugar en especial. Cuando empezaba a desandar el 1100, aminoré el ritmo de marcha y empecé, inexplicablemente, a detenerme en las vidrieras. Ahora estaba parado frente a una casa de confecciones para hombres y me entretenía en comparar los precios con los de Buenos Aires. Notaba que hubiera dado gusto quedarse a vivir en Santa Fe, ya que el mismo traje que allá costaba entre los 15 y 16 mil pesos, aquí lo ofrecían en 12 mil y se trataba de la misma casa, con el agravante que a esas prendas debían traerlas desde alguna distancia superior a los cuatrocientos kilómetros. Empecé a preguntarme cuál podía ser la causa y llegué a la conclusión que como los comerciantes son unos ladrones, adecuan el precio al poder adquisitivo de cada plaza. Estaba ya al 1200 y debía doblar hacia la derecha.

Estuve a punto de pasar la esquina de largo, pero me decidí de golpe y dí el giro. A diez metros estaba la casa. En la puerta se divisaban dos personas. Se trataba de una vieja casona colonial, de esas que ya van quedando pocas y que suelen encontrarse en Buenos Aires por México al 600. Sin duda alguna debía tener dos hermosos patios que ahora, pletóricos de luna, se embriagarían con el suave perfume de algún centenario jazmín del aire.

Cuando estuve a tres pasos de la pareja, la divisé de frente, pues ella me estaba mirando como si fuera una aparición. Sin embargo, noté que sus ojos brillaban de alegría. A él pude verlo, cuando me paré y a quemarropa le pregunté, no sin antes disculparme, si podía decirme donde quedaba el Hotel España. Se dio vuelta para contestarme y por una fracción de segundo, nos miramos de frente a no menos de treinta centímetros. Se trataba de un hombre joven, espléndidamente ataviado, aunque un poco a la provinciana. Dando las gracias, seguí mi camino.

Anduve sin poder coordinar pensamiento alguno durante unas dos cuadras. Sentía como si me hubieran vaciado totalmente. ¡Acababa de conocer al novio oficial de Mabel! No cabía la menor duda y las circunstancias así me lo indicaban.

En pocos segundos pude ubicarme correctamente y de un solo vistazo me hice cargo de la situación, ya que había tenido oportunidad de verla repetida con otras parejas en idénticas ocasiones. Al fin y al cabo ¿estaba o no enamorado de Mabel? ¿Estaba acaso enamorado de ella el rumano Iona? Dentro de todo lo que yo sabía, nunca habían tocado temas más serios que los relacionados con una gran amistad y con todo ese montón de pequeñas cosas que hacen a las relaciones del catre y sus derivados. Por eso me metí en una gran confitería y me dispuse a trasegar unos cuantos balones, sabedor desde hacía muchos años que la cerveza de Santa Fe y en especial sus chops, son inigualables. Compré el mismo diario vespertino que leía en Buenos Aires a las 16 y 20, en Santa Fe y Uriburu con la diferencia que acá recién acababa de llegar.

Media hora después un cadete me ubicaba en una vieja habitación del Hotel España. Eran las 2 de la madrugada. Luego de darme una buena ducha me metí en la cama y empecé a entretenerme con una voluminosa obra de Bertrand Russel, sobre conocimientos generales.

Cuando me había olvidado de Mabel y del novio y andaba deleitándome con las medidas tridimensionales del Universo, sonó el teléfono. Era la voz de ella. Parecía que la tenía acostada a mi lado. Me dijo: sos divino y tengo impostergables ganas de abrazarte, pero debemos esperar a que mi novio regrese a su estancia en Villaguay. Se va pasado mañana después de las dos de la tarde. Dos horas después, es decir a las cuatro, te estaré esperando en San Martín y Carlos Pellegrini. Tirándome un beso y sin esperar casi mi breve respuesta, cortó.

Arrojé el libro que cayó despanzurrado en uno de los rincones y regresé de la Vía Láctea, en apenas un segundo. Me dormí pensando en su boca y en algo más.

Al día siguiente y con la perspectiva de veinticuatro horas en blanco, planeé un viaje relámpago a Paraná y en poco más de una hora, me encontré navegando en balsa por las claras aguas de nuestro querido y anchuroso río.

El parque Urquiza estaba más hermoso que nunca, pero extrañaba aquellos tranvías de mi infancia, tan clásicos de la simpática capital entrerriana. Aún recuerdo que iban solamente a cargo de un conductor y que a su derecha se encontraba implantada en el suelo una pequeña columna de hierro de apenas setenta centímetros de alto, la que culminaba en una bola de cristal de tamaño de una pelota de fútbol, con una hendidura por la cual debíamos dejar deslizar la moneda. Para descender teníamos que tocar un timbre que existía al lado de cada asiento, junto a la ventanilla. Todavía suena en mis oídos el tintineo de la moneda de níquel y plata –ahora son de zinc y hierro– al bajar dando vueltas por la esfera de cristal. Pequeños y ruidosos tranvías que subían y remontaban las empinadas calles paranaenses.

Ese día anduve por todo Paraná y hasta me dí el gusto de llegar junto a sus altas barrancas, en las proximidades de la zona portuaria. En esas barrancas, hace unos millones de años, se acostaba un gran brazo del Océano Atlántico, que invadió parte de Buenos Aires y de la Mesopotamia cuando debido a un movimiento orogénico, estas tierras bajaron. El mar penetró varios cientos de kilómetros y miles de años después volvió a retirarse hacia el lugar donde lo encontramos ahora. En pocos instantes recogía algunas ostras marinas fósiles y unos cuantos dientes de peces marinos. Volví a repetir lo que muchos años atrás había hecho con ese paleontólogo-poeta –mi padre– que se desempeñó en su juventud como médico rural de una pequeña población, Hernández, situada entre Victoria y Nogoyá. Con él, solíamos recoger en esos mismos lugares numerosos restos fósiles de los habitantes de aquel antiquísimo mar. Una vez, encontró con indescriptible regocijo, un trozo de costilla de ballena de unos sesenta centímetros de largo y veinte de ancho.

Autor de nueve libros de poemas, algunos de los cuales se recordarán después de su muerte, hoy vive sus últimos años en Buenos Aires, releyendo las queridas cartas que aún conserva de Lugones, Fernández Moreno (El Viejo), Pedroni, los Obligado, Dávalos, Larreta, Ibarbourou, Storni, Banch, Filloy. Cuando le insisto para que se acerque a alguna peña de escritores o a la SADE, ya que encontrará en las mismas, no obstante su larga ausencia, muchos amigos de su Córdoba natal –vive en Buenos Aires desde hace tan sólo un año–, me mira profundamente y no me contesta. Acaso piense que ya ha hecho todo lo que tenía que hacer y que si *no perforó* en vida, los años venideros se encargarían de extraerlo de las tinieblas como a tantos otros.

La tarde se alejaba ya por las cuchillas, cuando del brazo del crepúsculo violeta, me adentré por una calle empinada hacia el centro bullanguero y colorido de la pequeña ciudad. La catedral destacaba su cúpula y numerosas entrerrianas discurrían en grupos alrededor de la plaza céntrica.

Cuando me dormí, muy avanzada la noche, lo hice pensando en

mi pequeño amigo Pomo que desde hacía más de treinta años, observaba fijamente, la pequeña cruz que sobre su cabeza inmóvil se erguía en esa tumba del monótono y aburrido camposanto de Hernández, donde ya ni muertos llevan.

A las diez de la mañana el sol rebrillaba como sobre una plancha de acero bruñido, tranformando a todo el río en una reverberante superficie líquida. La balsa, hendiendo dulcemente las aguas de los canales, avanzaba hacia el encuentro de Santa Fe. Mirando hacia atrás y a mi derecha ví como se iba, casi brumosa, la querida costa entrerriana, alcanzándose a divisar las canteras ocres de unas cuantas fábricas de cal y el humo casi azul de las ya diminutas chimeneas.

Con el corazón partido le dije adiós a mis adoradas cuchillas, las mismas que me vieron correr ufano y solitario, hace ya tantos años. ¿Las volvería a ver? Por eso, me despedía de ellas como si no fuera a retornar jamás. Si bien no había nacido en Entre Ríos, mi padres se radicaron allí cuando apenas contaba algunos meses de edad. Mis mejores recuerdos volvían una y otra vez hacia la superficie del alma, mezclados con el aroma de sus campos y el añil de sus cielos.

Al poco rato de dejar y tomar canales, estuvimos frente a Santa Fe.

Eran las doce de la mañana. De inmediato me puse a averiguar como se las arreglaban los santafesinos cuando debían acostarse con una damisela y no tenían donde hacerlo, cayendo rápidamente en la cuenta que aquí proliferaban los alojamientos como en Buenos Aires. Nada de documentos y cosas por el estilo. Era necesario que la fémina tuviera más de 18 años.

Poco trabajo me costó convencer al circunstancial encargado para que hiciera la única excepción de permitirme la llave a fin de que pudiera entrar directamente de la calle al patíbulo, sin detenerme frente a él. El hotelucho se llamaba Kentucky y según me dijo el encargado, estuvieron por ponerle Abraham Lincoln, pero la municipalidad no se los permitió, ya que existía una plazoleta con el mismo nombre… De allí me encaminé hacia un restaurante cualquiera y en contados segundos estaba metiéndole el diente a un asadito jugoso pero durón. La carne de esa zona suele ser medio dura, pues a la hacienda de pedigrée la reservan para exportación y nos meten algunos animalejos isleros más flacos que perro de linyera y guampudos como bueyes.

En eso estaba cuando alguien, desde una mesas contigua me llamó. Dándome vuelta, me encontré con aquel viejo amigo con el que quince años atrás nos habíamos recibido una luminosa mañana de septiembre, rindiendo como última materia Derecho Internacional Privado. Conversamos hasta las tres de la tarde y mientras nos despedíamos prometió visitarme en su próximo viaje a la Capital Federal.

Apenas si tuve tiempo para pasar a retirar la llave por el Kentucky. Con ella en el bolsillo, me dirigí resueltamente hacia Carlos Pellegrini y San Martín. En la calle, a esa hora, había poca gente, ya que en el interior se *sestea* tupido, como si se tratara de un rito ineludible y por otra parte, necesario. Llegué a las cuatro menos cuarto y me metí en un café. Varios muchachones estaban jugando al casin, una especie de billar pero con troneras y cinco palitos que se colocan parados en el centro de la mesa y que volteados significan determinada cantidad de tantos. En algunas mesas, otros individuos sobaban el cubilete que daba gusto y en cada jugada lo golpeaban boca abajo y con fuerza, contra el duro lomo de madera, mientras con la punta de los dedos apretujaban la boca del vaso de cuero. Lo manipulaban como si estuvieran ordeñándolo. La leche cuadrada de los dados iba desgranándose rítmicamente y los seis cubos de hueso salían dando tumbos con todo el rostro cubierto de pecas.

Cuando dieron las cuatro, empecé a impacientarme, pues desde la mesa en que me encontraba sentado, divisaba con comodidad las tres esquinas restantes.

Pagué y me dirigí hacia la calle. El sol golpeaba con fuerza y sentía como si me fuera a derretir. Después de todo estábamos a unos cuantos kilómetros más hacia el norte. Las calles a esa hora no llevaban mucho tránsito y la mitad de los habitantes de esa simpática ciudad debían estar entregados a los melífluos brazos de Morfeo.

En un reloj cercano dieron las cuatro y cuarto. Mientras prendía un cigarrillo, recordaba in mente esas caricaturas de festejantes esperando a la bien amada, en una esquina, apoyados en el clásico buzón, mientras a sus pies se amontonaba una cantidad enorme de puchos consumidos en el aguante. Los pensamientos más dispares iban y venían, y el tiempo quemaba minutos que era una maravilla. Llegadas las cuatro y media, comencé una lenta retirada hacia el centro, rumbo del hotel España. ¿Qué podía haberle pasado? ¿Acaso su novio permanecía aún en la ciudad? ¡Vaya uno a saber!

Llegué al Hotel y pedí la llave con desgano. El mozo me la entregó junto con un sobre. Cuando me metí en la pieza, lo primero que hice fue abrirlo, pues conocía su letra. Me trataba con mucho cariño como si fuera mi amante y me explicaba que había tenido que viajar con su novio, en forma ineludible, diciéndome que se casaba dentro de unos días, en una ceremonia muy íntima y que se iba en viaje de luna de miel a Europa. Me prometía visitarme en Buenos Aires y me rogaba que no le dijera nada a Iona a quien, por otra parte, ya le había escrito.

La llave del Kentucky, aún la conservo. Es el único recuerdo que me queda de ella.

# *Mabel, Iona y el hotel alojamiento*

Sonó el teléfono sacándome de un sueño delicioso y profundo. De reojo miré el reloj y ví que eran ya las diez de la mañana. Por tratarse de un sábado, tenía planeado dormir hasta mediodía. Estuve a punto de pasar una de las manivelas a punto muerto para que la campanilla dejara de sonar, pero de inmediato pensé que podía tratarse de una noticia urgente. Acaso a mis padres les pasara algo o tal vez…

Con desgano, me senté en la cama y levantando el tubo atendí. Cuando reconocí la voz de ella estuve a punto de dar un salto de alegría. Me preguntó si estaba durmiendo y le dije inmediatamente que no. Me enteré que había llegado el día anterior de Europa y que su marido había continuado viaje al campo, del que faltaba desde hacía tres meses, dejándola en Buenos Aires, a fin de visitar a algunas amigas y aprovechar para interiorizarse si como libre podía terminar su carrera de Antropología.

Le faltaban tan sólo cuatro materias. Nos citamos para la tarde en Anchorena y Mansilla.

Cuando corté me puse a cantar y bailar como una criatura. Metiéndome en la bañadera, la llené hasta el tope, tanto, que cuando me movía el agua se escapaba ruidosamente hasta el piso. Boca arriba, con todo el cuerpo sumergido en el líquido, dejaba vagar mi pensamiento, cerrando los ojos. Me figuraba que me estaba bañando en el Nahuel Huapí, en pleno verano. A mi lado se levantaban enormes coihues –varias veces centenarios– y gráciles arrayanes. El Tronador, con la cúpula nevada, se recortaba sobre el cielo diáfano. Siempre el Tronador tenía la cúpula nevada. Aquello sí que era el paraíso terrenal.

Con pena abrí los ojos y saliendo del baño empecé a frotarme todo el cuerpo, masajeándolo severamente con la toalla gruesa y áspera. La sangre empezó a bullir por las venas con más vigor cuando recordé la cita de la tarde.

Hacía un espléndido día de sol. Las calles estaban atestadas de hormigas de todos los colores y tamaños y, de improviso, empecé a ver a la ciudad y a la gente, con ojos complacientes. Todo me parecía más hermoso y nada me molestaba. Sin embargo, debí volver a la realidad, cuando de entrada tuve un entredicho con un pasajero que intentó robarme el taxi. Hasta se atrevió a empujarme y quiso manotear la manija de la portezuela, pero lo hice a un lado y me metí en el vehículo, un poco avispado.

Cuando le dije la dirección al conductor, es decir, que me llevara a Paraguay y Maipú, hizo un gesto como de molestia, dejando oír una especie de chistillo de insatisfacción. Le pregunté qué le pasaba y me dijo que todo el mundo lo llevaba al centro y que se había pasado la mañana tocando bocina y haciendo mil y un cambios, dada la intensidad del tráfico y la enorme aglomeración de peatones y vehículos, en especial en la zona a la cual yo lo llevaba. Llegó a decirme que a lo mejor el pasajero "al cual osté le ha quitao el tasi"[22] viajaba hacia Belgrano o hacia cualquier otro barrio tranquilo. Mosqueado sin quererlo, estuve a punto de contestarle una barbaridad, pero decidí matarlo con la indiferencia, por lo que recostándome sobre el respaldo del asiento, abrí el diario y me enfrasqué en su lectura.

A cada momento notaba la rabia del tachero, que vapuleaba al vehículo sin lástima, frenando violentamente y sin necesidad. Es necesario aclarar que los taxis en ese entonces tenían mucho trabajo y se da-

---

22   En los setenta aún quedaban algunos taxis manejados por españoles.

ban el gusto de elegir los viajes y en los días de lluvia no salían a trabajar. Todavía añoran la época en que Perón les conseguía los coches ¡a
precio de lista…! Dando tumbos nos acercamos a Maipú y Paraguay
y una vez en la esquina le pagué con un montón de monedas de un
peso sin disculparme. ¡Le dí veinte pesos en monedas de a uno y tuvo
que perder tiempo para contarlos!

Iona estaba sentado a la mesa de siempre. Palmeándolo me aco-
modé frente a él. Por lo que se podía apreciar no se había enterado de
la llegada de Mabel, por lo que me cuidé muy bien de contarle nuestra reciente conversación telefónica. Ella ni lo había nombrado. Me sentía un poco traidor, pero como no le estaba robando amor ni nada apreciable, sino apenas un pedacito de carne que meses atrás lo había dejado
para casarse con otro, dominé mis escrúpulos y me puse a hablar con
él animadamente.

En ese entonces se había producido el entredicho Chino-Soviéti-
co y decidí tirarle un poco la lengua.

—¿Qué te parece el episodio de rusos y chinos? –le dije.

—No es una cuestión de nacionalidad ni de patria. Esto es cuestión de intereses en pugna y sino leé el diario de hoy y vas a ver cómo
un médico argentino, hijo de un importante jefe militar se ha ido a
pelear a Vietnam a favor de Estados Unidos y de la guardia pretoria-
na e inmunda de generalotes sudvietnamitas. Los hay que son traficantes de drogas, ya que el senador norteamericano Fullright los acusó en
el senado de su país y aún más, dicho médico *ha cambiado de nacionalidad,* renegando de la suya y dice que lo ha hecho por la gran deuda
que tiene con los yanquis por todo lo que lo han ayudado. El padre,
un alto jefe militar de nuestro país, acepta su proceder.

—¡Parecido a San Martín y a Belgrano! –le dije–. Si resucitaran
se volverían a morir, por más que los harían fusilar a los dos, a padre
y a hijo.

—Como ves –continuó diciendo Iona– las fuerzas que se enfren-
tan son tan poderosas que aquellos círculos que se perjudicarán sin duda con el gran cambio, el que les hará perder todos sus privilegios, morirán luchando con todas las armas y si es preciso, destruirán la mitad
del mundo en un intento suicida por detener la avalancha. Sin embargo, no podrán hacerlo y es preciso que lo comprendan perfectamente.

Vamos hacia otra cosa y ya los Kennedy —*representantes de esos mismos intereses poderosos*—, mucho más inteligentes que ellos, vieron el problema y trataron de solucionarlo pacíficamente, sin derramamiento de sangre ni enfrentamientos suicidas y totales.

La ceguera de los pequeños los quitó del camino, pero el problema a resolver es mayor ahora que cuando ellos fueron asesinados y crecerá día a día. Por eso, este enfrentamiento de Rusia con China, hasta puede ser provechoso, ya que se gana tiempo. Estados Unidos se obnubila y sueña con encuentros armados entre uno y otro y, mientras tanto, Mao y su lugarteniente, el fogueado generalísimo Lin Piao, continúan fabricando armas atómicas, proyectiles teledirigidos, submarinos nucleares capaces de bombardear desde más de mil kilómetros, con ojivas atómicas a cualquier país.

Me quedé pensando. Realmente, podía ser una maniobra genial o en el último de los casos, un recurso sutil y necesario de la evolución. ¿Pero es que acaso la evolución piensa? me dije. A ésto ya lo había vislumbrado en diversas oportunidades. Todo marcha tan sincronizadamente, tan bien, en forma tan armónica —inclusive en el mundo mineral con todos sus sistemas cristalográficos— que bien puede andar dando vuelta por allí la mano oculta de la evolución. Se sobreentiende que no estamos hablando de una mano real, ni de un ser viviente como nosotros. Se lo dije a Iona en dos palabras.

Sonriéndose casi con candor —en ese momento y al recordarme que pocas horas después estaría revolcándome con Mabel, sentí un profundo asco hacia mi persona—, me dijo:

—Todo puede ser... Hay armonía en las novas y en los miles de millones de cuerpos celestes de la Vía Láctea, y en los corpúsculos ultramicroscópicos de nuestro torrente sanguíneo y en la forma de cristalizar de los minerales y en toda la naturaleza en general. Pero se trata de una armonía hacia adelante, ya que nunca retrocede. Ejemplo bien claro de ello lo tenemos en todo el fenómeno de la vida dentro de nuestro planeta. A partir de una pequeñísima célula —los primeros seres vivos eran unicelulares—, hemos llegado en una excursión de más de tres mil millones de años a constituir seres tan perfectos como el hombre, en los cuales la materia por vez primera ha aprendido a pensarse a sí misma y al mundo que la rodea.

No obstante –prosiguió–, el proceso no para allí. El Universo no se conforma con haber creado al hombre. En ese proceso, el único que se siente conforme consigo mismo es el hombre y por eso trata desesperadamente de retardar el curso natural de los acontecimientos, ya que sabe que él es apenas un jalón más y que vendrán otros seres más perfectos a suplantarlo. Serán seres muy parecidos a él, pues el siguiente dentro de la escala animal, conserva y perfecciona las características del antecedente. Pero no serán ya hombres. Llamalos superhombres, organismos integrados o como quieras, pero habrán de ser distintos a nosotros. El hormiguero, la colmena, se vienen…

Es por eso que tratamos de anclar en mitad del camino. Será inútil, pues el proceso continúa y continuará por todos los siglos venideros posiblemente hasta la destrucción total del universo, cuando el sol nos chupe inexorable.

—Es decir que debemos integrarnos sí o sí ya que así lo quiere el orden general de la vida –le dije.

—Si no nos autodestruimos o no desaparecemos a raíz de un cataclismo cósmico o por la acción de organismos extraterrestres más evolucionados, eso de la colectización, o como quieras llamarla, será una realidad en los próximos milenios. No estamos aún en condiciones de determinar cuándo, ya que las *mutaciones* suelen ser explosivas y súbitas, pero no obstante, da la impresión que aún el horno no está para bollos. Aún se dicen diversas lenguas y aún existen distintas razas. El proceso está en pleno tránsito hacia la realidad, como esas corrientes submarinas, que pasan frente a nosotros y que no vemos; pero antes que nada, estimo que el hombre debe mezclarse para formar un solo tipo étnico, unirse más íntimamente eliminando las fronteras y empezar a organizarse económicamente, para lo cual tendrá que apelar a la división del trabajo y a la explotación integral del planeta, que empezará a transformarse en un verdadero hormiguero, limpio, ordenado y en el cual todos cumplirán, sin excepciones, una tarea determinada. Computadoras, posibilidades de intercomunicaciones al instante, incubadoras-madre, seres asexuados, hombres de ciencia especializados y por sobre todas las cosas, administración centralizada y totalizadora.

—¿Eso de totalizadora es un nuevo término? –le dije– ¿Se le dará otro nombre dentro de quince o veinte años? [23]

23  Actual globalización.

—Cada problema será estudiado por un comité de expertos —respondió—. Y los datos procesados a través de computadoras matemáticamente exactas. Las conclusiones se aplicarán fríamente, sin escuchar la opinión del gran número, el que se limitará a trabajar a cambio de confort, alimentos, vestidos, diversiones y existencia tranquila y segura.

—¿Pero la única diferencia que ese tipo de sociedad tendrá con los campos de concentración es el confort? —le pregunté a fin de estimularlo en el diálogo.

Me contestó citándolo a Marcuse, mejor dicho, leyéndolo, ya que extrajo del enorme bolsillo de su campera el libro *El hombre unidimensional* de Herbert Marcuse y, extendiéndomelo abierto en la página 100, me hizo leer el siguiente párrafo:

*"El mundo de los campos de concentración… no era una sociedad excepcionalmente monstruosa. Lo que vimos allí era la imagen, y en un sentido la quintaesencia, de la infernal sociedad en la que nos sumergimos cada día".*

Se trataba de una cita de Ionesco, de la Nouvelle Revue Française, basada en el London Times Literary Supplement del 4 de marzo de 1960.

Después que hube leído este párrafo, me sacó el libro de las manos y, pasando las hojas, llegó a la página 272, leyendo lo siguiente en voz alta:

*"Los instrumentos* —se refiere a la época actual (1969)— *de la productividad y el progreso, organizados en un sistema totalitario, no sólo determinan las utilizaciones actuales, sino también las posibles. En su estado más avanzado* **la dominación** *funciona como* **administración** *y en las áreas superdesarrolladas de consumo de masas, la vida administrada llegará a ser la* **buena vida** *de la totalidad, en defensa de la cual* **se unen los contrarios.** *Esta es la forma pura de la dominación. En una de esas, a la larga, la terminará dirigiendo Norteamérica o China…*

—Coincidimos en todo con Marcuse —le dije.

Tomando el libro, continué leyendo en voz baja, mientras Iona miraba por la ventana a la calle. *"Sin embargo, bajo la base popular conservadora se encuentra el sustrato de los proscriptos y los 'extraños', los explotados y los perseguidos de otras razas y de otros colores, los desempleados y los que no pueden ser empleados…".* *"Ellos existen fuera del* **proceso de-**

mocrático: *su vida es la necesidad más inmediata y la más real para poner fin a instituciones y condiciones intolerables… Su oposición golpea al sistema desde afuera… Cuando se reúnen y salen a las calles sin armas, sin protección, para pedir los derechos civiles más primitivos, saben que tienen que enfrentar perros, piedras, bombas, la cárcel, campos de concentración, incluso la muerte… El hecho de que hayan empezado a negarse a jugar el juego puede ser el hecho que señale el principio del fin* **de un período**"[24].

Pensé para mis adentros: Marcuse acepta que es el fin de un período, luego cree que habrá otros períodos. Termina creyendo en un cambio merced al choque de estas tendencias opuestas, *aunque no descarta la posibilidad de que la sociedad superindustrializada logre absorber estos brotes de disconformismo,* mediante un hábil y sofisticado lavado de cerebro.

Aunque los explotados logren cambiar el curso de los acontecimientos, existe el peligro de que sólo logren calmar sus apetitos más elementales –techo, alimentos, educación, cuidados médicos, diversiones, confort– y una vez que en el mundo hayan desaparecido los seres con tales apetencias, ¿no corremos el *grave riesgo* de entrar ahora sí en una sociedad totalizada, uniforme, mecanizada, única; destructiva de los valores más caros a la personalidad humana? Levantándome, saludé a Iona y me fui a comer.

Después de habernos conocido muy a fondo con Mabel, era la primera vez que intimábamos; nos quedamos como habíamos venido al mundo, fumando y cambiando ideas sobre un sin fin de cosas. Me habló de su matrimonio, de su marido, del viaje a Europa y de su carrera universitaria. Se quedaría a vivir en Buenos Aires hasta terminarla. Alquilarían un piso en Barrio Norte y su marido viajaría todas las semanas.

—Es un tipo macanudo –me dijo–. Ya vas a ver como los tres seremos grandes amigos.

Cuando le pregunté si no tenía miedo que me reconociera, en ese momento se había incorporado y mientras se acomodaba graciosamente el corpiño, me dijo riéndose:

—¿Cómo creés que pueda reconocerte, si esa noche en Santa Fe, cuando en la calle y de improviso le preguntaste dónde quedaba el Hotel España, estaba sin lentes y en la oscuridad? Aparte que casi no te

24  Actual fenómeno –2002– de los piqueteros, de las asambleas barriales y de los cacerolazos. *(N. del A.)*

miró y apenas si alcanzó a decirte "doblando a la izquierda", porque vos le hiciste la pregunta casi sin detenerte. No seas timorato. Ustedes los hombres son un poco inocentones…

—¿De qué inocencia me estás hablando? –le dije–. Lo que pasa es que las mujeres cuando están embaladas con un tipo, no temen a nada. Acordate como te me tirabas encima en el hipódromo, ante las barbas de Iona.

Soltando una carcajada, se avalanzó y mordiéndome, me besó profundamente. Volvimos de nuevo al juego y ya era de noche.

Media hora después la dejaba en un taxi y, con la promesa de llamarla al día siguiente, me alejé por Santa Fe hacia Callao. Al fin y al cabo, pensé, mientras existan los hoteles alojamientos, el hombre está salvado y aquí en Buenos Aires, hay dos por cuadra…

Cuando llegué, Magda me estaba esperando. Dormía plácidamente en la cama y un rayo de sol tempranero se había detenido sobre parte de su cuerpo. Al oírme, se levantó y vino hacia mí silenciosamente, mirándome con esos sus grandes ojos verdes y profundos. Jugamos al amor un largo rato.

# Billinghurst y Libertador

Cuando fuimos al taller, en Billinghurst, entre Libertador y Las Heras, mientras yo escribía, te pusiste a pintar como siempre. Estabas tratando de resolver un problema de manos y las hacías en todas las posiciones. Manos chicas, grandes, toscas, delicadas, pidiendo, dando, sosteniendo, golpeando. Decenas de manos que iban saliendo, graciosamente, desde la punta de incansable carbonilla.

Estábamos solos. En un reloj próximo daban las dos de la mañana y desde la calle, de vez en cuando llegaba el ruido de la bocina o el violento chirriar de las gomas de algún joven automovilista que doblaba en Billinghurst para Libertador.

De improviso, nos dimos cuenta que teníamos compañía. Una pequeña mosca doméstica iba de aquí para allá volando a través del cuarto principal, posándose en una de las mesas, revoloteando en torno nuestro, subiendo perpendicularmente los cristales de las ventanas y las puertas. Cuando me dispuse a matarla, una mano oculta me detuvo. La dejé vivir y así fue como durante una semana, nos hizo compañía y todas las noches, a eso de las tres de la mañana, cuando volvíamos del taller a nuestra casa, la dejábamos encerrada, para encontrarla al día siguiente cuando regresábamos a seguir trabajando cada cual en lo suyo.

Desapareció imprevistamente y, sin darle importancia al hecho, pensé que podía haber salido, conjuntamente con nosotros, en el momento de cerrar la puerta de acceso.

Vos seguiste pintando y yo peleando con la Olivetti, tratando de pasar en limpio unos garabatos que había hecho semanas atrás en ocasión de mi último viaje en tren a Rosario.

Días después, tenía que comprar un poco de aguarrás para tus pinceles y mientras vaciaba una botella que contenía dos o tres dedos de agua, la encontré muerta, ahogada.

¿Cómo había ido a parar allí? Tal vez, al intentar tomar agua, se metió por el cuello del recipiente y luego, inadvertidamente, cayó por la resbaladiza pared hasta el fondo del abismo. Debe haber chapaleado el líquido durante varios minutos y, ante la imposibilidad de subir por la pared vertical de vidrio humedecido, encomendó su alma al diablo de las moscas domésticas.

Mis amigos, los teósofos, levantan y construyen quiméricos universos, donde el creador, ora aparece aquí, ora más allá. Tan pronto se nos muestra fugazmente, a través de las nieblas inalcanzables de un séptimo cielo, tan pronto juega a nuestro lado, más grandioso y soberbio que el mismísmo Zeus. Los quiero, como quiero a todos los seres que me rodean. Soy magnánimo con el católico, condescendiente y dulce con el hebreo, solícito y tierno con el árabe, comprensivo y curioso con el budista; fraterno con todos, tanto con los ateos como con los de izquierda o los de derecha. No obstante, cuando vuelvo a mí, y solo ya, me atrevo a internarme en el pálido universo de mi yo interior, toda aquella alegría, fácil y natural que suelo regalar a los demás deja de fluir como por encanto. Aquí estoy, cara a cara con la verdad, pues hace tiempo que he descorrido el velo que la cubría y nuestro mudo coloquio, destila el amargo acíbar que fluye inexorablemente como perenne plasma de la especie y de las especies. De las que fueron, de las que son, de las próximas, allende los milenios y los mundos, más allá del tiempo y de la distancia.

Es en vano que busques y sigas buscando. Allí está el muro, pétreo, constante, inoradable, sin tiempo ni distancia. Allí está y allí no está. Va y viene, se aproxima y se aleja. Tan pronto azul y distante, tan pronto rojo y próximo.

Sigue pues jugando, hombrecito pequeño, minúsculo, irresponsable y fatuo. Continúa jugando a la ciencia, a la religión, a la filosofía, menuda palabra plagada de soberbia y vanidad.

Nosotros, seguiremos conversando contigo, como se habla con los niños inocentes y puros. Jugaremos a las escondidas y no tocaremos para nada todo ese mundo de pequeñas verdades a medias que trabajosamente vienes edificando desde hace unos veinte mil años, cuando dicen que dejaste de ser *presapiens*.

Es tu mundo, y no habré de decirte que te has equivocado como arquitecto, ni te haré notar que tus calles no son tales, ni que tus edificios tiemblan, ni que tu cielo es el diminuto cielo de papel de chocolate tan común en los pesebres navideños de esta o cualquier otra religión.

Seguiremos jugando amigo católico, compañero israelita, hermano árabe, camarada budista.

Es la noche del año tres mil y –como en aquel entonces– cuando todavía morabas en la caverna inhóspita y fría, Orión, la Cruz del Sur, Aldebarán, *Betelguese,* seguirán rielando por tu cielo papel de chocolate.

Vamos a jugar como los niños a la rueda de pan y canela, bajo la luna de plata. Nos portaremos bien y te prometemos que no habremos de jugar a nada que pueda incomodarte.

Al final, lo mío, también es un juego. Por eso, cuando me encuentro con aquel viejo amigo que hace tanto tiempo que no veo, luego de saludarnos efusivamente, nos metemos en esa galería subterránea próxima a Avenida de Mayo. Nos metemos subrepticiamente, sin que nadie nos vea, a fin de que otros no la descubran, pero cuando llegamos al fondo de la misma, nos encontramos con muchos seres como nosotros, que con una tiza blanda se dedican a escribir en las paredes, los interesantes caracteres de esa escritura que no se lee, pero que va penetrando en nuestro interior, misteriosamente, por ósmosis, mostrándonos la existencia de un mundo inubicable y no asequible.

En esa galería parecida a las pérgolas de los lagos de Palermo, pero con paredes en ambos lados y con espacios amplios y redondos, donde Manuel del Cabral, con su clásica boina negra, explica a un auditorio ensimismado, cejijunto, en trance; el significado de esos caracteres que pueden escribirse con una especie de lápiz blando, generalmente color negro de marfil y que fluyen espontáneamente como si alguien desde otro plano mental nos estuviera hablando al oído.

Después, cuando retorno al mundo exterior, a medida que pasa el tiempo, las imágenes vistas se van perdiendo más y más, como si fueran producto de un sueño, tanto que llego a creer que lo he soñado todo, si no fuera que vuelvo a encontrarte de improviso por Avenida de Mayo y nos metemos, subrepticiamente en esa galería subterránea que nadie conoce, a excepción de algunos esotéricos.

Iona me discutía lo contrario. La había visto a Magda escribiendo con la tiza de marras, en uno de los muros. Me decía que no podía ser, que yo me había equivocado y porqué no me había detenido a averiguarlo. Le dije que no me gustaba incomodar a nadie y que, por otra parte, se encontraba en un recodo de la galería, en una parte poco iluminada, que no me permitía distinguir bien. Iona siguió insistiendo en que no podía ser, ya que Magda no estaba en condiciones de escribir nada, ni así se lo dictaran. Mientras discurríamos en torno a si era o no era, se me volvió a escapar, no sé por qué motivo aquello de que el hombre era un animal cuya médula ensanchada, pese a todo, aún continúa siendo médula.

Iona me dijo que no había pues razón para llamarla cerebro y yo le contesté que le habíamos puesto ese nombre, pues somos unos monos enfermos que tenemos la manía de ponerles nombres a las cosas.

Comunismo, fascismo, democracia, bien, mal, guerras, paz, amor, odio, crimen, santidad, universo, límite, infinito, aquí, allá, ayer, hoy, mañana, vida, puerta, ventana, corazón, páncreas, hígado... Palabras y más palabras.

Sí, me dijiste, pero palabras con un sentido determinado.

Te contesté sin tener deseos de hacerlo: ¿así que vos todavía seguís creyendo que nuestras palabras tienen sentido?

Me contestaste que te dijera al menos, una sin sentido y te dí el gusto a mi manera, diciéndote que había una, la más grave de todas, por lo menos para nosotros.

Me preguntaste cuál.

Te dije: ¡la muerte, tarambana!

# Poetas y otras yerbas

Después de yugarla todo el día en una serie de tareas intrascendentes, mezquinas, fatuas; me encaminé hacia una librería y editorial que
hace muchos años se encontraba sobre Rivadavia, entre Callao y Rodríguez Peña. Ahí solíamos concurrir una mediadocena de poetas, me-
diopoetas, envidiosos, plásticos, teósofos, historiadores y de los otros.
Gente con y sin aureola, algunos de ellos famosos, otros con gran ta-
lento, pero desconocidos.

Jóvenes, adultos, viejos. Mosaico multicolor de gente varia. Arri-
bistas que nunca terminarán de serlo, consagrados llevando tras de sí
la pesada carga de la fama. Chatos y oscuros, preclaros y humildes, fatuos y geniales. En fin, hueso y carne, materia y espíritu, pobres seres
de mediados del siglo XX, incluyéndome.

Cuando llegué estaba mi querido amigo el gran poeta dominica-
no Manuel del Cabral[25], con su estampa menuda y cordial, mitad europea y mitad indoamericana, portando ligeramente inclinada sobre
su interesante testa, la ya habitual boina negra. Manuel leía, como sue-

25   Uno de los creadores de la llamada poesía negra. *(N. del A.)*

le hacerlo siempre, uno de sus poemas. A su lado Fernández escuchaba con los ojos entrecerrados, perdido vaya a saber en que divagaciones metafísicas. Su figura cuando lo conocí, reprodujo en mi interior
la imagen que siempre me había formado de Diógenes el Cínico.

Viéndome llegar, Manuel me recibió en forma muy cordial y de
inmediato, cerrando el libro que estaba leyendo en voz alta, empezó a
contarme entusiasmado sus nuevas andanzas en el campo de la pintura, es decir su reincidencia, ya que había tenido ocasión de hojear un
catálogo impreso en París, en el cual se reproducían unas treinta obras
de Manuel, expuestas en dicha ciudad y luego en Madrid, hace unos
veinte años atrás. En realidad, Manuel, como buen poeta, se manejaba con cierta facilidad en el campo del color. Después de veinte años,
había comenzado a pintar nuevamente. En sus telas, que en ese momento me mostró, llevándome casi a la rastra hasta las habitaciones interiores de la librería, que usaba como improvisado taller, tomaba forma un particular y esotérico mundo de visiones y espíritus fantasmales,
cósmicos, nacidos al parecer del silencioso jardín de la Blavatsky.

Mientras Manuel gesticulaba muy a lo centroamericano, Fernández, ese diabólico, sesudo, inubicable personaje, mitad filósofo cínico,
algo faunesco y chispeante, a menudo genial, hacía refulgir en sus ojos
satánicos una burlona sonrisa preñada de luciféricas y punzantes iro-
nías. De creer en el mundo de Satanás, yo diría que Fernández ¿o se
llamaba Domínguez?, albergaba en su interior al mismísimo Lucifer,
o por lo menos a un primer ministro de la corte satánica del demonio;
pero eso sí, un ministro talentoso y brillante, como no suelen serlo, para mal de las naciones, los ministros de carne y hueso.

Luego de conversar un rato, Manuel, vuelto ya al salón de ventas,
se metió en la trastienda de la librería, lugar al que entraba y salía como si fuera su casa, y bien pronto empezó a desgranarse por el ambiente el cascabeleo parlanchín de la máquina de escribir del dueño de la
editorial.

Domínguez, en forma misteriosa, se escurrió hacia el café vecino,
inadvertidamente, como buen luciférico, a la vez que el dueño del negocio se dirigía a atender a un cliente que pretendía comprar "un libro de moda, bien encuadernado", mientras nos quedábamos frente a
frente Gómez y yo.

Volviendo a esto del libro de moda y bien encuadernado, recuerdo siempre la anécdota que solía contarme mi padre en cuanto al hecho de que a un librero cierto cliente, muy conocido por su súbito enriquecimiento, le había encargado una *gruesa* de libros buenos, especialmente encuadernados en cuero, pidiéndole que lo visitara en su nueva casa, en cualquier momento libre, a fin de estudiar los diversos colores de encuadernación y tamaño que pudieran hacer juego con una biblioteca empotrada que acababa de construir. También le había pedido algunos en franzéssssss y en ingléssssss, aunque él no entendía ni una jota de esos idiomas.

En las pequeñas y finas manos de Gómez, percudidas por la nicotina, agonizaba un pequeño pucho de cigarrillo rubio.

Comencé a divagar sobre los inexorables cambios que sufre el lenguaje en todos los pueblos y caí en lo de siempre: que no estaba de acuerdo con el lenguaje *demodée* de mi primer libro de poemas –aparecido en la década del cuarenta–, como así también que fulano, contemporáneo tenido en menos, trascendería, mientras JJ, colocado en el pináculo, pasaría a ser un ilustre desconocido dentro de los próximos veinte años y que no había que olvidarse del Dante que escribió su Divina Comedia en el lenguaje popular, no hablado en ese entonces por los eruditos de siempre, hecho mencionado en repetidas ocasiones por el siempre recordado Ezequiel Martínez Estrada y que patatín y que patatán y que esto y que aquello o lo de más allá… o lo de más acá… que al final es lo mismo.

¿Ustedes creen que no es lo mismo?

Entonces, no es nada, ya que entre la nada y el todo hay o no hay un espacio y el espacio existe sin ser y bien puede ser una abstracción de nuestros entendederas –que son bien limitadas–. Estaríamos pues ante un juego y bien sabemos que el juego es uno de los pasatiempos más viejos, inofensivos y safios del hombre.

Que es uno de los más viejos, no tenemos ninguna duda, ya que hasta los animales juegan…

No sabía bien el motivo por el cual solía enfrascarme en este sin fin de palabras inconexas. Tal vez se debiera al hecho de que los discursos revestidos de seriedad y ampulosos, me resultaban pedantes y vacíos como un globo que estalla. Prefería jugar con las palabras. Al menos, estaba haciendo algo divertido.

Desde la trastienda, Manuel seguía tecleando. A mi derecha, en el escaparate, cubierto de polvo, estaba mi último libro. En veinte días, sólo había vendido un ejemplar que, por rara casualidad, tuve que dedicar a la compradora, ya que en el momento de la adquisición me encontraba en la librería.

Saludando con la mano en alto al dueño del negocio, me metí en la balumba de Rivadavia. Desde un café, llegaban los compases de la Balada para un Loco.

Miles de hormigas iban y venían, afanosamente, casi a la carrera. ¿Había empezado la edad media o aún estábamos en la de las cavernas?

Cuando se lo pregunté a Iona, se rió de buena gana.

—¿Qué era eso de edad media y aquello otro de edad de las cavernas? ¿No son acaso cavernas los cuchitriles donde convivían los hormigohombres de hoy? Sucios, hórridos, escenarios de frecuentes crímenes y museos de toda la inmundicia que guarda este bicho que aún no ha aprendido a bañarse interiormente.

—Mirá –le dije–, se me hace tarde. Magda me debe estar esperando pacientemente.

¡Chau, hasta la vista…!

# Implante

Me senté al lado de Iona, en una de las mesas del Café Tortoni, y sacando un papel, luego de desdoblarlo, le leí mi último poema, que decía:

*Ahora.*
*Ahora, ya no llevan sotana.*
*ahora, trabajan,*
*ahora, leen a Guevara,*
*ahora, luchan en las guerrillas.*
*Mañana.*
*Mañana seremos robots.*
*Seres uniformes de un solo color,*
*de una sola raza y de una misma lengua.*
*No podremos pensar,*
*ni tampoco amar,*
*y acaso,*
*un pequeño receptor*
*implantado en el cerebro,*
*desde el que nos dirigirán,*
*suplante, con creces, nuestra médula*

*ensanchada...*

¿Progreso...?

¡Mierda!

—¿Pero hay un remedio para todo eso? —me dijo Iona— ¿Cuál es el remedio?

—Muy sencillo –le dije–. Fíjate, cuando escribo –esa es la ventaja de escribir a mano, prescindiendo de la máquina–, suelo apoyar mi frente en el hueco de la mano. Mis dedos, con calma, recorren la cabeza, el hueso frontal, amplio y combo, el sugestivo hueco de los ojos. Cuando se detienen en él, palpan perfectamente el arco superciliar y los bordes de las órbitas. Siento, allí, en mis manos, en la punta de los dedos, la forma de la calavera siempre eterna y entonces, me figuro a toda la humanidad repitiendo la operación, aunque más no sea una vez al año. Acaso, luego de ello, el hombre pueda ser más sencillo, más bueno, más humilde. Como terapéutica social es muy recomendable.

—Sí, eso es cierto –me contestó– y tal vez ofrezca una explicación sobre la conducta de todos esos tipos que para sobresalir en cualquiera de las ramas del arte –plástica, literatura o música–, caen en lo absurdo, en lo raro, en lo incomprensible.

Por lo único que los absuelvo es porque al fin y al cabo, suelo no encontrar ninguna diferencia entre un bodrio no figurativo y El Juicio Final de Miguel Ángel.

—Al menos –agregué–, Magda, cuando llegue a mi departamento, me estará esperando y gracias a Dios, hablaremos de otra cosa. Vos sabés que yo y ella siempre hablamos de otra cosa. Da gusto sentir su cariño, tranquilo, silencioso y permanente. Constituimos una pareja ideal.

Palmeándolo, me perdí en el Hormiguero.

# Todo o nada

Mientras iba caminando por Rivadavia, noté que el aire tenía un olor acre, muy especial y, de improviso, al empezar a lagrimear profusamente, me dí cuenta que no lejos de allí, un puñado de hombres, policías, estaba arrojando granadas de gases lacrimógenos contra otro puñado de hombres, adherentes a una determinada idea.

Ya hablaremos de las ideas…

Trataban de organizar un pequeño acto relámpago, al parecer no muy favorable al gobierno de turno. La curiosidad, condición natural muy desarrollada en todos los primates, con o sin cola, me llevó sin querer hasta el lugar de los hechos. Las bombas explotaban con asimetría, muy cerca una de la otra, cuando a mis espaldas sentí un agudo grito de dolor y al volverme, me encontré con una escena que, aunque espeluznante, se repite y viene repitiéndose en el Hormiguero desde hace siglos y desde que el hombre es hombre.

Un adolescente, presumiblemente estudiante universitario, ya que los del acto relámpago eran estudiantes de medicina, yacía en el suelo con la cabeza partida. Un charco de sangre se agrandaba prestamente a su alrededor. Las demás hormigas se arremolinaban en torno al cuerpo exánime. Varias hormigas uniformadas se llevaron a culatazo limpio a dos o tres curiosos o supuestos manifestantes.

Para los habitantes de cualquier planeta que por ventura acierten a leer estas líneas, debo explicar que la culata es la parte inferior de un instrumento alargado, llamado fusil o carabina, con el cual los hombres, desde hace unos tres siglos o cuatro, no soy técnico en armas de fuego, podemos matarnos los unos a los otros, ya que el fusil es capaz de arrojar a un par de miles de metros, unos pequeños proyectiles que al introducirse violentamente en alguna parte vital del organismo humano, ocasiona una muerte segura.

Al día siguiente de ocurrido el episodio de marras, leí en un diario el consabido comunicado policial: "un pacífico viandante fue agredido al parecer a pedradas desde los edificios cercanos, por manos anónimas. Auxiliado prestamente por la policía, murió mientras se lo trasladaba a un sanatorio próximo".

Yo mismo había comprobado que la agresión partió de una hormiga-policía, pero en una ciudad de varios millones de hombres, ¿qué importaba que dos o tres conociéramos la realidad? Lo esencial es que el hecho pasara desapercibido.

Mañana lo enterrarían y si su cráneo alcanzaba a conservarse no reduciéndose a polvo, como pasa con el 99% de los restos humanos y de cualquier otra especie, tal vez dentro de algunos miles de años, los antropólogos de turno que lo exhumaran de tal o cual estrato abandonado de la que fuera gran urbe del mil novecientos sesenta y tantos, al observar el cráneo violentamente partido, llegarían a la conclusión que el hombre del siglo XX, no obstante poseer ciertos signos de adelantos con respecto al pitecantropus, como ser: dominio del aire, de la técnica, de los vuelos circunlunares, de los transplantes exitosos de órganos esenciales; seguía siendo un bárbaro que al igual que su ya lejano antepasado, asesinaba sistemáticamente a sus congéneres... ¿Estábamos en la edad de las cavernas? ¿Habíamos superado la edad media?

Al contarle el episodio a Iona, volvió a decirme:

—¿Dé qué Edad Media me estás hablando? Eso es mucho lujo para el hombre, que como dijera cierto filósofo, no es nada más "que un mono enfermo de pensamiento…".

Y así de palabra en palabra y de cita en cita, caímos en las letras de cierta música, popular o no.

—Fijate –le dije–, tomá la letra de algunos tangos famosos entre nosotros los argentinos, y sacá tus conclusiones. Te aclaro que a mí me gusta el tango y el folclore. Así por ejemplo aquel que dice:

> *"No tengas miedo a la biaba*
> *que yo tranquilo esperaba*
> *que volvieras otra vez…"*
> *O sino, en ese otro que dice:*
> *"Cuando gastés los tamangos*
> *buscando ese mango que te haga morfar…"*

O aquel otro que filosóficamente nos relata aquello de:

> *"Allá en la penitenciaría*
> *ladrillo llora su pena,*
> *sufriendo injusta condena*
> *porque mató en güena ley…"*

Ahora, si querés algo más serio aún que los tangos, en los que el personaje, luego de matar a su mujer infiel y al amante ocasional, se presenta trayendo *las trenzas de la china y el corazón de él,* o la elimina sin compasión en una Noche de Reyes, echá manos del Himno Nacional, similar a la mayoría de los himnos de otras naciones y escuchá esa parte que dice:

> *"Coronados de gloria vivamos*
> *oh juremos con gloria morir…"*

Matar, matar, matar. Hombre de las cavernas. Criminal sin causa, bandido heroico.

Mientras tanto se siguen y seguirán sucediendo aún por un tiempo, los asesinatos patrióticos y continuará la vieja danza de fusiles, ballestas, espadas, garrotes, ametralladoras, cañones, bomba atómica, proyectiles intercontinentales, intentos de conquista de la luna para transformarla en rampa desde la cual será posible destruir a cualquier enemigo en la tierra.

Doscientos mil muertos en un solo bombardeo atómico, llevado a cabo hace pocos años. Libertad, democracia, mundo mejor. Mierda, náusea, asco de seguir viviendo, rodeado de criminales y tránsfugas, de pistoleros con títulos de héroes, de corruptos con cargo de ministros y presidentes.

A propósito de la corrupción general imperante en nuestra sociedad, nos decía George Bernard Shaw: "tenemos una extensa clase prostituta de hombres, por ejemplo los autores dramáticos –caben los poetas y plásticos– y los periodistas, de los cuales *yo soy uno,* para no mencionar las legiones de médicos, clérigos y políticos de tribuna, que diariamente ejercitan sus más altas facultades; cuyos pecados, comparados con el de la mujer que vende el uso de su persona por unas cuantas horas, lo torna tan venial que no vale la pena mencionarlo, *porque los hombres ricos sin convicciones, son en la sociedad moderna mucho más peligrosos que las pobres mujeres que venden su castidad".*

Por eso continúan diciendo que hay que defender al sistema de fronteras que ayuda a separar a los hombres, sin darse cuenta que la explosión demográfica inmensa en la cual estamos inmersos insensiblemente desde hace algunos años, cubrirá en menos de una centuria a todo el planeta con más de diez mil millones de *homínidos,* cifra que hará que vivamos prácticamente codo a codo, los unos con los otros, de tal forma que serán inútiles todas las fronteras y alambradas de púas y campos de concentración ideológicos y de los otros que intentan separarnos.

Será la hora en que empezarán a mezclarse, inexorablemente, blancos con negros y con amarillos y recién entonces, el mundo asistirá al nacimiento del hombre con mayúscula, del hombre de un solo color y de una sola lengua y con comunes ideales.

Los filósofos de la opresión en los distintos países aconsejan a las huestes gobernantes aplicar las campañas de control de la natalidad como un medio vil de solucionar la falta de alimentos y demás.

La ciencia con sus adelantos alimentará artificialmente no sólo a diez mil millones de hombres, pero sí a treinta y cuarenta mil millones y a todos los necesarios para habitar en un futuro no muy lejano todo el sistema solar, luego del debido adecuamiento fisiológico y genético a las condiciones físicas y atmosféricas existentes en los diversos planetas que hoy giran en torno del sol y que mañana girarán espiritualmente en torno de la Madre Tierra.

Hojeando el diario de la tarde me detuve en una noticia que decía: "Mientras un adolescente de 20 años caminaba con su novia de diez y seis por una zona oscura de los parques de Palermo, fue interceptado por una banda de cuatro o cinco muchachones, los que luego de golpearlo brutalmente, violaron uno tras otro a la jovencita, provocándole graves hemorragias. Consumado el hecho, huyeron del lugar, desapareciendo sin que hasta el momento…".

Seguí dando vueltas las páginas y me encontré con innumerables noticias del mismo tipo y calibre, indicadoras del grado de desarrollo efímero del hombre. Llegado a las páginas de avisos clasificados, hallé uno que decía: *"Necesito mucamo. Atención personal. Lunes libre"*. Un poco más abajo se leía: *"Mucamo todo servicio se ofrece. Habla varios idiomas"*. ¡Y dicen que la esclavitud ha sido superada!

Cerrando el diario, salí y bien pronto me encontré caminando por Florida, entre Paraguay y Charcas, a pocos metros del Instituto Di Tella, donde un grupo de hippies comía en el suelo, ensalada de diarios viejos, mientras un conocido escritor de turno, disfrazado de fauno, exhibía un esplendoroso traje de papeles pintados por el plástico de moda que más les guste. Barbudos y barbudas con y sin botas, loqueaban por el ambiente.

De vez en cuando, alguien se alejaba del grupo, impelido por la natural necesidad de rajarse un pedo o de cambiar las aguas, para lo cual echaba mano de un improvisado water, construido con material semitraslúcido, de tal modo que los movimientos de saque y entre se percibían como si lo miráramos a pleno aire. Tangos de x, con letra del último Premio Nobel, se mezclaban con los espantosos alaridos de una sinfonía de Beethoven ejecutada utilizando una vieja corneta de Ford a bigotes, de esas que poseen una goma como para una lavativa.

Después de dejar el suelo tachonado de puchos y el ambiente saturado de hombrunos sudores y de los otros, la troupe se alejó galopando sobre sus dos patas y desde lejos, por la calle, parecían una manada de vacas rumbo al abrevadero. Se perdieron definitivamente cerca del Di Tella.

Cuando me quedé solo a medianoche, con el silencio profundo de los árboles de Plaza San Martín, pude recordar el diálogo con bastante fidelidad:

—Si supieras pintar, ¿qué pintarías?

—Un punto negro sobre la tela.

—¿Y lo demás?

—¿Qué?

—¿La composición, las sombras, los colores?

—¿Para qué?

—Para esparcimiento de los hombres.

—¿Para qué?

—Y, para hacerlos más felices, entre otras cosas.

—No vale la pena. Al fin y al cabo este bípedo con médula ensanchada, este mono enfermo de pensatitis, es solamente un experimento *cualuncue* del Universo. Tal vez un pasito más. Algo que dentro de algunos miles de años habrá pasado sin pena ni gloria.

Por eso, pintaría un punto de negro marfil sobre el blanco de titanio de la tela. O tal vez, nada. Todo daba lo mismo.

—¿A suicidarse pues? –me dijeron.

—Nunca. Vivamos por lo menos decentemente nuestro trocito de aventura cósmica hasta el último latido del corazón o, si lo preferís, como se dice ahora: hasta que el encefalograma esté chato.

—¿Y después?

—¿Después?

Todo o nada.

# *Nélida*

Me detuve en esa esquina sin saber qué hacer y viendo que me encontraba a pocos metros de la boca del subte, decidí cubrir la distancia que me separaba de la Estación Facultad de Medicina, introduciéndome en el eléctrico.

Me dejé llevar despaciosamente por la escalera mecánica que se fue metiendo como un enorme reptil en las entrañas de la gran urbe.

Detrás y delante mío, bajaban otras hormigas como yo. Las había de toda edad y sexo, notándoselas cansadas y sudorosas. Cuando llegamos a la parte inferior, me deslicé por el andén algunos pasos.

Sentía mis pies enormes y pesados como si fueran de plomo. Aparte de ello, el aire se notaba caliente y denso, casi irrespirable, agravándose mi situación por la secuela que aún conservaba de aquella angina tabacal que me había golpeado durante tres años atrás.

Otros tipos como yo, y algunos en peor estado, ya que llevaban varios años más de uso inmoderado del cigarrillo, sufrían enormemente en ese ambiente nocivo, situado a varios metros de profundidad.

Con una especie de sopor, me recosté contra una de las paredes de mayólica.

La vi acercarse suavemente hacia mí. Se trataba de una mujer de apenas veinte años. Delgada y bastante alta, ya que sus ojos estaban un poco más elevados que los míos, me preguntó a quemarropa cómo debía hacer para llegar hasta Constitución en subte.

—Muy sencillo –le contesté–; como voy para ese lado, si no tiene inconveniente se lo indicaré por el camino.

Nélida aceptó casi con alegría.

Si bien yo me dirigía para el lado contrario, como tenía mucho tiempo libre, procuré sacarle provecho a la brillante oportunidad que se me presentaba. Ni bien entramos nos acomodamos en uno de los vagones y en la estación siguiente pudimos sentarnos juntos, ya que dos viejitos desocuparon el mismo asiento.

Nélida era hija de italianos y españoles, es decir, formaba parte de un tipo racial muy común en estas latitudes, donde el ochenta por ciento de la población es de ese origen, por cuya razón, la sangre bullía en todo su hermoso cuerpo con el ardor que siempre ha caracterizado a italianos y españoles, aflorando toda la caliente personalidad desde el fondo de una mirada profunda y penetrante a través de dos ojos enormes y oscuros como la noche.

Cuando descendimos del subte en Carlos Pellegrini, ya la llevaba tomada del hombro.

Como ambos disponíamos de tiempo, hazaña poco común en la hormiga de mediados del siglo XX, decidimos hacer un alto en nuestro periplo hacia Constitución y emergiendo a la superficie, nos mezclamos con toda la prieta, varia y sudorosa multitud, que a esa hora hormigueaba en el lugar, mezclada a innumerables columnas de vehículos de todo tipo, que iban y venían, sin aparente orden, sumergidas en una maloliente nube de gases tóxicos proveniente de los miles de motores que poblaban el aire de estridencias y ruidos de todo tipo, haciendo del ambiente un todo pegajoso, insoportable y dantesco.

Mientras descontaba con Nélida los pocos metros que me separaban de la confitería, no cesaba de observar a cada uno de los tipos y tipas que se cruzaban con nosotros. Había de todo como en cambalache e'turco. Allí nadie se conocía y, a raíz de ello, los finos modales y el cum-

plimiento, estaban de más. Nadie hubiera dado ni la punta más pequeña de uno de sus cabellos para salvar la vida del humanoide que se deslizaba a su lado, y el más frío y cerrado egoísmo se hacía presente en
cada una de las actitudes y gestos de esos hormigones.

Cuando necesitabas saber dónde se encontraba tal o cual negocio,
era inútil que se lo preguntaras a tal o cual comerciante del lugar. No
te lo dirían, pues les costaba mucho trabajo decirte: "camine una cuadra y doblando a la derecha, lo encontrará en la vereda de los números pares…".

Todos ellos, salvo rarísimas excepciones –lo había comprobado en
más de una oportunidad– se limitaban a encogerse de hombros igno-
rándote de ahí en más.

Así, una vez, me acerqué a un quiosco de venta de cigarrillos y le
pregunté a su encargado, si no sabía dónde podría encontrar una casa
de productos eléctricos, obteniendo por respuesta un simple y categó-
rico movimiento de cabeza en sentido negativo.

Decepcionado, proseguí mi camino y a uno pocos metros del lugar, me topé con un pequeño letrerito que decía Electricidad; por cuya causa, destilando bronca por todos los poros, me volví y encarándo-
me con el quiosquero le dije gritando: a cuarenta metros de acá hay
una casa de productos eléctricos. Se lo digo, así lo aprende para cuando alguien se lo pregunte otra vez… El individuo de marras, levantando la vista, se limitó a mirarme en silencio con una larga mirada de indiferencia y posiblemente de asco. Nada me contestó, ni nada me dijo,
pues no ganaba nada perdiendo su tiempo conmigo.

No había duda que estábamos viviendo uno de los momentos más
decepcionantes de la vida del animal hombre. Era el momento previo
a la *computadora* y *a la colectivización* y el pobre bruto no alcanzaba a
darse cuenta de ello. Se entregaba, atado de pies y manos, creyendo que
la creciente ola de confort y automatismo que lo rodeaba, significaría
su pronta liberación, sin alcanzar a darse cuenta que las fauces del coloso, estaban ya dispuestas para deglutirlo a él, con su cerebro, su alma
presunta, y toda su secuela de estupideces, creencias, malas costumbres,
hábitos de mierda, enfermedades, vicios y mugre.

A nuestro lado, o mejor dicho a mi lado, ya que Nélida pertenecía a lo mismo, pasaba la compacta columna de hormigas.

Dentro de miles de años, alguien estudiaría sus cráneos, sus dentaduras podridas, sus impresiones cerebrales y los clasificaría sin lugar a dudas entre los *"presapiens"*, mientras él, presuntamente, se colocaría sacando pecho, el título de *"homo sapiens"*.

Carne, huesos, olor, materia. Cosmos, cosmos, cosmos. Helio, carbono, helio, calor, ácido nucleico, ribonucleico, desoxiribonucleico. Ribosa, ribosa sublime. Mares cámbricos. Lagunas cámbricas. Nebulosa, galaxia, nebulosa...

Mientras caminábamos, Nélida se extasió por un minuto contemplando a un fornido mozalbete que se cruzó con nosotros. Sin darle importancia al episodio —¿qué podía esperar de una mina que recién había conocido y que ya llevaba tomada del hombro?— me introduje en la confitería.

Desde la planta baja, que estaba colmada de hormigas y hormigones que chupaban todo tipo de bebidas, mientras el tocadiscos panzón y de todos los colores desgranaba disonantes y horribles canciones, me dirigí hacia el piso superior a través de una escalera voladiza que nos depositó en un ambiente agradable, de seis por seis, una de cuyas mesitas con vista al obelisco, nos recibió sonriente y fresca por intermedio de su reluciente superficie de fórmica amarilla. Nuestros pies se tocaban y nuestros sexos deseaban tocarse. ¿Sería muy largo el camino a recorrer para llegar hasta su sexo? me decía mentalmente, mientras el mozo, con aire sobrador, le preguntaba a Nélida, coiteándola con la mirada, qué iba a servirse.

Elegimos cualquier cosa y proseguimos en la tarea de ir cortando todas las vallas que se interponían entre nosotros y la cama del hotel.

Se casó a los diez y ocho años y en ese momento estaba sin trabajo, pues la habían despedido del negocio en donde hacía cinco meses que se desempeñaba como mediovendedora.

Su marido, un muchachón de veintidos años, trabajaba en un taller mecánico y todas las noches se metía en el cafetín próximo a Jonte y Artigas, donde conjuntamente con otros amigotes, entre golpe y golpe del fulbito o de las bolas de billar, contaban sus grasientos romances vividos con hipotéticas minas del barrio, mientras la propia se moría de calor y de sexo en la pieza maloliente del inmundo conventillo, oyendo al gringo viejo y mugriento de la pieza contigua, como le golpeaba la pared, invitándola al encame.

Estas son las cavernas y cuevas donde continúa hacinándose este pobre bicho, que muy a diario, pretende sostener mudos diálogos con Dios por motivos fútiles. Humildes hormigones con aparato pensante, no son más que eso: primates con médula ensanchada.

No importa que hayan aprendido a vestirse y se pongan corbatas y cuello y reloj y corpiño y sujeta-bolas y usen agua y jabón y se den el lujo de haber disociado el átomo y aún dado vuelta a la luna y aún más, encajado sus patas en ella... Pasarán muchos centenares de años –si es que no llegan a visitarnos de otros mundos– antes que podamos superar el sistema solar, que dentro de nuestra Galaxia está a la vuelta de la esquina.

Todo esto pensaba, mientras Nélida se había dirigido hacia el baño de mujeres a pintarse la trompa o a sonreírle de paso al mozo que la deseaba tanto como yo.

Esta pobre chica, que en dos minutos me había puesto al tanto de su vida miserable y sucia, se movería durante el resto de su existencia, dentro de ese ambiente grasiento y mezquino.

En la próxima entrevista, luego del primer contacto, flácidos sobre el lecho del hotel, cuyo colchón hedía con el olor de viejas espermeadas, me enteraría de detalles más íntimos.

Sabría que los golpes de los nudillos del itálico, que noche a noche la hostigaban ni bien su marido se encaminaba al café, desde las diez hasta las tres de la madrugada, habían logrado horadar la presunta dureza de la piedra y que desde el instante en que el gringo, sudoroso y con olor a vino barato logró meterse en su cama, debió soportarlo, continuamente, viviendo más que momentos de felicidad sexual, verdaderas horas de martirio y sacrificio.

A las veintidos, su marido cerraba la puerta de calle del largo pasillo, a unos quince metros de su cuarto y, de inmediato, el viejo se deslizaba hasta su pieza, arrastrando por el piso la sucia botamanga de los mugrientos pantalones sostenidos con un negro cordel a manera de cinturón.

Desde las diez hasta las doce debía soportar los cariños babosos y malolientes del viejo y de allí hasta las dos de la madrugada, el enorme sacrificio de un coito imposible, ya que al sujeto de marras, los atributos propios de su condición viril se le habían fugado a través de las tremendas trancas de aguardiente y caña que todos los días ingería en el mismo café de Artigas y Jonte. De vez en cuando, el anciano lograba empalmar con algo de sus antiguos atributos y allí se quedaba, sudoroso y respirando como un viejo motor, durante largos minutos, sobre su cuerpo grácil y fresco de párvula en formación.

Cuando su marido, a las tres de la madrugada introducía la llave en la lejana puerta de calle, el viejo atronaba todo el conventillo con sus cascajientos ronquidos pletóricos de arcaicas flemas, que subían y bajaban por las paredes de su maciento sistema respiratorio. Al marido lo veía llegar, casi siempre en pedo, exhalando el mismo fuerte olor a cigarrillo rubio barato y lo sentía casi en sueños, deslizarse a su lado y empezar con el juego de siempre.

Las manos grasientas del café, de tanto andar por los manubrios del fulbito y por sobre la cara tatuada de las mesas rugosas, la acariciaban torpemente, en la oscuridad, mientras su titular pensaba que la estaba besando a María, la hija del dueño del taller o a Julia, la hermana menor del Andrés.

Sentía como las manos pegajosas llegaban hasta sus senos y los apretaban violentamente, como si fueran pelotas de fútbol, próximas a reventar y luego, lo de siempre, oscuro, animal, casi perruno.

Los sábados se quedaba sola con el viejo, mientras él se iba al Luna Park y los domingos, nuevamente con el viejo, esperando hasta las tres de la madrugada, pues de la cancha de Huracán se iba directamente al café.

No hablemos de los incontables patrones de los diversos pequeños negocios en los cuales trabajó un par de meses. Todos la sobaron por igual y como siempre el individuo, respirando violentamente sobre su cuerpo grácil y fresco de párvula en formación.

Cuando alguien le hablaba de amor, sentía automáticamente el mismo viejo y casi nauseabundo olor a esperma metiéndosele por todos los sentidos.

Muchas veces tenía deseos de darle el raje a su marido y meterse de copera en cualquiera de los innumerables boliches que jalonan por varias cuadras los rugosos flancos de la calle 25 de Mayo.

Al menos, allí, ganaría unos mangos y tendría ocasión de alquilar un pequeño y coqueto departamento en el centro de la ciudad o a lo mejor en pleno Barrio Norte, donde conviven aristócratas, diplomáticos, coperas y funcionarios coimeros en esa rara simbiosis que siempre se ha dado en las sociedades próximas a un estado de fatal decadencia.

Después de escuchar toda su larga confesión, sentí también náuseas y empecé a sensorearla a Nélida como a esos libros viejos, de hojas carcomidas por la humedad, que de vez en cuando encontramos arrumbados en los rincones de los sótanos.

Cuando la dejé en la puerta del subte de Carlos Pellegrini, sabía que no volvería a verla nunca más.

Se perdió rápidamente entre la gente, no sin antes darse vuelta a medias y obsequiarme con el regalo de su sonrisa mitad itálica y mitad hispánica.

No conocía ni mi teléfono, ni mi dirección, ni mi nombre verdadero. Cuando el próximo miércoles llegara a encontrarse conmigo, a las dos de la tarde en la esquina del hospedaje, notaría mi ausencia.

Transcurridos algunos minutos sin que yo llegara, se alejaría caminando hacia Santa Fe y tal vez, al poco tiempo, le estaría contando a cualquier otro las mismas escenas del viejo, del marido, de los patrones y mías.

Un poco más cansado y con un resabio de mugre en el alma, me fui metiendo trabajosamente a través de la densa columna de hormigones que sin tener en cuenta la integridad física de sus congéneres, iban y venían enloquecidos.

Dentro de unos minutos estaría con Magda.

¿Habría regresado de sus acostumbrados periplos…?

# Sabio y poeta

—Ese amigo tuyo que vos sabés –me dijo Iona– se irá para siempre, con sus setenta y tantos y no habrá de volver más.

—Se irá, con su griego y con su sánscrito y con todos los idiomas que con tanto ahínco ha ido aprendiendo durante su fructífera vida.

Allí habrán de quedar sus cuadernos de árabe, de hebreo, de chino, de guaraní.

Allí habrán de quedar amontonados sus aún inéditos diccionarios lingüísticos; sus cientos de clases y conferencias; sus nueve libros de poemas; sus dos novelas; sus escritos paleontológicos aparecidos en revistas científicas especializadas; sus colecciones de restos fósiles diseminadas en varios museos.

Allí quedarán para quienes quieran leerlas, las hermosas cartas que recibiera, entre otros, de Leopoldo Lugones, Enrique Larreta, José Pedroni, Paul Groussac, Edmond Rostand, Paul Sartre, la Bouvoir, Juana de Ibarbourou, Ricardo Rojas, Filloy, Carlos Ameghino, Rusconi, Alfredo y Alberto Castellano, Cabrera, Frengüelli…

—¿Te acordás la conferencia que pronunció en la SADE, sobre chino? –me dijo Iona–. Fue genial. Recuerdo que Lysandro de Galtier, que lo escuchó atentamente, cuando terminó, se acercó y me dijo: "Es casi imposible de creer. ¿De dónde sacaron a este tapado?" Explicar nociones de chino con claridad y entre chiste y chiste, en forma amena pero erudita, ¡es casi un imposible! Lo aplaudieron a rabiar.

—No hay duda que se trata de un sabio –le interrumpí–. Pero más que nada, vos bien sabés que es un gran poeta.

—De los mejorcitos, pero ignorado –me contestó–. Pertenece, junto con Banchs, Capdevila, Pedroni, Fernández Moreno –el Viejo– y otros, al gran árbol lugoniano.

—Recordarás ese fragmento del poema suyo que dice:
El hombre con su mano prodigiosa
taladra mundos y devela arcanos,
pero ninguna hechura de sus manos
tiene el encanto de una simple rosa…

—¿No recordás algún otro poema de él? –me dijo Iona.

—Y como recordar, recuerdo muchos –le contesté–. ¿Querés que te diga algún trocito en particular? Vos conocés su obra perfectamente…

—Mirá –me contestó– hay un poema muy bueno. No recuerdo si es de su libro *Patria,* que editó Tors, allá por 1928 más o menos, o del poemario *Cantares,* pero tiene que ver algo con un brindis en un banquete…

—¡Ah! ¡Ya sé! –le dije–. No al pedo nuestro amigo leyó en su idioma original a Platón, cuando recrea a Sócrates, en sus *Diálogos.* Es un pequeño poemita de ocho versos. A nuestra sociedad pacata y artificial, con tantos tipos y tipas snobs, le cae como anillo al dedo. Escuchá y me vas a dar la razón. Estoy memorizando, hace años que no lo leo, pero creo que dice así:

> *Cuando levantes sórdido la copa*
> *que en el festín de brinda el viejo aprecio,*
> *antes del vino calcular el precio,*
> *o del vecino examinar la ropa,*
> *piensa que riega tu cerebro escaso*
> *sangre que Dios a su albedrío agita,*
> *y que eres en el mundo una visita*
> *que se divierte, pero está de paso.*[26]

26    Del libro de poemas *Cantares* de Ricardo Chaminaud (1896 - 1981)

—¡Exacto! –exclamó Iona–. Tal vez la forma no les guste a muchos poetas contemporáneos, no te olvidés que andamos por 1968; pero Borges tiene un poema maravilloso, ese que dice que nunca fue feliz, en el que se caga de la crítica y se destapa con ritmo, rima y demás fiorituras. Claro que vos no escribís así, pero por lo menos se te entiende y no te olvidás de la música y del sentimiento, que son tan necesarios en un poema.

—Sí –le contesté– pero el hecho es que nuestro amigo habrá de irse olvidado, con la amargura de ver cómo los ineptos, los crápulas, los venales, recogen a raudales, trozos de esa fama que a él le pertenece por derecho propio.

—¿Por qué no le mandamos a los medios el curriculum de este fenómeno, sus libros, escritos y demás? –me dijo Iona.

—¿Para qué? –le contesté–. En el Hormiguero, ya está todo establecido. Ni te acusarán recibo.

—Bueno, pero para terminar esta charla –me dijo Iona–, recordame al menos una parte de ese poema a Sampacho, su pueblo natal, en Córdoba… ¿Cómo, no lo recordás? ¡Al fin y al cabo *es tu padre…!*

—¿Cuál? –pregunté haciéndome el zonzo…

# El taximetrista

—El malandra continúa viviendo sin trabajar, mientras nosotros, los laburantes, seguimos poniendo el lomo… —Así, sin mayores rodeos ni vueltas como a menudo habla el pueblo, el chofer del taxi, me contaba su pequeño drama, al parecer insoluble.

—¿Cuántas horas trabaja usted? –le pregunté.

—Nunca menos de catorce –me contestó–. ¿Se imagina catorce horas metido en este infierno? Me levanto a las cinco de la mañana, lavo el coche y como vivo en San Martín, me vengo para el centro –siguió diciendo–. Nunca regreso antes de las ocho de la noche y, según como vayan las cosas, me quedo o no, un poco más de esa hora. Tengo que levantar todos los meses los documentos del coche…

—¿Cuánto paga mensualmente?

—Y, entre seguro e intereses, alrededor de cuarenta lucas –me contestó.

¡Cuarenta mil pesos…! pensé yo, ¡Hace algún tiempo te comprabas tres casas o te hacías unos cuantos viajes a Europa o te dabas la vuelta al mundo como un pachá! Pero volví a mi ocasional amigo el del taxi. Luchaba como un demonio para poder avanzar unos pasos, ya que las calles estaban día a día más congestionadas y una interminable fila de vehículos pugnaba por llegar quién sabe adónde. ¿Acaso sabían los hombres hacia adónde iban con ese ritmo, cada día más veloz y más alocado? ¿Sabía yo hacia adónde iban? Era casi seguro que a un cáncer, o a un infarto, o a un derrame cerebral.

No obstante estar multado su uso, las bocinas llenaban las calles con sus voces disonantes y estridentes. Ya se tocaba bocina, sin ton ni son, innecesariamente, por costumbre, llevado por un impulso nervioso, contagioso e irrefrenable que se posesionaba de todos los conductores, a quienes los atormentaba el mismo problema: falta de dinero y lo que es peor, falta de tiempo para ganar más, ya que de las ocho horas diarias laborales, tan comunes hacía quince años atrás, se había pasado primero a las diez, luego a las doce y ahora, había quien trabajaba diez y seis horas por día.

Por esa razón todos disparaban como locos y ni bien los conductores angustiados por el tiempo eran detenidos por la luz roja, empezaban a tocar bocina, desesperados, sin esperar a que transcurrido el tiempo reglamentario y por otra parte inamovible, la luz cambiara de color, permitiéndoles pasar.

Así, por ejemplo –quién quiera podrá advertirlo en cualquier calle–, un taxi se detiene para permitir que el pasajero descienda y cuando éste todavía no ha comenzado a abrir la portezuela, los vehículos que vienen detrás empiezan a tocar bocina como endemoniados, mientras que los conductores vociferan todo tipo de improperios contra el pobre infeliz que trata de apearse. En cuanto a los caminantes, el problema es mayor, ya que sin protección natural, llevados por el ansia de velocidad que hoy alienta a todo el mundo, corren de aquí para allá, eludiendo a los autos como si fueran consumados toreros.

—¡Qué loquero! –le dije al del taxi.

—¡Loquero y medio! –me contestó–. Lo que pasa es que tendrían que levantar el estacionamiento, no permitiendo que los coches particulares lleguen al centro…

¡Lindo remedio! pensé para mis adentros. ¡Y buen negocio para los taxis!

—Vea, amigo –le contesté volviendo al asunto–, el problema es otro. Le voy a dar un ejemplo sencillo y a fin de orientarlo, le haré una sola pregunta: ¿Qué sucede cuando a un vaso lleno de agua, usted le vierte más líquido?

—Y que se rebalsa, se rebalsa –me dijo con tono sobrador y socarrón.

—Bueno, lo que pasa es que aquí el vaso ya está lleno y no da más –agregué–. La ciudad nos está resultando chica y seguimos llenándola. Todas las ciudades del mundo están resultando chicas, el problema es mundial. Es el fenómeno de la industrialización y del *boom* demográfico, unido a la competencia irracional y desenfrenada de los comerciantes, que siguen volcando en el mercado millones de millones de toneladas de productos, entre los que se cuentan los automóviles. La propaganda desmedida, el crédito desproporcionado, las facilidades de pago, configuran toda una situación anómala que envuelve por igual a consumidores y productores, dando origen a la inflación cada día más imparable y al alargamiento inaudito de la jornada de trabajo.

El hombre, que seguía pertinaz en su punto de vista, me dijo sin detenerse a razonar lo que yo le estaba explicando:

—Es la envidia, señor, es la envidia. Todos quieren tener un auto nuevo. Yo lo veo en el barrio, lo veo. Mi primo se compró un Fiat 600 porque la vecina tenía uno igual. ¿Y sabe lo qué pasó? Los otros días vino a pedirme *emprestada* una luca, porque no tenía vento para cargar la batería… ¡No tenía vento…! ¿Qué me dice…? Con un auto nuevo y sin plata para la batería. ¡Se lo van a comer lo piojo, se lo van a comer…

Yo pensaba contestarle que ese era un pequeño aspecto del problema, que estábamos creciendo muy rápidamente y que el automóvil, como medio de transporte en las ciudades cada día más abarrotadas, iba a pasar a mejor vida, porque ya ahora resultaba gravoso y molesto, dadas las insolubles condiciones del tránsito: congestión, velocidad, entorpecimiento; pero opté por callarme y continuar con mis cavilaciones. No había duda que en la cuestión primaba algo de innecesario, de puro negocio para unos pocos. Tal vez las autoridades tuvieran que tomar cartas en el asunto, pero con seriedad. Posiblemente estuviéramos viviendo todo un sistema artificioso, irreal, que a nada habría de conducirnos y que en cualquier momento podría llevarnos a la bancarrota, merced a un desenlace financiero súbito y catastrófico.

No cabía duda, vivíamos un sistema ficticio. Así, por ejemplo, una determinada firma de automóviles empieza a vender sus coches a ritmo desenfrenado, merced a ciertos recursos propagandísticos, ofreciendo modelos novedosos y entradores. En pocos años, pasan por sus arcas miles de millones de pesos y da trabajo a decenas de miles de operarios, técnicos y ejecutivos. De improviso y cuando nadie lo esperaba, nos enteramos que está en cesación de pagos –quiebra– y que cerrando sus puertas deja en la calle a todo su personal y demás consecuencias, emigrando a otros países, donde seguirá la rueda.

¿Cómo explicar el fenómeno? ¿Gran estafa, imprevisión, hecho premeditado? Ejemplos como el anterior y en otras ramas del comercio y de la industria se dan con alarmante frecuencia. ¿Debido a qué el Estado no toma intervención?

—Bien sabés porqué –me decía Iona–. En los puestos claves de esas empresas figuran unos cuantos militares retirados.

—Callate –le dije–. No grités así, que si te siente el del 5º que trabaja en el SIDE, te va a hacer meter preso por conspiración y vas a terminar chupado.

—Y si es la verdad –me dijo–. ¿O acaso no te acordás las expresiones recientes de ese comandante en jefe del Ejército que hace unos pocos días, al ser separado del cargo, dijo en rueda de periodistas y los había de varias cadenas noticiosas internacionales, que iba a empezar a trabajar en la actividad empresaria? ¿Sabés acaso qué significa eso?

—Bueno, según como lo mires –le contesté–. Desde el punto de vista ético, se trata de una barbaridad, ya que no es concebible que quien ocupa el grado más elevado de la escala jerárquica del Ejército, al retirarse lo haga ofreciendo a sus pares y demás oficiales, suboficiales y soldados, declaraciones tan poco edificantes y dignas. Desde el punto de vista práctico te hace ver que la podredumbre ha avanzado mucho, que cosas como ésas se dicen ya comunmente, sin recato alguno.

—¿Te imaginás a San Martín o a Belgrano haciendo idénticas declaraciones?

—Lo que pasa –le contesté– es que este buen señor al decir que piensa dedicarse a la actividad empresaria está ofreciéndose desde ya, descaradamente, para que alguna importante firma extranjera lo llame a cooperar desde algún punto clave de la empresa, cuyos intereses nunca coinciden con los intereses de la Nación. Crisis moral y de las graves... ¿Por qué no se dedica a alguna obra que signifique un bien para sus conciudadanos? Él sabe que a su retiro se lo está pagando todo el pueblo que trabaja abnegadamente y en forma agobiante. Devuélvale al país algo de lo mucho que le debe. ¿No sabe acaso cuántos millones de pesos hemos tenido que desembolsar desde el instante en que aprobó los exámenes de ingreso al Colegio Militar? ¿Cree acaso que el país le ha pagado toda esa millonada para que él, a la primera de cambio, se mande un cuartelazo, cuyo único resultado será más inflación y segura alza del dólar? Trate de evitar con su conducta que la situación siga deteriorándose, pues de continuar así las cosas, él y muchos otros que obran en idéntico sentido, serán los únicos culpables de que en Tucumán o acaso en Salta o posiblemente en Jujuy, empiecen a florecer las guerrillas.

Mientras pensaba en todas estas cosas y recordaba el diálogo tenido días atrás con Iona, llegamos a destino. Le aboné al del taxi y apeándome, me metí entre miles y miles de hormigones que a esa hora y en ese lugar –Suipacha y Corrientes– rajaban de aquí para allá, desesperados.

¡Se venía El Hormiguero!

# *Argentia*

Vida de mierda, vida perra, pensaba, mientras trataba una y otra vez de taparme la espalda con una frazada de lana cortona y pobre, que a cada momento tornaba a bajarse dejando gran parte del lomo a merced del rudo frío de este despiadado junio que se abatía sobre Buenos Aires. Eran las dos de la *matina* y fuera, la noche, como una *"enorme viuda pegada a mis cristales"* –Delmira Agustini–, ululaba sus trompetas de viento y agua por entre las agudas crestas de los rascacielos. Freddo porco, direbbe mi amigo el italiano de la esquina. ¿Cómo diría Pivoteau, el antropólogo francés cuyo tratado de paleontología estaba leyendo? Vaya uno a saber...

¡Qué ocurrencias las mías, muerto de frío y pensando en esas cosas! Solamente a mí se me podían cruzar tales pensamientos en un momento así. Pero, en algo había que pensar, ya que sin kerosén para la estufa y con el frío avanzando inexorablemente desde todos los rincones del cuarto, no bastaba la pobre y raída frazada que parecía presentir el amargo gusto de la derrota glacial.

A fin de distraerme un poco, no sin antes haberme enrollado como una crisálida en la escueta colchita, me dí a la ímproba tarea de pensar en el origen del hombre, volviendo a retomar el pensamiento que a diario y desde hacía varios años venía torturando mis entrañas. Tanto que conocí al dedillo la mayoría de los grandes tratados de antropología, disciplina que había comenzado a estudiar desde unos cinco años a esta parte. Pensaba pues, que si a un lejano primate de la línea de los hominídeos, al Oreopithecus, por ejemplo, que vivió hace unos doce millones de años en lo que ahora es Italia, no se le hubiera ocurrido mutar algún gene *specialibus* y transformarse en hombre, yo no estaría ahora, lampiño y desheredado, muriéndome de frío y de hambre. Sí: de frío ya que no tenía con qué taparme. ¿De qué valían pues los estudios universitarios y los diversos tratados de antropología y aquel diploma colgado allá y esas cartas de tal y cual, encomiásticas, desinteresadas? ¿De qué valía todo eso si en esos momentos, aquí y más allá y en diversos lugares de la tierra, los ministros-analfabetos robaban descaradamente y los generalotes y almirantuchos seguían llenando sus sucias faltriqueras con dólares y rublos mal habidos, mientras mandaban a la guerra a miles de pobres homínidos que sin saber el motivo se masacraban despiadadamente los unos a los otros, con granadas y ametralladoras y cuchillos clavados por la espalda, al grito de viva la patria, viva la libertad, viva la democracia, viva el comunismo? Había que cuidar las fronteras y levantar cada vez más altas las alambradas de púas separando a los hombres…

Así, cada día más y de ahora en más, los intelectuales y todos los que andan en estas cosas sentirán bajo todos los regímenes, como las cadenas se cierran apretando despiadadamente sus miembros y aherrojando las mentes exhaustas en una suerte de tiranía agobiante de lo colectivo.

Seguirán aún las guerras durante algún tiempo más. No hay duda que al animal-hombre todavía le falta mucho para aspirar al presuntuoso, inmerecido título de "homo sapiens", que él mismo, sin ningún empacho y con bastante soberbia y nada de modestia, se ha endilgado, mientras como el mono de la fábula, se miraba al espejo de reojo.

Seguiremos matándonos por algún tiempo. Tendremos muchos

vietnams, santos domingos, checoeslovaquias, braziles, biafras y etcétera.

Todos los sacerdotes de tales y cuales sectas seguirán bendiciendo todo tipo de armas. En Europa, las de precisión, automáticas y atómicas, en determinadas regiones del África y la Polinesia, las mazas y las flechas, pero siempre instrumentos de muerte y destrucción.

Todavía nos seguiremos *morfando* los unos a los otros, como ya lo hacía hace unos seiscientos mil años el *sinanthropus pekinensis.*

Luego, cuando las guerras cesen, nos atrapará la cibernética, el mundo colectivo, y caeremos en el más perfecto organicismo terráqueo que podamos imaginar.

Termitera, colmena, hormiguero. ¿Acaso alguien podrá evitarlo?

Estos y otros pensamientos más, se amontonaban en el *cervello* mientras una y otra vez volvía sobre la corta y porfiada frazada que corriéndose me destapaba a mí y a Magda.

Vencido por el sueño, que aunque tarde siempre llega, no tardé en dormirme y como todo bicho humano que duerme, empecé a soñar.

Sueño utópico, pero digno. Soñaba que había sido elegido dictador luego del consabido golpe de Estado en un pequeño país transmarino que, como transmarino y azul y casi etéreo, lucía un nombre poético, pues se llamaba Argentia.

Dictador pues de Argentia, señor absoluto de las leyes, dueño del poder público, decidí extraer mis embaulados proyectos de gobernante frustrado y como necesitaba dignos colaboradores que los llevaran a cabo, cometí la temeridad de nombrar en los puestos claves a las personalidades más descollantes.

Como Ministro del Interior, al Presidente de la Academia Argentina de Ciencias; como Ministro de Educación, al Presidente de la Sociedad Argentina de Escritores; como Comandante en Jefe del Ejército, a Rudecindo Flores, el gran poeta laureado con el Premio Nobel.

Prestigiosos prohombres de verdad, no prohombres de prohombres, fueron ubicados en las principales tareas de gobierno y ellos a su vez eligieron como sus colaboradores a otras personas de singular valía.

Literatos, científicos, pensadores, pintores, matemáticos, sociólogos, fueron nombrados en los cargos de confianza. En pocos días, mi mesa de trabajo se llenó de singulares proyectos, jamás aplicados en país alguno.

Mi nuevo Ministro de Defensa, un pensador de nota, conjuntamente con el Comandante en Jefe del Ejército, el laureado poeta Rudecindo Flores, me presentaron un proyecto de decreto-ley –no olviden que también tenía las funciones legislativas–, por el cual se disolvían las fuerzas armadas.

Asustado por guardar aún en mi memoria de hombre tantos miles de años de militarismo, le rogué que fundamentaran el decreto y sus razones fueron contundentes:

*"No haremos guerras de conquista, pues los pueblos están ya maduros para la paz. No seguiremos oprimiendo como desde hace más de un siglo, a ningún ciudadano argentiano. Evitaremos dilapidar más de la mitad de nuestro presupuesto, que de tal manera podrá volcarse hacia los campos de la educación y a un mejor aprovechamiento de las riquezas naturales y de la salud del país.*

*Con los cañones, fusiles, ametralladoras, tanques, blindados, bayonetas; haremos arados, máquinas, perforadoras, yunques, martillos.*

*Los cientos de miles de soldados y oficiales que quedaran licenciados podrán incorporarse a la vida civil, cumpliendo actividades útiles al prójimo".*

Entusiasmado y pletórico de fervor patriótico –también los civiles lo tenemos– firmé el decreto-ley no sin antes poner la frase de rigor: "publíquese, y cúmplase por Defensa e Interior".

En grandes caracteres se leía mi nombre: Ricardo Malarín - Restaurador de la Decencia y el Orden en Argentia.

Una ola de alivio corrió por toda la espina dorsal de la república y, cosa singular, hasta los mismos militares se sentían más cómodos a la vista de sus iguales. Más dignos, más respetados.

Una profunda reforma social, educativa, agraria, económica y política, trastocó las arcaicas bases de Argentia y el ejemplo comenzó a cundir entre los demás países, donde el poder omnímodo de las camarillas de siempre, cedió ante el empuje de los hombres de bien.

¡En Estados Unidos fue nombrado presidente el último Premio Nobel de la Paz! Fue así como en poco tiempo se fueron resquebrajando las viejas estructuras y el mundo comenzó a asistir al nacimiento de una nueva forma de vida. Sin duda alguna, estábamos llegando a la Edad de Oro de la Humanidad.

¡Al fin suspiré con euforia! ¡Al fin pasamos una etapa más! Primero australopitecus, luego pitecantropus, más tarde neandertalinos, luego presapiens y ahora sí, sapiens de verdad.

Yo, reía gozoso, pletórico de dicha ante tamaña proeza, pero sentía que un frío extraño comenzaba a invadirme. Era como si de pronto me hubieran acercado una barra de hielo. Por ello, me levanté de mi sillón de mandamás y traté de acercarme a la estufa de turno, cuando sin saber cómo, me encontré despojado de mi condición de dictador y sin más ni más, arrojado casi desnudo a un frío calabozo que se encontraba en los sótanos de la casa de gobierno.

El camastro era ralo y pobre y, por rara coincidencia se trataba de mi pequeña y antigua cama, que bien pronto reconocí, ya que en vano trataba de taparme con la huidiza y corta frazada.

Echando una mirada a mi alrededor, me dí cuenta que había estado soñando.

¡Al diablo con todos los proyectos! Mejor sería no contarle el sueño a nadie, ni tan siquiera a Magda, que aún seguía durmiendo, pues si llegaba a los oídos de algún alcahuete de los servicios de informaciones de algunas de las tres fuerzas armadas, o de algunas de las policías, federales o provinciales, bien pronto el comandante en jefe de la respectiva arma sería informado por vía de un lacónico memorándum y yo pasaría a transformarme en un agitador, un vende patria cualquiera a sueldo de vaya a saber qué potencia extranjera.

Siempre pasa así. Si a cualquier tipo se le da por criticar a esta nuestra "justa y hermosa forma de vida", con todas sus secuelas de persecuciones, odio, desempleo, golpes de Estado a granel y demás lacras, lo menos que le dicen es peronista o comunista. Antes de la revolución de los bolcheviques, es decir en los años que precedieron a la década del veinte, te llamaban anarquista, ácrata, disolvente. Los nombres cambiaron, pero el resultado no. Ibas a parar irremediablemente a las confortables mazmorras del régimen de turno. En los tiempos que corren, sos comunista o sos peronista. Eso ocurre en todas las latitudes. Si leés los diarios lo podrás comprobar. Los titulares lo preanuncian: "Fueron muertos dos mil comunistas en Vietnam por el fuego de los survietnamitas…" ¿Acaso no sería correcto decir: "Murieron dos mil vietnamitas que luchaban para liberar a su patria de los invasores extranjeros"? ¿O es que todos los que luchan en Vietnam contra Estados Unidos son comunistas? Bien sabemos que entre las filas de los patriotas vietnamitas hay budistas, nacionalistas, gente sin partido.

Volviendo pues a lo que decíamos, sos un agitador comunista o peronista. La cárcel te espera. Una vez que te hayan detenido, serán vanas tus palabras para explicar que vos no sos comunista. La picana y el círculo de hierro que te aislará herméticamente del mundo exterior, habrán de impedirte demostrar que sos tan sólo un ferviente patriota e irás a parar a la fosa común. Por ello decidís olvidarte de todos tus proyectos de reformas.

1969, el horno no está pa' bollos...

Dejá que los milicos sigan jugando a la guerra, como los chicos, pero no con soldaditos de plomo y sí con hombres de carne y hueso, pobres víctimas del afán de lucro de unos cuantos hijos de puta.

Cuidado con la lengua, me dijeron. Morite de frío y hambre, pero solo. No jodás a los demás. No los comprometás. Mirá que a eso le llaman *guerra subversiva...* [27]

También para los mandamás de turno eran agitadores y subversivos los patriotas que en 1810 conspiraban para librarnos del "yugo español". Ahora son héroes. [28]

Lo lamentable es que el esfuerzo de toda esa gente, sin duda bien intencionada, sólo haya servido para rajar a los españoles. Por la brecha que los pobres gallegos dejaron, se metieron los ingleses y durante más de un siglo nos chuparon la sangre implacablemente. Luego de los ingleses vinieron los otros ingleses, los del Norte y ahora el 80% de las compañías y bancos han caído en sus manos.

¿Acaso no se podía dictar una legislación protectora? No seas iluso, me dijeron. A las leyes las "fabrican" los abogados y la mayoría de ellos, por lo menos los que cortan el bacalao, son simples asalariados del gran capital.

Si no me creés, tomate el trabajo de preguntar quiénes son los apoderados y consultores económicos de las grandes empresas norteamericanas. Sería utópico pedirles que defiendan los intereses del país, en contra de sus propios intereses y los de la compañía que les quita el hambre...

27    Siete años después, producido el golpe de marzo de 1976, fueron eliminados miles de compatriotas con el cuento de que eran subversivos. Dirigentes gremiales, empleados y muchos universitarios que cursaban en facultades privadas ultracatólicas. *(N. del A.)*

28    Hace dos mil años, a Jesús se lo crucificó por agitador. *(N. del A.)*

El frío era cada vez más intenso. Creía divisar a través del cristal de la ventana completamente empañado, cierto resplandor rojizo que preanunciaba la llegada de un nuevo día. Un gallo lejano, criado en vaya a saber qué terraza atorranta, empezó a cantar, reafirmando la milenaria vocación de todos los plumíferos de su especie.

La ciudad, como un enorme animal dormido, empezaba a despertarse lentamente. Sus miembros se iban estirando poco a poco a través de los primeros ruidos del tráfico que iban invadiendo las calles.

Tuve necesidad de levantarme a fin de no mojar las sábanas y mientras corría en punta de pie hacia el retrete, me ví de soslayo en un espejo del dormitorio. Así, en paños menores, todo despeinado y con el pelo parado, al par que un poquito panzón por el inexorable avance de los años, me consideré ridículo y mostrenco.

¡A la mierda con toda esa filosofía barata! Desde mañana empezaría a vender maní caliente, y al menos no me moriría de frío. Haría los cucuruchos utilizando las brillantes hojas del Traité de Paleontologie de Pivetau. Les daría un fin útil.

Convencido y así como estaba, es decir en calzoncillos, abrí las puertas de mi cuarto y saliendo al balcón, comencé a gritar como un loco: "¡Vivan los militares, vivan los verdugos de los pueblos, abajo la justicia y la igualdad, mueran los educadores, los santos y los poetas!".

La espuma, una espuma gruesa y pegajosa, se escapaba de mi boca a borbotones. No conforme con gritar desde el balcón –mis alaridos habían logrado despertar a todo el vecindario que comenzó a asomarse a cuanta ventana o puerta tenía a mano–, me dirigí hacia la planta baja y una vez en la calle continué por varias cuadras, mientras corría como un demonio gritando el mentado estribillo.

Exhausto y sin conocimiento me llevaron detenido. Poco después me encontré paseando por los soleados y tranquilos senderos de un instituto neurosiquiátrico. Pasados los años y restablecido ya, recuerdo que en aquellos momentos de encierro, solía ponerme en posición de firme, y mientras en las ramas de los árboles se columpiaba una conocida marcha guerrera, empezaba a gritar desaforadamente: "¡Vivan los militares, mueran los educadores y los poetas!".

Después de algún tiempo de encierro, pude retornar a mi vida de siempre, en Argentia, mi país...

Lo que hizo Magda sin mí, durante esos años, nunca pude saberlo, ni tampoco me interesó averiguarlo.

# El Río de los Perfumes

Éramos diez y los diez estábamos atados de pies y manos como si fuéramos animales llevados a la feria, con la diferencia que los animales que se llevan al mercado están gordos y bien comidos y a nosotros se nos iba a ajusticiar, escuálidos, tísicos y famélicos.

¿De dónde éramos los diez? ¿Del sur, del norte, de la costa? ¡Vaya a saber de dónde! Mi madre, vieja ya, se quedó en la choza. Nada dijo cuando me fui con el grupo, llevando tan sólo un viejo fusil al hombro. Diez años antes, mi padre había hecho lo mismo, peleando contra los franceses que dominaban a mi país. Años antes mis antepasados habían hecho lo mismo, peleando contra los chinos. Nuestra choza se quedó en los arrozales. A lo lejos, parecía una pequeña mata de pasto gris, perdida en la llanura triste y vieja, esa misma llanura que durante decenas de años la metralla había quemado en forma continua.

Hace dos años que mi madre se quedó allí. Algunos campesinos me contaron –hace tiempo– que las bombas incendiarias se llevaron a la aldea en un segundo, como si fuera un pequeño trozo de papel chamuscado.

A veces, cuando miro hacia el Delta del Mekong, me parece divisarla a lo lejos, recortada su figura entre las nubes, o tal vez muy en el fondo de la curva que lleva a Ho, o alargándose en el brumoso Río de los Perfumes, mirándome con sus pequeños ojos vietnamitas, cansados y tristes.

Así atado, tengo que moverme continuamente para evitar que se me duerman los brazos y las piernas. Las ligaduras que me ciñen las muñecas detrás de la espalda, se unen a su vez a mis tobillos que toco con la punta de los dedos, de tal modo que mi cuerpo es un prieto y tenso arco humano, tendido hacia atrás. Hace treinta horas que nos tienen tirados en el suelo de aquel sucio galpón infectado de alimañas.

Ellos, los extranjeros y los invasores, nos tienen así, prisioneros y famélicos en nuestra propia tierra. Dicen que defienden a la democracia.

Hace unos días, luego de un bombardeo devastador, arrojaron unos pequeños papelitos desde el aire, en los cuales, escrito en vietnamita, se decía que venían a restaurar las instituciones del mundo libre.

Yo nunca conocí al mundo libre. Primero durante veinte años, combatimos contra los franceses, ahora contra ellos. ¿Qué será eso del mundo libre?

Mientras tanto, aquí, las hormigas corren por mi cuerpo y de vez en cuando, hunden sus pequeñas mandíbulas en la piel reseca y flaca, mientras un agudo dolor recorre toda mi epidermis. Las hormigas también tienen hambre y no respetan a nadie. A su vez, las moscas pululan por todo el ambiente cargado de fétidos olores.

Hay cientos de cadáveres tirados por las calles y la gente, que huye por los bombardeos continuos, los empuja y pisotea, llevándoselos de aquí para allá, como si fueran bultos informes.

Pero las moscas son húmedas y acostumbrándose, tienen un sabroso gustito muy particular. ¿Qué diferencia existe entre una mosca y un langostino? Pero atención que ya llega una. La siento zumbar socarronamente a pocos centímetros de mi mejilla derecha y todo consiste en quedarme quieto, inmóvil, con los labios ligeramente entreabiertos a manera de una trampa mortal. Hace ya más de dos días que no como nada, mientras que a ellos los veo abrir y tirar continuamente, latas y más latas. Hay un enorme montón de latas a pocos metros de distancia. Pero la mosca torna a sus andadas, sin darse cuenta el fin que le espera. Ahora se ha posado en la punta de mi nariz y debo hacer enormes esfuerzos para no estornudar, mientras siento sus patitas que vienen y van haciendo pequeños círculos. De un salto, se mete en el bigote y escarba aquí y allá, como buscando algo. Siento que se detiene y posiblemente, como lo hacen todos los dípteros, se está frotando alegremente sus dos patitas anteriores, costumbre por otra parte muy común en los primates superiores y en el hombre. Moviéndose nuevamente, comienza a caminar con rapidez rumbo a mis labios, atraída tal vez por el aroma penetrante de la saliva viscosa y caliente, y sin esperar más se zambulle en medio de la comisura, al mismo tiempo que cerrando la boca logro atraparla definitivamente. Con fruición, la deshago entre la lengua y el paladar, y luego la envío sin más contemplaciones, por la faringe y el esófago, camino del estómago hambriento. Ya tengo cierta experiencia, pues en lo que va del día, es la séptima mosca que he deglutido.

Cuando me muevo, penosamente y con mucho trabajo, quedo de cara al piso. Siento el olor profundo de la tierra. Es mi tierra. Nací en ella y en ella murieron mis antepasados desde hace siglos. ¿Por qué estoy prisionero en mi tierra, quiénes son esos eres que la están ocupando cuyo idioma no entiendo?

La mayoría de ellos son más jóvenes que yo y es posible que no tengan más de veinte a veintidós años. Algunos caminan taciturnos y callados, tristes y nostálgicos. Tal vez sus madres hayan quedado como la mía, estáticas y mustias en el momento del adiós muchas veces definitivo. Pasan con la ropa hecha girones y con los pesados zapatos cargados de lodo, como si fueran sombras de hombres, metidos en una tarea que habrá de resultarles ingrata.

Imprevistamente, estallan por todas partes muy cerca de donde estamos, los obuses de nuestros morteros de 160 mms, ahora próximos. Todos ellos corren a guarecerse en el galpón donde nos tienen atados como a perros hambrientos. Las granadas explotan cercanas, cada vez más próximas. Alcanzo a leer, esta vez con satisfacción, el pánico que se dibuja en el rostro de todos ellos,

Un obús revienta furiosamente en la misma entrada del cobertizo y uno de los soldaditos rubios, temblando como una hoja, se ha tirado al suelo en busca de protección, quedando muy cerca de mí. Puedo ver su rostro blanco y pecoso, lívido por el terror. Su respiración, agitada y caliente, llega hasta mi mejilla tocándola; ya que entre su cara norteamericana y la mía vietnamita, no hay más que veinte centímetros de separación. Ahora, sus ojos celestes se cruzan con los míos y en ese momento estamos iguales y en idéntica situación, con la ventaja para mí que si me muero, habré de hacerlo allí, junto al caluroso corazón de la tierra que me viera nacer, mientras que él quedará para siempre, pudriéndose, lejos de su hogar, sin que nadie pueda arrimarle el inútil homenaje de un recuerdo. Tengo los pies y las manos atados, pero él tiene prisioneros el corazón y el alma.

De pronto, estalla entre nosotros una granada que ha logrado colarse por un resquicio del techo y aquel soldadito de ojos celestes ha quedado muerto, junto a mí, tendido boca arriba. Una esquirla le ha detrozado toda la zona del pecho y parte de la cara.

Los papeles que llevaba junto a su corazón, en uno de los bolsillos de la campera, yacen diseminados por el suelo. Cuatro o cinco cartas chamuscadas resbalan lentamente hacia el piso y junto a ellas, una fotografía de mujer, que ha quedado boca arriba, muy cerca de mí. Aquel rostro se parece al rostro del soldado.

Una hormiga negra que deambulaba por las inmediaciones, ha llegado junto a la foto. Primero se pasea por su contorno, palpándola con curiosidad y luego, la cruza de un lado al otro, atravesando el rostro de la mujer por la barbilla, la boca, la nariz, los ojos, la frente redonda y limpia, los cabellos cuidadosamente peinados. Se detiene aquí y allá sobre pequeños granitos de tierra que han caído sobre la fotografía. Uno de ellos tapa justamente su ojo derecho. La hormiga lo palpa, lo mueve de su lugar y arrastrándolo cruza por sobre las cejas, pasa por el espacio que media entre el pómulo y la oreja y enredándose en los cabellos se aleja del lugar, no sin antes meter sus patas en la sangre que está saliendo a borbotones.

Molesta tal vez por este acontecimiento sui generis –nunca ha estado en contacto con la sangre humana–, se detiene y se limpia repetidamente las extremidades con su boca acostumbrada al gusto distinto de los vegetales. Desembarazada de toda huella extraña prosigue su trabajoso camino, sorteando piernas, brazos y rostros, rumbo al hormiguero que se abre en uno de los rincones del aposento.

La fotografía de marras debe ser de la madre del soldado muerto.

¿Qué estará haciendo ahora en la ciudad natal? ¿Acaso ha presentido algo raro con su sexto sentido de madre?

Mientras pienso en todo esto, observo de reojo —mi incómoda posición no me permite otra cosa— cómo entre dos compañeros se lo llevan a la rastra, metido en una manta sucia y vieja, sin mayores contemplaciones. Su cuerpo, al ser arrastrado, va dejando sobre el piso una huella de polvo ligeramente zigzagueante.

Allí quedan las cartas y la fotografía, mientras una enorme mancha de sangre a punto de coagularse, se llena de moscas, que alegremente la succionan con sus pequeñas trompas cubiertas de pelos invisibles. Para ellas debe ser un manjar delicioso. Es el juego de la vida y de la muerte.

Ya no siento los pies ni las manos y el cuerpo comienza a dormirse lentamente bajo un sordo cosquilleo. Las ligaduras parecen más enormes y más prietas a medida que transcurren las horas y las siento como si se hubieran metido dentro de mí, llegando hasta mi corazón, ahogándolo.

•

¡Cómo cantan las aguas del Río de los Perfumes y cómo uno se llena de frescos aromas en esa mañana de primavera! Veo como los arrozales maduros se mecen blandamente doblándose bajo el empuje de la brisa que llega de las lejanas colinas. Mis hermanos pequeños juguetean en el duro patio de tierra y el viejo buey muge pausadamente mientras del belfo le cuelgan largos hilos de plata. Los labradores van llegando, cansados pero contentos y dicen que ahora, después de la guerra, los campos florecen como en las lejanas épocas de nuestros bisabuelos. Hace más de treinta años que los campos no florecen y ahora, la tierra ha vuelto a ser nuestra, definitivamente nuestra. La guerra ha quedado atrás como si nunca hubiera existido.

¿Es música ese suave murmullo que llega hasta mis oídos?

Éramos diez y los diez estábamos atados de pies y manos, indefensos, cuando alguien, dicen que el centinela de guardia, cansado y con odio, hizo estallar los cuatro o cinco galones de combustible que se encontraban a pocos centímetros de nosotros. Es horrible morir quemados con los pies y manos atados a la espalda. En un segundo nos convertimos en diez antorchas vivientes. Cortadas las ligaduras por el fuego, algunos alcanzamos a dar en medio de horribles dolores, algunos pasos, para luego caer definitivamente.

Después nos tiraron a las aguas del Río de los Perfumes y nos fuimos bogando lentamente, cara al cielo. Fue durante nuestra ofensiva de febrero. En las nubes se dibujaba la figura de mi madre, pequeña, lejana, triste.

Éramos diez y los diez estábamos atados de pies y manos como si fuéramos criminales. El ruido de las olas se metía por mis oídos y los cabellos sueltos flotaban a merced de las aguas, enredándose en las algas, rozando los juncos de la orilla, mientras seguíamos muertos bajando por el Delta del Mekong, rumbo al mar, despacio, bajo el canto de nuestros obuses y de nuestra metralla que batía furiosamente a los invasores.

*

Dejando de leer, le pregunté a Iona:

—¿Qué te parece?

—Como cuento, no está mal —me contestó.

—¿Pero de qué cuento me estás hablando? Leé los diarios del 11 de febrero de 1968 y verás que es cierto. Un centinela norteamericano hizo estallar unos cuantos barriles de nafta que se encontraban a pocos metros de diez soldados vietnamitas que, atados de pies y manos, murieron carbonizados. Por eso, querido amigo, es preferible seguir viviendo como Magda, sin problemas ni preocupaciones —le dije—, ya que para ella el amor es algo esencial y definitivo.

Levantándome, mientras le pagaba al mozo, saludé a Iona que en un papel pergeniaba su nuevo cuadro, y me metí de lleno en la balumba de Maipú y Paraguay, que a esa hora, las siete de la tarde, bullía con el ir y venir de miles y miles de hormigas que angustiadas, febricentes, con el rostro demacrado, pugnaban por adelantarse al vecino, empujándolo, pisándolo, ignorándolo. Todas ellas corrían detrás del funesto mango, que de un tiempo a esta parte las agobiaba haciéndoles cumplir jornadas de hasta catorce horas de trabajo.

¿Habría regresado Magda?

El subte me dejó en la estación Facultad de Medicina.

# *Palermo*

Bajo la férula de enero, la ciudad semejaba un gran horno intransitable. Treinta y siete grados y pico de temperatura, noventa por ciento de humedad y dos meses sin lluvia —unido todo ello a la interminable huelga de recolectores de basura—, transformaban a Buenos Aires en una especie de cárcel maloliente, verdadera antesala del infierno, en la cual los que habíamos quedado sin vacaciones, a la fuerza, envidiábamos a los afortunados que en esos momentos estaban zambulléndose en las playas marplatenses, o en las cálidas aguas de Punta, o en los tranquilos arroyuelos de Córdoba o, tal vez, los menos, disfrutando como verdaderos condes, los inigualables lagos y paisajes de Villa La Angostura…

Medina sufría como un condenado el calor y por esa circunstancia ya se había mandado al buche tres sapos de cerveza bien helada, mientras, armoniosamente estudiaba como si fuera una lección de matemáticas el programa de San Isidro para el día siguiente. Con el diario en la mesa me decía:

—En la primera y teniendo en cuenta sus antecedentes, Linda Girl no puede perder bajo ningún concepto.

Aparte de que era amigo de la novia del cuidador. Pero amigo de veras, es decir, que se acostaba con ella, mientras el cuidador se afanaba detrás de los tiempos y las distancias.

Se trataba de una crapulita de muy buen físico que se desvivía por los abrazos apolíneos de Medina y por su particular forma de hacer el amor, no prometiendo nunca nada.

—En la segunda carrera –prosiguió–, teniendo en cuenta la calidad pareja de los contendores, la pericia de Sauro y de que en su última confrontación *"había ido visiblemente al bombo"*, Julián II°, tenía que poner el número.

Cansado de escuchar tanta cháchara inútil y por sobre todas las cosas la misma cantinela, terminé el café y pagándolo salí por Avenida de Mayo, sin rumbo fijo, dejándolo a Medina enfrascado en sus análisis turfísticos.

El sol, caía a plomo, derritiendo el asfalto de las calles de modo tal que al cruzarlas sentía como si fuera quedando pegado. Lo cierto es que debía hacer fuerza para dar un paso más.

La camisa, totalmente mojada, se me adhería al cuerpo, los pantalones, gruesos y de invierno, resultaban para esa época una carga insoportable, por lo que maldecía no haber sido contemporáneo del hombre de las cavernas para poder andar en cuero.

¡Miren que el hombre vive de contramano! ¡Todavía y pese al largo tiempo transcurrido desde que empezó a hacer uso de la razón, no ha sido capaz de independizarse de toda esa vestimenta cara y engorrosa que aprisionándolo, lo transforma en un verdadero payaso! Las mujeres, por lo menos, han descubierto las minifaldas y por lo que se ve, cada día que pasa, logran prescindir de un trozo más de género, de tal forma que algunas han quedado reducidas al tamaño de un cinturón. No obstante, nosotros, los conquistadores del cosmos y otras yerbas, seguimos andando con camisas cerradas, corbata ceñida como si fuera una horca, chaleco aprisionando fuertemente el tórax a través de una insobornable y prieta fila de botones, saco cruzado y para colmo oscuro, pañuelito cantor en el bolsillo –para lo único que nos sirve es para tener que cambiarlo día por medio, ya que las puntas se le manchan irremediablemente de hollín–, y para terminar, altos y gruesos zapatos de cuero, apretados con un fuerte cordón en torno de la anatomía agobiada de nuestros pobres pies. Un verdadero suplicio chino.

Luego de andar unos pasos, me metí automáticamente en el subte. Allí el aire, por lo pesado y denso, se tornaba irrespirable y por un momento –sugestionado–, pensé que podría perder el conocimiento. Hasta creo que sentí la ligera sensación de un vahído en una fracción de segundo, como si el piso se nos fuera de golpe, dejándonos en el aire. La poca gente que como yo, en ese verano ardiente, se había quedado en la ciudad, viajaba como embotada, tratando de pasar el mal momento, metida en las páginas iguales de los diarios, que traían las noticias de siempre: muertes, asesinatos, peculados, revoluciones, torneos de fútbol.

Tomando la combinación de Carlos Pellegrini, me fui instintivamente hacia Palermo en busca de un poco más de aire y tranquilidad.

Una vez que llegué, me metí a grandes pasos bajo la tupida sombra de los árboles numerosos, mientras la siesta veraniega alargaba su modorra en todo el ámbito del gran parque somnoliento.

Las flores rojas de los numerosos ceibos semejaban gruesas y brillantes gotas de sangre caliente, brillando bajo los contundentes rayos del sol.

Una vez que hube atravesado Figueroa Alcorta, me senté sobre el césped, casi al borde del sendero. A mi lado, una larga columna de hormigas negras dibujaban un bien marcado camino que se perdía varios metros más adelante, debajo de un poderoso tronco de eucaliptus abatido durante la última tormenta. Incansablemente se sucedían unas tras otras, en prieta fila india, llevando cada una un pequeño trozo de hoja o algún descomunal trozo de madera, teniendo en cuenta el tamaño pequeño de su cuerpo. A pocos centímetros de distancia, una avispa de tórax cruzado por anillos amarillos y negros, arrastraba caminando hacia atrás una araña mucho más voluminosa que ella, *asesinada* unos pocos segundos antes. De vez en cuando, es decir cada siete u ocho centímetros, se detenía en seco, la soltaba, y dando uno o dos nerviosos giros en el aire y al ras del suelo, cual si fuera un pequeño helicóptero, caía nuevamente sobre su presa, y atenazándola fuertemente entre sus garfios poderosos, continuaba arrastrándola, mientras el

cuerpo de la víctima adormecido por la inyección de una droga paralizante, dibujaba en el suelo una caprichosa estela de polvo.

La araña, como digo, no estaba muerta, y había sido inmoviliza-
da por la avispa, utilizando un poderoso anestésico que inyecta muy
velozmente con su agudo aguijón, a fin de que el animal, semanas después, pueda ser devorado fresco aún, por las cinco o seis pequeñas oru-
guitas que nacerán de los huevecillos que la avispa despositará en el caliente abdómen del arácnido.

Pequeñas cosas de la naturaleza… Después de luchar y resoplar
durante largo rato con la enorme carga, la avispa llegó a destino. Se trataba de un pequeño orificio que ella misma había perforado minutos
antes, utilizando sus dos patas anteriores, chatas, aplanadas y con la forma de dos auténticas excavadoras mecánicas. Deseosa de cerciorarse
de que todo andaba bien, se metió en el orificio sin la carga, regresan-
do instantes después a la superficie. Esto que relato puede ser obser-
vado por cualquier lector, por menos curioso que sea, si tiene la paciencia de tratar de verlo, durante el verano, en Palermo, en las Barrancas
de Belgrano o en el campo.

Hay avispas de todos los tamaños y de varias especies. Desde el
gran San Jorge de cuerpo oscuro y brillante y alas rojas y nerviosas, hasta unas pequeñas avispitas de menos de un centímetro.

Una vez que la avispa hubo regresado del fondo de su cueva –un
orificio del grosor de un lápiz–, volvió a prenderse del arácnido y arrastrándolo con cierto trabajo, lo metió en el hoyo. Cinco minutos después, salió velozmente y remontó vuelo. Mientras regresaba, ya que yo
conocía la historia al dedillo, me entretenía poniéndoles obstáculos a
las hormigas en su pequeño sendero zigzagueante. Nerviosas, cuando
llegaban al trozo de madera que les tapaba el paso, iban y venían mientras conversaban entre ellas tocándose ligeramente con las antenas, para luego franquear el improvisado obstáculo y continuar el incansable
camino. En eso estaba cuando vi aparecer a la avispa de marras. Velozmente y utilizando dos o tres pequeñas gotas de agua que traía en sus
fauces, fabricó un tapón de barro con el que obturó la entrada de su
cueva. Mientras se limpiaba contra el suelo violentamente las patas –como quién lo hace en un felpudo–, alcanzó a dar dos o tres vueltas alrededor de su obra concluida y satisfecha con el resultado, dándole la

espalda, levantó vuelo, esta vez definitivamente, perdiéndose entre las elevadas copas de los árboles cercanos.

Curioso, *mientras pensaba si todos los seres vivientes venían ya programados,* me dispuse a desentrañar como ya lo había hecho en repetidas oportunidades, desde mi niñez, un secreto más de la naturaleza, para lo cual armado de una filosa astilla de madera, utilizada como azada, comencé a excavar en el mismo lugar en que se encontraba la cueva de la avispa. Luego de haber logrado hacer un orificio casi vertical, de unos seis o siete centímetros, llegué al fondo de la cueva. Allí, la avispa había ensanchado el subterráneo, de tal manera que me encontré con una pequeña caverna esférica, de un centímetro de diámetro. En el piso de esta minúscula habitación yacían adormecidas tres arañas de la misma especie que yo viera introducir minutos antes. Estaban con las patas para arriba y en medio del abdómen, se divisaban como minúsculas perlas, varios huevecillos depositados por la avispa antes de partir. Con una pequeña ramita pude comprobar que las arañas estaban inmovilizadas, pero no muertas, ya que al estirarles las patas, en lugar de notárselas rígidas, podía apreciar la suave elasticidad de los órganos vivos. Parecía que estuvieran durmiendo plácidamente.

Yo conocía la historia, a través del gran naturalista europeo J. H. Fabre.

Años atrás había podido apreciarlo en vivo, durante mi estadía en el chaco santafesino, con la diferencia de que el espectáculo no me lo brindó una pequeña avispa luchando contra una minúscula araña. Asistí a la lucha a muerte entre un enorme San Jorge, poderoso avispón de alas transparentes y rojas, como si le hubieran sido pintadas con tinta china carmesí, y una enorme araña de nuestros campos, especie de tarántula criolla.

Yo deambulaba observándolo todo. Ya había encontrado varios nidos de chimangos y alguno que otro de coludo, un hermoso pajarito que como el leñatero, construye un enorme nido espinoso, redondo y grande como una voluminosa pelota de fútbol, el que se prolonga hacia adelante en un tubo de unos treinta centímetros de largo, construido con tallos literalmente cubiertos de largas espinas, de tal manera que nadie puede colarse en su interior, salvo el hombre que, haciendo gala de un total cinismo y despreocupación, aborda el nido por la parte inferior, destrozándolo con la ayuda de algún palo puntiagudo y duro...

Estaba pues en ésas cuando sentí cómo el San Jorge zumbaba violentamente a pocos pasos de distancia. Semejaba el ruido de esos pequeños aviones a motor con que los niños juegan de un tiempo a esta parte en nuestros parques. Sin mucho trabajo logré ubicarlo a unos pocos centímetros delante de mi pie derecho. Sin importarle mi presencia, se había lanzado en poderosa picada desde unos cincuenta centímetros de altura, casi perpendicularmente hacia un pequeño montoncito de tierra, donde alcancé a ver al arañón en posición de combate y con sus patas anteriores levantadas amenazadoramente. Llegado a unos cinco centímetros de la araña, se detuvo bruscamente y efectuó a su alrededor, volando, cuatro o cinco círculos velocísimos, sin lograr confundirla en lo más mínimo, ya que ésta giró cuantas veces lo hizo el San Jorge, acompañándolo en todos sus movimientos, cual un avezado esgrimista.

Puesto a distancia prudencial, permanecí inmóvil, a fin de no asustar a los contendores, pudiendo apreciar, cómo la araña se achataba cada vez más en el suelo, mientras en medio de sus garfios potentes brillaba una gota de veneno. Los dos pequeños ojos de la araña, uno muy al lado del otro, fulguraban como si fueran de acero. El avispón, seguro de sí mismo, se dejó caer a unos cinco centímetros de su enemigo y allí empezó a danzar de un lado para el otro, incansable, sin parar nunca, en círculos cada vez más estrechos, mientras la araña trataba de no perder el más pequeño movimiento de su adversario, apuntándolo siempre con sus garfios, permanentemente abiertos. Las piruetas, marchas, contramarchas y feroces simulacros de ataque del San Jorge, continuaron durante largos minutos. Ora a la derecha, ora a la izquierda, luego de arriba hacia abajo, más tarde de abajo hacia arriba, la cuestión era ir minando las energías del arácnido y adormeciendo sus reflejos a través de esa danza infernal de fintas y esguinces.

La araña esperó y esquivó mil veces el ataque que nunca se producía, hasta que de improviso, veloz como el rayo, éste llegó a través de un estiletazo que en una fracción de segundo le inoculó una substancia paralizante de acción tan rápida que súbitamente se le aflojaron las patas, cayendo herida como por un rayo invisible.

Los garfios se cerraron suavemente y quedó a merced del San Jorge que, arrastrándola de una pata, fue avanzando con ella, trabajosamente hacia su cueva no muy distante.

Esa araña sería dentro de breves días el opíparo alimento de los pequeños hijos de la avispa.

Hacían cientos de miles de años que el San Jorge mataba a diario a esa especie de arácnido y continuaría haciéndolo vaya a saber hasta cuándo.

Eso lo sabemos, ya que se han encontrado restos fósiles de estos animales que ya vivían en los montes del período carbonífero.

●

Vuelvo a preguntarme si todos los seres no están programados. Inclusive, nosotros.

De pronto, un violento trueno conmovió a todo el parque. Levantando la vista, vi recortado sobre el intenso azul del cielo, un enorme nubarrón que avanzaba velozmente tapando al sol.

Entre donde yo estaba y los primeros edificios de avenida del Libertador, mediaban unas tres cuadras.

Levantándome, apreté el paso. Cuando había llegado a mitad del camino, la lluvia caliente se desplomó sobre mí. De inmediato busqué refugio en un tupido macizo de arbustos. A mi alrededor, multitud de pequeños arroyuelos empezaron a correr zigzagueantes entre los arbustos y las ramas secas.

La lluvia era tan intensa que los jacarandaes del fondo del parque apenas si se adivinaban como si fueran una confusa y compacta masa violácea.

Sacando un cigarrillo, lo prendí con fruición. Algunas gotas enormes comenzaban ya a traspasar el grueso techo de ramas y hojas, cuando desde el poniente empecé a divisar como se iba ensanchando un trozo de cielo azul y limpio, mientras un rayo de sol comenzaba a pintar de amarillo las copas de los árboles recién lavados por el agua.

Me acordé de Lugones y automáticamente me encontré diciendo *sotto voce* su Salmo Pluvial:

> *Saltó la alegre lluvia por taludes y cauces,*
> *descolgó del tejado sonoro caracol,*

*y luego allá a lo lejos, se desnudó en los sauces,*
*transparente y dorada bajo un rayo de sol.*

Los automóviles, lustrosos, cruzaban raudamente Avenida del Libertador y una algarabía de luces verdes, rojas y amarillas se alargaba sobre las calles mojadas, como si Quinquela Martín estuviera pintando poderosos trazos con una enorme espátula.

# *Simún*

A las dos de la mañana, aunque resulte raro, todavía funcionan en cierta parte de la avenida Juan B. Justo, algunos talleres mecánicos que se especializan –descontado el desplume al cliente de paso– en el arreglo de cualquier desperfecto eléctrico del automóvil.

Aburrido, me dirigí hacia uno de ellos propiedad de dos amigos. Se trataba de López, estudiante de Estadística Matemática y de Zernick, de origen judío y próximo a recibirse de ingeniero. Cuando llegué lo encontré a López con un traje de mecánico que, como la mayoría de sus tocayos, estaba totalmente manchado de grasa y aceite. Me recibió con alegría y me dijo que estaba rebobinando un dínamo.

De inmediato, y como nos pasaba cada vez que nos topábamos, nos trenzamos en una bizantina discusión política. Mi amigo, militaba en ese entonces –¿será ahora conservador?– en el trotzkismo y su fanatismo era tan acentuado que donaba al partido la mitad de sus ganancias mensuales. ¿Acaso era ingenuidad, fe, sabiduría? Todavía, y pese al tiempo transcurrido, no he podido sacar una conclusión concreta. Lo

cierto es que se trataba de un excelente individuo, acaso un poco excéntrico, poseedor de un razonamiento matemático rápido, brillante,
nada común. Su otro socio, Zernick, dormía en un cuartucho existente en el entrepiso al que se llegaba por una sucia escalera de madera.
Estos dos muchachos trabajaban todo el día, turnándose y mientras
uno descansaba el otro seguía atendiendo el negocio.

Cuando el intercambio de ideas amenazaba tornarse demasiado
cáustico, López, con una sonrisa me preguntó:

—¿Qué tal el trabajo? ¿Cómo te va con el estudio jurídico?

—Mal –le contesté–. Vos sabés que es duro abrirse paso en Buenos Aires, de improviso, cuando nadie te conoce.

Casi paternalmente agregó:

—Dentro de un rato tiene que venir un individuo que maneja muchas lucas. Tiene una agencia de automóviles en Canning y Córdoba.
Te lo voy a presentar, pues a lo mejor necesita un abogado para que le
ejecute las prendas impagas. Algo de eso me dijo ayer. ¿Ves ese Impala que está en la puerta? –decía mientras me señalaba un poderoso auto importado. Es de Simún.

—¿Y quién es Simún? –le pregunté.

—El agenciero de guita que te voy a presentar –me contestó.

Continuamos hablando de veinte mil cosas. De nuestra ciudad de
procedencia, de la Aduana donde habíamos sido compañeros de trabajo, de Rodríguez, de Fernández, de tanta gente… Eran las tres de
la madrugada cuando se detuvo un hermoso convertible color rojo.

—Ahí viene Simún –me dijo.

En efecto, un individuo de mediana estatura, mas vale obeso, pulcra y finamente ataviado, se introdujo en el negocio. Fuimos presen-
tados y de inmediato nos invitó a tomar un café en un bar mugriento
y rasposo, que se desmoronaba de viejo, a pocos metros de allí. Una vez
que nos hubimos sentado alrededor de una de las mesas, en la vereda,
pues hacía calor, me dediqué a desentrañar en algo la personalidad del
individuo de marras, tratando de aplicar algo de los conocimientos
prácticos aprendidos cuando, como estudiante universitario, me desempeñaba en la sección –como la llamaban sus empleados– *erre ha-
che* –Robos y Hurtos– de la Policía rosarina.

En esos momentos, Simún estaba abriendo delicadamente los dos consabidos pancitos de azúcar, envueltos en un pequeño trocito de papel sedoso, razón por la cual pude verle las manos extremadamente cuidadas con todas las uñas manicuradas y brillantes bajo los efectos de una sutil capa de pintura natural. Un grueso anillo, con un enorme brillante, fulguraba en el dedo meñique. Fina corbata con perla, camisa impecable, traje de casimir importado, nos delataban al burgués bien comido. ¡Pero qué burgués, como más adelante pude averiguar!

El individuo me doctoraba a cada rato, ignorando sin duda que nada me molestaba más que sentirme llamar por un título, que si bien poseía, no me hacía nada feliz. No se si alguna vez he dicho que terminé mis estudios universitarios llevado por el firme propósito de darle un pequeño gusto a mis mayores.

Volviendo al personaje de marras, debo agregar que al enterarse que tenía predilección por la literatura, se puso a recitar bastante bien algunos poemas de Lugones.

López le explicó en uno de los baches de la conversación, que nos conocíamos desde hacía muchos años y que yo estaba tentando suerte en Buenos Aires. Corría el año 1957. Simún, de inmediato, me ofreció la ejecución de una serie de prendas a su favor, que estaban impagas y al ver que no me desagradaba la idea, me invitó para que al día siguiente pasara por la administración de su negocio, alargándome una tarjeta.

Silbando contento, regresé a mi casa, ya que el personaje de marras me había hablado de documentos a cobrar por varios millones de pesos, que en ese entonces representaban una suma nada despreciable, con el dólar a no más de 60 pesos, si la memoria no me traiciona.

Si bien nunca me gustó oficiar de cartero, con los expedientes debajo del brazo, rondando de un juzgado a otro y ocupándome de todos esos litigios sucios, tramposos y cargados de dolo, que trasuntan el 80% de los juicios que se ventilan en los tribunales porteños, debía conformarme pues en ese entonces vivía tan sólo del ejercicio de mi profesión. ¿Siempre había sido así la justicia? Se ve que de ella no debía conservar un buen recuerdo nuestro querido Roberto Arlt, ya que en toda ocasión que se le presentaba vapuleaba a los abogados de lo lindo.

Se dice que al primer abogado o leguleyo –no estoy al tanto si tenía título habilitante– que llegó desde España cuando Buenos Aires era aún una pequeña villa, los vecinos lo devolvieron a su país con cajas destempladas, ya que a los pocos meses de haberse radicado había tramado tales intrigas entre los porteños que la vida en la colonia empezó a tornarse imposible.

Al día siguiente me presenté en las oficinas del tal Simún. Era propietario, como ya dije, de una agencia de automóviles en las proximidades de Canning y Córdoba, en los lares de la seccional de policía veinticinco.

A pocos metros del salón de venta tenía instalada la administración, a cuyo frente se desempeñaba un contador, muy diestro, como se verá. No noté nada anormal en dicha agencia, aparte del aire poco edificante que la mayoría de ellas, aún las conocidas, ofrecen a quien está acostumbrado a otro tipo de negocios.

Quienes rodeaban a Simún parecían ser mitad vendedores, mitad gente del hampa, pero a mis ojos, nada anormal se ofrecía, ya que cuando concurría por espacio de quince o veinte minutos, dos o tres veces por semana a charlar con dicho individuo a fin de ponerlo al tanto de la marcha de las ejecuciones, solía encontrarme con taximetristas que venían a vender o a comprar un automóvil. Todavía en ese entonces no tenía gran auge el automóvil nuevo.

Poco a poco y a medida que fueron transcurriendo las semanas, empecé a oler en todo el asunto un cierto tufillo a cosa sucia, que no me agradó, pero como mi tarea era normal y lícita, proseguí con ella sin mayores contratiempos. Posiblemente, si hubiera estado ligado con algún estudio en Buenos Aires, alguien, al enterarse que yo le atendía los asuntos civiles a Simún, me hubiera alertado haciéndome saber lo que luego me enteré por mis propios medios, es decir, que el individuo se trataba de un delincuente común que a la sombra de algunos funcionarios venales de la policía y del poder judicial, se estaba llenando de oro con el tráfico ilegal de vehículos a través del paralelo 42, mechado con el patentamiento falso de rodados sustraídos y algunas tareas propias del hampa, que el nivel medio de la población no alcanza a conocer nunca. En dichas tareas participaban comisarios, jueces y los respectivos auxiliares de la justicia, es decir, los abogados. Digo participaban pues los comisarios ya se han jubilado e idéntica cosa pasa con los jueces.[29]

Me extrañó saber accidentalmente, por boca de otro abogado que

29   Como vemos, la corrupción viene de lejos. *(N. del A.)*

le había atendido hasta que yo llegara, los asuntos civiles –correctísimo y muy capaz– que a los asuntos criminales de Simún los atiende el estudio de fulano de tal, hijo del que fuera camarista en lo criminal de tal y cual cámara. Al inquirirle mayores detalles, mi colega con el que de vez en cuando y después de más de doce años solemos encontrarnos, me dijo levantando la mano hasta más allá de la cabeza: ¡Tiene más procesos criminales que Al Capone!

—En efecto, eso lo fui comprobando de a poco –le dije a Iona–, mientras le devolvía el mate que desde hacía unos minutos retenía en mi mano.

Interesado por conocer en los menores detalles la aventura que me tocó vivir, volvió desde la cocina, en un santiamén, con un nuevo mate que apuré de un solo sorbo.

—Una mañana que había concurrido a la administración, mientras un empleado me ponía al tanto de la localidad de la provincia de Misiones en la cual había sido individualizado un automóvil prendado, que debíamos secuestrar, entró corriendo uno de los vendedores y dirigiéndose hacia mí, me dijo: "Dotor, don Simún lo llama por algo muy urgente".

Sin perder tiempo, recorrí la cuadra y media que separaba a la administración de la agencia y al introducirme en ésta lo encontré a Simún pálido y nervioso, sentado en un pequeño despacho que había hecho construir en los fondos. Me trató de explicar que ante la ausencia del abogado que atendía sus asuntos criminales, debía hacerme cargo de concurrir a la seccional próxima donde se encontraba "un taximetrista atorrante" que había intentado agredirlo y que falsamente lo acusaba de lesiones.

La realidad –luego me enteré– era otra. Al pobre individuo, un hombre de trabajo, le habían vendido en la agencia de Simún un auto robado que registraba prenda a favor de un tercero, de tal manera que un buen día y cuando se encontraba trabajando, cayó este tercero con el oficial de justicia y se lo secuestró, dejándolo como dicen por acá "en Pampa y la vía".

El delito era doble: vender un automóvil que registraba prenda y cascarlo al pobre infeliz que compró de buena fe, entre varios secuaces, cuando naturalmente concurrió a protestar.

Nada de eso sabía yo y por tal motivo me dirigí a la seccional a tratar de interiorizarme del asunto. Por el camino, iba ya un poco molesto y picado, porque nunca me gustó hacerme cargo de segundos platos, máxime que yo no era el abogado que le atendía las cuestiones criminales a Simún.

Cuando llegué a la seccional, distante no más de ciento cincuenta metros, me encontré con un cuadro ignominioso y que reflejaba lo que era y lo que es nuestra sociedad putrefacta y ruin.

El oficial de guardia, interesado y chupamedias, al enterarse que yo era el abogado de la agencia de fulano de tal, me hizo pasar inmediatamente al despacho del comisario, donde me lo encontré al taximetrista, un hombre joven y de trabajo, manando abundante sangre de las fosas nasales. Aparte de ello tenía algunos magullones en la cara y la ropa denotaba por su estado que lo habían revolcado violentamente entre unos cuantos cobardes. La camisa del pobre tipo estaba profusamente manchada de sangre.

En un primer momento pensé para mis adentros ¡en la que te metiste, Simún! ¡Ahora te van a procesar por lesiones y al canasto…!, pero bien pronto tuve que cambiar de idea, ya que el comisario, en lugar de ordenar que le tomaran la correspondiente denuncia: lesiones y venta de coche robado y con prenda, le estaba pegando un levante digno de mejor causa.

El taximetrista, balbuceando, alcanzó a repetir lastimosamente en mi presencia, la historia del auto robado que Simún le había vendido, como así también la feroz paliza que le acababan de propinar los secuaces de aquel. Mientras hablaba, trataba de secarse infructuosamente la sangre que le manaba del labio inferior que le colgaba partido.

El comisario, como única explicación, lo amenazó con pasarlo al calabozo. "Unas cuantas semanas te van a venir bien", le dijo.

Indignado pero impotente, me dí cuenta que en ese entonces yo estaba en cierto sentido dentro de las redes de una poderosa y bien montada organización delictiva, cuya cabeza, sin duda alguna, no era Simún, y que al menor desliz no trepidarían en liquidarme si era necesario.

—Hubieras pedido protección a las autoridades –me dijo Iona, mientras me alcanzaba un nuevo mate.

—¿De qué autoridades me estás hablando? ¿Cómo podía saber yo quién era cual o tal? Aparte de eso, bien sabés que no tenía ningún tipo de contactos y que me estaba corriendo la gran liebre.

—¿Y qué hiciste? —me dijo.

—Tratar de zafar lo más rápidamente posible sin despertar sospechas. Debí pasar al lado de Simún más de dos meses aún. Traté de circunscribirme a mi tarea específica: cobrador civil de las deudas que los legítimos compradores de vehículos contraían con la agencia de Simún. No obstante esos dos meses me vinieron bien para interiorizarme, a través de conversaciones aisladas que iba escuchando, muchos pormenores que ahora puedo relatar. ¿Siempre habrá sido así?

—¿Qué es lo que siempre habrá sido así? —preguntó Iona.

—Toda la mugre que rodea a la justicia, todos los negociados en los cuales son parte los malos funcionarios… Siempre habrá sido así, y sino mirá el caso de los dos jueces que por prevaricadores y delincuentes separaron hace poco tiempo, mediante un juicio político que causó sensación y que sirvió para mostrarnos hasta dónde llega la podredumbre.

—¿Vos qué te creés? —dijo Iona— ¿Que la podredumbre se detiene a nivel de los jueces?

—¡Qué va! —le contesté—. ¡Los eligieron a esos dos como a dos pobres conejillos de Indias! Es decir que se hizo como solía hacerse en Rosario, hace ya mucho tiempo, con los capitalistas de juegos prohibidos.

—¿Qué se hacía en Rosario con los capitalistas de juegos prohibidos? —preguntó.

—Era algo muy original. Fijate que yo conocía a uno de ellos de apellido López, de origen español y que vivía a pocas cuadras de mi casa. Se trataba de un pez gordo que bancaba a varios levantadores de quiniela.

Como en ese entonces la quiniela era un juego muy perseguido por las autoridades y los comisarios seccionales, tenían que justificar ante el Jefe de Policía que realmente perseguían al juego y a sus infractores, la única forma de poder hacerlo y quedar bien con Dios —el jefe— y con el diablo —el capitalista que les hacía llegar jugosas coimas—, era aplicar un sistema muy original.

El posible infractor, en este caso un conocido capitalista de juegos prohibidos, era detenido durante un lapso determinado y luego recuperaba la libertad.

Recuerdo que este bueno de López tenía una pequeña valija en la cual siempre guardaba un pijama, adminículos para su higiene, mate, yerba, azúcar, bombilla y un pequeño calentador a alcohol. De antemano le avisaban día y hora en que la comisión concurriría a su domicilio y previa revisación, que como es natural, no arrojaba resultado positivo alguno, se lo conducía como un invitado de honor, en averiguación, quedando alojado en una confortable habitación de la Jefatura por un par de días. López no era el único. Varios capitalistas más cumplían idénticos "arrestos".

—En consecuencia –comentó Iona– "les dieron" a esos dos jueces que indudablemente prevaricaban, para justificar a otros prevaricadores mayores.

—Así es –le dije–. Todo se derrumba y no es nada nuevo ni somos extremistas al decirlo. El sistema que nos gobierna es uno más como pudieron ser los diversos sistemas que históricamente se han ido escalonando desde la más remota antigüedad hasta nuestros días. Pretender que sea eterno, es desconocer la realidad histórica. Cuando haya envejecido y no sirva para nada, habrá que arrojarlo a la basura. Y eso es lo que está pasando ahora. El sistema ya no da más y ha envejecido. Cuando queremos arrojarlo, se resiste, pues las fuerzas que se benefician con él son quienes ofrecen denodada lucha, pero a la larga se producirá el desenlace. Años más, años menos

Mientras estaba calentando nuevamente otra pava de agua le seguí contando el episodio de Simún.

—Mirá –le dije–. Lo abreviaré para que me entiendas mejor. Luego del episodio del taximetrista y del comisario me dediqué a observarlo más detenidamente a Simún y en los dos últimos meses que estuve a su lado, fui desenrollando en algo el hilo de la madeja. Cultivaba la amistad de algunos magistrados –venales–, a quienes trataba prácticamente de che y que se acostaban con la misma hembra que la noche anterior había estado haciendo todo tipo de piruetas con el delincuente mencionado, el que se daba el gusto de prestársela por un par de horas. Aparte de ello, cada vez que alguien osaba denunciarlo por algo, los jueces lo llamaban no como acusado. Se presentaba y luego de tomar un café en la secretaría respectiva, labraban una simple acta testimonial y a otra cosa. Imaginate que según se decía, me lo contaron años después, el comisario de policía de su seccional le guardaba en uno de los cajones del escritorio, varios sellos correspondientes a diversas secciones y jefes de la aduana de la Capital, con los cuales falsificaba certificados de libre deuda que vendía a las distintas bandas que en Buenos Aires se dedicaban a entrar autos desde el paralelo 42 [30]. Esa es de las más chicas que registra este individuo.

Por fin logré despegarme de este personaje y de a poco empecé a incursionar en otras actividades diversas a las de mi profesión, por cuya razón fui distanciándome de ella en forma gradual. Ahora, si no fuera por ese diploma que vos ves allí, no estaría muy seguro de haberme recibido.

Guardo, eso sí, particular cariño por las clases de aquel viejo profesor de Derecho Constitucional que con tanto calor solía hablarnos de gobierno del pueblo, de ética jurídica, de los principios de Justiniano.

---

30    Los automóviles introducidos al sur del paralelo 42 no pagaban impuestos.

# *Ovnis*

Ricardo leía *La Nación ilustrada*. Desde hacía dos domingos había introducido un nuevo color, es decir que al clásico color chocolate al que nos tenía acostumbrados la sección literaria, le habían agregado un color gris acerado.

Estaba sentado cómodamente en uno de los sillones del living y mantenía al periódico como si fuera un plano inclinado con respecto a la superficie del suelo. Cualquier objeto inanimado que hubiéramos colocado sobre la hoja del diario, habría resbalado por ella como por un tobogán hasta la falda de Ricardo. Por esa razón quedó sorprendido ante la imprevista aparición de una minúscula esferita –su tamaño no era mayor que el de un punto realizado con un lápiz afilado– que rodando sobre sí misma, cual si fuera una pequeña bolita de acero, iba y venía por la abierta hoja del periódico.

Dejando la lectura, se entretuvo en seguir las evoluciones del extraño objeto y bien pronto creyó encontrarse ante algo ya conocido. En efecto, recordó las varias veces que en distintas oportunidades de su vida había tenido ocasión de manipular mercurio. La última de ellas, hace ya unos años, ocurrió cuando se le cayó el termómetro de máxima y mínima, que se utiliza para registrar la temperatura del cuerpo humano, desparramándose todo el mercurio que contenía la pequeña bocha inferior del artefacto. Decenas de esferitas de distinto tamaño rodaron por la lisa superficie de la mesa. Idéntico a una de las más pequeñas de estas brillantes esferas, era el objeto que en estos momentos, subía y bajaba, rápidamente, rodando por el papel. Brillaba como el mercurio pero lo extraño del caso es que estando sobre un plano inclinado, no resbalara por el mismo, de acuerdo a uno de los principios más elementales de la ley de caída de los cuerpos, el de gravedad.

Bien pronto la curiosidad de Ricardo se transformó en una especie de perplejidad casi natural, que lo llevó a pensar que estaba ante la presencia de un ser vivo. Sintió como una especie de comunicación subconsciente que afloró súbitamente en lo más hondo de la parte no cognoscible de su yo –a este término debe dársele la interpretación que corresponde, es decir, la gramatical, ya que no somos especialistas en psicología– y una suerte de cosquilleante temor hizo impronta en la parte más sensible de su ser. No obstante ello, y como no ubicaba al presunto ser vivo entre los comúnmente conocidos en nuestro planeta que se trasladan por intermedio de sus pies, sus alas, sus aletas o simplemente reptando y no rodando sobre sí mismo como lo hacía ese pequeño ejemplar esférico, decidió capturarlo.

Observen que Ricardo decidió "capturarlo", es decir que empleó un término dedicado para indicar la presencia de un objeto vivo. Nadie diría, capturé un brillante, un lápiz o una hoja de papel. Al término lo reservamos para los seres vivos del reino animal y así decimos: capturamos a un león, a un elefante o a tantos o cuantos prisioneros de guerra.

Con especial cuidado depositó la hoja que estaba leyendo sobre la alfombra y con rara felicidad pudo comprobar que el objeto de marras, estaba allí, detenido junto a una enorme B mayúscula. La B correspondía al apellido de Borges. De inmediato cortó de uno de los vértices del diario un pequeño trozo de papel de unos tres centímetros y aproximándolo suavemente hasta donde estaba inmóvil la esferita, trató de hacerla subir. Resultaron infructuosos todos los intentos realizados, ya que ni bien aproximaba unos de los lados del papel, la esferita, en rápido movimiento de fuga, se alejaba uno o dos centímetros. Daba la impresión que fueran movimientos inteligentes, aunque Ricardo trataba de pensar también lo contrario, es decir, que si bien no había que descartar la posibilidad que en ese momento estaba ante un ser vivo, que posiblemente lo estaría observando fijamente cumpliendo determinada misión, bien podría tratarse de un objeto inanimado, como por ejemplo una pequeña partícula de mercurio que iba de aquí para allá llevada por el aire.

Trataba de engañarse a sí mismo, dándole al hecho varias interpretaciones, como suelen hacerlo los hombres en idénticas circunstancias, aunque no dejaba de reconocer que el mercurio no vuela por los aires y que el diario que acababa de leer fue manipulado antes que él por otras personas, una de las cuales lo leyó sobre el sillón en que hasta hace un momento había estado sentado.

No, no se trataba de mercurio ni de ningún otro objeto similar. Por su tamaño podía ser un pequeño PHTIRIUS, pero estos pequeños insectos chupadores no son esféricos, ni ruedan sobre sí mismos, ni brillan como el acero… Por esa razón, redobló sus esfuerzos para capturarlo. Ayudándose con otro pequeño trozo de papel, lo arrinconó juntando paralelamente dos lados rectos de cada una de las porciones, logrando que el objeto subiera a un de ellas.

Cuando más tarde Mabel le preguntó si el objeto había subido solo o él lo había empujado con uno de los papeles, no supo qué contestarle, ya que no se acordaba. De lo que estaba seguro era que fue algo rápido y hasta podía afirmar que la esferita dió como un pequeño saltito. Triunfante, pensó en un primer momento plegar el papel y encerrarla dentro de él como en un sobre, pero bien pronto desechó la idea, ya que el objeto podía escaparse con facilidad del papel o resultar aplastado al plegarlo. Por eso, dejando con sumo cuidado al trocito de diario con la esferita en el lugar primitivo, es decir, sobre la hoja mayor en el suelo, se incorporó y dirigiéndose hacia el botiquín donde guardaba algunos remedios, vació rápidamente un pequeño frasco de vidrio que contenía una cápsula antiestamínica y volviendo sobre sus pasos, introdujo en el frasco el papel con su valioso cargamento, ajustando rápidamente con una o dos vueltas, la pequeña tapa de metal.

Respirando aliviado se dirigió hacia la ventana en busca de más luz y allí pudo observar cómo la esferita ya no se encontraba en el papel y, por el contrario, aparecía adherida a una de las paredes internas del frasco.

A fin de evitar la interposición de todo objeto extraño en sus futuras observaciones, volvió a desajustar la tapa y con la punta de la uña del dedo meñique de la mano izquierda extrajo el papel, volviendo a cerrar rápidamente el recipiente.

Sentía mientras lo llevaba apretado en el puño de la mano derecha, como si dentro del frasco hubiera un ser vivo inteligente que en esos momentos se estuviera comunicando con él telepáticamente, pero no le dió al hecho mayor importancia, ya que suele ser atributo de los hombres fantasear con bastante frecuencia, desnaturalizando todos los acontecimientos por más simples que sean y revistiéndolos de fuertes tintas de irrealidad. Pensaba que si dicho diminuto objeto capturado fuera un ser enviado desde otro planeta a fin de que se nos observara, estaba cumpliendo en ese momento su misión a las mil maravillas.

Primero estuvo rodando por las hojas del diario, a escasos centímetros de su corazón y de sus órganos internos, de tal manera que habrá podido observar con medios adecuados, las funciones cardíacas, pulmonares, digestivas y en general todo el sistema fisiológico humano. No habrá tenido inconvenientes en desentrañar la composición química de todos los fluídos que lo componen, y si sus conocimientos y medios técnicos fueran superiores a los actuales del hombre, habrá podido desentrañar los misterios que aún se esconden en lo más recóndito del protoplasma celular.

Por esa razón, sentía un calor especial en la palma de su mano derecha, en esos momentos en que sostenía fuertemente apretado el pequeño frasco con su casi invisible contenido.

A fin de reponerse un tanto, ya que se sentía algo trastornado por ese encuentro tan singular, abrió una de las puertas de su biblioteca y depositó el recipiente en el estante que se encontraba a la misma altura de sus ojos, quedando muy cerca del lomo de un pequeño librito titulado *Los Orígenes de la Vida*.

Cerrando la puerta con cuidado, se sentó un rato a pensar, mientras toda suerte de especulaciones fantásticas empezaban a torturarlo imprevistamente. Hasta creyó divisar en el cielo a unos quinientos metros de altura, un poco a la derecha de una antena de televisión del edificio contiguo, la imagen de una especie de trompo metálico, algo así como si fuera un plato volador. Levantándose, cerró la puerta del balcón sin dejar de darse cuenta que de nada le valdría dicho recurso, ya que de tratarse de seres de otras galaxias, no tendrían ninguna dificultad para vencer un medio de contención tan inidóneo, como podía ser un delgado cristal.

Mientras trataba de serenarse, su pensamiento multiplicaba a ritmo vertiginoso las posibles situaciones que de ahí en más se sucederían. Inclusive se vio capturado y trasladado a otro planeta. Pese a todo ello no dejaba de torturarlo la acuciante curiosidad de poder ver con mayor precisión a ese diminuto objeto que había logrado encerrar en el pequeño frasco.

Sin decir nada a nadie, empezó a buscar una lupa que meses atrás había adquirido y bien pronto se acordó que la había llevado hasta el atelier, días atrás, por lo que salió a la calle y en un santiamén en grupas del 60 recorrió las escasas diez cuadras que lo separaban del lugar.

No sin cierto resquemor introdujo la llave en la cerradura de acceso al taller, pensando que seres extraños podían estar esperándolo cómodamente sentados.

Cuando abrió la puerta, se encontró cara a cara con el rostro inhumano y fantástico del último óleo de Iona, aún sin terminar.

Por una de las hendijas de la ventana que miraba hacia Las Heras, se filtraba mansamente un rayo de sol, lo que le hizo recordar aquel verso del libro *Diez Mujeres* de Pedroni, que dice: *rayos de colores bajan de la ojiva...* ¿Era así el verso o no? No podía verificarlo, pues un hijo de puta le había robado el libro años atrás, en su primera edición y con una hermosa dedicatoria del poeta.

La lupa estaba allí, apoyada sobre un pequeño librito de Rodolfo Castagna, sobre *El aguafuerte y técnicas afines.* La R del nombre se distorsionaba bajo el efecto del aumento.

Metiéndosela en el bolsillo –a la lupa, no a la letra– volvió esta vez enancado en el 295, que en ese entonces ya era 95 y no 295, debido a una disposición incomprensible de la municipalidad. Los dueños de la línea, al lado del 95, habían colocado un cartel aclaratorio que tercamente decía "ex-295".

Pensando automáticamente en lugar de pedirle al conductor un boleto de 12 pesos, le pidió un plato volador de 12, por lo que el hombre, sin contestarle, le echó una mirada capaz de derretir a un lingote de acero, como diciéndole: "¿Quién te ha dado tanta confianza, turro...?".

Confundido por el pequeño incidente, se escurrió hasta el fondo del vehículo, no sin antes pisar a una señora gorda que murmuró algo incomprensible y meterle el codo en las costillas a un viejo de rancho de paja, que muy engominadito –era de la década del 30– se dirigía posiblemente a encontrarse con otros cascajos como él, en algún café cualquiera de las inmediaciones. Ese viejito, y otros similares a él, que de vez en cuando solía ver deambulando por distintas calles de la ciudad, le hacían recordar a ese tango que dice: "te acordás milonguita vos eras, la pebeta más linda y chiclana...".

Bien pronto todo el colectivo empezó a darse vuelta y a mirarlo como a bicho raro, ya que tanto el conductor como la gorda y el vejete, no dejaron de hacer con sus vecinos menudos comentarios a media voz.

Sin importársele un bledo de toda esa piara de bestias, se agarró de un pasamanos y perdiendo la mirada con estudiada despreocupación en lo más lejano de la calle, se dejó llevar por los tumbos del vehículo, mientras con la mano libre, apretaba cálidamente, en las profundidades de su bolsillo izquierdo, la pequeña lupa con la cual trataría de ver más de cerca a aquel extraño visitante que se le apareció, minutos antes, rodando sobre las páginas de la sección literaria de *La Nación*.

Cuando llegó a destino se bajó rápidamente y en cuatro pasos se introdujo en su casa. Dando media vuelta a la llave, se metió en el living y, cuando su mujer le preguntó dónde había estado, le explicó que había ido hasta la esquina en busca de una revista.

En dos trancos se dirigió hacia la biblioteca y abrió la puerta. El impacto que recibió fue fulmíneo. El frasco ya no estaba allí. Lo primero que pensó es que los compañeros de aquel diminuto ser habían venido a buscarlo o se lo habían llevado por medios especiales, con recipiente y todo, haciendo uso de una especie de control remoto o acaso el mismo pequeño ser, valiéndose de medios desconocidos, se había alejado del lugar. Trató de encontrar al recipiente en las inmediaciones, pero fue en vano.

Cuando su mujer entró al living, estaba de rodillas, agachado, mirando debajo de los muebles como quién busca algo. Por eso le preguntó qué se le había perdido y no tuvo más remedio que decirle: "Un frasquito de vidrio vacío…". No se animaba a contarle así, de improviso, la realidad, por temor a caer en el ridículo.

Con horror se enteró como ella había encontrado ese frasco vacío tirándolo, como era natural, al incinerador.

Como nunca, levantó la voz gritándole: ¡Bien sabés que no se pueden tirar objetos de vidrio por el incinerador! Su mujer, extrañada, lo miró sin atinar a comprender la razón de tanta ofuscación y, sin contestarle, lo dejó refunfuñando de lo lindo. ¡Habían tirado al incinerador a ese pequeño ser! ¡La culpa la tenía él, por no haberlo guardado bajo llave en la pequeña caja de hierro! ¿Y ahora? ¿Cómo haría? No le quedaba más remedio que meterle un cuento al gallego *Manoel* –portero del edificio– para que le permitiera escudriñar las entrañas del horno existente en el sótano de la casa, al que van a caer todas las inmundicias que se arrojan de los distintos departamentos. Le diría que se le había perdido un anillo y que sospechaba que podrían haberlo tirado conjuntamente con la basura. El recurso no era malo.

Sin pensarlo más, bajó por las escaleras –se olvidó de tomar el ascensor– hasta la cueva donde vivía el portero. Realmente se trataba de una covacha. Casi todos los miles de porteros de los miles de departamentos de Buenos Aires viven en miserables covachas de 3 x 3, con su familia [31]. En la mayoría de los casos, se trata de ambientes oscuros, sin ventanas, situados cerca de los ascensores y sobre las calderas del sótano, de tal manera que en verano se cocinan a fuego lento, ya que a los señores copropietarios no se les puede dejar de ofrecer el servicio regular de agua caliente permanente.

En muchas ocasiones trató de tirarle la lengua a todos los manoeles, joséses y joaquines del Barrio Norte, a fin de ver si lograba despertarles algún pequeño chispazo de rebelión, pero se encontró con la sorpresa de que estos individuos han nacido para esclavos y bestias de carga. Cuando a sus oídos llegan las sílabas numerosas de algún apellido compuesto y rimbombante, doblan mecánicamente las rodillas con el clásico movimiento que los genuflexos suelen efectuar con rara

---

31   Década de 1960.

frecuencia. ¿Merecía esta gente que alguien muriera por ellos en el monte? ¿Eran acaso seres humanos? ¿No sería preferible que el organicismo y el hormiguero se los fagocitara y en la división del trabajo futuro, se les asignara simples funciones intestinales o motrices? ¡Vaya uno a saber!

Cuando llegó a la puerta de su mansión, lo llamo a Manuel. Vino, solícitamente, como suelen hacerlo los perros de caza. Hasta parecía que las orejas se le agachaban. ¿Tenía razón Nietzsche? En dos palabras le explicó su problema y juntos se metieron rumbo a la calderas.

Cuando llegaron a la parte baja, un fuerte olor a gas oil quemado flotaba en todo el ambiente. Allí, se amontonaban todos los trastos viejos de los dieciséis departamentos del edificio. Baúles, elásticos de camas, puertas en desuso, cajones vacíos. Junto a una pared reconoció a su vieja heladera. Hacía como cinco años que no se veían y le costó identificarla, pues un grueso manto de hollín se había posado sobre su otrora nívea superficie. Se dirigieron hacia el pequeño horno que Manuel, canchero, abrió. Un montón de diarios, restos de comida vieja, cáscaras de huevos, tallarines, tomates, cortezas de papas, café usado, carne maloliente, etc., etc. se amontonaban. Cada tanto, algo caía desde los pisos superiores. En ese momento sintieron deslizarse de lo alto un objeto pesado que cayó pesadamente sobre los restos de comida. Se trataba de un paquete que alguien había arrojado por uno de los incineradores. Al chocar violentamente contra el resto de la basura, el paquete, envuelto en diarios, se abrió y apareció ante ellos todo su inmundo contenido. Junto a porciones de estofado mezcladas con algunos ravioles rotos, aparecieron tintas en sangre ya reseca y medio negra, las clásicas toallitas higiénicas que las mujeres usan cuando andan con el período. Ni él ni Manuel dijeron nada, pero imprevistamente, se dió cuenta que ese menudo hombrecillo que tenía a su lado debía conocer sus secretos más íntimos y deleznables a través de la diaria y paciente observación del incinerador. Él sabía, con seguridad, cuál de las viejas de tal o cual piso andaban con la menstruación, y digo viejas, porque las jóvenes ya no usan toallitas… recurren a otros medios para detener el torrente sanguíneo y sucio que una vez al mes les hace recordar que ellas también forman parte del reino animal.

Usando una especie de rastrillo Manuel empezó a remover los desperdicios. El olor que emanaba de esa masa informe de basura era casi insoportable, como lo es el que a diario y cuando el crepúsculo suele presentarse pesado y sin aire, percibimos en Buenos Aires, muy especialmente en Barrio Norte, cuando los porteros de los alrededores se entretienen quemando las basuras de sus incineradores. Un humo negro y denso fluye de las chimeneas y si no hay viento, expandiéndose, comienza a caer sobre nuestras aterradas cabezas, metiéndosenos en lo más íntimo de las fosas nasales. Es el humo de la gran quema, de la quema de toda la inmundicia que decenas de miles de hormigas arrojan a diario, por los incineradores de sus coquetos departamentos de lujo.

Allí estaba, pero se había roto en dos pedazos. Cuando Manuel removió unas cáscaras de papas, apareció el frasco, pero partido en dos.

Una tremenda desazón se apoderó de Ricardo pero no dijo nada. Dejó que el individuo siguiera removiendo la basura y después de unos minutos, dándole las gracias lo palmeó explicándole que era suficiente y que tal vez al anillo lo había dejado en algún cajón y que ya aparecería.

Cuando días después le contó el episodio a su mujer, no pudo reprimir un movimiento de espanto, pensando que había tenido en sus manos, casi con seguridad, a un visitante de otros mundos.

Ahora lee con más atención que nunca *La Nación Ilustrada* de los domingos.

# La bolita de papel

Me puse a caminar por las calles de Buenos Aires. Eran las tres de la tarde de un sereno día del mes de octubre. A mi alrededor bullían las hormigas en una enorme y cambiante mancha multicolor.

Todas iban afanosas detrás del mango. Serias, calladas, cejijuntas, angustiosamente preocupadas. El cheque sin fondo, la falta de pago, la inflación, el dinero cobrado ayer y que hoy no valía nada y también la cíclica suba del dólar. De vez en cuando ¡paf! la súbita y brusca levantada del dólar. Hace unos años atrás, nadie se preocupaba del alza del dólar. Hoy, hasta los botelleros hablan del alza del dólar y se ingenian para cambiar sus pocos pesos por dólares y hasta los pequeños burgueses abren modestas cuentas en bancos norteamericanos a fin de depositar o hacerse depositar las rentas en dólares de sus departamentos ubicados en el Barrio Norte o en Belgrano, alquilados por algún diplomático atorrante y vago o por algún técnico-ejecutivo analfabeto pero obediente –la sociedad feliz, de Marcuse–, de alguna compañía extranjera, de las que pululaban en el país.

Mientras tanto, nos seguimos empobreciendo en forma pavorosa y aquí y allá se habla del peligro comunista o peronista.

Hace diez años nadie hablaba del peligro comunista. Hoy, era el tema obligado de cualquier sobremesa de la clase media y ni que hablar de la llamada alta. Comunismo en Cuba, en Bolivia, en Brasil, en Santo Domingo. Proposiciones veladas para que mi país mandara tropas para tal o cual frente de batalla. Hace unos meses se enviaron a varios jefes de las Fuerzas Armadas en misión de observación. ¡Cómo había cambiado mi país en pocos años!

Sentí que una enorme ola de rencor caliente y oscura me iba subiendo por las venas como un fabuloso alud de indignación y rabia hacia todos esos malos dirigentes –políticos, militares, empresarios, gobernantes, gremialistas– que estaban malvendiendo al país al mejor postor. ¡Hijos de puta, pistoleros, maulas, gringos de mierda…!

Indignado, patié con rabia una tapita de cierta gaseosa de moda que, deslizándose velozmente y haciendo caso omiso de mis esfuerzos mentales por desviarla, fue a golpear con cierta fuerza en el fino pie de una hermosa porteña veinteañera que al igual que yo, callejeaba por Diagonal Norte y Carlos Pellegrini.

Marta Delgado se detuvo aparentemente indignada. Era una divina mujer, casi idéntica a Bárbara Mujica. Se diría que era ella. Los mismos ojos lánguidos profundos, la misma boca de labios blandos como el algodón. El mismo cuerpo finamente ondulante.

Veloz como el rayo, aproveché la ocasión y con palabras aparentemente balbuceantes me disculpé en todos los tonos posibles. Hablé de una probable herida, inexistente por otra parte, de la necesidad de aplicar un paño de agua, de mi inexplicable torpeza y escabulléndome por entre la gente pero siempre al lado de tal monumento de belleza y donaire, hablé de la hora actual, de la nerviosidad de los hombres, del grave momento político, de las vacaciones en Mar del Plata, de Alsogaray y Frondizi y de todo cuanto tema cayera a mis manos, observando de reojo las reacciones de la posible víctima, a fin de poder ir acomodando la conversación a los gestos de la bella para tornar más fácil la conquista.

Mientras hablaba, pensaba en más de una cosa a la vez. Nunca pude explicarme esa condición de hablar de una cosa y pensar en el mismo momento, varias cosas distintas. ¿Harían mis congéneres lo mismo?

En ese momento en que conversaba de moral y equidad, mientras Marta me observaba de reojo, palpaba con mi mano derecha el magro fajo de billetes que tenía en el bolsillo. Apenas mil pesos... Ciento veinte pesos en taxi hasta Arenales y Austria, setecientos cincuenta por dos horas en el consabido y el resto en una cervecita o cosa por el estilo y ¡al carajo con todo mi dinero!

¡Malditos todos los ministros de economía con sus famosos sistemas y sus libritos y teorías siempre nefastas para el bolsillo de la mayoría! De todos modos, yo también tenía un gran porcentaje de culpa por andar siempre pato. Si me hubiera afiliado en mi juventud al partido conservador y no al peronista, cuando recién me había recibido, en lugar de andar haciendo el idealista revolucionario por los cafés, en compañía de una cafila de pretendidos pseudodirigentes políticos, la mayoría de ellos pequeños rufianes, choritos y empleados suprepticios de tal o cual servicio de seguridad de las Fuerzas Armadas, todos mis problemas se hubieran solucionado.

"Total, de algo hay que morir", solía sentenciar el tano de la esquina. ¡Qué importaba que los conservadores hubieran encarcelado y matado de hambre a los peronistas, lo importante es que me hubiera parado para todo el viaje!, de tal modo que en parecida circunstancia no hubiera tenido necesidad de contar angustiosamente los billetes mientras transcurría al lado de semejante budín.

Así cavilaba mientras con toda suavidad y elegancia, depositaba a la de la historia en el mullido sillón de una conocida y vieja confitería de Florida entre Corrientes y Lavalle.

¡Qué manera de haber tipos raros y sui generis en esa larga y aristocrática confitería porteña! ¡Cuánta vieja latosa y fea sorbiendo su interminable té con masas! ¡Cuánto individuo gomoso y melífluo, finamente vestido al ultimísimo grito de la moda, disfrazaba sus bien cumplidos sesenta años detrás de un saco sport, a veces azul, con botones dorados y los consabidos gemelos, medias, zapatos, corbata, anillo con brillantes...! ¡Cuánta interjección de moda y palabreja de reciente acuñación escuchada en ese antro de cursilería barata! "Y qué se yo...", "regio, ché...", "pagó el departamento de cincuenta millones en dólares cash...", "fuimos tres meses a Punta...".

La damisela se acomodó en uno de los sillones viejos pero mullidos y extrayendo un largo cigarrillo con filtro, lo encendió, mientras el humo salía en pequeñas bolitas por esos labios suyos, carnosos, suaves y blandos como el algodón. Yo la observaba felinamente.

Cuando llegó el mozo, el consabido peninsular, esta vez más estirado y más a tono con el lugar, le pregunté a mi ya vieja amiga: "¿Qué vas a tomar, corazón? Servíte lo que quieras". Para mis adentros musitaba: ¡no te pasés que soy hombre al agua! Pero la niña del caso, la casada infiel, la suave muselina, pidió una gaseosa muy popular con hielo y limón, cuyo pedido repetí para mí, adoptando un irónico aire de indiferencia.

"Macanudo", pensé casi en voz alta. De inmediato empezamos a decir cosas triviales, pavadas, tonterías, analfabeteadas, lugares comunes. Que ella tenía diez y nueve años cuando se casó y ahora a los 22 –veintidós… pensaba yo lujuriosamente ¡qué volada, qué pleno!– se acababa de separar de su marido, un viejito de 59 años, impotente, celoso y que acostumbrado a una larga soltería, monjil y ayunadora, de noche, en el lecho común, se masturbaba silenciosamente, dándole la espalda a la venus que en la oscuridad simulaba dormir plácidamente. Y que esto y que lo otro y que lo de más allá.

Seguía observando a mi alrededor, mientras Marta hablaba interminablemente. Siempre he sido un buen observador, minucioso y concentrado. En la mesa contigua un vejete setentón, a quien conocía de vista, dueño de una inagotable cantera de cal en Córdoba, regiamente trajeado y de modales versallescos, apuraba un largo batido en compañía de una niña de no más de diez y ocho abriles. ¡Pobre viejo! ¡Estaba quemando con dignidad sus últimos cartuchos sobre este mundo miserablemente impío! Más allá una señora de más de cuarenta y cinco, hermosa todavía, hacía trizas la armonía última, de un romance brevemente vivido con un mozalbete vago, gallardo y buen mozo, de no más de veintisiete. ¿Cuántos mangos le habría costado a la vieja?

Era la vida porteña que se deslizaba a mi lado, multiforme, amoral, mezquina, alegre, ruin, egoísta, mundana. ¿Habría sido mejor la vida del pitecantropus erectus o la del hombre de neandertal, hace medio millón de años? ¡Ni qué pensarlo! ¡Ya que a nuestros antepasados se los comían los smilodon como a cabritos! Hoy, por lo menos, desaparecidos los smilodons, nos comemos entre nosotros y nos matamos a mansalva, por dos o tres palabras sin sentido.

Como si cumpliera con un ritual, pagué y sin más, tomamos un taxi en la primera parada de Corrientes. Terminamos cayendo al departamento de un ambiente del alojamiento de Austria y Arenales. Había medio centenar de ellos en el edificio aquel, lo que constituía un pingüe negocio para el dueño. ¡Setecientos pesos per cápita!

Marta era un trozo caliente de algodón rosado y sus labios succionaban como un enorme *maelström* de locura. Luego, más tarde, observé la rara habilidad que poseía para pintarse las pestañas, las cejas y el gracioso toque oriental a cada lado de los ojos suavemente avellanados, mientras la traslúcida y sintética bikini negra era lo único que pugnaba por cubrirle, aunque más no fuera, la vigésima parte del cuerpo.

Vestida ya, nos alejamos con un dejo de cansancio mórbido, cada uno por distinto rumbo, bajo el lánguido suspiro de los jacarandáes, violáceos como el crepúsculo que mansamente venía subiendo desde la cercana Avenida Santa Fe.

Al número de teléfono que ella me había dado, lo arrojé hecho una bolita bajo las ruedas de un colectivo de la línea 39, en un rapto de locura inexplicable… Podría haber sido una buena amiga por uno o dos años, ya que se trataba de una excelente chica, recién separada de su marido, absolutamente desinteresada y para mejor sin problemas económicos, pues recibía del antiguo consorte una buena renta mensual. Sin embargo, tiré con rabia el papelucho, de la misma forma que horas antes había pateado la tapita de gaseosa. Mejor así, pensé para mis adentros, pues de continuar con semejante tipo de mujer, correría el riesgo de enamorarme de verdad.

Cuando las pesadas ruedas del colectivo achataron violentamente el papel contra el pavimento, respiré liberado y sin dar por el episodio más de lo que realmente valía, dí media vuelta y me dirigí al puesto de diarios a fin de comprar el vespertino que siempre leía al conjuro de un bien tirado y aromático café.

El diario aquel, no de mi agrado, pero que obligadamente tenía que comprar, por ser el menos malo de los demás vespertinos, anunciaba en grandes titulares un hecho de guerra a cargo de un gran país coloso en perjuicio de uno pequeño. La noticia estaba disfrazada con grandes acopios de argumentos y justificativos. En tales circunstancias, ya me había pasado lo mismo en varias ocasiones, hubiera tenido deseos de volver sobre mis pasos y luego de comprar todos los diarios, hacer una gran pira con ellos. ¡Valiente periodismo!

En ese momento me recordaba a la vez de Rilke y de Martínez Estrada. Se lo dije varias horas después a un amigo común y me preguntó por qué. Andá y leelos a los dos y después verás. Ahora no tengo ganas de decirte en que libro de ellos lo encontrarás.

Diario inmundo, pensé para mis adentros. ¡Y después dicen que hacen periodismo y que guían a nuestra juventud! Y después, se amparan bajo la llamada libertad de prensa. La libertad de prensa es para los diarios de ideas y no para los órganos de información comercial que viven del favor de los avisadores, la mayoría de las veces grandes trust internacionales. Pensé escribirle al director responsable, haciéndole llegar mis más encendidas críticas, pero bien pronto, como otras tantas veces, abandoné la idea por impracticable y poco eficiente. Leído el diario, volví a la calle.

La gente seguía bullendo en el hormiguero, más cansada que horas antes, más viejos, más cejijuntos, con más problemas sin resolver, hablando solos, subiendo y bajando de los innumerables medios de transporte, pisándole la cara a cuanto semejante se le ponía a tiro, si con ello se agenciaban de algún par de mangos.

Ese era su mundo, el que le había tocado vivir. No era por cierto nada agradable y muy a menudo me sentía asfixiado ante tanta ignominia y bajeza. Desilusionado, acaso un poco más viejo, me alejé hacia Plaza Lavalle.

Las piedrecillas del sendero crujían alegremente bajo mis pies. En cada banco las parejas multiplicaban el amor sin tapujo alguno. La luna, todavía enorme, trepaba una vez más por sobre las copas de los árboles y millones de luces multicolores se iban encendiendo a lo largo de todos los carteles luminosos de la Avenida 9 de Julio.

Buenos Aires, la hermosa, empezaba a vivir una noche más de orgía, de amor y de muerte. Las luces, reflejándose sobre el lustroso espejo del pavimento, formaban largas columnas verdes, rojas, amarillas, violáceas. Diríase un cuadro de Quinquela Martín transportado de la Boca al centro de la ciudad.

Buenos Aires, la trágica. Buenos Aires, la bella. Nueve millones de seres iban y venían, afanosamente, desde Avellaneda a San Isidro.

Desde purrete me había adentrado en los mil y un misterios que poblaban las noches porteñas, las enormes noches porteñas, las noches de orgía, de amor y de muerte.

# *Servicio militar*

Fuimos al teatro a ver la obra. Trataba el tema de siempre. Debido a ello, sin querer, me sentí transportado a enero de 1942. En ese entonces, transcurría no muy plácidamente la presidencia del Dr. Castillo, quien para no variar, había sucedido como tantos otros compañeros a su cófrade de fórmula y presidente en ejercicio, el Dr. Ortiz, fallecido en circunstancias todavía no muy claras.

Recuerdo que me revisaron en el Regimiento 11 de Infantería de Rosario.

A los veinte años, como buen inconsciente, me sentía feliz de hacer el curso de Aspirante a Oficial de la Reserva.

Era muy joven y aún no había tenido tiempo de leer o de ver, como ahora lo haría "Chips with everything", patatas fritas a voluntad, de Arnold Wesker, ya que aunque lo hubiera deseado no habría podido, pues Wesker en el año 1942 tenía solamente diez años.

Fue por eso que mi fugaz alegría duró el tiempo que el "tren lechero", así llamado porque se detenía en todas las estaciones, demoraba en unir Rosario con Buenos Aires, lugar al que había sido destinado. El nuestro, todavía no estábamos incorporados, fue un viaje inolvidable, donde quinientos adolescentes, poblábamos de alegres voces, las tranquilas estaciones por las que íbamos pasando.

Poco tiempo duró mi fresca y radiante alegría. Llegados a Buenos Aires, fuimos llevados en tropel a Campo de Mayo y allí, en forma arbitraria y al azar, distribuidos entre numerosos regimientos de la guarnición.

A mí me despacharon al Regimiento 6 de Artillería Escuela, junto con dos o tres compañeros ocasionales de Rosario. Llegamos al regimiento a mediatarde. Estaba formado por un imponente grupo de edificios modernos. Nos encerraron en un enorme patio, donde permanecimos sentados hasta la puesta del sol. Por vez primera en mi vida me sentí prisionero, encadenado, falto de libertad. Transformado en un ente cualquiera, en un engranaje más de aquella enorme y fría maquinaria destinada a embrutecer hombres y a enseñar la mejor forma de asesinar a nuestros congéneres, maldije a partir de ese momento mi ceguera y torpeza. Utilizando algún artificio de los tan en boga, podría haber eludido esa pérdida de tiempo, pero ya era tarde. Todavía hoy, a más de veinte años, recuerdo aquellas primeras horas con absoluta nitidez. Me veo sentado en el suelo, inmóvil, contemplando por sobre mi cabeza un pequeño pedazo de cielo, intensamente azul y diáfano, expresión real de esa libertad que acababa de perder, casi deliberadamente.

A partir de ese momento maldije una y mil veces mi cochina suerte. Lejos, en mi ciudad casi perdida en la bruma del pensamiento, veía figuras familiares. Mi novia, mi madre, mis profesores universitarios. No era un estudiante tragalibros, pero el tan famoso curso retrasaría sin duda alguna mis próximos exámenes.

Junto a mí, inmóviles y pensativos, otros compañeros cavilarían en torno a las mismas cosas. Entrerrianos, correntinos, cordobeses, algunos porteños. Todos hombres en la flor de la edad a quiénes, en contra de sus deseos, se les enseñaría, como a los cafres del África, a cargar un fusil para atacar a otros hombres, a armar una batería pesada —cañón de grueso calibre— etc., etc.

Aquello era y es, bárbaro, injustificable, bochornoso. Debemos ma-

tar a otros hombres para que nuestra patria sea grande y respetada-
…[32] Matar a otros hombres… ¡Hijos de puta!

Sentado como me encontraba, no alcanzaba a comprender –luego lo vería– que el baile todavía no había comenzado. Mi primer día
de regimiento fue tranquilo y aburrido. Cansados de no hacer nada,
dormimos en una enorme cuadra. Al día siguiente nos fue retirada la
ropa civil y se nos entregó la de fajina. Fui destinado a la 2a. Batería
Pesada. Todos éramos estudiantes universitarios, destinados a ser oficiales de la reserva. Hubiera valido más no tener ningún tipo de instrucción. Un cabo primero, petiso y regordete, morocho y cetrino pero con apellido similar al de un gran tenor italiano de principios de
siglo, curtido por los rigores del verano de algún regimiento de fronteras, nos tomó a su cargo y con rabia nos empezó a manejar como si
fuéramos muñecos de trapo. Sus órdenes, soeces y pornográficas, eran
cortantes, cuando no hirientes. A toda hora, la voz de ese cabo 1° reso-
naba potente en medio de la cuadra. Recuerdo que ese día se había subido a un pequeño cajón de madera, de tal forma, que sobresalía unos
veinte centímetros por sobre las cabezas de los aspirantes.

Súbitamente, levantando la mano derecha gritó: "¡Calandracas, hacia mí; carrera march…!" Todo el mundo –éramos calandracas, algo
así como seres vituperables– corrió hacia ese cabo 1° endemoniado, de
tal forma que una vez que los ciento y pico lo rodeamos en un enorme
círculo, vociferó, satisfecho: "¡Apretándose, más cerca de mí, más cerca. Uno contra el otro, como si fueran una sola cosa…!" Y cuando todos estuvimos estrechamente apretados, sudorosos, heridos y agitados,
nos gritó: "¡Cuerpo a tierra!". Una enorme masa de cuerpos jadeantes
cayeron en flagrante promiscuidad a los pies de ese individuo de mierda, que presa de una especie de delirio incontrolado, seguía vociferan-
do: "¡Estudiantes, manga de inútiles, yo les voy a enseñar! ¡A las camas,
carrera march…!" Y todos corríamos hacia las camas y una vez que habíamos llegado, nos ordenaba volver y repetir la operación cinco, diez,
veinte veces, todo ello acompañado por un terrible pito que desde ese
entonces y a toda hora fue una horrible pesadilla.

A las cinco de la mañana, cuando tocaban diana, en el momento
de ir en manada al baño, durante las comidas, en la media tarde, cuando rasqueteábamos los caballos o limpiábamos los retretes inmundos,

---

32  Hemos matado a otros hombres y nuestra patria no es grande ni respetada. *(N.
del A.)*

o al fin, en plena medianoche e imprevistamente, cuando a este buen
señor se le antojaba sacarnos desnudos de las camas para llevarnos a
salto de rana hasta el baño común e inmenso, donde bajo el agua penetrante de cuarenta duchas y en paños menores nos hacía hacer cincuenta o más flexiones a pito limpio… "Prit, priiiiiiit, prrrriiiiiiiitttt-
t… ¡Estudiantes de mierda, yo les voy a enseñar!". Y aquel pequeño
personaje analfabeto y resentido nos manejaba a su antojo. ¡Menos mal
que en ese entonces nos gobernaba todo un jurisconsulto de nota, cuyo tratado de derecho comercial había empezado a leer antes de que
me llevaran a esa pocilga inútil y maloliente que era el cuartel!

Poco a poco, los días se fueron sucediendo y en menos de una semana entramos en contacto con todos nuestros superiores. De todos
ellos sólo se salvaban por su hombría de bien el teniente Ferrer Viey-
ra, muerto meses después en el golpe de junio de 1943 y un cabo de apellido Lorenzo. Los demás oficiales y suboficiales eran detestables y al
parecer, individuos de mala calaña. No obstante, por sobre todos ellos,
se elevaba satánica y cruel, inconfundible y despótica, la alta y recia figura de un teniente 1°, el mandamás del grupo, el que solía avecinar-
se portando debajo del brazo un ejemplar del diario *El Pampero*. Tal
vez, ahora, haya hecho como el camaleón: cambiar de color. No sé si
andará por el generalato o si se habrá retirado como coronel, pero estoy bien seguro que tratará de ocultar sus ideas de aquel entonces. Alto, flaco, chueco, era sobrino de un alto jefe militar, creo que en ese
entonces ministro de guerra. Por todas esas razones, no puedo olvidar
el encuentro que tuvimos con este mal sujeto. Poco después de almorzar, transcurrían los primeros días de enero de 1942, fuimos llevados
hasta una mesa de arena a fin de recibir la primera clase teórica sobre
el manejo del fusil ametralladora.

Cuando estábamos sentados en el suelo, formando un gran semi-
círculo, llegó el mandamás con paso cansino y acercándose al grupo,
empezó a hilvanar un penoso y cruel interrogatorio. Estábamos en plena guerra mundial y en ese entonces, Alemania, se perfilaba poderosa
y fuerte. El interrogatorio se desarrolló más o menos así:

Mandamás –acercándose a un aspirante evidentemente judío–. A
ver usted… ¡en posición de firme! ¡No…! ¡No sea bestia! ¡He dicho
en posición de firme, animal! ¿Qué tiene en la sangre, manteca? ¡Le-

vante la cabeza, mire hacia el frente, saque pecho! ¿No puede, eh? ¿Cómo se llama usted?

Aspirante judío –dice un apellido israelita, Klein, Rosemberg, etc.

Mandamás –Apretando las palabras y denotando asco y rabia– ¡Ya me parecía! ¿Qué otra cosa se podía esperar de usted…? Siéntese. –acompañó esta última orden con un movimiento sobrador y cansino del brazo que llevó desde arriba hacia abajo.

Toda esta escena había sido prefabricada por este individuo cretino y maquiavélico. Él sabía de antemano el apellido de aquel conscripto. Blanco, muy blanco, casi pálido y pecoso, con el cabello ligeramente rojizo. Con habilidad había tramado la escena y de esa manera trasladaba hacia nuestra tierra un problema que en ese entonces se estaba dando en Europa, especialmente en Alemania. Todo esto, sin ánimos de ofender ni a judíos ni a alemanes, ya que siempre he sostenido que debe ser muy difícil poder encontrar un alemán que no tenga algo, aunque más no sea una pizca, de sangre judía o viceversa…

Han vivido tantos siglos juntos que…

No obstante, ambos son seres humanos. Nunca he tomado partido a favor de nadie, pues antes que cualquier religión, antes que toda raza o grupo, está el género humano. Es conveniente no olvidarlo. Tal vez por esa razón he huído de cualquier política de grupo, no embanderándome con nadie. Tengo horror a las sectas, a los clanes –literarios, pictóricos, filosóficos, de ideas, futbolísticos…– a las divisiones, a la distinción de nacionalidades, a las creencias, a las banderas y a los himnos. Sólo caben los ciudadanos del mundo, los schweitzer, los gandhi, las madres teresas…

Por eso, suelo lamentarme, que las juventudes no aprendan la lección con mayor rapidez. No hablamos ya de los intelectuales, pues ellos sí que están metidos hasta los tuétanos en ese miasma pegajoso y detestable que se llama política de grupo, mutuo apuntalamiento, intereses económicos, premios, suciedad, mugre. Aunque tengamos conciencia de nuestra temporalidad, aunque sepamos que nada de esto cuenta, es conveniente transcurrir con cierta dignidad.

Volviendo al regimiento en el cual estaba metido, debo agregar que después de la escena penosa del aspirante judío, vino la protagonizada por un aspirante de origen alemán, excelente tipo, estudiante de medicina, que involuntariamente, pienso yo, se prestó a las mil maravillas a cumplir con los negros designios del Teniente 1º pues, al ser llamado, hizo sonar los tacos con profusión, se puso de pie de un salto y cuadrándose se presentó con un vozarrón que retumbó en toda la cuadra. La diferencia en cuanto a la predisposición militar saltaba a la vista…

Un buen día de nuestro encierro involuntario, fuimos llevados al comedor, enorme salón donde almorzábamos casi 200 soldados, por un cabo 1º, con un apellido similar al de ciertos cigarros de hoja baratos, el que como castigo nos había privado del agua en la comida. Rebelde por naturaleza, me levanté y dirigiéndome hacia el lugar donde comía un teniente que ocasionalmente estaba de servicio en el lugar, lo puse al tanto de la novedad. De inmediato, el teniente ordenó que nos proveyeran de agua.

Luego que finalizamos de almorzar, y cuando nos dirigíamos al patio a fin de que se nos entregara la posible correspondencia, el cabo 1º en cuestión, llamándome, me ordenó que lo siguiera hasta el baño. Una vez allí y frente a una de las tantas canillas que existían en el lugar, me ordenó que llenara el jarro de agua y bebiera. Fui obligado a tomar un jarro tras otro sin respirar. Luego del quinto jarro el juego empieza a transformarse en una especie de suplicio chino. Después del quinto, el cabo repetía estas dos simples palabras: "tome otro… tome otro… tome otro". El agua empezaba a resbalárseme por las comisuras de los labios y yo sentía un ansia irrefrenable de saltar corriendo como un desesperado fuera de allí, lejos.

En ese ambiente dislocado, ilógico, rastrero, iban sucediéndose las horas y los días. Eran interminables, agobiadoras y aburridas horas de orden cerrado. Aprendizaje masivo y abrumador, del saludo militar divido en tres tiempos, de la posición de firme, de la media vuelta. Cientos de veces, repitiendo mecánicamente: "fir… mes, des… canso. Fir… mes, des… canso. Fir… mes, des… canso. Sa… ludo… uno… dos… tres. Y así hasta el cansancio, horas y más horas. Desde que el sol empezaba a despuntar en el horizonte, hasta que sus rayos amenazaban con calcinar nuestros huesos.

Veía con pena como se me escapaba el próximo turno de exámenes, mientras escuchaba a través de un sueño la voz del subteniente bisoño, recién llegado del Colegio Militar, que para enseñarnos a enfundar el grueso machete de artillería, nos decía a grito pelado: "¡Como si estuvieran cojiendo a una hembra… de un solo saque, hasta el fondo! Y tomando con la izquierda la vaina, introducía de un solo golpe la hoja del machete hasta la empuñadura. Una risotada uniforme, repetida por cien gargantas, subrayaba el chiste de este jovencito que llamándose como una provincia montañosa del centro del país, resultó ser un buen tipo. En estos momentos debe andar en el coronalato, si es que no se ha retirado.

A muchos años ya de aquellos episodios, sin ningún tipo de odio o mala fe, ni llevado por ningún interés de grupo, ya que no formo parte de ellos; puedo asegurar que el servicio militar obligatorio es algo innecesario, nocivo, contraproducente y ANTIECONÓMICO. Sólo sirve para justificar a algunos pocos y lo que es peor, es caldo de cultivo de todas las guerras, conflictos armados y golpes de estado. Quiénes los sostienen y aplauden son los mismos que se quejaron debido a que no mandamos tropas a Santo Domingo y los que enviarían sin ningún resquemor, a lo mejor de nuestra juventud a morir en los campos de batalla de Vietnam. Son todos aquellos que ocupan puestos claves en las grandes empresas foráneas, destinadas a llevarse al exterior el fruto de nuestras riquezas. Abogados argentinos al servicio de poderosos trust que desangran la economía nacional. A ellos les hace falta un ejército bien adiestrado para que les cuide las espaldas, en caso de que los pueblos intenten pedirles rendición de cuentas. Demócratas sin sufragios. Hombres de derecho sin derecho. Ladrones de guante blanco. ¡Tránsfugas, corruptos!

Creo que ya hemos dicho bastante sobre aquel curro destinado exclusivamente a estudiantes universitarios, pero quiero relatar la última.

Llegaba al regimiento un general que venía a inspeccionarlo. Tengo entendido que cuando salen de inspección, cobran además del sueldo un viático. Coman o no en el cuartel o usen o no los vehículos oficiales para trasladarse…

Conocedores de la nueva, todo el mundo se dedicó a lustrar los pisos, limpiar los zapatos, arreglar el cofre –ropero–, etc., etc. No puedo olvidar las palabras de aquel cabo 1° con apellido de tenor italiano: "¡Cuando llegue el general ya saben: mucho movimiento, mucha actividad. Aunque no hagan nada, aunque pongan y saquen mil veces la misma cosa del mismo lugar. Hay que demostrar actividad, que la cosa anda. Aquí todo es humo, *mise en escene* –esto último textual–, fantasía. No olviden, cuando llegue el general mucha actividad, mucho grupo!".

Este cabo 1°, casi analfabeto, acababa de dar sin quererlo, una definición de lo que era el servicio militar: "¡Aquí todo es humo…  Cuando llegue el general, mucha actividad, mucho grupo…!".

A más de veinte años –1968– de aquellos penosos recuerdos, no puedo dejar de reconocer –serenado ya el juicio– que allí todo era grupo, fantasía, empaquetamiento. Por eso, pienso con dolor en los miles y miles de jóvenes que año tras año, en todos los países con servicio obligatorio, son llevados compulsivamente a perder lamentablemente su tiempo a fin de enseñarles a manejar el arma homicida, con la que llegado el caso quitarán la vida de un ser humano igual que ellos.

Me decía un amigo: ¿Vale la pena que digas todo ésto? ¿Aprenderán al fin y al cabo la lección? Pareciera que no… ¿De qué sirvieron che, las guerras médicas, la de los cien años, la primera guerra mundial, la segunda por un *mundo mejor,* las dos bombas atómicas de Hiroshima y Nagasaki? Será mejor, no lo dudes, que te dediqués a vender churros en alguna cancha de fútbol.

# *Justicia*

Estaban en el sexto piso de la calle Rodríguez Peña, muy cerca de Avenida Quintana. Los padres de los muchachos dueños del departamento no se encontraban en Buenos Aires. La servidumbre tampoco. Eran cinco varones y dos asustadas hermanas traídas engañadas del arrabal pundonoroso y yugante. Les habían hecho creer que ellas y esos dos simpáticos jovencitos que habían descendido del presuntuoso Torino darían unas cuantas vueltas por la ciudad. Después vino la invitación al departamento, a tomar unas copas, donde estaba, según dijeron, una de las hermanas de los forajidos y las mucamas. Pero la realidad fue otra.

En el departamento no había nadie y los dos jóvenes mansitos y de buenos modales se habían transformado en cinco buitres sedientos de sangre, pues tres asesinos más esperaban en el piso de Rodríguez Peña. Los buenos modales fueron dejados en la calle, sobre el Torino colorado, que dormía tranquilamente a la vera de Rodríguez Peña, a pocos metros de Quintana. Ahora el instinto animal reptaba por toda la casa.

En los oídos de las dos asustadas hermanas, hijas de inmigrantes italianos, aún sonaban las sabias palabras de la madre, repetidas desde la infancia en esa jerigonza pegadiza de los peninsulares del sur que, olvidándose de su dialecto, nunca acababan de hablar bien el castellano. Pero ya era tarde para cumplir el consejo materno. La tragedia avanzaba sin que nadie lo supiera desde la noche serena.

El cuerpo, conjuntamente con un terrible alarido desgarrante, se precipitó desde el sexto piso. Es espantoso el ruido de un cuerpo que se revienta al dar contra el pavimento de la planta baja. Una rosa de sangre y unos cabellos rubios, revueltos, mientras una hermana mustia y pálida, huye despavorida por las extrañas calles del Barrio Norte hacia las solitarias calles del barrio humilde y distante y una hermana menos que se queda en el patio de una lujosa casa de departamentos, inmóvil para siempre, mientras la noche pasa mansamente desolada. Nuestra justicia empezaba a distender sus tentáculos...

Después todo fue grotesco y sucio. Un juicio medioeval y un magistrado, cuya sentencia fue un escarnio. Habíamos retornado a plena Edad Media, a la época de las torturas y del fraude clasista y aún debíamos soportar, entre la ola de estupor y malestar, el hecho aislado de seres que justificaron a los asesinos desde los diarios y por determinada audición televisiva.

Una vez más sentí asco y un sabor amargo me anegó la garganta.

Abriendo con la llave yale la puerta de acceso a mi casa, aspiré profundamente el aroma que me era familiar. ¡Al fin lejos de la jungla! Ya en el amplio balcón que daba a un pequeño jardín interior, divisé en lo alto, como en la lejana época del origen de los hombres, a Sirio, que rielaba por los cielos profundos.

Mañana sería otro día.

# El tren de Tucumán

Eran las diez de la noche cuando el tren eléctrico, tomando la última curva, desembocó en la Estación de Tigre. Para suerte nuestra, las calles y la ribera comenzaban a quedarse vacías. La enorme muchedumbre que durante todo el domingo y hasta hacía una media hora lo colmaba todo, desde los inmundos retretes de los bares hasta los ondulados flancos de las numerosas islas vecinas, había regresado a sus cuevas, apretujadora y sudorosa en los innumerables trenes y en la inflatable línea del colectivo 60, que en los feriados veraniegos corría cada minuto.

Los riachos estaban tranquilos y la luna llena, enorme, emergía por detrás de las grandes arboledas, calladas y azules del Castillo. El riacho venía creciendo con fuerza. Se lo sentía crecer, como si todo el estuario empezara a hinchar su enorme vientre pardo. Algunos camalotes sueltos, uno que otro vasito de helado vacía, boyaban llevados rápidamente por la corriente. Las parrillas al aire libre se sucedían una detrás de la otra, hasta llegar al Tigre Hotel.

Por una estrecha planchada de crujientes tablones, subimos al restaurante flotante. Era un enorme y viejo lanchón fuera de servicio que, amarrado pesadamente a una de las orillas, estaba terminando su azarosa existencia en esa sabrosa aventura náutica. Unas cuantas mesas, distribuidas a lo largo de toda la pasarela del viejo navío, tanto en la cubierta inferior como en la superior, permitían a los comensales deglutir tranquilamente un trozo de asado, algún pedazo de jugoso chinchulín o las consabidas criadillas, teniendo el riacho casi al alcance de la mano. Al castillo de proa, lo habían transformado en mostrador y lugar para el facturista, mientras que en la popa estaba instalada, en un rancho con techo de paja colocada sobre ladrillos, la inflatable parrilla. Tres o cuatro mozos, inhábiles pero solícitos, rejuntados de los cientos de "cabecitas negras" que todos los días llegaban a Buenos Aires, la mayoría de ellos a bordo del Tucumano, completaban el elenco.

Medina me dijo contrariado:

—No digás cabecitas negras que es ofensivo. No te olvidés que con tu criterio Nicolás Guillén es "cabecita negra" y que aparte de eso, unos cuantos de nuestros grandes escritores, si vos los estudiás a fondo, tienen los rasgos típicos. No hay derecho en vos...

—No seas barato –le contesté-. Vos sabés bien que a toda esa pobre gente, que en aluvión nos manda día a día, por culpa de los gobernantes criminales que tenemos desde 1955, el interior de la República, los quiero y defiendo como el que más. Dije cabecitas negras por costumbre, por mala costumbre. Ellos son el drama nuestro de cada día. Muchas noches suelo rumbear para el lado de Retiro, a fin de verlos llegar. Las puteadas que en ese momento les dedico a todos los comandantes en feje son dignas de ser escuchadas.

El Tucumano arriba muy próximo a la medianoche. Llega polvoriento, sucio y con calor de ese lugar, que allá por el año 1930, cuando cursábamos el segundo grado de la escuela primaria, nos enseñaron a conocer como el Jardín de la Republica...¡Hijos de puta! ¡El jardín de todas las miserias y de todos los males!

Cuando el tren tucumano se detiene piafando en Retiro, el cuadro que comienza a desenvolverse ante nuestro ojos es miserable y nos brinda una lección que no debemos olvidar. Yo le pediría al presidente de la República, y no hago nombres porque hoy puede ser Pérez y mañana, gracias a nuestra condición de país sudamericano, Romero, que abandone de vez en cuando los tranquilos céspedes de su residencia en Olivos, donde vive rodeado de norteamericanos y extranjeros de toda laya y que vaya a junar, de incógnito –porque si va reconocible lo linchan–, el espectáculo que ofrecen a esa hora nuestros queridos gauchitos, llegando a conquistar el asfalto frío y duro de Buenos Aires. Lo digo, sintiéndolo, tal vez, porque me traiciona el origen provinciano, lo que no es un título, ya que el sesenta por ciento de nuestros presidentes fueron provincianos y no hicieron nada. Provincianos fueron Sarmiento, Castillo, Illia, Frondizi, Guido y muchos, muchos más, pero cuando se sentaron en el de Rivadavia, ¡a la mierda con el viejo lirismo…! Decime, ¿vos viste llegar a esa gente?

—A veces –me contestó con cierto desgano, mientras impaciente llamaba al mozo.

—Te conviene verlos –le dije con algo de rabia–. Máxime a vos que sos tucumano. A diario llega el tren y sería conveniente que te tomaras el trabajo de hacerlo. Luego hablaremos sobre el particular. Es conveniente que vos y toda esa gentuza que se deja barba y desde una izquiera a la violeta dice hacer arte de vanguardia, para un minúsculo grupito de snobs, concurra a deleitarse con el espectáculo.

Vayan, rufianes, y luego, rómpanse las vestiduras. Todos ustedes, los salvadores fáciles, los que buscan noticias extravagantes para sus programas televisivos monstruos, que semana a semana debemos soportar y que son dirigidos para engrupimiento y mejor empaquetameinto del hombre-masa. Que vayan con sus bien equipados camiones de exteriores y capten las imágenes denigrantes de toda esa pobre gente. Olvídense de Sartre, de Brecht, del mártir que fue nuestro fabuloso y querido Che Guevara, de Dalí, de Picasso, de Onega, de Verón [33], del Tanque Rojas. Allí recogerán sin sduda abundante material para sus obras. No hace falta volver al trillado asunto de las obras con tema social. Eso es cursi y ya ha sido superado por Perón. Muestren, por las cámaras -¿o tienen miedo de perder los avisadores?- el drama de todos esos seres, despojos infrahumanos que en oleadas sucesivas llegan diariamente a los cientos de villas miserias del Gran Buenos Aires, Cono Urbano o como mierda quieran llamarlo, que para los títulos pegajosos y gradilocuentes, no les falta ingenio. ¡Qué Gran Bue-

[33]    Verón: Jugador de fútbol llamado "La Bruja", padre del actual Verón, "La Brujita".

nos Aires ni Conourbano, ni ocho carajos! ¡Gran Mierda, Gran Letrina!

Tanto mi mujer como Medina no se sentían muy cómodos a mi lado, ya que a medida que me iba entusiasmando levantaba el tono de la
voz, de tal manera que casi con seguridad había sido escuchado por ese
pelotudo ramplón de la clase media que, a bordo de su Torino, acababa de llegar con toda su familia de analfabetos. Por eso, bajando la voz
—era una invitación para que también yo lo hiciera-, Medina me dijo:

—Pero eso ya lo hiciste vos. ¿Acaso no escribiste La Letrina, obra
en tres actos, basada en un pequeño poema homónimo del alemán
Gunther Eich? Publicála, presentála, movete…¡Hacé algo!

—¿Hacer algo? –le contesté-. ¿Pero lo decís en serior? ¿O acaso,
bestiún, no sabés que a mí nadie me conoce y que para colmo de males de todas mis desventuras, no pertenezco a ningún clan literario?
Aparte de eso, en La Letrina se tocan una serie de cuestiones espino-
sas, crudas, de total crítica a todo el régimen que estamos padeciendo.
¿Cómo pensás que alguien pueda representarlo? ¿Y los mangos?

—¿Qué mangos? –preguntó.

—Los que se necesitan. ¿O vos no sabés que a esta altura del partido en nuestra sociedad de masas, ni Jesucristo daría un paso sin el
guantazo?

—El del paso, más el mangazo –le dije con bronca, cargándolo-.
Mirá, aquí lo que hace falta es un argumento barato, bien barato, pan
y circo, liso, llano, fácil. Como el de Marrone. Nada de La Letrina o
cosas por el estilo… ¿O quién te creés que puede patrocinarla? Imposible. Aparte de eso, bien sabés que no tengo pasta de guerrillero y que
el día que me meta de guerrillero no me van a agarrar en Taco Ralo,
como a un pelotudo. Lo siento por toda esa gente que ahora está en
cana, ya que estaban muy bien inspirados y estimo que los guiaba una
causa noble. Un día de éstos voy a empezar a escribir tonterías para la
televisión. Algo así como La Familia Gómez o Cinco Hembras para
Juan o cosas así…

—No creo que sea para tanto –me contestó entre político y escép-
tico.

—Mirá, demos vuelta la hoja –le dije-, que cuando me pongo a
pensar en todas estas cosas, me dan ganas de subirme al obelisco pro-

visto de un altoparlante y empezar a gritar a viva voz en cuello todo lo que hemos estado diciendo hace unos minutos…¿Llamaste al mozo?

—Sí, ya lo llamé -me respondió Medina mientras tomándome cariñosamente el antebrazo, entre índice y pulgar, a la par que efectuaba una leve presión, agregaba- ¿Qué pasa che con toda esa gente que a diario nos envía el interior? Andá, no seas resentido… contame.

—Y bueno –le dije- ¿qué querés que pase? Que vienen de a cientos. Familias enteras. Miserablemente vestidas. He visto a changuitos en pata, con dos o tres trozos de caña de azúcar sobresaliendo de los hilachentos bolsillos, seguidos por el abuelo que llevaba una cabra atada a un cordel, mientras detrás, se escalonaba toda la larga familia. Eran cinco o seis purretes, con el consabido colchón envuelto en arpillera y una que otra desvencijada valija abarrotada de trapos y porquería.

Llegó el mozo y como se trataba de un tucumano, corté el relato. Nos pusimos de acuerdo sobre el vino que íbamos a tomar y la clase y la cantidad de achuras. Luego continué:

—Mirá, te voy a contar algo que me ocurrió el sábado pasado.. En ese entonces estaba en Rosario, sentado en una cómoda butaca japonesa del tren pullman que ya partía hacia Buenos Aires, con aire acondicionado y demás, cuando, de golpe, en una algarabía ruidosa y multicolor, se nos llenó el vagón de cabecitas negras. Me llamó la atención y no alcancé a comprender cómo esa gente podía viajar en superpullman. Eran tucumanos. Los conocí por el inconfundible acento.

Tal vez unos cuarenta se habían posesionado ruidosamente del vagón. Venían sucios, rotosos y algunos chicos llevaban las alpargatas hechas trizas y con el dedo gordo pidiendo aire. Su condición y estado se veían con claridad a través del cutis grueso y cargado de arrugas y cicatrices de los viejos, de las no menos sarmentosas manos de uñas largas y sucias, de los chambergos negros y grasosos, de las camisas rotas y pasadas de moda, de los canastos cargados de frazadas descoloridas, de los clásicos pañuelos de las mujercitas quemadas por el sol… Asiento de por medio, se acababa de acomodar con cierto trabajo y lentitud, un anciano casi centenario. Aparentaba ser el bisabuelo de una familia mugrienta y numerosa que en los aisentos contiguos gritaba, gesticulaba, se movía de aquí para allá, recibiendo bártulos, que un mocetón de unos diez y seis años, les alcanzaba en contiguos viajes desde el

andén, junto con la cabra y un atadito de jugosa caña y algunas bote-
llas de vino. El viejo, artrítico, con las manos casi petrificadas por el
mal, se había quedado casi inmóvil.

Yo alcanzaba a verle los ojos cargados de cataratas, que nada veían
de esa inmensa balumba que saltaba a su alrededor. Cuando llegara a
Buenos Aires ¿alcanzaría a vislumbrar a través de su pupila inútil y
vieja, las mil maravillas luminosas de la metrópoli? Allí estaba, tieso y
mudo y como a los vacunos en verano, le caían del belfo inferior gruesas y largas hilachas de saliva que iban a detenerse en un charquito brillante, en medio de sus pies, sobre el plástico que cubría el piso. El viejo aquel, sin importarle un bledo de quiénes lo rodeaban, se sacaba
impúnumente los mocos del poderoso y percudido apéndice nasal.
Imaginate –le dije a Medina- la cara de las hormigas y hormigones que
conmigo se encontraban en el vagón…

En eso llegó el mozo y en un santiamén acomodó todo sobre la des-
tartalada mesa de madera, mientras Medina, con gozo que olía a re-
sentimiento, no pudo menos que soltar una poderosa caracajada, mientras me decía:

—Qué bueno che, ¿qué me decís? ¿Y…?

—Ahora vas a ver –le dije-.

Mientras ocurría todo ésto, se había sentado a mi lado un tucumanito de unos 9 ó 10 años . Vivaracho, simpático, sucio, chupaba interminablemente un trozo de caña, de unos quince centímetros, mientras el dedo mayor del pie, que salía audazmente de la pobre zapatilla,
sonreía descaradamente su libertad sin cortapisas… ¡Esa sí que es libertad y no la declamada por los teóricos constitucionalistas! Mientras
lo miraba, me acordé de Sarmiento, de Alberdi y de toda la cháchara
que los envolvía… Gobernar es educar… gobernar es poblar… pero
por lo visto se había educado mal y poblado peor. Cháchara, cháchara,
como siempre. Desde 1810 estábamos pletóricos de tanta cháchara. De
la liberal y de la otra…

Dentro de toda esa cháchara inmensa, también podríamos haber
dicho que gobernar era querer, era amar. Amar al prójimo, como ya
lo había dicho hacía mil novecientos sesenta y nueve años, aquel judío
que fue crucificado por rebelde y que hoy, de nacer y reincidir en el
mismo pecado, volvería a ser ajusticiado sin lugar a dudas.

—Jesús era una especie de Sócrates o, si querés algo más de nuestra época, un Che Guevara, pero sin la metralleta... -dijo Medina.

—Algo parecido, pero con un látigo –le contesté-. Así echó del templo a los mercaderes y a los espúreos. ¿Te lo imaginás, ahora, apostrofando a los mandamás?

—Pasaría lo que ya profetizó Rilke –agregó Medina-. Si a los que se dicen creyentes les fuera el pan por seguir a Cristo, abominarían de él y lo sacrificarían. ¿Pero qué pasó con el pibe del tren?

—Mirá, en cuanto se hubo acomodado a mi lado y a la primera mirada que me echó, le dije:

—¿A donde van ustedes, che?

—Pa Buenos Aires –me contestó.

—¿Y qué van a hacer a Buenos Aires? –le volví a preguntar.

Sin decir palabra, se encogió de hombros, queriéndome significar que él nada sabía.

—¿Tienen trabajo? –insistí.

Movió negativamente la cabeza.

—¿Y dónde vivir? –pregunté con cierta fuerza en el tono.

Siguió moviendo negativamente la cabeza mientras proseguía chupando la caña.

—¿Y entonces cómo van a hacer? –agregué curioso por el giro de la conversación-. Ustedes, por lo que veo, son toda una familia.

Abandonando el aire de misterio que hasta el momento había adoptado de exprofeso, mientras los ojillos de brillaban con picardía, contestó:

—Nos espera mi tío. Él vive en una villa y en cuanto lleguemos, de noche, y antes que caiga la policía, nos armamos una pieza de madera y lata...

Mientras me quedaba momentáneamente triste, pensando en los miles de personas que mensualmente llegan en las mismas condiciones, huyendo del hambre, de la sed, de la pobreza, del analfabetismo, fui interrumpido por una pequeña batahola que se armó a pocos metros de distancia. El muchachito, que desde el andén, en interminables viajes, había estado trayendo todos los bártulos, acababa de ocasionarse en la palma de la mano un profundo tajo con una botella que en el trajinar se había roto en varios pedazos. La sangre caliente y roja manaba a borbotones, manchando el inmaculado lienzo de hilo blanco que se coloca en la parte superior de los asientos para que los hormigones apoyen su digna testa de crápulas. De inmediato la madre –una joven pero ya gastada mujercita- utilizando un trapejo que sacó de una de las canastas, le improvisó un eficaz y seguro vendaje.

Estaban en eso cuando con aires de general interrumpió en escena el guarda del tren –cabecita negro venido a más- quien luciendo un impecable uniforme gris, en cuya solapa se veían en dorado las letras correspondientes al nombre del ferrocarril, se hizo cargo inmediatamente de la situación y, a voz en cuello, en contados segundos los desalojó del vagón, gritándoles: "¡todos ustedes viajan en segunda y deben cambiar de vagón!". Rápidamente caí en la cuenta. El tren que estaba detenido a nuestro lado era el Tucumano y se ve que algo le había ocurrido a la locomotora, pues habían hecho trasbordar todo el pasaje a los vagones de segunda categoría de nuestro convoy.

Los tucumanos se fueron tan rápidamente como llegaron, para tranquilidad de unos cuantos señorones y señoras gordas, que respirando con alivio depositaron sus enormes sentaderas en los muelles asientos, mientras decían con pequeños gritos de animales espantados: ¡Cómo no van a vivir así, si no trabajan, si son unos vagos!

El asiento manchado con sangre plebeya había quedado vacío y así llegó a Buenos Aires, ya que nadie quería sentarse en él. Al menos unos cuantos hematíes de aquel simpático tucumanito continuarían viajando por muchos días, orgullosamente, en un coche superpullman. Aunque la lavaran, la mancha más pálida continuaría allí y poco a poco, se iría diluyendo como todas las cosas, con el transcurso del tiempo. Se iría diluyendo como nosotros, como la Reina de Gran Bretaña, como Alfa del Centauro.

Mientras me servía un trozo de ubre, Medina me dijo:

—Mirá, lo que vos me contás es una porquería, así con todas las letras, en mayúsculas y diciéndolo despaciosamente: ¡U-N-A P-O-R-Q-U-E-R-Í-A!

Sobresaltado y volviendo a levantar la voz –detrás nuestro se percibió el carraspeo de varias gargantas burguesas-, le grité:

—¡Asi que vos estás con las señoras gordas!

—No seas bestia –me dijo-. Porquería, inmundicia, fraude, crimen de todos nosotros. De ustedes los escritores que no son capaces de gritarlo con todas las letras y más aún de toda esa manga de hijos de puta que gobiernan al mundo. Perdé ciudado, no iré nunca a Retiro a ver la llegada del Tucumano, ya que me resultará imposible soportarlo. Veré bajar de los vagones a toda esa pobre gente que la incapacidad y el dolo de los mandamás locales empuja hacia este enorme pulpo que es Buenos Aires, donde se mezclarán confusos con otros millones que, como ellos, luchan desesperadamente para poder mantenerse a flote y no morir ahogados de hambre y de vergüenza. Mirá che –terminó diciendo profundamente amargado y con la voz tomada por la emoción-, demos vuelta la hoja y hablemos de Vélez, pues de lo contrario no conseguiré probar bocado.

Mientras contemplaba cómo la corriente se llevaba el pucho que acababa de arrojar por la borda, sentí que un nudo de hierro me apretaba la garganta y que los ojos se me llenaban de lágrimas. Sentí bronca por esa facilidad mía de lagrimear al primer latigazo del drama y, disimulándolo, me metí al garguero de un solo trago, un poderoso vaso de vino tinto. Recomponiendo la voz, le dije:

—Escondicndo el bulto no ganás nada y vos sos el menos indicado para indignarte, ya que te la pasás todos los sábados y domingos en Palermo y San Isidro.

—Soy dueño de hacer lo que quiera –me dijo con cierta inseguridad en la voz-. Además a ésto ya no lo cura nadie.

—Macanas –le contesté-. Si todos obráramos en consecuencia, ésto se acaba en un santiamén. No hace falta que vayas a ver la llegada del Tucumano. Basta con que observés lo que pasa a tu lado, cuando vas a San Isidro o a Palermo. El ochenta por ciento de los que van al paddock y ni qué hablar de los que concurren a las populares, son gente como esa que nos llega desde el norte.

Los otros días, de puro curioso, me metí en Palermo. El espectáculo era denigrante. El lugar estaba tan atestado de miles y miles de personas, que apenas si se podía caminar. No había lugar ni en las gradas ni en el espacio libre que existe entre éstas y la pista, ni en los corredores interiores ni en la parte anterior, donde se hacen las apuestas. Miles de individuos iban afanosamente de aquí para allá, sudorosos, carilargos, preocupados. Había un gran porcentaje de sujetos mal vestidos, con los zapatos a la miseria y la ropa sucia y gastada, pero las lucas –billetes de mil-, corrían por todas las manos pegajosas y transpiradas… Delante mío, cuando estaba por largar una de las carreras, había una parejita de algo así como diez y ocho abriles ella y no más de veinte él. El tipo pasaba con un pantaloncito bastante gastado y una camisa muy arrugada, como si hubiera dormido con ella, pero la purreta, era todo un espectáculo.

Medina dejó de comer y, levantado los ojos, me miró con impaciencia. Cada vez que tocábamos el tema femenino él mostraba idéntica fruición. Invitado por un significativo gesto suyo, proseguí.

—Imaginate una de esas lindas pibas nuestras, de diez y ocho a veinte años, cimbreante, buena moza, con un cuerpo extraordinario y muy bien proporcionado, que sale a la calle con un vestidito sucio, arrugado, roto. Aparte de eso, imagínatela con unos zapatos de taco alto, pero con el taco raído y totalmente gastado y arriba de todo eso, agregale fuertes dosis de mugre por toda la epidermis visible, es decir, en los garrones, en la parte posterior de las rodillas, donde la pierna hace flexión, detrás de las orejas, en las manos con las uñas sucias y largas… y tendrás un cuadro más o menos vívido de lo que me tocó presenciar.

—Éso es más común de lo que vos te creés –me dijo Medina mientras luchaba por quitarle el periostio, lo más lindo del asado criollo- a una menuda costilla que iba quedando blanca como la leche.

—Eso no es nada –le contesté-. Lo que me llamó poderosamente la atención era ver como mientras los pingos se iban acomodando en las cintas, él, acaso fuera una cábala, le dio a ella un alto de ganadores tal, que por lo menos había jugado cuatro mil pesos. Mientras los manipulaba, alcancé a divisar unos cuantos billetes de diez mil lucas. ¿De dónde habían sacado todo ese dinero? ¿Cómo se explicaba que con tanto dinero, concurrieran al hipódromo vestidos de tal manera? Como verás, no hace falta concurrir a Retiro…

Medina, tal vez un poco molesto, se revolvió en el sillón de paja, diciéndome:

—Y…¿Qué conclusión sacás?

—Muy sencillo, m'hijito. Que se dejen de joder las autoridades con los hippies y melenudos –los otros días tuvieron el tupé de meterlo en cana, durante 24 horas a un conocido y repetable plástico por usar el pelo largo- y que se dediquen a controlar un poco más de cerca todos esos lugares en los que la gente se vuelca de a miles. Hipódromos, casinos, mugre. Es intolerable que el Estado y la sociedad regenteen lugares como éstos a fin de lucrar impúdicamente con sus beneficios. Vos sabés mejor que yo el espectáculo que ofrecen las salas de juegos de nuestros casinos, en especial la de los casinos de Mar del Plata. Allí vas a ver todas las noches a individuos incalificables –con cuentas pendientes o próximos a tenerlas-, gastar centenares de miles de pesos, mezclados con señoras de la alta burguesía, prostitutas de todo pelo, carteristas, rufianes, mantenidos… Letrinas, querido. Malolientes letrinas…

Una vez que hubimos terminado de comer, nos volvimos con el último tren que sale del Tigre, más allá de la una de la madrugada. Con nosotros viajaba muy poca gente. Un purrete de no más de O-C-H-O años, con pantaloncitos largos y resurcidos, llevando una raída camiseta sucia, iba y venía por el vagón pidiendo algunos pesos. El guarda pasó a su lado haciéndose el que no lo veía. ¿En cuántos pesos iría él? Cuando el tren estuvo a punto de llegar, más o menos a la altura de Belgrano, el chico se fue al último asiento del vagón y se acostó en él, largo a largo. Era tan pequeño que todo su cuerpo minúsculo cabía en el asiento. Apenas si alcanzaba a divisar a la altura de uno de los posamanos, las dos alpargatas de goma, tipo basquet, rotas y sin cordones. Las había entrecruzado y no resultaba difícil adivinar que estaba durmiendo.

Cuando el tren se detuvo en Retiro, el chico bajó con nosotros y exprofeso, disminuyendo el paso, lo dejé pasar a fin de poder observarlo mejor. Con tranquitos rápidos y breves y con las dos manos en los bolsillos del pantalón, se metió entre la marea humana que se formó entre nuestro tren y otro que había llegado por la vía contigua. Lo perdí momentáneamente de vista pero, cuando llegué al gran hall central, ví como acababa de acercarse a un grupo de chicos y chicas –todos cabecitas negras- que rodeados

por algunas valijas, estaban tomando cerveza junto a uno de los asquerosos mostradores que proliferan en el lugar.

Al pasar, alcancé a sentir cómo el gurí les pedía algunos pesos. No le dieron, pero entre las risas de todos, le ofrecieron un trago de cerveza, que el chico se apuró a trasegar. Un agente de policía –otro cabecita- miraba la escena como cosa muy natural. Después de eso, ví como el chico corría hacia la cola de taxis y se ponía a conversar animadamente con otro purrete, unos dos años mayor –parecía su hermnao– que en ese lugar abría la puerta de los vehículos percibiendo jugosas propinas de los numerosos pasajeros, ya que había una cola como de cincuenta personas. Ambos se mostraron parte del dinero que habían recogido y el más chico, golpeándolo amistosamente en el hombro, se alejó corriendo en dirección al puerto. Días después alguien me dijo que esos chicos lograban juntar más de diez mil peos diarios, amparados por determinado funcionario que debiendo aplicar la ley, hacía la vista gorda.

Mientras daba vueltas y más vueltas en el lecho, tratando de conciliar el sueño, sentía palabras de Medina: "Porquería, inmundicia, crimen…"

# *Progreso*

Cuando me desperté eran las 9 de la mañana. A mi lado, el lecho estaba vacío. Todavía se divisaba la marca de su cuerpo y casi casi diría que alcanzaba a sentirse aproximando la palma de la mano, la huella de un poquito de calor. Levantándome, corrí hasta el baño y enjuagándome la cara me dirigí hacia la cocina toalla en mano. Magda no estaba, se había ido. Repetía lo de otras oportunidades, es decir, la partida sin aviso previo. ¿Cuánto tiempo estaría sin regresar, con sus mimos y caricias?

Agachándome, recogí *La Nación,* que el muchacho del quiosco de la esquina había metido debajo de la puerta. Desechando la guerra de Vietnam –todos los días lo mismo, muertos y bombardeos– o el discurso del ministro de economía –siempre el viejo tema "hay que pasar el invierno", "debemos hacer sacrificios en pro del engrandecimiento de la patria", es necesario ajustar un poco más el cinturón", "se torna imperioso echar más gente"–, busqué afanosamente la noticia de los transplantes de corazón en África del Sur y en Estados Unidos.

El dentista operado por Barnard, mejoraba día a día, mientras el obrero de Estados Unidos sostenía penosamente una larga lucha con la muerte y era casi sobrenatural comprobar como ese hombre seguía aún viviendo luego de cuatro operaciones.

En efecto, aparte del transplante del corazón le habían extirpado la vesícula biliar, luego lo habían intervenido de los intestinos y ahora, por último, del páncreas. ¡Increíble! A ese hombre lo estaban manteniendo artificialmente gracias a los avances de la cirugía y demás especialidades conexas, pero suponía que a la larga el desenlace debía producirse.

Después, me entretuve unos segundos con la pelea de Cañete en la cual, los jurados –venales como siempre y acordes con el sistema corrupto que estábamos viviendo– se habían "equivocado", siendo abucheados y silbados durante largo rato por la mayoría del público. Cuando llegué a literarias, para mi sorpresa, vi aparecer unas grandes fotografías de Filloy. Recién, después de tanto tiempo, lo descubrían en Buenos Aires. Yo lo había leído con gusto treinta años atrás, cuando todavía era un purrete.

Bien pronto me cansé del mate que estaba regastado y prendí un rubio con el fuego de la cocina a gas, chamuscándome algunos cabellos, dado que tuve que aproximar en demasía la cara al mechero. Mientras fumaba ávidamente, seguí leyendo el periódico, que no el diario, pues si bien era diario y no periódico, éste término lo conservaba como una reminiscencia de una tía cordobesa.

Cuando levanté la vista, me encontré que a pocos centímetros de mi mano derecha, sobre el mármol blanco de una de las mesas de la cocina, una cucaracha succionaba tranquilamente, sin importarle mi presencia, un brillante trocito de azúcar. Su cuerpo, largo y ambarino, tenía la elegancia de todas las hechuras de la madre naturaleza.

En ese momento pensé si existiera un ser infinitamente superior al hombre, ¿vería de distinto modo a ese insecto casi cretáceo, al compararlo con ese otro bípedo-matador que leía *La Nación* y hacía transplantes?

¡Somos aún tan inferiores y tan primitivos que no serían mayores las diferencias entre uno y otro!

¿O acaso, el hombre ha hecho algo por diferenciarse de la cucaracha?

# Revolucionitis

Sonó el teléfono. Eran las 0:30 y despaciosamente me dirigí a atenderlo, mientras trataba de adivinar el origen de la llamada. Tal vez se tratara de una comunicación equivocada. En ese caso, quién debía pagarla sería el hormigón que había metido mal el dedo en el disco.

Levantando el tubo con desgano, dije el consabido…

—Hola…

Del otro lado, Medina me gritó:

—¿Te enteraste lo que está pasando?

Lo sospechaba; desde 1955, parte del país había logrado elaborar toda una larga experiencia al respecto.

—¿Qué es lo que está pasando? –le dije.

—Se levantó Campo de Mayo y avanzan sobre Buenos Aires –me contestó–. Se rumorea que el presidente ha huído. Prendé la radio –y cortó.

Como ya les dijera, no se trataba de una novedad. Cada tanto, una revolución –así las llamaban presuntuosamente–. Ya llevábamos como quince… ¡Qué vergüenza, carajo!

Curioso, prendí la pequeña radio a transistores. La infaltable marcha militar que salía al aire simultáneamente por todas la emisoras, me confirmó lo que podía ser un chiste de mal gusto. Era cierto. ¡Movimiento militar habíamos! La voz del locutor sonaba nerviosa y un tanto metálica. Se veía que no era la de un profesional en la materia. Posiblemente se trataba de un joven oficial, ya que su acento sonaba duro, imperativo, a veces destemplado. Estaba leyendo la proclama.

Sin proclama, no hay revolución. Siempre dicen lo mismo. ¿No hay quien coleccione proclamas? Los militares ya han salvado al país como en quince oportunidades, en cuyas ocasiones las grandilocuentes proclamas han pontificado que por esta última vez, recurrimos al recurso heroico de la revolución, ya que las fuerzas armadas son los pilares básicos sobre los cuales se asienta el país y por lo tanto, bla, bla, bla, que es lo mismo que mangos, mangos, mangos.

Es sabido que en dichas proclamas se les cargan todas las culpas al gobierno anterior, el que será, por lo tanto, coimero, fraudulento, antidemocrático, entreguista, etc., etc.

Desde 1955 a esta parte, todos los de mi generación conservan recuerdos no gratos de los sucesivos cuartelazos que se fueron sucediendo.

Fiel reflejo de ello fue el dólar y su cotización con respecto a nuestro pobre peso.

Producido un golpe militar, el dólar subía y el peso bajaba, como si estos movimientos armados, en lugar de ser dirigidos por militares nuestros que trataban de salvar al país, fueran dirigidos por los círculos más regresivos de la internacional del dólar. Otra cosa no se podía pensar, ya que ellos eran los que se beneficiaban con la desvalorización del peso. Aparte del estancamiento que todo cambio de elenco produce —distintos rumbos económicos— etc., etc., cierto sector del país, el que había sido violentamente desplazado, trataba de conspirar para retomar el poder, produciéndose un tira y afloje nada positivo.

Estábamos pues en que el oficial leía la proclama número quince, en la que se prometía investigar a los ladrones públicos, retornar a la democracia y demás yerbas. Di vuelta al dial, pero en todas las estaciones se escuchaba la misma voz.

En la calle, voceaban la edición especial de un diario. Corrí a buscarla, mientras la gente, indiferente a todo eso, regresaba a sus hogares.

En primera página estaba consignada la noticia: los aviones de la Marina perseguían despiadadamente a una columna del Ejército. Sucedía que la estaban bombardeando alevosamente. La batalla se libraba en el sur de la provincia de Buenos Aires. Parecía mentira, pero lamentablemente la noticia era esa: un sector de hermanos –¿eran hermanos?– bombardeando a otro sector.

¿Serían tan importantes los intereses en juego? ¿Las urnas, entonces, no bastaban?

Me detuve a huronear frente a un grupo de gente joven que dialogaba entre sí, cambiando ideas sobre los acontecimientos. En medio de ellos, un tipo modesto pero limpiamente vestido –parecía obrero– discutía con un señor de cierta edad, con orión y traje de primera calidad.

El obrero, levantando la voz, criticaba acremente la posición de los aviones navales que descargaban toneladas de bombas sobre un puñado de soldaditos de un regimiento blindado. El señor se defendía diciendo que los del regimiento eran unos peronistas –estábamos en el año 1963–. Que había que poner coto a tanta ignominia, que el caos estaba próximo, que era lamentable que en las últimas elecciones hubieran vuelto a ganar los seguidores del tirano y bla, bla, bla.

Aflijido, con el diario doblado, me dirigí hacia mi departamento, escuchando que en las proximidades de la Estación Constitución, en plena ciudad, dos grupos opositores del Ejército estaban cambiándo fuego graneado, con peligro para la población, pues se trataba de un barrio densamente poblado.

Al pasar, sentí cómo una señora decía en voz alta: "Es el queso, todo es cuestión de ver cómo se reparten el queso". Escuchado así de golpe parecía un razonamiento trivial y poco consistente, pero dejando correr el pensamiento me decía: revolución cada dos por tres, gobiernos distintos, bombardeos, inestabilidad... ¿no sería cierto lo de la señora?

Todo es cuestión de ver como repartirse el queso.

Una vez que hube llegado a mi departamento, prendí nuevamente la radio. El jefe de la revolución hablaría para todo el país a las 21 horas.

¡Vuelta con lo de siempre!

# El Cheque

Seguía lloviendo interminablemente y el mes de junio se nos metía hasta los tuétanos con su cierzo helado y su llovizna incansable y el viento, ese viento capaz de doblar el paraguas a la primera de cambio, sin ninguna contemplación. Para colmo, el agua comenzaba a filtrarse a través de la débil suela de los ya gastados zapatos, mojándome las medias.

El pantalón estaba hecho un desastre y me había empapado hasta más arriba de las rodillas. Sin embargo seguía caminando. Tenía que llegar al banco antes del cierre, es decir antes de las 16 horas, a fin de hacer efectivo ese inmundo pedacito de papel al portador –un cheque– que significaba pan y comida para todo el mes. Cuidando de que no se mojara, lo había metido en el fondo de uno de los bolsillos del saco. Para colmo, era imposible poder tomar un taxi. Cuando llovía muchos de ellos los guardaban, temerosos de los accidentes.

Después de recibir dos o tres salpicones de los automovilistas que a toda velocidad cruzaban las calles, llegué hasta el banco, justo en el momento en que el empleado encargado de ello cerraba la puerta. Alcancé a filtrarme a duras penas y chorreando agua me puse en la cola respectiva, no sin antes averiguar en cuál de las numerosas ventanilla cobraba. Luego de largos minutos de espera llegué hasta el pagador y le extendí el cheque. El empleado lo tomó mecánicamente y sacándole el talón que me devolvió, no sin antes echarme una mirada de reconvención por no haberlo hecho yo antes, le encajó casi furiosamente un sello cuadrado y lo pasó al interior para su respectivo control. Mientras tanto, me quedé junto a otras hormigas chorreando agua y observando de vez en cuando las tres últimas cifras del taloncito pequeño y rectangular. Se leía: 903. Los minutos iban pasando mientras el cajero llamaba a otros números. Un señor petisito y gordo, con pinta de infeliz, fue llamado a cobrar. Sacó displicentemente un trozo cuadrado de papel de envolver y allí metió lo que le pagaban. Toda una pequeña fortuna, algo así como tres millones de pesos. Sin decir palabra se acomodó el envoltorio debajo del brazo como si fuera un paquete cualquiera y se alejó despaciosamente. Nadie sospecharía que llevaba envuelto tanto dinero.

Comencé a ponerme nervioso, pues noté que el cajero llamaba a otras personas que habían llegado después. Un pobre hombre cobró ochocientos pesos, no sin antes contarlos varias veces. Una mujer, flaca y seca, metió doscientos mil en la cartera.

Imprevistamente, el cajero me llamó a través del micrófono, repitiendo el número 903 en voz alta. Cuando llegué a la ventanilla, el hombre, casi sin mirarme dijo: vaya por la vuelta al mostrador de cuentas corrientes. Con el corazón saltando violentamente corrí hacia donde me indicaban. Allí me estaba esperando un empleado joven con el cheque en la mano. Me lo devolvió diciéndome: "cuenta cerrada, no tiene fondos". Sin mirarlo, tomé el papel. En el reverso del cheque habían colocado un sello que decía: "cuenta cerrada por falta de fondos".

Sin darme cuenta me encontré bajo la lluvia, con el paraguas cerrado.

# *Marimonias*

—¿Qué pensás de los platos voladores? —me preguntó a quemarropa.

—Que tienen un nombre muy culinario —le contesté.

—¿Pero creés en su existencia? —me dijo.

—Tanto, como en la nuestra…

—¿Entonces existen?

—¿Y vos estás seguro que nosotros existimos?

Daba gusto conversar un rato con él, ya que se trataba de un tipo amplio, simpático, conocedor. Era un científico de la calle. ¿Cómo un científico de la calle? Bueno, es una forma de decir. Si querés y te gusta más, llamalo un baquiano de la calle y de la vida nocturna de la ciudad. ¿Algo así como el Curié de los cafés? Algo así, un poco más, un poco menos.

Si ese tipo en lugar de tomar la vereda a los ocho años hubiera podido continuar sus estudios, hoy sería un estupendo profesor universitario con más luces que muchos que lo único que saben es acopiar conocimientos leídos en libros ajenos.

Después de conversar toda esa serie de pavadas, cuando salí y me encontré en la calle, lo primero que hice fue comprarte un pequeño ramo de marimonias. Eran rojas, blancas, azules. Las pusimos en nuestro taller, en un pequeño vaso de cerámica y nos pareció que se encontraban algo tristes. Hoy, al regresar, habían revivido y estaban espléndidas, dando la impresión que pensaban en silencio.

Sin querer, mientras limpiabas la paleta, me dejé llevar por mi eterno soliloquio cósmico y llegué a pensar si los vegetales no serían más perfectos que nosotros, ya que por lo menos a ellos no los dividía el problema del bien ni del mal, ni conocían las guerras, ni la destrucción, ni los crímenes. De existir un supremo creador, capaz de pensar, ¿cuál de los dos mundos preferiría? ¿El animal o el vegetal? ¿Con cuál de sus obras se sentiría más satisfecho? ¿Con una simple rosa o con el hombre?

Del hombre tenemos muchas cosas que decir. Tabaco, alcohol, cocaína, marihuana, ácido lisérgico, opio, morfina, corrupción. ¿Qué te parece? Como en el caso de la rosa y el hombre, hay tela para cortar y lana para tejer…

Me hacías notar que hay ciertos colores que se adhieren más a la madera y cuesta mucho trabajo quitarlos.

Mientras tanto yo observaba tu último trabajo y notaba que cada día progresabas más y más. Me sentía orgulloso de vos y no era para menos. Aparte de tener tiempo para trabajar en otra actividad que te llevaba todo el día, muy ajena por cierto a tu vocación artística que por razones varias habías tenido que abandonar cuando aún eras una adolescente, desde hacía unos meses habías alquilado ese taller y todas las noches, estuvieras cansada o no, venías conmigo y mientras yo garrapateaba algunas cartillas, te dedicabas pacientemente a dibujar y a pintar. Habías progresado mucho, tanto que tenía confianza que pudieras realizar una muestra individual en un futuro no muy lejano. Vos no querías saber nada con eso de la muestra individual y la comercialización, diciéndome que pintabas por pintar, para tu propia satisfacción y recreamiento y que una obra artística se afeaba en cuanto se la ponía a consideración del público y de los críticos. Siempre habías sido muy pura en eso, pero yo confiaba en que el juego de las circunstancias te llevarían a exponer, ya que dentro de un año o dos, no sabrías qué hacer con tantas telas amontonadas.

Pensaba en eso y sin querer me recordaba por contraste, de vos que te volvés loco por la fama, de vos tan distinto a ella pero tan igual a otros. Andás detrás del triunfo fácil, como una vulgar prostituta. ¿Te has detenido a pensar alguna vez en tu obra? ¿Tenés la suficiente ecuanimidad como para analizarla desapasionadamente? ¿Nunca mentiste, ni usaste del recurso fácil, ni echaste mano del truco y del artificio? No te olvidés que sólo el tiempo y eso hasta por ahí nomás, será el árbitro inapelable de lo que ahora hacés. Te digo todo esto porque me da pena comprobar como pugnás desesperadamente por vender tus trabajos. ¿No comprendés que lo tuyo no es lo del carnicero ni lo del feriante… o acaso sí? ¿Te da lo mismo un kilo de porotos que tu último libro? ¿Lo escribiste con ese afán? Si es así, ni vos mismo podrás quitarte de encima, por más vuelta que le des, a esa tu triste condición con que acostumbrás a rodear todos tus actos.

Días después de pensar todo esto te encontré por la calle. Hacía mucho tiempo que no nos veíamos ¿Te acordás? Fue en Córdoba y Maipú. Me invitaste a tomar un café. Por tu conversación –pese a que yo nunca lo había sido–, me dí cuenta que ya no eras revolucionario.

Ahora te afanabas en una mescolanza de peronismo, marxismo, guevarismo, todo mechado, por supuesto, con la consabida toma del poder. Me hacías recordar a varios amigos reaccionarios y conservadores que cuando empiezan a hablar de política lo único que logran es que los salude y me vaya.

Todos tus pensamientos fueron y van a parar, hace tiempo y ahora, a la toma del poder. Sos sensual, ególatra, exitista, interesado. Mientras soltás tu abundosa verborragia en pro de sistemas económicos ecuánimes y justos, tenés con un sueldo de hambre, yugando para vos, a dos empleadas en tu estudio de abogado, a quienes no les pagás ni siquiera los aportes jubilatorios mínimos.

Después de tomarnos dos cafés cada uno nos despedimos, como siempre, a las disparadas, hasta la próxima, dentro de unos años o hasta nunca.

Pueda que alguna vez te vea en necrológicas y comente: tanto teorizar, tantas revoluciones, tanto mango ¡para ésto!

Pueda que alguna vez vos me veas en necrológicas y digas: tanto verso, tanta antropología… ¡para ésto!

¡Hasta la próxima galaxia, farabute!

# El ocaso de las palabras

Has caminado caminante en vano. Aunque toques la luna y los planetas y tus pasos acerquen las galaxias, has caminado caminante en vano, ya que no sabés donde vas, ni sabés tampoco lo que quieres.

Hombre, pequeño y diminuto prisma, donde se mira sin saber la nada. Mañana charlaremos en silencio. Tú desde el cáliz de la rosa tierna, yo desde suave dorada espiritrompa.

Por eso yo te digo que juguemos a la ronda grácil de las palabras.

Mariposas de sangre, doradas mariposas circundarán la luz pequeña de tu lámpara. Ahora, ayer, mañana, da lo mismo. Palabras en la ronda.

*Azules, rojas, verdes, gráciles, cambiantes.*
*Palabras dando vueltas, suspendidas del techo…*
*Palabras proyectando sus sombras casi azules.*
*Largas sílabas esdrújulas en versos alejandrinos.*
*Breves sílabas graves de las octavillas.*
*Palabras de dos sílabas terribles, con cortejos de noche…*
*Cuando la luz se quede sin los hombres,*

*y sobrevenga terrible apocalipsis,*
*se escaparán del mundo las palabras*
*y cantarinas rondarán Las Pléyades*
*rumbo a la Vía Láctea.*
*¡Quién pudiera meterse en ese cúmulo terrible de palabras!*
*¿Saben que allí se encontrarán danzando*
*todas las voces que en el mundo fueron?*
*La breve voz del primer niño-hombre*
*junto al terrible grito de la madre*
*todavía antropoide,*
*dando a luz;*
*y a todas las demás que por el mundo*
*luego vinieron desde el fondo mismo*
*de la ya vieja especie.*

Ronda de las palabras. Los astros mirarán como se alejan, rumbo a la Vía Láctea, mientras la Tierra, fría ya y oscura, será un pequeño páramo volteando su eterno cabecear de trasnochado mundo sin vida.

Largas voces esdrújulas en versos alejandrinos

Y aprenderán los astros el idioma de los últimos hombres que quedaron muriéndose de frío en las heladas cavernas de la Tierra ya sin fuego.

Pobres los hombres mudos, sin palabras, sobre un planeta donde el frío reina.

Me pareció interesante el poema. Había un cierto distrofismo, pero como ni yo mismo sabía el significado del término, me puse a leer ese otro trozo que habías ideado tomando como base la posibilidad de que en determinado momento el hombre no pudiera procrear más y al diablo toda la especie con unos cuantos años de esterilidad.

Vos ya me habías dicho que, al parecer, ciertas especies fósiles que desaparecieron del planeta de golpe, en determinado período, como si hubieran sido exterminadas en masa, habrían sufrido posiblemente de ese mal, propio de las especies viejas, es decir la esterilidad.

La parte principal de tu ensayo o pequeño cuento decía más o menos así: se quedaron sin óvulos las madres. Las hembras no ovulaban. Impotentes, los biólogos trataron de resolver el problema, pero todavía la ciencia estaba en pañales, ya que apenas si se había logrado fabricar una insignificante célula artificial en el Japón y otra en Estados Unidos, a través del ácido desoxirribonucleico. Nos faltaba tiempo para fabricar óvulos.

Si la anomalía se hubiera producido dentro de una generación más, la biología posiblemente hubiera podido resolver el problema.

No obstante eso, la noticia corrió como un reguero de pólvora por todo el planeta y hasta llegó a las dos estaciones experimentales que con varios hombres, rusos y norteamericanos sostenían en la luna desde hacía un año.

Fue a raíz de esa terrible noticia que se suspendieron las dos guerras locales que todavía tenían ensangrentando al hombre en pleno dos mil y tantos. Frente a la segura contingencia del exterminio total de la especie, nos unimos los hombres y en conjunto, los países más adelantados trataron de resolver el problema.

Millones de experiencias se realizaron sin resultado hasta que se atisbó una pequeña luz al lograr que el esperma de ciertos bosquimanos tratados previamente con determinadas sustancias, fecundara el óvulo de la madre-chimpancé. Mediante conocidas fórmulas serológicas se había logrado determinar que esa especie de chimpancés era la que más afinidad tenía con esa especie de hombres, los bosquimanos, que desde hacía siglos iban desapareciendo. No obstante, el resultado fue trágico. Aclaremos que trágico para el homo sapiens, pero no para el Universo, ya que hombres más u hombres menos, el cosmos seguirá por su camino.

En efecto, los nuevos seres resultaron una mezcla de chimpancé y bosquimano, que si bien era fecunda y tenía capacidad para procrear con el macho hombre, producían individuos primitivos, salvajes, con instintos asesinos muy marcados. El pitecantropus de Java resultaba a su lado un profesor de filosofía.

Como no quedaba otro recurso se prosiguió con la experiencia, de tal modo que el nuevo ser, crecido ya, asesinó a los pocos hombres que en el mundo quedaban, perdiéndose miles de años de civilización pues se encontraban incapacitados para utilizar todo el bagaje de medios, máquinas y conocimientos técnicos que el hombre había logrado acumular luego de un largo período de tiempo. Y así fue como empezó de nuevo la experiencia, con un atraso de más de un millón de años. Ya vendrían poco a poco las edades de piedra y de bronce, las guerras, matanzas, bombas de hidrógeno y cohetes interplanetarios.

Ya vendría, como antaño, hace miles de eones, Abraxas [34], dios y

---

34  Abraxas, personaje de *Más Allá de las Galaxias*, libro del autor.

demonio al mismo tiempo quien, arrojando todo el sistema solar hacia el infinito, daría comienzo a una Nueva Era…

# *Encuentro*

Nunca había demorado tanto en volver como en esa ocasión. Transcurrían ya dos meses y su ausencia empezaba a inquietarme. ¿Acaso estaba muerta? Deseoso de volver a verla, decidí llegarme hasta Plaza Francia, donde la conocí por vez primera. El día era hermoso y en esa mediatarde de marzo el sol se filtraba un poco oblícuamente por entre el follaje de los grandes árboles. Como era martes, los parques estaban casi vacíos. Uno que otro estudiante ratero, varios jubilados y las mamás de siempre, con sus críos, se diseminaban en los bancos, en los que se habían acomodado a tomar sol como los reptiles. Despaciosamente bajé las escalinatas del monumento a Mitre, admirando la perspectiva amplia del paisaje. Más allá de Figueroa Alcorta y del ferrocarril se veía el anchuroso lomo del río.

Algunos chicos se dejaban deslizar por los senderos inclinados, panza abajo sobre un vehículo de fabricación casera, con el cual disputaban interminables carreras. Se trataba de una tabla rectangular a la que le habían colocado unas pequeñísimas ruedas de metal –del ta-

maño de las que llevaban los pianos y muebles antiguos–. Las dos ruedas delanteras, colocadas en un pequeño eje, eran movibles. Los conductores se acostaban panza abajo sobre esta tabla y con la cara rozando el pavimento, se dejaban deslizar desde lo más alto de la loma,
adquiriendo rápidamente un ritmo de velocidad muy apreciable, unido todo ello al singular estruendo de las ruedas metálicas sobre el duro cemento del camino. Había chicos de todas las clases sociales. Desde los humildes purretes de las villas miserias vecinas –existe una detrás
de Retiro, muy cerca de allí– hasta los rubios chicos, con la clásica melena sobre los ojos, de los rascacielos próximos.

Sentándome en un banco de las inmediaciones, los observé durante largo rato. Había otros más grandecitos, que con mayor habilidad,
se deslizaban sobre dicha tabla, parados en una sola pierna. Daba gusto ver todo el maravilloso despliegue de acrobacia que realizaban,
mientras el vehículo, debido a la diferencia pronunciada de niveles, ad-
quiría gran velocidad.

Unos metros más allá, sentado contra uno de los paredones próximos a la Embajada inglesa, estaba un linyera. Lo rodeaban una profusión de latas, papeles, trapos sucios y moscas. Estaba comiendo con la
mano una mescolanza que extraía con los dedos pulgar, índice y medio de la mano derecha, de lo que fuera una lata de duraznos en almí-
bar. A su lado un gato se beneficiaba con los desperdicios. De improviso, el hecho me llamó la atención, por lo que levantándome me
aproximé al sujeto. Cuando estuve a pocos metros comprobé que no
me había engañado. Allí estaba Magda y, por lo visto, su vida había
cambiado, ya que cinco hermosos gatitos de angora succionaban de sus
tetas cargadas de leche.

Cuando pasé me miró con esa mirada indiferente y tranquila de
todos los felinos, fingiendo no reconocerme. ¿Sería más feliz en compañía del *clochard*? Sin duda alguna.

Desengañado una vez más, fui subiendo pesadamente el sendero.
Empezaba a cansarme con facilidad cada vez que debía realizar algún
esfuerzo. Eso indicaba con toda claridad que había empezado a doblar
la mitad del camino de la vida. Por Las Heras y Pueyrredón bullía en-
loquecido el hormiguero.

# Indice

# OBRAS DEL AUTOR

**Editadas**

Poemas
*El libro de la Noche y Otros Cantares*
*La Nueva Aurora*
*May Lai*
*Más Allá de las Galaxias*
*Antología y Poemas Inéditos*
*La Voz del Viento*

Prosa
*Cuentos Extraños*

Revistas
*Mantrana 7000 – Subdirector*
*Referente*
*La Revista del Plata*

**Inéditas**
*Versos a vos*

Ensayos:
*El Origen del Drama Indoamericano:*
*La corrupción de la dirigencia a partir de 1492*
*Cuentos del Hormiguero II*
*Actualidad política argentina*

Teatro:
*La Villa Miseria Grande*
*La Gran Letrina*

www.ingramcontent.com/pod-product-compliance
Lightning Source LLC
Chambersburg PA
CBHW020655110726
47901CB00001B/201